Asche und Phönix

Kai Meyer, geboren 1969, studierte Film- und Theaterwissenschaften und arbeitete als Journalist, bevor er sich ganz auf das Schreiben von Büchern verlegte. Er hat inzwischen über fünfzig Titel veröffentlicht, darunter zahlreiche Bestseller, und gilt als einer der wichtigsten Phantastik-Autoren Deutschlands. Seine Werke erscheinen auch als Film-, Comic- und Hörspieladaptionen und wurden in siebenundzwanzig Sprachen übersetzt.

KAI MEYER

Asche UND PHÖNIX

Außerdem von Kai Meyer im Carlsen Verlag lieferbar:

Arkadien erwacht

Arkadien brennt

Arkadien fällt

Das Wolkenvolk – Seide und Schwert

Das Wolkenvolk – Lanze und Licht

Das Wolkenvolk – Drache und Diamant

Merle-Trilogie – Die Fließende Königin

Merle-Trilogie – Das Steinerne Licht

Merle-Trilogie – Das Gläserne Wort

Phantasmen

bittersweet-Newsletter

Bittersüße Lesetipps kostenlos per E-Mail!

www.bittersweet.de

Unsere Bücher gibt es überall im Buchhandel und auf carlsen.de.

Veröffentlicht im Carlsen Verlag

Februar 2015

Umschlagbild: iStockphoto © Robert van Beets

Umschlaggestaltung: formlabor

Corporate Design Taschenbuch: bell étage

Druck und Bindung: GGP Media GmbH, Pößneck

ISBN 978-3-551-31356-0

Printed in Germany

Wir dürfen Satan keine Ehrfurcht zollen, denn das wäre unbesonnen, doch seine Talente sollten wir anerkennen.

Mark Twain

Ruhm ist wie eine Droge. Man fragt sich: Wie viel ist noch da? Wie viel kann ich bekommen? Es ist nie genug.

Daniel Radcliffe

Vorspann

Das Smiley stand in Flammen.

Es befand sich auf dem Boden eines ausgetrockneten Swimmingpools und hatte einen Durchmesser von zwei Metern. Jemand hatte es mit ausladenden Pinselstrichen auf die Kacheln gemalt, genau in die Mitte des Beckens.

Ein großer Kreis. Zwei runde Augen. Ein lachender Mund. Und alles brannte lichterloh.

Das Feuer erhellte die Wände des Pools und beschien die Statuen, die auf einem Marmorgeländer neben dem Becken saßen. Mit ihren leeren Augen starrten sie in den Abgrund jenseits der Balustrade, hinaus aufs dunkle Mittelmeer. Dreißig Meter tiefer brachen sich die Wogen an den Felsen. Pool und Terrasse waren hoch über der See ins Gestein getrieben worden, darüber thronte ein Haus mit schwarzen Fenstern.

Ein brennender Mann kniete vor dem Smiley am Boden des Pools. Seine Schultern waren vorgebeugt. Er regte sich nicht, während die Flammen seinen Körper verzehrten. Sein Kopf hing nach vorn, das Kinn berührte seine Brust. Er kauerte da wie in einer Verneigung vor dem grinsenden Gesicht aus Feuer.

Ob er Kleidung trug, war nicht mehr zu erkennen. Manchmal zischte es in der Glut, die seine Glieder umspielte, dann wieder stiegen Aschepartikel empor, aufgewirbelt von der Hitze; sie wehten über den Rand des Beckens und blieben wie Feigenblätter an den nackten Marmornymphen haften.

Der Mann hob den Kopf. Seine Miene verzerrte sich unter der Flammenmaske zu einem Grinsen, das dem auf den Kacheln nicht unähnlich war.

Schließlich richtete er sich auf, erhob sich mit ruckartigen Bewegungen und schleppte sich zu einer Treppe, die aus dem Becken führte. Er wurde schneller, während er die Stufen hinaufstieg.

Lodernd trat der Mann in die Nacht hinaus.

Erster Akt
GLAMOUR

1.

Vor dem Hotel hatten sich Scharen von Mädchen versammelt, um einen Blick auf Parker Cale zu erhaschen. Aber Ash war die Einzige, die seine Suite betrat.

Sie kam allein und ungebeten.

Cale hatte das Hotel vor einer Stunde verlassen, gemeinsam mit seinen Begleitern. Drei Limousinen hatten sie zur Premiere im Odeon Cinema am Leicester Square gebracht.

Ash hatte hinter dem Tresen in der Hotelbar abgewartet und im Fernsehen verfolgt, wie Parker Cale auf dem roten Teppich vor die Presse getreten war. Erst danach hatte sie die Universalschlüsselkarte aus der Schublade gestohlen und in ihrer Uniform verschwinden lassen. Mit einer Flasche Champagner auf einem Silbertablett hatte sie sich auf den Weg nach oben gemacht.

Das Sicherheitspersonal vor dem Hotel hatte alle Hände voll damit zu tun, die liebestollen Fans abzuwehren. Selbst wenn sie es durch das Foyer aus Marmor und Mahagoni schafften, war an den Fahrstühlen Endstation. Ohne Schlüsselkarte setzten sich die Liftkabinen nicht in Bewegung. Niemand gelangte ins Dachgeschoss des ehrwürdigen Trinity Hotels, der dort nichts zu suchen hatte.

Ash balancierte die Champagnerflasche im silbernen Sektkühler mit der Linken, während sie mit der rechten Hand die Tür der Suite ins Schloss drückte. Ihr schlechtes Gewissen hatte seine letzten Zuckungen längst hinter sich; tot wie eine überfahrene Katze. Parker Cale war der reichste Zwanzigjährige, der das Trinity jemals betreten hatte, und daran würde sich nichts ändern, nur weil Ash ihn um ein paar Pfund erleichterte.

Einmal hatte sie im Koffer eines Rappers neuntausend Dollar gefunden. *Gebündelte* neuntausend Dollar! Wer in drei Teufels Namen schleppte druckfrische Geldbündel mit sich herum? Wer *außer* demjenigen, der damit den Kokainkurier bezahlen wollte?

Sie durchquerte das kleine Foyer der Suite. Links befand sich ein Schlafzimmer mit lindgrünem Himmelbett, rechts das lichtdurchflutete Bad. Die Doppeltür vor ihr führte ins Wohnzimmer, einen großzügigen Raum mit zwei Sitzgruppen und einem Konferenztisch für acht Personen. Durch die hohen Fenster fiel ihr Blick auf die Dächer von Mayfair: graue Ziegelschrägen und Schornsteinkolonnen in Reih und Glied. Dahinter lag der Hyde Park. Es dämmerte kaum, ein Abend Anfang Juni, aber viele Fenster der alten Häuser waren bereits erleuchtet. Dies war einer der teuersten Stadtteile Londons. Die meisten Immobilien hier gehörten der Familie Grosvenor, den Rest teilte sich die britische Upperclass mit Ölscheichs und russischen Oligarchen.

»Entschuldigen Sie! Zimmerservice! Die Tür war offen.«

Stille. Sie stellte das Tablett mit dem Champagner im Wohnzimmer ab und ging zurück ins Foyer, um sich die Räume von dort aus der Reihe nach vorzunehmen.

Falls jemand sie erwischte, würde sie erstens ihren Job verlieren, zweitens nie mehr einen neuen finden und drittens ihren neunzehnten Geburtstag hinter Gittern verbringen. Man brauchte kein Genie zu sein, um dann die richtigen Schlüsse zu ziehen. All die Hoteldiebstähle, die bislang keiner als zusammenhängende Serie erkannt hatte – irgendwem würde dämmern, dass in jedem dieser ehrenwerten Häuser stets dieselbe Aushilfe gearbeitet hatte.

Neben der Tür zum Schlafzimmer entdeckte sie eine schwarze Lederjacke, achtlos über einen Stuhl geworfen. In der Innentasche steckte eine Geldbörse.

Sie nahm alle Scheine aus dem Portemonnaie. Keine Kreditkarten, aber die hätte sie ohnehin nicht angerührt. Sie steckte die Börse zurück und legte die Jacke an ihren Platz. Wieder im Wohnzimmer, stopfte sie das Geld im Champagnerkühler unter die Flasche und stellte das Tablett auf ein Tischchen zwischen Ledersofa und Kamin. Niemals Diebesgut am Körper tragen. Falls jemand auftauchte, würde sie sagen, sie hätte den Champagner gerade erst gebracht.

Auf dem Konferenztisch waren Magazine und Zeitungen drapiert worden. Alle waren dort aufgeschlagen, wo über Parker Cales Aufenthalt in London berichtet wurde. In welchen Restaurants war er gesehen worden, welche Clubs hatte er besucht, wer hatte ihn begleitet? Dazu ein paar aufgewärmte Skandalgeschichten von verprügelten Paparazzi und verruchten Freundinnen. Wahrscheinlich würde er irre stolz auf sich sein, wenn er bei seiner Rückkehr las, wie verdammt populär er war.

Sie musste sich von dem Gewäsch in den Zeitschriften losreißen und sah auf die Uhr. Jede Menge Zeit. Länger als zehn

Minuten brauchte sie ohnehin nicht. Parkers neuer Film, der dritte der *Glamour*-Reihe, hatte Überlänge, weil sich die Produzenten vor den Fans der Romane fürchteten und jede noch so öde Szene übernommen hatten. Der letzte Teil der Trilogie wurde von einem ungeheuren Publicity-Gewitter begleitet, gesteuert von den Fernsehsendern des Cale-Konzerns. Royden Cale hatte seinem Sohn die Romane auf den Leib schreiben lassen, eines seiner Studios mit der Verfilmung beauftragt und sie durch eigene Vertriebe in die Kinos gebracht. *The Glamour* war ein Phänomen, nicht das erste und gewiss nicht das letzte seiner Art, aber derzeit zweifellos das größte. Und Parker Cale, Roydens mäßig talentierter Sohn, sorgte weltweit für Hysterie.

Jetzt würde er sich noch zwei Stunden auf der Leinwand anhimmeln, von seiner Entourage auf die Schulter klopfen und von Mädchen mit Unterwäsche bewerfen lassen. Sicher war er überzeugt, dass er einen verdammt harten Job hatte.

Routiniert machte sie sich daran, den ihren zu erledigen.

2.

Parker blickte von der Rückbank des Taxis hinaus ins Neonlicht und fragte sich, ob der Menschenauflauf an der Straßenecke ihm galt. Er ließ sich ein wenig tiefer in den Sitz sinken und beobachtete die Leute aus dem Augenwinkel: Nur ein paar Frauen und Männer, die vor einem Pub standen und rauchten.

»Hab's im Radio gehört«, sagte der Taxifahrer. »Sie haben Ihrem alten Herrn einen ganz schönen Tritt in den Allerwertesten gegeben.«

Zu viele Gesichter auf zu wenig Raum machten Parker nervös. Für heute war sein Bedarf an Aufmerksamkeit gedeckt.

»Muss einen ziemlichen Trubel gegeben haben«, sagte der Fahrer. »Ehrlich, das hat gesessen! Das wird ihn nicht glücklich machen. Bin seit zweiunddreißig Jahren in der Gewerkschaft, wissen Sie? Die verdammten Bosse mögen's nicht, wenn man ihnen in die Suppe spuckt.«

»Er ist nur mein Vater.« Parker sah wieder aus dem Fenster.

»Er ist Ihr Boss«, erwiderte der Mann beharrlich. »*War* Ihr Boss, würd' ich sagen.« Er lachte leise. »Die haben das alles im Radio gebracht! Alles, was Sie über ihn gesagt haben. Heiliger Bimbam!«

»Gut«, sagte Parker leise. »Dann wird er's wohl mitbekommen.«

Er sah sie schon wieder überall. Die rotwangigen Mädchen mit ihren *Glamour*-Büchern und DVDs und ausgedruckten Fotos. Die Paparazzi, kaum zu erkennen hinter den Blitzlichtgewittern. Die Schaulustigen, denen es egal war, was sie begafften. Einen Unfall. Einen Amoklauf. Einen zu Tode gelangweilten Filmstar.

Vor allem das Kreischen bekam er nicht mehr aus dem Kopf. Tinitus war ein Witz dagegen.

»Glauben Sie, er wird einen anderen für die Rolle nehmen?«, fragte der Fahrer. »Bei all dem Geld, was die Filme gemacht haben ... mehr als eine Milliarde Pfund, haben die gesagt.«

»Dollar.« Parker schloss für einen Moment die Augen. »Nicht Pfund. Es waren nur Dollar.«

»Eine Milliarde!« Es hätten Bierdeckel sein können, die Zahl allein brachte den Mann ganz aus dem Häuschen. »Und, wird er nun einen anderen für die Hauptrolle nehmen?«

»Geht mir ziemlich am Arsch vorbei.«

Der Fahrer röhrte vor Freude. Parker fürchtete, er könnte ihn zu seinen Kumpels schleppen, um auf die Gewerkschaft anzustoßen.

»Den Ladys wird das nicht gefallen.« Im Rückspiegel sah Parker den Mann anzüglich zwinkern. »Die sind ja ganz heiß auf Sie, wie man hört. Stehen alle Gewehr bei Fuß, wenn ich's mal so sagen darf.«

Parker wusste, dass es falsch war, sich auf *dieses* Thema einzulassen, aber manchmal konnte er nicht anders. »Die interessieren sich nicht für mich. Nur für Phoenix Hawthorne. Das ist die Rolle, die ich –«

»Der Junge, der mit Elfen spricht. Und mit Engeln. Hab 'ne Tochter, wissen Sie? Liest eigentlich keine Bücher, aber Ihre, die kennt sie auswendig.«

»Ich bin nicht der Autor. Nur Schauspieler.«

Der Fahrer winkte ab, als spielte das keine Rolle. »Viele kleine Ladys werden jedenfalls in ihre feuchten Schlüpfer weinen.« Sein Lachen klang, als hätte er zu viel Speichel im Mund. »Trau mich gar nicht nach Hause. Das Theater wieder, Menschenskind ... Die Frau hat die Bücher auch gelesen. Ich wär fast eifersüchtig geworden, ich sag's Ihnen ganz ehrlich.«

»Mit den Büchern hab ich nichts zu tun. Nur mit den Filmen. Schlimm genug.« Er hatte sich mal ein T-Shirt mit diesem Spruch drucken lassen. Chimena hatte es entsorgt, bevor er es hatte tragen können.

Er legte den Kopf gegen die Rückenlehne und wünschte sich, er säße in der Limousine. Aber die hatte am Haupteingang des Kinos gewartet, weil niemand damit gerechnet hatte, dass Parker die Premiere noch vor Beginn des Films verlassen würde. Gleich nach seinem ruhmreichen Auftritt vor der Presse. Dem öffentlichen Bruch mit seinem Vater.

»Ist es noch weit?«

»Paar Minuten.«

»Fahren Sie bitte von hinten ans Hotel. Am besten um den ganzen Block herum.«

»Nicht zum Haupteingang?«

»Auf keinen Fall.«

»Sind 'ne Menge Einbahnstraßen.«

»Sie finden schon einen Weg.«

»Für mich ist gleich Feierabend.«

Für mich auch, dachte Parker. Ein für alle Mal.

Das Geschrei Hunderter Stimmen verfolgte ihn, ganz besonders wenn er allein war. Nachts, wenn er wach in seinem Bett lag und in die Dunkelheit starrte. Beim Joggen im Morgengrauen, im Park oder auf den Ländereien seiner Familie in Oxfordshire. Wenn er sich zurückzog und diese beschissenen Texte lernte. *Hinfort mit dir, Dämon, in die tiefste Hölle, aus der du gekommen bist und in die ich dich wieder zurückschicke, auf ewig!* Phoenix Hawthorne sprach mit Vorliebe in Schachtelsätzen. Selbst in Dokusoaps hatten sie bessere Drehbücher.

»Zum Haupteingang wär's wirklich kürzer.«

Erst nach einem Augenblick nahm Parker einen Unterton wahr, den er viel zu gut kannte. »Ich möchte trotzdem gern nach hinten.« Er setzte sich gerade und ballte langsam die Finger zu Fäusten. Öffnete und schloss sie wieder. »Ich geb Ihnen ein anständiges Trinkgeld für den Umweg.«

»Ich wette, vorne warten die Fotografen, oder? Und all die Mädchen. Aber vor allem die Fotografen.« Neonreflexe ließen die Augen des Fahrers im Rückspiegel blind erscheinen. »Ich wette, die *Sun* und der *Mirror* zahlen verdammt gut für ein schickes Foto, wie Sie aus meinem Taxi steigen. Verdammt gut, das wett ich.«

Parker griff langsam in seine Jackentasche. »Wie viel wollen Sie?«

»Wie wär's mit hundert? Dafür sind Sie so schnell am Lieferanteneingang, dass der Asphalt brennt.«

»Hundert Pfund, damit Sie mich zur Hintertür bringen?«

»Nich' Dollar, das ist ma' sicher. Die Paparazzi zahlen mir bestimmt zweihundert, wenn ich Sie bei denen vor der Nase absetze. Aber, hey, ich arbeite auch hart – ich kann verstehen, wenn ein Mann am Abend seine Ruhe haben will.«

»Ich melde Sie bei der Taxizentrale.«

Der Fahrer zuckte die Achseln. »Bin in der Gewerkschaft, sag ich doch. Und ich werd einfach das Gegenteil behaupten. Sie haben mich angeschrien. Sind total ausgeflippt, hier in meinem Taxi. So wie Sie da vorhin auf dem roten Teppich über Ihren Vater gesprochen haben ... ja, so haben Sie auch mit mir geredet. Aber natürlich hab ich Sie trotzdem gewissenhaft ans Ziel befördert, so wie sich das gehört. Den ganzen Weg bis zum Vordereingang.«

Parker stoppte die Aufnahme-App seines Smartphones, drückte auf Play und hielt es vor die Öffnung in der Trennscheibe.

»Hundert Pfund, damit Sie mich zur Hintertür bringen?«

»Nich' Dollar, das ist ma' sicher. Die Paparazzi zahlen mir bestimmt zweihundert –«

Er zog das Handy zurück, als der Fahrer fluchte. »Glauben Sie wirklich«, fragte Parker, »die Gewerkschaft könnte Ihnen da raushelfen?«

»Arroganter Wichser!« Der Mann riss das Steuer herum und bog in eine Seitenstraße.

Drei Minuten später stieg Parker vor dem Lieferanteneingang aus dem Taxi und ignorierte die Tirade vernuschelter East-End-Flüche in seinem Rücken. Mit quietschenden Reifen setzte sich der Wagen wieder in Bewegung.

Parker hämmerte gegen die Metalltür und wurde von

einem verdutzten Küchenlehrling eingelassen. Er eilte an dem Jungen vorbei, durchquerte die Hotelküche und schnappte sich im Vorbeigehen eine angebrochene Whiskeyflasche. »Auf die Rechnung setzen«, rief er, als jemand murrte.

Chimena war mit Sicherheit schon auf dem Weg hierher. Offiziell war sie seine persönliche Assistentin, in Wahrheit aber Auge und Ohr seines Vaters. Er hatte sie im Odeon in einem Pulk von Presseleuten abgehängt.

Die Fans vor dem Haupteingang hatten ihn durch die Glasfront erspäht und drohten die Absperrung niederzureißen. Als er den Aufzug betrat, folgte ihm das Kreischen in die Kabine.

Aus dem Lautsprecher des Lifts säuselte die Filmmusik von *The Glamour* in einer weich gespülten Pianoversion. Parker wich seinem eigenen Blick im Spiegel aus und starrte auf die Speisekarte des Hotelrestaurants, gleich neben den Etagenknöpfen. *Phoenix-Menü für einen magischen Abend zu zweit.* Daneben er selbst mit einer verträumten Epiphany Jones im Arm. Er mit zu viel Kajal, sie mit spitzen Elfenohren. Der Weichzeichner ließ sie beide aussehen, als wäre das Foto bei Smog entstanden.

Er schraubte den Verschluss der Flasche auf, prostete Epiphany zu und nahm einen tiefen Schluck.

3.

Nachdem Ash das Wohnzimmer durchsucht hatte, gab sie einer alten Angewohnheit nach.

Sie betrat das Bad und zückte vor dem Spiegel ihren violetten Lippenstift. Die Farbe stand ihr nicht, natürlich – und wem schon? Aber sie brachte ihr Glück, und das brauchte sie hier drinnen. Draußen würde man sie damit auf der Stelle feuern, sie würde sie vor dem Hinausgehen wieder abwischen.

Während sie ihren Lippen nachzog, streifte ihr Blick Zahnpasta und andere Hygieneartikel. Beruhigend, dass selbst ein Filmstar mit Millionengagen die gleichen Marken benutzte wie sie selbst.

Ein Kulturbeutel aus Leder stand mit geschlossenem Reißverschluss neben dem Waschbecken. Sie glaubte nicht, dass sie darin Geld finden würde, öffnete ihn aber dennoch. Rasierzeug, Cremes, ein Nagelset. Ein Etui mit einer Brille. Wussten seine Fans, dass er die brauchte? Sie konnte sich nicht erinnern, je ein Foto gesehen zu haben, auf dem er sie trug.

Eines der Fächer war mit Medikamenten gefüllt. Zuoberst Aspirin und ein Antihistaminikum. Darunter die interessanteren Schachteln: Lithium, Carbamazepin und Lamotrigin. Das erste war ein Antidepressivum, die anderen beiden schluckten Epileptiker. In Kombination wurden alle drei gegen Borderline-Symptome eingesetzt. Der Arzt, zu dem Ashs Pflegeeltern sie geschleppt hatten, hatte ihr das gleiche Zeug verschrieben. Sie hatte sich geweigert, auch nur eine Pille zu schlucken. Seitdem lebte sie allein.

Sie räumte die Packungen zurück in den Beutel, exakt so, wie sie alles vorgefunden hatte. Nie entging ihr ein Detail. Sie registrierte die Reihenfolge von Gegenständen und ihre Abstände. Ein Blick genügte ihr, um sich eine Zimmereinrichtung haargenau einzuprägen.

Im Eingangsbereich der Suite blieb sie stehen und horchte auf Geräusche aus dem Flur. Nichts.

Flüchtig strich ihre Hand über die Anhänger, die sie versteckt unter der Zimmermädchenuniform trug, eine Sammlung religiöser Symbole an Kettchen und Lederbändern: ein Davidstern, ein Kreuz, ein altägyptisches Anch, dazu das achtspeichige Rad des Buddhismus, ein Halbmond und der neunzackige Stern der *Bahai*. Hätte jemand sie gefragt, ob sie an Gott glaubte, an irgendeinen, hätte sie verneint. Aber sie ging auf Nummer sicher. Zumindest mangelndes Bemühen würde man ihr nicht vorwerfen können.

4.

Die Aufzugtüren öffneten sich.

Parker wollte die Kabine verlassen, als er bemerkte, dass er sich noch nicht im Dachgeschoss befand. Ein drahtiger, rothaariger Mann huschte in den Lift. Parker kannte ihn von irgendwoher.

Der Aufzug setzte sich in Bewegung. Noch vier Etagen.

»Verzeihen Sie, Mister Cale.« Der Mann sah nicht aus, als hätte er es auf ein Autogramm abgesehen. »Mein Name ist Graham Campbell.«

Verdammt. Parker blickte zu den Ziffern über der Tür. »Sie hätten zur Pressekonferenz kommen sollen, Mister Campbell.«

»Ich habe Ihren Auftritt im Fernsehen verfolgt.« Mit seinem maßgeschneiderten Anzug sah Campbell zumindest nicht aus wie ein schmieriger Klatschreporter. Parker hatte nie mehr als ein paar Worte mit ihm gewechselt, erinnerte sich aber an seine Artikel in der britischen Boulevardpresse. Campbell zitierte mit Vorliebe namenlose »Freunde« und andere »Vertraute«. Wie zum Henker war er an der Security vorbeigekommen?

»Mein Mitarbeiter vor Ort«, sagte der Reporter, »hat mich

auch über die Sätze informiert, die unsere Kollegen vom Fernsehen so früh am Abend dann lieber doch nicht senden wollten.«

»Dafür stehen sie morgen früh in Ihrem Blatt, nehme ich an.« Eigentlich wusste Parker es besser. Mund halten. Kein Blickkontakt. Aber er war nicht in der Stimmung für Zurückhaltung. »Ich vermute, Sie zeichnen das hier auf?«

Campbell deutete mit breitem Lächeln zur Sicherheitskamera unter der Decke der Liftkabine. »Das wird nicht nötig sein, denke ich.«

Die vorletzte Etage.

»Würden Sie mir verraten«, fragte der Reporter, »ob Ihr Vater bereits darüber Bescheid wusste, dass sie die Rolle hinschmeißen?«

»Es gibt nur drei Romane. Wir haben alle verfilmt. Die Rolle existiert nicht mehr, jedenfalls nicht für mich.«

»Es dürfte doch kein Problem sein, den Ghostwriter mit einem vierten Band zu beauftragen. Gibt es schon eine Reaktion Ihres Vaters?«

Der Aufzug hielt an. Als sich die Schiebetüren öffneten, blieb Campbell mitten auf der Schwelle stehen.

»Gehen Sie mir aus dem Weg«, verlangte Parker.

»Meine Leser interessieren sich dafür, was Ihr Vater wohl über das denken mag, was Sie da von sich gegeben haben. Wird er Sie enterben?«

»Weil ich seine Filme nicht mag?«

»Weil sie im Zusammenhang mit ihm ein paar unschmeichelhafte Wörter benutzt haben.«

Parker schob sich energisch an Campbell vorbei. Der Reporter war klug genug, ihn nicht anzufassen. Anders als die

Paparazzi legte er es nicht auf Handgreiflichkeiten an. Wahrscheinlich sah er sich selbst als seriösen Journalisten.

Er trat hinter Parker auf den verlassenen Hotelflur. Die Lifttüren schlossen sich. »Vielleicht können wir über ein paar exklusive Kommentare verhandeln.«

Parker fuhr herum und hielt ihm die Whiskeyflasche entgegen. »Hier.«

»Die, äh, will ich nicht.«

»Verkaufen Sie die an die Leute vorm Hotel. Das ist nicht peinlicher als das, was Sie sonst treiben. Wenn Sie denen erzählen, dass sie von mir ist, bekommen Sie bestimmt ein paar Pfund dafür.«

»Aber Ihnen sollte doch daran gelegen sein, die Situation zu klären.«

»Ich habe die Situation geklärt, indem ich aller Welt erzählt habe, was ich von *The Glamour* halte. Von den Romanen, den Filmen und meiner Rolle.«

»Aber ist das nicht undankbar? Die Fans vergöttern Sie als Phoenix Hawthorne.«

»Und vor mir haben sie Robert vergöttert und Daniel und irgendwann auch mal Elvis Presley und James Dean. Sie werden einen Neuen finden.«

»Interessant, dass Sie die beiden erwähnen. Elvis und Dean sind beide nicht alt geworden. Man munkelt, dass Sie Medikamente nehmen, um –«

Parker machte einen schnellen Schritt auf Campbell zu. »Wer?«

Der Reporter glotzte ihn an. »Bitte?«

»*Wer* behauptet das? Nennen Sie mir ein paar Namen. Oder auch nur einen. *Man munkelt. Jemand behauptet. Die Leute sagen.* Das überzeugt vielleicht Ihre Leser, Mister Campbell, aber nicht mich.«

Der Mann trat ein Stück zurück. Vielleicht war ihm aufgefallen, dass es in diesem Gang weit und breit keine Kameras gab. Schließlich setzte er ein diplomatisches Lächeln auf. Parker musste ihm zugestehen, dass es besser gespielt war als jenes, mit dem er selbst jahrelang gute Miene zum bösen Spiel gemacht hatte: Wenn er den Leuten erklärt hatte, was für eine Ehre es sei, dass man gerade ihn ausgewählt habe, um einen so anspruchsvollen Charakter wie Phoenix Hawthorne zu verkörpern.

»Wir beide können doch offen miteinander reden«, sagte Campbell versöhnlich. »Würden Sie allen Ernstes bestreiten, dass Sie Ihre Karriere einzig Ihrem Vater zu verdanken haben?«

Parker zückte sein Handy.

»Royden Cales Konzern«, fuhr der Reporter fort, »gehört ein Großteil der Verlage, die weltweit die *Glamour*-Bücher unters Volk bringen. Das Filmstudio ist eine Tochtergesellschaft seiner Medien-Holding. Ganz zu schweigen von sechzig Prozent der beteiligten Kinovertriebe. Ja, Mister Cale, ich bin durchaus in der Lage, Recherchen anzustellen. Dass die Bücher nicht von einer Sechzehnjährigen geschrieben wurden, wissen wir beide ganz genau – dass ein Ghostwriter dahintersteckt, ist nun wirklich ein offenes Geheimnis.«

Am Telefon meldete sich die Rezeption.

»Parker Cale. Könnten Sie bitte zwei Herren von der Security heraufschicken? Zwei ganz besonders kräftige, wenn es geht ... Ja, vielen Dank.«

Campbells Tonfall kam in eine leichte Schräglage. »Ihr Vater hat durchgesetzt, dass sein eigener Sohn die Hauptrolle übernimmt – gegen den Wunsch des ersten Regisseurs und zum Leidwesen der beiden anderen, wie es heißt. Er hat Sie zu einem internationalen Filmstar gemacht, Mister Cale ... Sie und auch Epiphany Jones. Und nun werfen Sie ihm den Kram vor die Füße, nennen ihn einen Tyrannen und Schlimmeres und entschuldigen sich öffentlich bei den Zuschauern dafür, ihnen – ich zitiere Sie hoffentlich korrekt – mit diesem *verfickten Scheißdreck* das Geld aus den Taschen gezogen zu haben.«

Über Campbells Schulter hinweg sah Parker auf die Etagenanzeige des Lifts. »Hier«, sagte er, »fangen Sie!« Und damit warf er dem Reporter die Flasche zu. Reflexartig hielt Campbell sie fest.

Das Signal ertönte. Die Aufzugtüren glitten auseinander.

Graham Campbell blickte verdutzt auf die Flasche in seiner Hand, dann zu den beiden hünenhaften Wachleuten, die aus der Kabine traten.

»Der Mann ist betrunken«, sagte Parker. »Er wird zudringlich und hat ... Fantasien. Sie haben mit Leder und kleinen Jungs zu tun.« Er setzte dasselbe Gesicht auf wie im zweiten Film, als die Schwarzen Schlüsselträger Phoenix' Mutter ermordeten. »Er dürfte nichts dagegen haben, wenn Sie ihn ein wenig härter anfassen.«

Campbell setzte zu einem Widerspruch an, aber einer der Sicherheitsleute kam ihm zuvor. »Lassen Sie das nur unsere Sorge sein, Mister Cale. Hart können wir gut. Hart ist unser Job.« Er zog Campbell an der Schulter zu sich herum. »*Wie* hart hättest du's denn gern, mein Freund?«

Parkers Dank ging im Protest des Reporters unter. Er ersparte sich Campbells würdelosen Abgang und machte sich auf den Weg zu seiner Suite.

5.

Ash huschte aus dem Bad ins Wohnzimmer, als sie das Ratschen der Schlüsselkarte hörte. Einen Augenblick später entriegelte sich das Schloss. Zu spät, um sich hinaus auf die Terrasse zu verdrücken. Plan B also. Mit etwas Glück war es nur ein anderes Zimmermädchen, das Blumen brachte.

Sie hatte gerade das Champagnertablett vom Tisch gehoben, als die Tür der Suite zufiel. Hastige Schritte näherten sich durchs Foyer.

Ash drehte sich um.

Da stand er und sah sie mit einer Mischung aus Ungeduld und Verärgerung an.

»Oh«, sagte sie. »Verzeihen Sie. Ich –«

Er winkte ab. »Schon gut. Tun Sie, was auch immer Sie da gerade tun.« Damit schien er das dumme Zimmermädchen zu vergessen und ging in Richtung des Konferenztischs, um die Schundblätter zu betrachten. Erst auf halber Strecke blieb er stehen und drehte sich zu ihr um. »Was genau *tun* Sie da eigentlich?«

»Champagner«, sagte sie. »Zimmerservice.«

»Ich hab keinen bestellt.«

»Sie nicht.« Na, prima. »Aber jemand anders hat ihn für Sie –«

Sie verstummte, als er sie anstarrte. Nicht weil sie seinem berüchtigten Charme erlag – er sah gut aus, na und? –, sondern weil er kein bisschen wirkte wie der Junge auf den Filmplakaten, mit denen man halb London zugepflastert hatte. Sicher, er war es. Aber dieser – wie hieß er gleich? Phoenix Hemingway? –, dieser Typ mit der Elfe im Arm und dem goldenen Schlüssel sah auf dem Poster aus wie der wiedergeborene Messias. Ein Hollywood-Heiland, zur Erde herabgestiegen, um den Leuten Actionfiguren und Videospiele anzudrehen. Mit zu viel Kajal um die Augen.

Parker Cale hingegen machte einen erschreckend normalen Eindruck. Dunkelbraune Haare, schwarze Brauen. Blaue Augen und Dreitagebart. Durchstochene Ohrläppchen, aber keine Ringe darin. Auf der Straße wäre er ihr aufgefallen, weil *irgendetwas* an ihm anders war, aber sie wusste beim besten Willen nicht, was. Nicht auf den ersten Blick, und während er sie mit diesem misstrauischen Stirnrunzeln ansah.

»Und wer sollte mir Champagner aufs Zimmer schicken?« Er schien noch etwas hinzufügen zu wollen, schüttelte dann aber den Kopf. »Spielt auch keine Rolle. Stellen Sie das Zeug einfach hin.«

Einen Moment lang tat er ihr leid. Er stand da wie der einsamste Mensch der Welt und strahlte eine atemberaubende Freudlosigkeit aus.

»Die Flasche ist von Ihrem Vater«, sagte sie, weil er ihr vorkam wie jemand, der zu wenige Antworten auf seine Fragen erhielt. Wie jemand, auf den die Leute von morgens bis abends einredeten, um doch in Wahrheit überhaupt nichts zu sagen.

»Mein *Vater*?« Ein Eishauch wehte herüber. »Und da sind Sie ganz sicher?«

»Natürlich.« Es war ein Fehler gewesen, das spürte sie. Aber sie kam aus dieser Sache nicht mehr raus.

»Nein«, sagte er.

»Nein?«

»Mein Vater hat mir noch nie Champagner aufs Zimmer geschickt. Er würde das nicht tun. Und heute Abend ... glaub mir, heute erst recht nicht!«

Sie versuchte in seiner Miene zu lesen. Ihre Blicke verbissen sich ineinander. Abrupt stellte sie das Tablett ab, so heftig, dass es klirrte.

Er kam langsam auf sie zu. »Was hast du hier zu suchen?«

Sie wappnete sich wie ein Boxer, der weiß, dass der nächste Treffer der letzte sein wird. »Ehrlich gesagt« – sie hoffte, dass er wirklich so versessen auf Publicity war – »bin ich wegen des Interviews hier.«

6.

Bullshit, dachte er. »Welches Interview?«

Und wer hatte ihr nur diesen Lippenstift aufgeschwatzt? Immerhin sagte ihm sein Gefühl, dass sie keine von *denen* war. Nicht eines dieser Mädchen, die sich auftakelten bis zum Gehtnichtmehr und hofften, dass er sie abschleppte.

Es hatte mal eine Zeit gegeben, kurz nach dem Kinostart des ersten Films, als er sich auf so etwas eingelassen hatte – auch um herauszufinden, wie weit er gehen konnte, ehe Chimena einschritt. Aber nach ein paar Monaten hatte das seinen Reiz verloren.

Das falsche Zimmermädchen hatte ihm noch immer keine Antwort gegeben. »Was für ein Interview?«, fragte er noch einmal.

Sie nannte ihm die Website einer Gruppe Weltverbesserer, die dafür bekannt war, des Medienimperium seines Vaters anzuprangern. Das war zweifellos geschwindelt, aber nicht unclever. Und es war ihm allemal lieber als diese Arschkriecherei, mit der ihm der Rest der Welt begegnete.

Fürs Erste spielte er mit. »Und du arbeitest für die?«

»Ich bin Freie. Angestellte gibt's da keine, oder nur ein paar.«

Wenn er jetzt zu freundlich wurde, würde sie bemerken, dass er sie durchschaut hatte. Mit Sicherheit hielt sie ihn für einen arroganten Schwachkopf, also konnte er dieses Bild ruhig aufrechterhalten. Auf eine ruppige Art war sie ganz niedlich, wenn auch nicht im Entferntesten sein Typ. Eines von diesen Mädchen, die sich nicht für attraktiv hielten und gerade dadurch ein natürliches Glühen bekamen.

»Wie heißt du?«, fragte er.

»Ash.«

Jede Wette, dass sie den Namen in dieser Sekunde erfunden hatte. Wahrscheinlich beim Anblick des offenen Kamins.

»Ich bin Parker.« Er fand es höflich, das zu erwähnen, aber sie sah ihn an, als hätte er eine Flagge mit der Aufschrift Volltrottel gehisst. Er kannte diesen Blick von zahllosen Gelegenheiten; trotzdem bestand er weiterhin darauf, sich Fremden vorzustellen. Er wollte ihnen zeigen, dass sie sich mit ihren Kinokarten keinen Anspruch auf Vertraulichkeit erkauft hatten. Die meisten glaubten, alles über ihn zu wissen; indem er ihnen unterstellte, nicht mal seinen Namen zu kennen, signalisierte er, wie falsch sie damit lagen.

»Setz dich«, sagte er barsch und deutete auf das Sofa vor dem Kamin.

Sie zögerte kurz, dann nahm sie Platz – nicht auf der Couch, sondern in dem Sessel gleich neben dem Tisch, auf dem sie den Champagner abgestellt hatte.

Ihr Haar war schwarz und zu einem kinnlangen Bob geschnitten. Strähnen hingen ihr in die Stirn. Ihr Gesicht war voller Sommersprossen und die grünen Augen standen in einem verheerenden Gegensatz zu ihrem scheußlichen Lippenstift. Parker kannte Imageberater, die bei diesem Anblick auf der Stelle der Schlag getroffen hätte.

Irgendwie war sie unbemerkt hier hereingekommen. Es interessierte ihn brennend, ob er nicht denselben Weg nehmen konnte, um aus dem Hotel zu verschwinden.

Er sah kurz auf sein Handy. Über zwanzig Nachrichten und es würden noch eine Menge mehr werden, wenn sich die Welt – gut, *seine* Welt – vom Schock über den Auftritt im Kino erholt hatte. Von seinem Vater war natürlich keine dabei. Wie immer würde Royden Cale es Chimena überlassen, ihn zu maßregeln. Lange würde sie nicht mehr auf sich warten lassen.

Parker sah prüfend zu Ash. Sie himmelte ihn nicht an – kein bisschen, das war klar –, und sie schien auch nicht neugierig zu sein wie die meisten anderen. Vielmehr studierte sie ihn wie ein General den Gegner, bevor er seine nächste Kompanie in Bewegung setzt.

»Hör zu«, sagte er, während er das Handy einsteckte, »wir ändern den Plan.«

»So?« Ein amüsiertes Blitzen. Sie war ein Biest.

»Ich geb dir dein Interview, oder was immer du haben willst. Aber erst bringst du mich unauffällig aus dem Hotel.« Er fixierte sie, ohne dass es ihm gelang, sie zu durchschauen. »Das kannst du doch, oder?«

»Was immer ich haben will?«

Parker nickte ungeduldig. Wahrscheinlich erreichte Chimena in diesem Augenblick das Hotel. Bislang hatte das Adrenalin, das durch die Tirade gegen seinen Vater freigesetzt worden war, ihn von allem anderen abgelenkt. Aber jetzt wurde ihm klar, dass der Kerl im Lift ihn zu viel Zeit gekostet hatte.

Ash rührte sich nicht von der Stelle. »Das ist ziemlich großzügig.«

»Ich hab's eilig.«

»Offensichtlich.«

»Also?«

Sie lächelte. »Ich kann dir helfen – wenn du mich dafür bezahlst.«

Er war nicht überrascht. Natürlich wollte sie kein Interview und schon gar nicht mit ihm ins Bett. Er hätte längst darauf kommen müssen, dass sie in Wahrheit auf Geld aus war. Er hatte sie erwischt, als sie gerade seine verdammte Suite ausraubte!

»Und niemand wird sehen, dass wir abhauen?«, fragte er skeptisch.

»Kann ich dir nicht versprechen. Aber ich kenne den besten Weg, um aus diesem Laden zu verschwinden.«

»Wie viel?«

Ihr Lächeln wurde breiter. »So viel du willst.« Dass sie ihn verwirrte, machte sie nicht uninteressanter. »Ich bring dich hier raus und du bezahlst mir, was dir meine Hilfe wert ist. Okay?«

Noch immer misstrauisch, ließ er sie nicht aus den Augen. Wahrscheinlich hatte sie keine Ahnung, in welcher Reihenfolge man beim Dinner das Essbesteck benutzte; aber sie hatte definitiv den Bogen raus, wenn es darum ging, ihn neugierig zu machen. »Wie ist dein echter Name?«

»Ash.«

»Wie in Ashley?«

»Gib dir keine Mühe. Ich steh nicht im Telefonbuch.«

»Aber du heißt nicht wirklich so.«

»Warum sollte ich dich anlügen?«

Weil du das schon die ganze Zeit über tust. »Wie auch immer. Hauen wir ab.«

Erstaunlich geschmeidig federte sie aus dem Sessel hoch und blieb einen guten Schritt vor ihm stehen. »Wo willst du überhaupt hin?«

»Erst mal hier raus.«

»Und dann?«

»Geht dich nix an.«

Sie zuckte die Achseln, ging zur Champagnerflasche, hob sie aus dem Kühler und holte etwas darunter hervor, das sie blitzschnell in der Tasche verschwinden ließ. Als sie seinen Blick bemerkte, schenkte sie ihm ein weiteres Lächeln. »Vertrauen gegen Vertrauen.«

Er sah auf die Uhr. »Wir müssen los.«

»Da hat es wohl jemand besonders Unangenehmes auf dich abgesehen.«

Die aufrichtige Erwiderung darauf wäre komplizierter gewesen, als sie sich vorstellen konnte. Also hielt er den Mund und lief voraus zur Tür der Suite. Unterwegs angelte er seine Lederjacke vom Stuhl, spürte beim Überziehen, wie seine Geldbörse in der Brusttasche gegen die Rippen drückte, und ahnte im selben Moment, was sie gerade aus dem Sektkühler genommen hatte.

»Ich glaube, du hast deine Bezahlung schon«, sagte er.

»Vielleicht.«

»Falls du vorhast, mich zu entführen und von meinem

Vater Lösegeld zu verlangen, muss ich dich enttäuschen. Er wird keinen Penny für mich lockermachen.«

Erneut sah sie ihn mit diesen leuchtenden, durchleuchtenden Augen an. »Vielleicht sollte ich dich doch interviewen. Kein Mensch scheint die wirklich spannenden Fragen zu stellen.«

»Erfüll erst mal deinen Teil des Deals.«

Sie nickte und trat auf den Flur. »Komm mit!«

Als sie durch den Notausgang ein Treppenhaus betraten, erklang das Signal des eintreffenden Aufzugs.

Parker drückte die Tür hinter sich zu und folgte Ash die Stufen hinab.

7.

Ash nahm an, dass er unter Verfolgungswahn litt. Womöglich war ihm selbst gar nicht bewusst, wie gehetzt sein Gesichtsausdruck wirkte, während er neben ihr durch die Kellergänge des Hotels hastete.

Dass sie niemandem begegneten, war pures Glück. Sie war diese Strecke in den vergangenen Tagen mehrfach abgegangen, und jedes Mal war sie dabei einem der Hausmeister über den Weg gelaufen. Sie hatte nicht damit gerechnet, ihre Fluchtroute tatsächlich benutzen zu müssen, aber sie war gern auf alles vorbereitet.

Für sie spielte es keine Rolle, wer er war oder was es anderen bedeutet hätte, mit Parker Cale – *Parker Cale!* – allein zu sein. Sie wollte ihn so schnell wie möglich loswerden, ihn und alle, die auf der Suche nach ihm waren. Vor wem auch immer er davonlief, sie machten ihn verdammt nervös.

»Hey«, sagte er, als sie vor einer Brandschutztür anhielt, »Ashley!«

»Nenn mich noch mal so, und du brauchst neue Implantate.«

Sein Grinsen war zahnpastaweiß. Als Wiedergutmachung hätte ihr ruhig eine Narbe auffallen können. Eine Nasen-

OP. Irgendein Indiz dafür, dass er der Natur auf die Sprünge geholfen hatte. Aber nichts dergleichen. Natürlich hatte sie schon vorher gewusst, dass die Welt scheißungerecht war.

»Ist ein ziemlich großer Keller, hm?« Es sollte wohl beiläufig klingen, aber sie hörte seinen Argwohn dennoch heraus.

»Ging nicht ohne den Umweg. Ich brauchte meinen Kram.« Am Morgen hatte sie ihren Rucksack in der Nähe des Treppenhauses deponiert. Parker war nicht glücklich gewesen, als sie darauf bestanden hatte, die Sachen einzusammeln und sich umzuziehen. Außerdem hatte sie sich den Lippenstift abgewischt; das zumindest schien ihm ganz recht zu sein. Jetzt trug sie Turnschuhe, Jeans und ein graues Kapuzenshirt. Darunter klimperten ihre Anhänger.

»Wir sind gleich draußen.« Sie legte eine Hand auf die Türklinke und schob mit der anderen einen Eisenriegel beiseite. Sie hatte ihn eigenhändig geölt, vor drei Tagen erst. Für so was hatte der liebe Gott die Nachtschicht erfunden.

Die schwere Tür ließ sich nur von innen öffnen. Die Gasse, auf die sie nun traten, war schmal und dunkel. Parker blickte sich um, als erwartete er ein Sonderkommando der Polizei. Aber weit und breit war niemand zu sehen. Er seufzte hörbar.

»Da entlang«, sagte Ash.

»Könnte sein, dass am Lieferanteneingang Fotografen warten.«

»Wir biegen vorher ab. Vertrau mir einfach.«

Wenig später gelangten sie auf eine Straße, die von Reihen weißer Häuser gesäumt war, alle mit schmiedeeisernen schwarzen Zäunen, Treppenaufgängen und Säulen rechts und links der Türen. Ash erinnerten die Straßen in Londons feineren Stadtteilen immer daran, wie sie als Kind in den Badezimmerspiegel ihrer Großmutter geschaut und die beiden Seitenfächer geöffnet hatte; vor ihr war ein endloser Korridor aus Spiegeln in Spiegeln entstanden, aus denen sie hundertfach ihr eigenes Ebenbild angesehen hatte. Es hätte sie nicht überrascht, in den Fenstern all dieser identischen Häuser das immer gleiche gefangene Gesicht zu entdecken.

»Dahinten«, sagte sie zu Parker, »am Ende der Straße, geht's zurück zum Hotel. Falls du es dir noch anders überlegst.«

Er atmete auf wie jemand, der gerade einen Berggipfel bezwungen hat.

Ash runzelte die Stirn. »Ist ein schweres Schicksal, jeden Morgen in einem Himmelbett aufzuwachen und sich das Frühstück bringen zu lassen, hm?«

»Du hast keine Ahnung.«

»Ach, komm, spar dir die *Notting-Hill*-Nummer. Mag ja sein, dass du dich in deinem Elfenbeinturm schrecklich eingeengt fühlst. Aber wenn wir vom gemeinen Volk mit unseren rußigen Gesichtern und entzündeten Augen durch die Fenster zu euch reinschauen, sehen wir vor allem Teegesellschaften, Blumengestecke und Jagdhunde auf dem Kaminvorleger.«

Sein Blick verfinsterte sich. »Deine Kindheit im Waisenhaus würde mich bestimmt ganz betroffen machen.«

»Schade, dass wir keine Zeit dafür haben und uns nie wiedersehen werden.«

»Darüber wollte ich noch mit dir reden.«

Sie erreichten die Park Lane an der Ostseite des Hyde Park. Nicht weit bis zur U-Bahn-Station Marble Arch. Zahllose Autoscheinwerfer glitten an ihnen vorüber. Trotz der Dunkelheit zog Parker eine Sonnenbrille aus seiner Jacke und setzte sie auf.

»Worüber reden?«, hakte sie argwöhnisch nach. Falls er sein Geld zurückverlangte, bekäme er seine erste Nasen-OP kostenlos.

Er klopfte auf das Portemonnaie in seiner Jacke. »Du hast alles rausgenommen, oder?«

»Was hast du erwartet?«

»Keine Sorge, du kannst es behalten. Aber du hast wahrscheinlich gesehen, dass keine Kreditkarten drin waren.«

»Hat Daddy sie dir weggenommen?«

»Meine Assisten–« Er brach ab und setzte neu an: »Mein Vater hat diesen Wachhund auf mich angesetzt. Chimena. Sie hat alle meine Karten.«

Vielleicht war ja doch was dran an diesem Gerede vom goldenen Käfig. »Und?«

»Ich bin völlig blank.«

»Was mich *inwiefern* was angeht?«

Er hob die Schultern, als müsste sie ganz genau wissen, worauf er hinauswollte.

»Wir hatten eine Absprache«, sagte sie. »Ich hab dich aus dem Hotel gebracht. Keiner hat dich gesehen. Du kannst dir jetzt einen Schnauzbart ankleben und die Gebräuche des Pöbels studieren, o mein Kalif.« Sie war drauf und dran, hinüber zur Treppe der U-Bahn-Station zu gehen, aber etwas ließ sie noch zögern. »Hier« – sie zog das flache Geldbündel aus der Tasche – »davon kannst *du* dir nicht mal eine Übernachtung in einem anderen Hotel leisten. *Ich* lebe davon fast zwei Wochen.«

»Ich will's gar nicht haben.«

Ihr Misstrauen blieb, während sie die Scheine wieder einsteckte. »Was dann?«

»Irgendwo muss ich schlafen.«

»Der Park ist gleich da drüben.«

»Dort finden sie mich.« Er druckste herum. »Du wohnst doch irgendwo. Nimm mich mit. Nur für eine Nacht. Ich schlafe auf dem Boden, du wirst nichts von mir sehen oder hören. Nur für heute, mehr will ich gar nicht.«

»Vergiss es.«

»Falls du einen Freund hast ... Wir könnten es ihm erklären.«

»Er ist zwei Meter groß, hat Knasttattoos und spricht nur Russisch.«

»Ihr redet nicht viel, hm?«

In einer hilflosen Geste warf sie die Arme in die Höhe. »Es geht nicht, okay? Unsere Geschäftsbeziehung endet genau hier. Ich verschwinde jetzt in der U-Bahn und du gehst ... ich weiß nicht, irgendwohin.«

Und damit wandte sie sich zur Straße um und wartete auf eine Lücke im Verkehr. Der Eingang zur U-Bahn-Station befand sich auf der gegenüberliegenden Seite; es gab auch einen Zugang hier bei ihnen, ein Stück weiter die Straße hinauf, aber sie wollte ein Zeichen setzen, indem sie eine Menge Autos zwischen sich und ihn brachte.

In ihrem Rücken sagte er: »Dir ist doch klar, dass du gar keine Wahl hast, oder?«

Sie schloss für einen Moment die Augen. »Du blöder Arsch«, flüsterte sie, ohne sich umzudrehen.

Er klang niedergeschlagen. »Lässt du *mir* denn eine Wahl?«

Mit einem Ruck fuhr sie herum. »Sie ist deine Assistentin, nicht das verfickte Scottland Yard! Und das hier ist London! Sie findet dich nicht, wenn du es nicht willst. Wie alt bist du? Sieben?«

»Dann sieh's einfach so: Ich hab keine Lust, auf einer Parkbank zu schlafen.« Seine Augen funkelten angriffslustig. Gleich würde er den magischen Schlüssel aus der Tasche ziehen und sie in ein Opossum verwandeln.

»Du würdest mich allen Ernstes an die Bullen verpfeifen?«

Er tat, als hielte er Ausschau nach einem Bobby. Ein wenig aufgesetzt, fand sie, aber niemand hatte behauptet, dass er ein guter Schauspieler war.

»Arsch«, sagte sie noch einmal.

»Nur eine Ecke auf dem Boden.«

Zehn Millionen Mädchen hätten für dieses Angebot ihre Eltern erdrosselt. Ash hoffte nur, er würde auf der Stelle von einem Bus überfahren.

Parker schien ihren Wunsch erfüllen zu wollen. Ohne nach links oder rechts zu sehen, trat er auf die Straße und überquerte die Fahrbahn. Ein schwarzes Taxi wich ihm aus und hupte. Zwei weitere Wagen bremsten scharf und entgingen einem Zusammenstoß nur um Haaresbreite.

Ash blieb stehen und starrte auf seinen Rücken, während er ungerührt weiterging.

»Hast du sie noch alle?«, rief sie ihm hinterher.

»Komm endlich!«

Sie ließ sich viel Zeit, in der Hoffnung, eine Horde Paparazzi käme um die Ecke. Als sie schließlich die andere Seite erreichte, sah er sie nur fragend an, so als hätte er keinen Schimmer, worüber sie sich eigentlich aufregte.

Sie machte keinen Versuch, es ihm zu erklären. Er war eben, wie er war. Die Welt drehte sich um ihn. Der Verkehr hatte sich gefälligst zu teilen wie das Rote Meer, wenn es Parker Cale in den Sinn kam, die Straßenseite zu wechseln. Anmaßend bis in die Haarspitzen. Und er hatte ihr mit der Polizei gedroht. Blasierter, selbstgerechter Wichser.

»Central Line West«, sagte sie knapp, während sie an ihm vorbei die Treppe hinunterlief. »Bis Shepherd's Bush. Und sprich mich ja nicht mehr an. Ich hab keine Lust, morgen neben dir in der *Sun* aufzutauchen.«

8.

Sie stiegen in den letzten Waggon ein. Er war menschenleer. Schweigend setzten sie sich auf gegenüberliegende Seiten des Gangs. Ash ignorierte Parker, so gut es eben ging. Hinter der Sonnenbrille blieben seine Augen unsichtbar, aber sie hatte das Gefühl, dass er sie anstarrte.

»Hier ist niemand«, sagte sie schließlich. »Du kannst das Ding absetzen.«

Er tat es nicht. Auch gut.

Noch nie hatte sie das Innere eines U-Bahn-Waggons so aufmerksam studiert wie heute. Der graue Boden war verschmutzt, als hätten die Hooligans der Queens Park Rangers hier drinnen gefeiert. Eine leere Bierdose rollte über den Gang. Die Sitzpolster waren mit rot gemustertem Stoff bezogen, auch die Haltestangen waren rot. Die weißen Wände und Plexiglasfenster gingen in die gewölbte Decke über. Es roch nach Kunststoff und der aufbereiteten Luft des Londoner Untergrunds, mit einer zarten Note Erbrochenem. Wenigstens war nirgends welches zu sehen. Oder Parker saß mittendrin. Aber dann würde er sie wahrscheinlich zwingen, seine Klamotten zu waschen. *Oder ich geh zu den Bullen.*

Shit. Im Keller hätte sie ihn abhängen können. Wahrscheinlich hätte er sie einfach vergessen, er schien genug andere Probleme zu haben.

Lancaster Gate. Die erste von fünf Stationen bis Shepherd's Bush. Niemand stieg in ihren Waggon ein. Als der Zug sich wieder in Bewegung setzte, waren sie noch immer allein.

»Tut mir leid«, sagte Parker.

»Und mir erst.«

»Ich mein's ernst.«

»Ist es nicht eher – ich weiß nicht – *unglaubwürdig*, sich zu entschuldigen, während du mir noch die Pistole auf die Brust setzt?«

Mit einem Seufzen nahm er die Sonnenbrille ab und strich sich durchs Haar. »Ich hab dich nur um deine Hilfe gebeten. Mein Gott, was verlange ich denn schon?«

»Was du ...« Es verschlug ihr die Sprache. »Wie viele Leute hast denn *du* schon mit in deine Wohnung genommen, weil sie dich darum gebeten haben? Oh, entschuldige, du bist ja Parker Cale! Ein paar Hundert werden es wohl gewesen sein. Vorausgesetzt, sie hatten die richtige Körbchengröße.«

»So bin ich nicht.«

Sie lachte. »Natürlich nicht.«

»Die Zeitungen verbreiten allen möglichen Scheiß über mich. Ich kann's nicht ändern.« Mit einem Mal ballte er die Faust und schlug fest auf seinen Oberschenkel.

Ash hielt kurz den Atem an. Das musste wehgetan haben. Aber Parker zuckte nicht einmal.

»Sie schreiben, was sie wollen, verstehst du?« Er blickte sie über den Gang hinweg an, als hätte sie selbst all diese Artikel verfasst. »Es ist ihnen scheißegal, was sie anrichten. Und die Leute glauben ihnen jedes Wort!«

Sie hätte aufstehen und einen Waggon weitergehen können. Dort waren Menschen zugestiegen. Sie wäre dann nicht mehr allein mit ihm, selbst wenn er ihr folgte. Aber sie blieb sitzen und hielt seinem Blick stand.

»Das ist nicht mein Problem«, sagte sie.

»Ich weiß.«

»*Mein* Problem ist, dass ich dämlich genug war, mich erwischen zu lassen. Und dass ich jetzt von dir erpresst werde.«

»Ich erpresse dich nicht!«

»Du hast mir –«

»Nein«, unterbrach er sie. »Hab ich nicht. Das hast du mir in den Mund gelegt.«

Sie schwieg, während die leere Dose wieder zur anderen Seite rollte. Die U-Bahn wurde langsamer und hielt an. Queensway. Ein paar Minuten später Notting Hill Gate. Die nächste Station, ihre vorletzte, war Holland Park.

Erst jetzt fiel ihr auf, dass Parker während der Stopps die Brille nicht wieder aufgesetzt hatte.

»Sieh mich nicht so an«, sagte sie.

»Im Hotel hab ich dir vertraut. Jetzt vertrau du mir! Ich will nur bei dir übernachten, sonst nichts. Ich kann's mir nicht leisten, dass mich irgendwer wie einen Penner auf einer Bank findet, Fotos schießt und das Ganze ins Netz stellt oder an eine Zeitung verkauft.« Abwehrend hob er die Hände, als käme ihm das selbst gerade sehr weit hergeholt vor. »Tut mir leid, wenn das für dich nach Luxussorgen klingt. Aber ich muss mir über diesen Mist Gedanken machen. Vermutlich kann ja auch nicht jeder verstehen, womit du dich in deinem Leben so herumschlägst.«

»Nein.« Sie unterdrückte ein Lächeln. »Wohl kaum.«

Seine Mundwinkel hoben sich und für einen Augenblick schien ihr gegenüber wirklich dieser Filmstar zu sitzen, derselbe Typ, der von zehntausend Plakaten herabstrahlte.

Ein lang gezogenes Scharren erklang. Wie Ashs Schlüssel auf Autolack.

Die beiden blickten gleichzeitig zur Decke des Waggons hinauf.

»Was war das?«, fragte sie.

Er sprang auf, packte sie an der Hand und zog sie auf die Beine. »Schnell!«, rief er. »Komm mit!«

»Kannst du mir –«

Oben auf dem Dach der U-Bahn ertönte das Scharren erneut, jetzt noch durchdringender.

Parker lief los und zerrte Ash mit sich – genau in die Richtung, aus der die Geräusche näher kamen.

9.

Die U-Bahn raste mit hoher Geschwindigkeit durch den Tunnel nach Westen. Das, was sich da oben über das Dach zu schieben schien, kam von vorn, bewegte sich entgegen der Fahrtrichtung.

Unmöglich. Die U-Bahnen schossen in aberwitzigem Tempo durch die engen Röhren, zu schnell, als dass sich ein Mensch dort oben hätte festklammern können. Zudem passte nichts zwischen Metalldach und Tunneldecke, das höher war als eine Ratte.

»Vielleicht ein loses Kabel«, sagte Ash, während sie kurz stehen blieben. Die Geräusche waren jetzt unmittelbar vor ihnen zu hören. Sie würden darunter hinweglaufen müssen, um den Durchgang zum nächsten Waggon zu erreichen.

»Nein«, sagte er, »das war kein Kabel.«

»Was dann?«

Er schien es nicht für nötig zu halten, darauf zu antworten. »Halt nicht an, bis wir an der Tür sind!«

Ash stellte sich vor, wie sich etwas dort oben aufs Dach presste, flach wie ein Rochen, und ihre Witterung aufnahm.

Ungehindert passierten sie die Stelle und erreichten die Verbindungstür zum nächsten Waggon. Parker setzte seine

Sonnenbrille auf und öffnete das Schott. Einen Moment später waren sie wieder unter Menschen, zehn oder fünfzehn, die weit verteilt auf den Bänken saßen.

Niemand beachtete sie, während sie den Wagen durchquerten, abgesehen von einer Mutter mit Kind, die von ihrem Taschenbuch aufblickte, erst Ash musterte, dann Parker und wieder zu ihrer Lektüre zurückkehrte. Vielleicht war seine Paranoia nicht so berechtigt, wie er es sich einredete.

»Okay.« Ash ließ sich auf einen freien Doppelsitz am Ende des Waggons sinken. »Was war das gerade?«

Parker blieb stehen. »Wir müssen beim nächsten Halt hier raus.«

»Weil sonst *was* passiert?«

Gerade öffnete er den Mund, als sich die Lautsprecheransage meldete. Nächste Station: Holland Park. Danach kam schon Shepherd's Bush, aber so lange schien er nicht warten zu wollen.

»Gehen wir«, sagte er, als die U-Bahn langsamer wurde. »Vielleicht können wir sie abhängen.«

»Sie?«

»Chimena.«

Ash blieb sitzen.

»Bitte«, sagte er. »Sie wird mich überall in der Öffentlichkeit aufspüren. Darin hat sie eine Menge Erfahrung.«

»Und sie reist oft auf U-Bahn-Dächern?« Mit Daumen und Zeigefinger deutete sie ein Maß von wenigen Zentimetern an. »*So* dünn?«

Durch die Fenster schien jetzt blassgelbes Kunstlicht herein. Der Zug hielt an, mit einem Zischen öffneten sich die Türen.

»Komm jetzt!« sagte Parker und zog sie trotz Protests vom Sitz. Als er den Bahnsteig betrat, blieb sie auf der Schwelle des Waggons stehen und streifte seine Hand ab.

»Fass mich nicht an!«

Die Mutter mit dem Buch sah zu ihnen herüber. Ash spielte kurz mit dem Gedanken, laut seinen Namen zu rufen. Vielleicht würde er dann endlich abhauen.

»Ich brauche deine Hilfe«, sagte er eindringlich. »Das ist kein Scherz, Ash.«

Eine Lautsprecherdurchsage wies die Fahrgäste an, von der Bahnsteigkante zurückzutreten. Parker stand draußen, Ash noch im Waggon. Es wäre jetzt ganz leicht gewesen, ihn loszuwerden, ein für alle Mal.

Ein Blitzlicht flammte auf. Ash fuhr herum. Die junge Mutter hatte Parker und sie mit ihrem Handy fotografiert.

»Scheiße!« Ash zeigte ihr den Mittelfinger und sprang auf den Bahnsteig. Hinter ihr schloss sich die Tür. Sie wollte weiterlaufen, aber Parker hielt sie zurück.

»Ganz nah an der Bahn bleiben. Vielleicht sieht sie uns dann vom Dach aus nicht.«

Ash stieß ein paar wüste Flüche aus. Er brachte sie zur Weißglut und sie hasste es, wenn sie die Beherrschung verlor. Ihre Pflegeeltern hatten sie zum Arzt geschleppt, weil sie der Meinung waren, sie hätte sich nicht unter Kontrolle. Sie sei unberechenbar. Eine Gefahr für sich und andere.

Die U-Bahn setzte sich in Bewegung. Ein hohes Kreischen ertönte. Es kam aus dem Fußgängertunnel, der hinüber zum Eastbound-Gleis führte. Die Bremsen eines einfahrenden Zuges.

Parker und sie standen nur eine Handbreit von den Fenstern der Bahn entfernt. Der letzte Waggon rollte vorüber und gewann an Geschwindigkeit. Ash versuchte zu erkennen, ob sich etwas an das Dach klammerte, aber der steile Blickwinkel ließ das nicht zu. Dann verschwand der Zug im Tunnel, das Rattern der Räder entfernte sich. Ein warmer, muffiger Wind erfasste sie. Die Verpackung eines Burgers wirbelte über den Bahnsteig.

»Da war nichts«, sagte sie. »Gar nichts.«

Parker trat zwei Schritte von der Kante zurück und winkte sie zu sich.

»Ich warte jetzt auf die nächste Bahn.« Sie schaute zur Anzeige mit den Ankunftszeiten. »Keine Ahnung, was du vorhast, aber –«

»Da drüben!« Mit einem Kopfnicken deutete er über das Gleis.

Ash folgte widerstrebend seinem Blick. An der gegenüberliegenden Wand reihten sich riesige Plakate aneinander, über zwei Meter hoch und doppelt so breit. Urlaub in Südostasien. Eine neue Duftserie. Und, unvermeidlich, *The Glamour – Part III*. Parker mit seinem goldenen Zauberschlüssel und diesem spindeldürren Elfenmädchen im Arm. Epiphany Irgendwas. Was war das überhaupt für ein Name?

Aber da war noch etwas auf dem Plakat. Verfälschte Farben.

Dann zerrte Parker schon wieder an ihr, aber im Gegensatz zu vorhin rannte sie sogar noch schneller als er. Seite an Seite liefen sie durch den Torbogen in den Quertunnel. Ein älterer Mann sprang schimpfend beiseite, als Parker ihn anrempelte.

Noch einmal sah Ash über die Schulter.

Die Farben auf dem Parfümplakat verschoben sich und flimmerten. Im ersten Moment hätte man es für eine Luftspiegelung halten können. Nur dass es dafür hier unten nicht heiß genug war. Ein durchscheinendes Wabern lag über der Wand und verzerrte die Gesichter auf dem Bild.

Und dann bewegte sich der Schemen, huschte hinüber zu einer Kaufhauswerbung, ließ die Models zerfließen und glitt weiter, während sich die Figuren wieder zusammensetzten. Die Erscheinung erinnerte Ash an ein Chamäleon, das sich über verschiedene Hintergründe bewegte und dabei blitzschnell die Farbe wechselte, so rasch, dass das menschliche Auge nicht folgen konnte. Gleitend, krabbelnd. Springend.

Sie drehte sich um und folgte Parker, der um eine weitere Ecke bog und eine Treppe hinaufrannte. Noch mehr runde Korridore mit gelb gefliesten Wänden, dann und wann Werbung und immer wieder Graffiti. Verlaufene Strichfiguren und Gesichter, manche nur Nase und Mund. Blinde, schreiende Fratzen. Schließlich ein einzelnes großes Auge, das eine halbe Wand bedeckte. Es schien ihnen nachzublicken, mit schwarzer, schimmernder Pupille.

Zwei Rolltreppen führten hinauf ins Erdgeschoss. Das Licht war grau und schmutzig.

»Draußen werden wir sie vielleicht los«, rief Parker, während die Metallstufen unter ihren Schritten schepperten.

Oben streiften Passanten sie mit teilnahmslosen Blicken. Ein Mann hatte keine Augen, wie die Graffitigesichter in den Gängen; sie wurden vom Schirm seiner Mütze verdeckt, eine rote Sichel, als prangte da ein zweiter Mund über seiner Nasenwurzel und grinste.

Im Vorraum des kleinen Stationsgebäudes hielt Ash abermals inne.

Parker sah sich ungeduldig um. »Was?«

»Scheiße, was ist das da unten?«

»Etwas, das gleich hier oben sein wird!«

»Und vor was laufe ich gerade davon? Vor irgendeinem Spezialeffekt?« Selbstverständlich war das Blödsinn. Aber sie konnte nicht akzeptieren, was sie gesehen hatte. Sie *wusste* nicht mal, was sie gesehen hatte.

»Nicht jetzt!« Er sah an ihr vorbei zur Rolltreppe.

Besorgt folgte sie seinem Blick. Aus der Tiefe erklangen hastige Schritte auf den Eisenstufen. Noch war nichts zu sehen, aber Ash kam es vor, als wäre die Welt um sie verlangsamt worden, die Menschen, die Töne, ihr eigener Atem. Alles gerann zu schleppender Zeitlupe, während nur das Ding dort unten immer schneller wurde und die Schritte näher kamen.

Sie eilte mit Parker durch den Haupteingang auf die Straße. Gegenüber warteten Taxis vor einem Zaun und hohen Bäumen.

Wieder rannte Parker über die Fahrbahn, ohne nach rechts oder links zu schauen. Diesmal blieb sie bei ihm. Sie erreichten das vordere Taxi und rutschten auf die Rückbank. Als Parker die Tür hinter sich zuschlug, wurde Ash bewusst, wer diese Fahrt bezahlen würde. Immerhin mit seinem Geld.

»Fahren Sie!«, blaffte Parker den Fahrer an.

»Wohin?«

»Einfach los.«

»Shepherd's Bush«, sagte Ash und nannte ihm eine Adresse. Sie wandte sich an Parker: »Das ist kein Trick, oder?«

Kopfschüttelnd blickte er hinaus auf die Straße. Der Motor sprang an. Die U-Bahn-Station war ein ziegelbrauner Flachdachbau. Ein paar Menschen verließen das Gebäude, andere gingen hinein. Alles ganz normal.

Die junge Frau mit dem langen schwarzen Haar, die in diesem Moment aus dem Inneren ins gelbe Laternenlicht trat, trug ein dunkles, tailliertes Kostüm und Netzstrümpfe. Mit einer ruckartigen Bewegung wandte sie ihnen das Gesicht zu. Sie war sehr schön. Sehr wütend. Sie erinnerte Ash an eine Wespenkönigin, die aus ihrem benzingetränkten Nest hervorkroch.

»Jetzt fahren Sie schon!«, rief Parker.

Ash rechnete damit, dass der Mann sie hinauswerfen würde. Aber womöglich hatte er heute noch nicht genug verdient. Oder nur mehr Geduld als sie.

Das Taxi rollte aus der Parklücke auf die Straße.

Ash blickte durch die Heckscheibe. Die Frau war fort. Über dem Asphalt flirrte die Luft.

Nichts als Abgase.

10.

In einem anderen Land steht ein Mann, der in Wahrheit kein Mann ist, vor dem Schaufenster einer Kunstgalerie. Licht fällt auf den Bürgersteig. Im Inneren glitzert es auf den Stacheln bizarrer Metallskulpturen.

Er trägt einen weißen Anzug und stützt sich mit beiden Händen auf den Knauf eines Gehstocks. Unter dem Saum der maßgeschneiderten Hose schauen seine nackten Füße hervor, den Stock hat er genau in der Mitte platziert. Er weiß Symmetrie zu schätzen. Schuhe verabscheut er, aber würde man ihn danach fragen, so könnte er keine Antwort geben. Er hat die Gründe vergessen, wie so vieles, das über die Jahrtausende an Bedeutung verloren hat.

Was in London geschehen ist, weiß er längst, und jetzt gerade malt er sich die Konsequenzen aus. Schwelgt in der Vorstellung kommenden Blutvergießens. Denn Blut wird fließen, das steht fest. Es wird Strafen geben und Rache.

Das Metall der Skulpturen schimmert wie Messerklingen.

11.

Ashs Wohnung war nicht Ashs Wohnung, aber das behielt sie für sich.

Das Zwei-Zimmer-Apartment befand sich im zweiten Stock eines schmucklosen Mietshauses mit Blick auf einen Kreisverkehr und eine Fußgängerunterführung. Nachmittags, wenn die Angestellten aus der Innenstadt nach Hause fuhren, wurde es hier voll und laut. So spät am Abend aber kamen nur vereinzelte Wagen vorbei. Aus einem benachbarten Fenster drang indische Popmusik.

»Da steht jemand auf Bollywood«, sagte Parker.

»Einer der Nachbarn. Er muss von morgens bis abends vorm Fernseher hocken.« Sie verzog das Gesicht. »Außer nachmittags, dann sitzt er am Fenster und beobachtet die Mädchen, wenn sie aus der Schule kommen. Gibt 'ne Menge indische und pakistanische Familien hier in der Gegend.«

Parker schaute sich in dem engen Wohnzimmer um. Ein alter Röhrenfernseher, ein türkisfarbenes Stoffsofa, ein Sessel aus Kunstleder. Eine Kommode, darauf gerahmte Familienfotos in Plastikrahmen.

»Die Lage ist nicht schlecht.« Niedlich, wie er versuchte, was Nettes zu sagen.

Ash lehnte sich im Küchendurchgang an den Rahmen und verschränkte die Arme. »Dann hast du als Kind auch immer von einer Hauptstraße vor dem Fenster geträumt?«

»Immerhin ist es nah an der City, und bei den Londoner Wohnungspreisen –«

»Sag ruhig, dass du die Einrichtung scheußlich findest.«

Sobald er in Erklärungsnot geriet, bekam er einen gewissen hilflosen Charme. Gespräche wie dieses war er offenbar nicht gewohnt. »Sind bestimmt Familienerbstücke, oder? Das Sofa –«

»Darauf schläfst du.«

»Prima.« Sein Lächeln war schief.

»Gibt's was daran auszusetzen?«

»Alles super.« Er trat vor die Fotos und streckte die Hand nach einem aus.

»Nichts anfassen!«, sagte Ash.

Wie ein ertappter Ladendieb riss er die Hände hoch. »Ich wollt's ja nicht mitnehmen.«

»Niemals irgendwas berühren, okay? Ist eine ganz simple Regel. Wenn du dich daran hältst, kannst du bis morgen früh hierbleiben.«

Er beugte sich vor, um die Fotos zu betrachten, ohne sie hochzuheben. »Sind das deine –«

»Nein. Meine Mutter hab ich seit Jahren nicht gesehen. Sie lebt mit ihrer Familie 2.0 oben in Newcastle. Und mein Vater ist im Gefängnis.«

Wieder dieses hastige Lächeln. »War meiner auch schon. Für drei Tage, während seiner *wilden Zeit*, sagt er. In San Francisco. Ist lange her.«

Ash verzog keine Miene. »Meiner sitzt seit zwölf Jahren.«

»Wow.«

»Ich bin bei meiner Großmutter aufgewachsen, jedenfalls für eine Weile.«

Er deutete auf eine alte Frau mit schlimmem Übergewicht. »Ist sie das?«

»Nein!«, entfuhr es Ash empört.

Daraufhin runzelte er die Stirn und machte einen Schritt von den Fotos fort. Unschlüssig blieb er mitten im Raum stehen.

»Setz dich«, sagte sie. »Nur nichts anfassen, nichts angucken und keine Fragen stellen.« Mit dem sicheren Gefühl, dass es ein Fehler gewesen war, ihn herzubringen, wandte sie sich von ihm ab und betrat die winzige Küche. »Was zu trinken?«

»Bitter Lemon. Oder Cola.«

»Tut's Leitungswasser?«

»Unbedingt.«

Allmählich machte es ihr Spaß, ihm zuzusehen, wie er es ihr recht machen wollte. Für ihren Einbruch in seine Suite waren sie quitt, dafür durfte er hier schlafen. Aber wegen dieser Sache in der U-Bahn schuldete er ihr etwas. In erster Linie Erklärungen.

Im Kühlschrank benutzte sie nur das untere Fach, niemals eines der anderen. Es war gefüllt mit Cadbury-Riegeln, Muffins in Plastikfolie und mehreren Dosen eines Energydrinks mit Kirschgeschmack. Sie ernährte sich von kaum etwas anderem. Eine Dose nahm sie heraus und trank sie in einem Zug bis zur Hälfte leer. Dann holte sie ein Glas aus dem Schrank, füllte es am Wasserhahn und nahm es mit zu Parker hinüber ins Wohnzimmer.

»Vorsicht mit dem Glas«, sagte sie. »Ja nicht fallenlassen.«

Zweifelnd sah er sie an. »Wo ich herkomme, benutzen wir auch Gläser. Und wir werfen sie nicht an die Wand, wenn sie leer sind.«

Sie stellte es in die Mitte des Couchtischs, so weit wie möglich vom Rand entfernt. »Sei einfach vorsichtig.«

Parker rührte das Wasser nicht an und lehnte sich auf dem Sofa zurück. »Das ist nicht deine Wohnung.«

»Du kannst hier schlafen. Reicht das nicht?«

»Hast du den Schlüssel geklaut?«

Sie hockte sich ihm gegenüber im Schneidersitz auf den Sessel. Das Kunstleder war von einem Netz aus Brüchen und Rissen überzogen. »Nein.«

»Kennst du die Leute, die hier wohnen?«

»Nein.«

»Also bist du eingebrochen.« Er wurde ein wenig blass um die Nase. »Shit, *ich* bin hier eingebrochen!«

»Willkommen in der Wirklichkeit, Parker Cale.« Sie beugte sich über die Armlehne und angelte nach ihrem Rucksack. Als sie ihn vor sich auf dem Schoß liegen hatte, holte sie ihre Polaroidkamera hervor. Die Filme dafür wurden schon lange nicht mehr hergestellt, aber in London konnte man hier und da noch welche finden, meist in Import-Export-Läden.

Sie richtete das Objektiv auf Parker und fotografierte ihn. Als das Bild vorne ausgeworfen wurde, legte sie es zwischen ihnen auf den Tisch. Noch war es milchig weiß, erst in ein paar Minuten würde er sichtbar werden.

»Muss das sein?«, fragte er.

»Ich will's nicht behalten, von mir aus kannst du es morgen mitnehmen. Mir geht's nur um das Fotografieren, nicht um das fertige Bild. Musst du nicht verstehen.«

»Machst du Bilder von den Wohnungen, wenn du zum ersten Mal reinkommst?«

»Ja. Alles muss genauso aussehen, wie es vorher war.«

»Deshalb deine Sorge um das Glas.«

Sie nickte. »Nichts kaputt machen, nichts mitnehmen, keine Spuren hinterlassen. Keinen Apfel wegessen oder die Milch austrinken. Nicht die Zahnpasta ausquetschen oder das Duschgel benutzen. Nichts rumliegen lassen, nicht mal ein Haar.«

»Sind 'ne Menge Regeln.«

»Es gibt noch mehr.«

»Und wer hat sie aufgestellt?«

»Die Community.«

»Wer –«

»Die Unsichtbaren.«

»Aha.«

Sie grinste, dachte aber nicht daran, seine unausgesprochenen Fragen zu beantworten. »Jetzt erzähl mir von deiner Freundin aus der U-Bahn.« Sie sah ihm fest in die Augen und versuchte in seiner Miene zu lesen. »Was war das für ein Flimmern?«

»Chimena ist ... Sie ist nicht wie du und ich. Aber ich nehm mal an, das hast du dir schon gedacht.«

»Niemand ist wie du. Und du hast keine Ahnung, wie es hier draußen zugeht, oder?«

»Ich lese Zeitungen. Und schaue fern.« Damit wollte er sie wohl aufziehen, wurde aber gleich wieder ernst. »Mein Vater war tatsächlich im Knast, mehr als einmal. Hast du gewusst, dass er Hippie war? San Francisco, 1968, Haight Ashbury, Woodstock, das ganze Programm. Und dann kam Altamont und er hat alle seine Ideale über den Haufen geworfen und wurde zu ... zu Royden Cale, schätze ich, dem Medien-Tycoon.«

»Altamont?«

»Hippie-Kram. Kannst du googeln, wenn du Lust hast.«

Dass er von dem Vorfall in der U-Bahn ablenken wollte, hätte jedes Kind bemerkt. Trotzdem war sie überrascht. Royden Cale, der Herrscher eines weltweiten Imperiums aus Fernsehsendern, Verlagen, Radiostationen und Gott weiß was noch, war mal ein langhaariger, kiffender, Sandalen tragender Freak gewesen? Er hatte in Woodstock im Schlamm gesessen, während die Bands auf der Bühne LSD nahmen und den Weltfrieden besangen? Sicher, Cale war keiner von diesen üblichen Managertypen. Noch vor wenigen Jahren hatte er Berge bestiegen, war um die Welt gesegelt und mit dem Heißluftballon über dem Mittelmeer abgestürzt. Seine Sender wurden es nicht müde, das Bild eines hyperaktiven Extremsportlers ins Gedächtnis der Öffentlichkeit zu brennen. Selbst Ash sah ihn als wettergegerbten Sechzigjährigen vor sich, mit verwegenem Grinsen, zotteligem Haar und grauem Bart. Aber als Blumenkind mit Strickpulli und Palästinensertuch?

»Diese Chimena«, sagte sie, »erzähl mir von ihr.«

Er lächelte. »Du mir zuerst von den Unsichtbaren.«

Sie zögerte lange. »Wir leben in verlassenen Wohnungen. Keine wirklich leeren, sondern solche wie die hier, deren Bewohner für eine Weile verreist sind oder im Krankenhaus. Es gibt geheime Foren im Netz und verschlüsselte Listen, die wir ständig aktualisieren. Diejenigen, die das alles begonnen haben, sind die *wahren* Unsichtbaren. Manchmal hat man den Eindruck, sie hätten sich wirklich in Luft aufgelöst, aber dann meldet sich plötzlich wieder einer von ihnen. Sie beobachten alle anderen ganz genau. Die Community kontrolliert sich gegenseitig. Wer neu in eine Wohnung kommt, dokumentiert haarklein den Zustand. Jeder verlässt die Wohnung in exakt dem Zustand, in dem er sie vorgefunden hat. Nichts darf an einem anderen Ort stehen, nichts darf zurückbleiben, und wenn die Besitzer nach Hause kommen, darf es nicht mal anders riechen also sonst. Keiner bekommt mit, dass wir da waren.«

»Wie lange lebst du schon so?«

»Hier? Seit ein paar Tagen. Niemand bleibt länger als eine Woche.«

Er schüttelte langsam den Kopf. »Das hab ich nicht gemeint.«

»Ungefähr zwei Jahre. Ist cool. Mir geht's gut.«

»Ich würde eine Menge dafür geben, unsichtbar zu sein«, sagte er. »Meinetwegen nur für einen Tag.«

»Das hier ist mein *Leben*! Keine Soap, in die man mal eben reinschaltet, um zu sehen, was die Leute so treiben.«

»Ich stehe seit meiner Geburt unter Beobachtung. Erst war ich Royden Cales Sohn, jetzt bin ich Phoenix Hawthorne. Diesen ganzen Mist mal loszuwerden, ohne allen Ballast zu leben –«

»Den wirst du davon nicht los. Das hier ist nicht so einfach, wie es vielleicht aussieht.«

»Ich wollte auch nicht für einen Tag die Rollen tauschen, falls du das befürchtest.«

Sie deutete auf das Foto auf dem Tisch, auf dem Parker jetzt wie aus einem Nebel auftauchte. »Das da bist du. Ob du nun auf dem roten Teppich stehst oder auf einem Sperrmüllsofa sitzt – du bleibst Parker Cale. Unsichtbar geht anders.«

»Zumindest die Sache mit dem roten Teppich dürfte sich erledigt habe.« Er erzählte ihr von der Pressekonferenz, vom Bruch mit seinem Vater und davon, dass er laut gesagt hatte, was er wirklich von *The Glamour* hielt.

Mit einem ungläubigen Lachen wollte sie nachhaken, als er fragte: »Und du? Warum klaust du überhaupt?«

»Mein Therapeut behauptet, alles, was ich stehle, stehle ich in Wahrheit meinem Vater.«

»Versteh ich gut.«

Jetzt musste sie grinsen. »Glaubst du *wirklich*, ich würde klauen, wenn ich mir einen Therapeuten leisten könnte?«

»Winona macht das. Und Lindsay auch.«

»Ja. Drüben in deiner Welt.«

Darauf schwiegen sie, ehe Ash die Brauen hob und leise sagte: »Was ist nun mit dieser Chimena?«

»Ich weiß nicht, was sie ist oder woher sie kommt«, sagte Parker. »Aber sie ist immer da gewesen, schon als ich ein Kind war.« Er strich sich dunkle Strähnen aus der Stirn, aber seine Augen blieben im Schatten. »Und sie hat nie anders ausgesehen als heute.«

12.

Wie hätte wohl die Presse reagiert, wenn er ihnen von seiner ewig jungen Assistentin erzählt hätte? Von der bezaubernden Chimena, die seit zwanzig Jahren aussah wie zwanzig – wenn sie nicht gerade über U-Bahn-Dächer kroch oder wie eine Echse die Farbe wechselte. Die auf ihn aufpasste, solange er zurückdenken konnte.

Er beobachtete Ash, während er sprach. Sie unterbrach ihn kein einziges Mal. Gegen Mitternacht stand sie auf, putzte sich die Zähne und ging schlafen.

Während er es sich auf dem Sofa leidlich bequem machte, dachte er über sie nach. Den ganzen Abend war sie auf eine Weise distanziert geblieben, die vermutlich gar nichts mit ihm zu tun hatte. Die meisten Mädchen schüchterte er ein, ohne es zu wollen; das lag an dem, was sie in ihm sahen, nicht an ihm selbst.

Ashs Zurückhaltung aber fühlte sich anders an. Eher wie die eines verletzten Tiers, das nach jedem schnappte, der ihm zu nahe kam. Sie trug Narben wie er selbst, innen und wahrscheinlich auch außen. Er sah ihr den Schmerz an, und was er wiedererkannte, war nicht nur sein Spiegelbild in ihren hübschen grünen Augen.

Um halb drei in der Nacht wachte er auf, trat ans Fenster und blickte hinunter auf den verlassenen Kreisverkehr und die Fußgängerunterführung. Sie war unbeleuchtet. Stand da jemand in der Finsternis und sah zu ihm herauf? Es war nur eine Frage der Zeit, bis Chimena ihn fand, sogar hier. Ihre nicht menschlichen Sinne funktionierten besser in der Öffentlichkeit, auf Straßen, Plätzen und in Gebäuden mit vielen Menschen; wie über elektrische Leiter sprang die Nachricht von Parkers Anwesenheit unbemerkt von einem zum anderen über und gelangte unausweichlich zu Chimena. Mochte der Teufel wissen, wie sie das machte. Aber auch ohne Menschenmassen war sie sicher schon in seiner Nähe.

Er hatte die Nase gestrichen voll von der Fremdbestimmung durch sie und seinen Vater. Vielleicht waren seine Worte vor der Presse zu impulsiv gewesen, aber er hatte nur ausgesprochen, was ihm keine Ruhe mehr ließ: Er wollte nicht länger Royden Cales Sohn sein und erst recht nicht seine Kreatur Phoenix Hawthorne, am Reißbrett konzipiert und von einem Ghostwriter zum Leben erweckt.

Womöglich hätte er die Sache diplomatischer angehen sollen. Er war froh, dass es raus war, aber er hätte zuvor den Mut aufbringen sollen, seinen Vater über seine Entscheidung in Kenntnis zu setzen. Doch hätte der tatenlos mitangesehen, wie Parker sich von *The Glamour* distanzierte? Hätte Chimena die Pressekonferenz überhaupt zugelassen, wenn sie geahnt hätte, was Parker dort verkünden würde? Um nichts in der Welt.

Er kam sich vor wie ein Feigling, weil er vor seinem Vater davonlief. Vielleicht war es besser, sich ihm ein für alle Mal zu stellen. Außerdem war es falsch gewesen, das Mädchen in die Sache heineinzuziehen. Für Ash stand mehr auf dem Spiel als für ihn.

Parker stieß ein leises Seufzen aus, sein Atem ließ die Fensterscheibe beschlagen. Es hatte keinen Zweck, vor Chimena davonzulaufen. Morgen früh würde er sich aufmachen, um seinem Vater gegenüberzutreten. Er würde ihm in die Augen sehen und ihm alles von Angesicht zu Angesicht erklären. Nicht durch Fernsehkameras und Bildschirme. Nicht per Handy oder SMS. Und schon gar nicht durch Chimena, die ihn doch nur an die Hand nehmen würde wie einen reuigen Büßer, so wie sie es schon getan hatte, als er noch ein Kind gewesen war. Teures Porzellan zerbrochen? Chimena war an seiner Seite. Eine Scheibe eingeworfen? Mit einer Hand las sie die Scherben auf, während sie mit der anderen verhinderte, dass er sich aus dem Staub machte. Schon damals hatte sie ihn niemals selbst bestraft und doch dafür gesorgt, dass er sich seiner Schuld *und* seinem Vater stellte. So oft, bis das Eingeständnis einer Niederlage und das Gesicht seines Vaters untrennbar zueinandergehörten.

Ein einzelnes Auto fuhr um den Kreisverkehr und verschwand in der Nacht. Parkers Blick wanderte erneut zum dunklen Eingang des Fußgängertunnels. Er fühlte sich beobachtet. Aber vielleicht würde sich auch dieser Anflug von Verfolgungswahn gleich wieder legen. Spätestens wenn er schlief.

+ + +

Am Morgen erwachte er von einem Klicken.

»Ash?«

Durch das Fenster drang Lärm herein. Parker setzte sich auf. Ein neues Polaroidfoto lag auf dem Tisch; es zeigte ihn zusammengerollt auf dem Sofa. Er stellte sich vor, dass sie gelächelt hatte, während sie auf den Auslöser drückte.

Rundum hatte sie mit Filzstift winzige Buchstaben auf den weißen Rand des Fotos geschrieben: *Nichts anfassen, nichts verändern, nichts mehr verzaubern. Dieses Foto zerstört sich in dreißig Sekunden selbst. Oder nicht. Hab ein schönes Leben.*

Hatte er etwas verzaubert?

Er legte das Foto zurück auf den Tisch und bemerkte, dass Ash sich beim Fotografieren im Bild über dem Sofa gespiegelt hatte. Zu sehen war kaum mehr als ihr Umriss, die klobige Kamera verdeckte ihr Gesicht. Die Tatsache, dass sie beide auf dem Foto waren, berührte ihn auf unerwartete Weise, und als er es in die Hosentasche schob, tat er das nicht nur, damit es nicht in der Wohnung zurückblieb. Er nahm es mit als Erinnerung.

Das Klicken, das ihn geweckt hatte, war das Geräusch der Haustür gewesen. Also war sie fort. Kurz erwog er, ihr hinunter auf die Straße zu folgen, um ihr zu danken. Aber dann sagte er sich, dass sie darauf wohl keinen Wert legte, sonst hätte sie ihn geweckt.

Er streckte sich, während er in die Küche ging. Der Kühlschrank war leer, sie hatte alles mitgenommen. Dass sie sich darauf verlassen hatte, dass er nichts in der Wohnung veränderte, erfüllte ihn mit einer seltsamen Wärme. Womit hatte er sich ihr Vertrauen verdient? Bestimmt nicht mit seiner Geschichte über die immer junge Chimena. Wieso ging sie nicht davon aus, dass ihm die Regeln der Unsichtbaren gleichgültig waren?

Es sei denn ... sie hatte ihm einen Bären aufgebunden. Dann gab es keine versteckten Foren im Internet, keinen Geheimbund rücksichtsvoller Einbrecher, die nie etwas mitnahmen und sorgsam jedes Haar auflasen. Es gab nur Ash. Ein einsames, verletztes Mädchen, das sich so gut es eben ging allein durchsschlug.

Er fuhr herum und eilte zur Wohnungstür, riss sie auf, wollte ihr hinterherlaufen – aber da stand sie vor ihm, ein wenig außer Atem, mit Schweißperlen auf der Stirn.

Wäre dies einer der Filme gewesen, die ihm regelmäßig angeboten wurden, dann wären sie sich jetzt in die Arme gefallen, hätten einander geküsst und nur innegehalten, damit er einen lockeren Spruch vom Stapel lassen konnte.

Stattdessen sagte sie wutentbrannt: »Fick dich, Parker Cale! Was für eine gottverdammte Idiotenscheiße geht da draußen ab?«

»Äh«, machte er nur mäßig locker. »Bitte?«

Weiter unten im Treppenhaus erklangen Stimmen und Schritte. Ash drängte ihn zurück in die Wohnung und warf die Tür hinter sich zu. »Heute schon aus dem Fenster geschaut? Ein Übertragungswagen vom Fernsehen, ein Haufen Paparazzi, dazu eine Horde heulender Fans.«

Parker stürmte fluchend ins Wohnzimmer und schob den Vorhang beiseite. »Irgendwer aus der Nachbarschaft muss uns gestern Abend gesehen haben.« Offenbar hatte derjenige nichts Besseres zu tun gehabt, als die halbe Londoner Presse aufzuscheuchen. Wahrscheinlich hatte er dafür schon vor dem Frühstück ein paar Hundert Pfund kassiert.

Ash warf wütend ihren Rucksack auf den Sessel. »Passiert dir so was öfter?«

Er fingerte sein Handy aus der Hosentasche und bestellte ein Taxi. »Ist in ein paar Minuten hier«, sagte er, nachdem er das Gespräch beendet hatte. Ein Wunder, dass Chimena noch nicht aufgetaucht war. Sie war gut darin, Journalisten in die Flucht zu schlagen. Sie kannte jeden Paragrafen des Persönlichkeitsrechts, jeden Trick im Umgang mit der Boulevardpresse.

»Ich kann hier nicht bleiben«, sagte Ash. »Keiner darf mitbekommen, dass ich hier bin.«

»Ach. Und ich?«

»Das kannst du ja wohl nicht vergleichen! *Du* kommst in die Zeitung, *ich* in den Knast!« Sie stemmte die Hände in die Hüften. »Ich war sehr zufrieden damit, dass kein Mensch mich kennt oder sich länger als zwei Minuten an mein Gesicht erinnert. Wenn ich zusammen mit dir da unten rausgehe, ist mein Foto morgen in jeder Zeitung zwischen London und Hongkong!«

»Und in zwei Minuten auf Facebook.«

Sie trat mit aller Wucht gegen den Sessel und fluchte. Als sie derart heftig gegen ihre eigenen Regeln verstieß, mochte er sie gleich noch ein wenig mehr.

Draußen bog ein Taxi in den Kreisverkehr.

Komm, wollte er sagen, aber es kam nur ein Krächzen über seine Lippen. Plötzlich wurde ihm schwindelig, das Zimmer drehte sich um ihn, alle Farben flossen ineinander. Gott noch mal, nicht ausgerechnet jetzt!

»Parker?«

Er streckte die Hand aus, um sich abzustützen, bekam

den Vorhang zu fassen und riss ihn aus der Deckenschiene, als seine Knie nachgaben.

»Hey!« Ash war sofort bei ihm und stützte ihn. Wahrscheinlich machte sie sich größere Sorgen um den scheußlichen Glastisch als um ihn. »Was ist los mit dir?«

»Tut mir leid«, keuchte er. »Das ... Das hört gleich wieder auf ...« Aber er konnte sich kaum aus eigener Kraft auf den Beinen halten.

»Wenn du stirbst, werden sie mir die Schuld geben!« Charmant.

Er versuchte zu lächeln, doch das Ergebnis schien sie erst recht zu beunruhigen.

»Brauchst du Medikamente?« Jetzt wurde sie hektisch. »Ich hab nur Aspirin ... Doch nicht Drogen, oder? Bist du auf Entzug oder so was?«

Er schüttelte den Kopf, nur einmal. Öfter gelang es ihm nicht. »Müssen ... runter ...«

»In dem Zustand?«

»... schnell ... wie möglich!«

»Du kannst nicht mal stehen!«

»Ich schaff das schon.«

»Vergiss es!«

»Muss mich nur ... zusammenreißen ...« Er konnte ihr nicht die Wahrheit sagen. Vielmehr musste er sie dazu bringen, dass sie ihm nach draußen half. Vor die Kameras. Ins Blitzlicht. »Wird ... alles gut ...«

Unten vor dem Fenster formierte sich das Stimmengewirr zu einem Sprechchor.

»Par-ker! Par-ker! Par-ker!«

13.

»Bring mich hier raus«, flüsterte Parker.

Ash hörte ihn, aber sie verstand ihn nicht. Wollte er sich diesem Wahnsinn wirklich freiwillig aussetzen? Sie hatte keine Ahnung, was mit ihm geschah, aber er wirkte im Augenblick nicht wie jemand, der die Kraft besaß, es mit den Reportern aufzunehmen. Außerdem war das längst nicht mehr allein seine Entscheidung.

Für sie war es zu spät, sie würde aus dieser Sache nicht heil herauskommen. Mit einem dunkelblauen Auge vielleicht, falls sie Glück hatte. Oder mit drei Jahren Gefängnis, wenn es nicht ganz so gut lief.

Sie würden ihr den Einbruch in die Wohnung nachweisen, vielleicht sogar ein paar von den anderen. Die Leute von den Hotels würden sie in der Zeitung erkennen. Im *Trinity* würde jemand bemerken, dass die Universalschlüsselkarte verschwunden war. Und so würde die Sache Kreise ziehen, bis schließlich jemand ausgrub, wer ihr Vater war, wo er seit zwölf Jahren Urlaub machte und was ihre Pflegeeltern von ihr hielten. Sie sah die beiden schon auf ihrer Couch unter dem goldgerahmten Foto der Queen, wie sie mit betroffener Miene Interviews gaben: *Sie war immer ein problematisches*

Kind ... Wir haben unser Bestes gegeben, haben ihr all unsere Liebe geschenkt ... Aber ihr Vater, Sie wissen schon ... Der Apfel fällt nicht weit vom Stamm. Ash hatte das oft genug zu hören bekommen. Als hätte sie den unausweichlichen *Fall* mit ihrer Haarfarbe geerbt.

Ash hatte gelernt, die Wohnungen fremder Menschen mit der größten Selbstverständlichkeit zu übernehmen. Solange sie nicht verstohlen durchs Treppenhaus schlich, sondern jeden freundlich grüßte, wurde niemand misstrauisch. Es würde schon seine Ordnung haben, dass dieses höfliche junge Mädchen für eine Weile im Apartment der alten Mrs Fuller oder im Reihenhaus von Mr Norrington wohnte; vielleicht eine Enkelin oder die Nichte. Wenn Mrs Fuller aus der Klinik zurückkam oder Mr Norrington aus seinem Spanienurlaub, würde man sich vielleicht nach ihr erkundigen. Oder man hatte sie längst vergessen. Die Masche war so simpel wie bewährt, Ash war noch nie in ernsthafte Schwierigkeiten geraten.

Bis heute. Ihr Bild würde nicht nur in der Verbrecherkartei landen, sondern in allen Klatschmagazinen, neben dem von Parker Cale. Die hatten sie fotografiert und gefilmt, als sie das Haus verlassen wollte. Sie war die längste Zeit unsichtbar gewesen, ab morgen kannte sie jeder hysterische Fan, der sich unter einem Poster von Phoenix Hawthorne für die Schule schminkte.

Und nun auch noch Parkers Schwächeanfall. Dass er ihr unter den Händen wegstarb, fehlte noch. Wahrscheinlich würde man später behaupten, sie habe ihm Drogen gegeben – *ein problematisches Kind, Sie wissen schon* – oder habe ihn entführt und dann umgebracht. *Der Apfel fällt nicht weit vom*

Stamm. Ein Kidnapper in der Familie zeigte ja deutlich, wohin die Reise für seine Tochter ging.

»Bitte«, sagte Parker erneut, »wenn du mich stützt ... nur bis ins Treppenhaus ...«

Es gab keinen Balkon und keine Terrasse, über die sie hätten flüchten können. Sie war zu sorglos in der Auswahl ihrer Wohnungen geworden. Vom Leichtsinn, einen der populärsten Menschen des Planeten mitzunehmen, mal ganz abgesehen.

»Wie du meinst.« Sie zog sich die Kapuze ihres Pullis über den Kopf, nahm ihm die Sonnenbrille ab und setzte sie auf.

Es klingelte. Einmal, zweimal, dann unaufhörlich in schneller Folge.

Ash half dem schwankenden Parker dabei, die Lederjacke anzuziehen, und legte den Arm um ihn. Sie hatte einmal ein Foto von ihm mit nacktem Oberkörper gesehen, und jetzt wurde ihr bewusst, dass Muskeln verteufelt schwer sein konnten. Er hatte nicht die Statur eines Bodybuilders, aber zu irgendetwas musste der teure Personal Trainer ja gut sein.

»Bist du so weit?« Sie legte die Hand auf die Klinke. Das schrille Dauerklingeln machte sie wahnsinnig.

Parker nickte. »Wirklich ... gleich geht's mir besser ...«

Mit einem Ruck öffnete sie die Tür und war augenblicklich dankbar für die Sonnenbrille. Ein Blitzlicht tauchte das Treppenhaus wieder und wieder in gleißendes Weiß. Neben dem Fotografen stand ein zweiter Mann, der auf Parker einzureden begann. Als er keine Antwort bekam, versuchte er es bei ihr. Sie schwieg – das hatte sie schon immer gut gekonnt – und schleppte Parker zwischen den beiden Männern hindurch. Sie waren die Einzigen aus dem Pressepulk, die es heraufgeschafft hatten; wahrscheinlich waren sie diejenigen, die den Nachbarn bezahlt hatten.

Der Fotograf tänzelte um die beiden herum, kümmerte sich nicht um Parkers Zustand und brüllte Ash unablässig ins Gesicht, sie solle endlich die Brille absetzen: »Das hat doch keinen Zweck, ich hab dich eh schon unten an der Tür abgeschossen.«

Der Reporter folgte ihnen die Stufen hinab, erkundigte sich nach dem Grund für Parkers Schwäche, nach der Art und Weise ihres Kennenlernens, wie denn die Nacht gewesen sei und, als geschmackvollen Höhepunkt, ob Parker ein Kondom benutzt habe; schließlich munkele man ja so einiges über seine Vorlieben. »Davon hast du sicher auch schon gehört, oder?«, wandte er sich an Ash.

Als sie den untersten Treppenabsatz erreichten, bewegte sich Parker ein wenig sicherer. Vor der gläsernen Haustür drängten sich Medienleute und Fans. Von den Stufen aus sah Ash über ihre Köpfe hinweg das schwarze Dach des Taxis.

Einer der Reporter vor der Tür hob sich von den übrigen durch seine gepflegte Kleidung ab, Anzug, Schlips und teurer Mantel. Er schien die Konkurrenz nicht zur Kenntnis zu nehmen, stand ganz ruhig und geduldig da. Ein feines Lächeln umspielte seine Mundwinkel.

»Campbell!« Parker straffte sich ein wenig.

»Ein Freund von dir?«

Der Reporter im Treppenhaus drängte sich an ihnen vorbei, um seinen Kollegen draußen den Blick auf sie zu verstellen. Der Fotograf blitze Parker direkt ins Gesicht. Der richtete sich zu voller Größe auf und löste sich von Ash. Er konnte wieder aus eigener Kraft stehen. Als der Reporter die Hand ausstreckte und Ash die Kapuze vom Kopf ziehen wollte, stieß sie dessen Arm mit aller Kraft beiseite und versetzte ihm eine kräftige Ohrfeige. Mit einem Aufschrei taumelte er zurück, brüllte aber nicht sie an, sondern den Fotografen: »Hast du das draufbekommen? Sag, dass du das im Kasten hast!«

Für einen Moment war der Fotograf abgelenkt, und Parker nutzte seine Chance. Er schubste den Mann heftig zurück, griff nach dessen Kamera und schleuderte sie mit aller Kraft auf den Boden. Der Fotograf tobte, der Reporter nicht minder und Ash gelang es irgendwie, zur Haustür vorzudringen und sie nach innen aufzuziehen.

Das Blitzlichtgewitter blendete sie, das *Parker!-Parker!*-Geschrei wurde ohrenbetäubend, und immer wenn sie in all dem Getümmel ein Gesicht wahrnahm, schien es sich vor ihren Augen zu verzerren, zu flackern und zu zerfließen wie bei einer Bildstörung. Sie war nicht mehr sicher, wer hier eigentlich ein Fall für die Zwangsjacke war, sie selbst oder diese kreischende Masse aus Fratzen.

Auf einmal wurde ihr bewusst, dass Parker und sie die Rollen getauscht hatten: Jetzt war sie es, die gestützt wurde. »Alles wird gut«, raunte er ganz nah an ihrem Ohr, während er einen Arm um ihre Schultern legte und sie vor den eifersüchtigen Fans beschützte, deren Klauen sich nach ihr ausstreckten, um ihr das Gesicht zu zerkratzen oder den Rucksack zu entreißen. Und immer öfter hörte sie Schimpfwörter: »Schlampe!« und »Hure!« und »Fotze!«. Da löste sie sich aus Parkers Umarmung, griff sich das erstbeste Mädchen und schlug ihm die Faust ins Gesicht. Als die Nase brach, herrschte für einen Augenblick Stille. Alle bewegten sich jetzt wie in Zeitlupe, Parker neben ihr, das schreiende Mädchen vor ihr, sogar die Blutstropfen, die aus den Nasenlöchern trieften und auf den Bürgersteig fielen.

Wahrscheinlich hätten sie Ash an einer Laterne gelyncht und Freudentänze um ihre baumelnden Füße aufgeführt, hätte Parker sie nicht durch die Menge zum Taxi bugsiert. Wie in Trance erlebte sie, dass er sie auf die Rückbank schob, nachrückte und die Tür hinter sich zuzog. Ein Paparazzo hämmerte gegen das Fenster des Fahrers. Der ließ die Scheibe einige Fingerbreit herunter, zückte eine Dose Pfefferspray und sprühte eine kräftige Ladung durch den Spalt. Noch mehr Geschrei und Chaos, aber die meisten wichen jetzt einen Schritt zurück. Der Fahrer schlug auf seine Hupe, gab Gas und fuhr dabei fast das Fernsehteam über den Haufen.

Erst im Kreisverkehr fragte er höflich, wohin er die beiden bringen dürfe.

14.

Nach den Ereignissen in Shepherd's Bush fand Ash es nur fair, dass Parkers Berühmtheit ihnen auch einmal zugutekam.

Während sie durch den Ankunftsbereich des Flughafens Heathrow liefen, trug er wieder seine Sonnenbrille. Ash hatte die Kapuze tief ins Gesicht gezogen. Sie eilten an den Schaltern mehrerer Autovermietungen vorüber, ehe Parker vor einer stehen blieb und die Brille absetzte. An der Rückwand der Kabine hing ein Werbeplakat, auf dem Phoenix Hawthorne strahlend ein Schlüsselbund in die Kamera hielt; einer der Schlüssel war größer als die anderen, hatte eine antiquierte Form und war aus glühendem Gold.

Die junge Frau hinter dem Tresen erkannte Parker auf Anhieb und begrüßte ihn mit nervöser Höflichkeit. Sie schenkte auch Ash ein freundliches Lächeln, zweifellos antrainiert, aber im Augenblick reichte das, um Ash zur Ruhe kommen zu lassen. Zum ersten Mal, seit sie die Wohnung verlassen hatten, fühlte sie sich nicht mehr bedroht und zutiefst verletzt. Das mochte schnell wieder umschlagen, erst recht an einem Ort wie diesem, aber für ein paar Minuten gab sie sich ganz der Illusion hin, dass sie in Sicherheit waren. Es war dieses eine Lächeln, diese flüchtige Geste, die ihren Puls verlangsamte, das Hämmern in ihrem Schädel stoppte und ihr das Gefühl gab, endlich wieder Luft zu bekommen.

Parker musste nicht mehr tun, als seinen Ausweis zu zeigen. Als sie wenig später durch ein Parkhaus eilten, erwähnte er beiläufig, dass kostenlose Ausleihe auf Lebenszeit Teil seines Werbevertrages sei.

Es dauerte nicht lange, da saßen sie in einem silbernen BMW und rasten über die M25 nach Südosten. Der Autobahnring um London führte hier durch hügeliges Ackerland und kleine Waldgebiete. Ash hatte nie zuvor in einem Auto gesessen, das so leise über den Asphalt glitt wie dieses. Unter dem Radio war ein Monitor im Armaturenbrett eingelassen, und als Parker ihn einschaltete, erschienen die Moderatoren von *BBC Breakfast*. Er bat Ash, einen anderen Sender einzuschalten: »Sieh mal nach, ob du irgendwas über uns findest.«

Sie musste nur einige Mal hin und her schalten, ehe eine blondierte Reporterin auftauchte. Mit ihrem Mikrofon stand sie vor einer vertrauten Hausfassade.

»Ich weiß nicht, ob ich das sehen will«, sagte Ash.

»Besser, wir hören uns an, was sie der Welt über uns weismachen wollen.«

Widerwillig drehte sie den Ton lauter. Die Reporterin spekulierte mit ernster Miene über die Vorgänge im »Liebesnest des Superstars« und die »geheimnisvolle Gespielin mit der eisernen Faust«. Ash war heilfroh, dass sie noch nichts gegessen hatte, sonst wäre ihr Frühstück auf den Armaturen gelandet.

Gleich darauf wurde ein kurzes Statement des verletzten

Mädchens eingespielt, nichts als unverständliches Geflenne. Offenbar hatte jemand das Blut verwischt, damit es aussah, als hätte Ash mit einem Baseballschläger auf sie eingedroschen.

Als Aufnahmen von ihrer Flucht aus dem Haus gezeigt wurden, wandte Ash sich ab und blickte aus dem Fenster. Draußen rauschte Waldland vorüber, halb verborgen von einer Bretterwand, die das Wild von der Autobahn fernhalten sollte. Für ein paar Sekunden gelang es ihr, den Fernsehton zu ignorieren, nur auf das gleichmäßige Surren des Motors zu horchen und dabei die Baumkronen und Vogelschwärme zu betrachten.

Dann sagte Parker plötzlich etwas, und erst nach einem Moment wurde ihr klar, dass seine Stimme aus den Lautsprechern drang: ein Mittschnitt seiner Pressekonferenz. Eine Kommentatorin spekulierte über Wirklichkeitsverlust und Wahrnehmungsstörungen. Gleich darauf wurden ein paar Mädchen gezeigt, die vor dem Kino am Leicester Square gewartet hatten. Alle heulten zum Steinerweichen, als hätte Parker nicht seinem Vater, sondern ihnen persönlich den Krieg erklärt.

Ash warf ihm einen Seitenblick zu. Er blickte stur auf den Verkehr, die Knöchel seiner Hände am Steuer traten weiß hervor.

Die Reporterin vor dem Haus in Shepherd's Bush wurde wieder zugeschaltet, mit einem blinkenden *Live*-Schriftzug im Bild, als stünde sie in einem Feuergefecht in den Straßen von Kabul. »Und nach der Werbung«, kündigte sie an, »verraten wir Ihnen, wie Multimilliardär Royden Cale auf die Eskapaden seines Sohnes reagiert hat.«

Parker trat abrupt das Gaspedal durch, schnitt einen Kleinwagen und überholte einen Porsche, der fast genauso schnell über die Autobahn jagte wie sie selbst.

»Hey«, sagte Ash, »nun beruhig dich mal!« Sie zog das rechte Bein an und legte ihren Fuß vor sich aufs Armaturenbrett. Ihre Turnschuhe hatten schon bessere Zeiten gesehen. Mit einem Handgriff stellte sie die Werbung leiser. »Erzähl mir lieber was über diesen Anfall vorhin in der Wohnung.« Weder im Taxi noch am Flughafen hatten sie in Ruhe darüber sprechen können.

»Passiert manchmal«, sagte er wortkarg.

»Einfach so?«

»Das ist wie umgekehrtes Lampenfieber. Wenn die Scheinwerfer auf mich gerichtet sind, geht's mir gut – meistens jedenfalls –, aber wenn sie es nicht sind, dann –« Er brach mitten im Satz ab, während sie sich Mühe gab, ihre Zweifel nicht allzu deutlich zu zeigen; sie wollte jetzt keinen Streit mit ihm. »Hör zu, es tut mir leid«, fuhr er fort. »Du musst mich völlig unausstehlich finden. Ständig rede ich nur von meinen albernen Problemen. Ich bin ein verwöhnter, verzogener Affe, das weiß ich.«

»Ist wie im Zoo«, sagte sie, »wenn die Schimpansen hinter der Scheibe seltsame Dinge treiben, die man nicht nachvollziehen kann. Trotzdem schaut man gern mal eine Weile zu.«

»Ich hasse Bananen.«

»Dito.«

»Äpfel?«

»Geht so.«

Eine Weile schwiegen sie, dann sagte Parker: »Es sind nur Schwindelattacken, vielleicht was mit meinem Kreislauf.

Die Versicherung lässt mich vor jedem neuen Dreh durchchecken, aber die Ärzte finden nichts. Ich muss halt damit leben.«

»Und es wird besser, wenn du vor der Kamera stehst?«

»Oder vor Publikum. Wenn alle Aufmerksamkeit« – er verzog wie unter Schmerzen das Gesicht – »wenn ich genug Aufmerksamkeit bekomme. Ich weiß, wie sich das anhört. Ich find's ja selbst schlimm.«

Ash deutete auf den Bildschirm. »Da ist dein Vater.«

Er stellte das Programm wieder lauter, als verschiedene Fotos gezeigt wurden, die Royden Cale mit besorgtem Gesichtsausdruck zeigten. Einige waren vermutlich nach seinem Absturz mit dem Fesselballon vor der spanischen Küste entstanden. Die Leute vom Frühstücksfernsehen ließen es aussehen, als wären es Reaktionen auf Parkers Verhalten.

»Royden Cale«, sagte eine Frauenstimme, »schwerreicher Inhaber eines Konglomerats aus TV-Sendern, Radiostationen und Verlagen, außerdem Teilhaber eines der größten Hollywoodstudios, stand bislang nicht für eine Stellungnahme zur Verfügung. Gute Freunde machen sich große Sorgen um den Zweiundsechzigjährigen, der die meiste Zeit des Jahres in seiner Villa in Südfrankreich verbringt. Enge Vertraute berichten seit längerem von gesundheitlichen Problemen. Das Verhalten seines Sohnes Parker Cale ist nun ein weiterer Rückschlag für den Mann, der bis vor einigen Jahren regelmäßig als mutigster Milliardär der Welt in den Schlagzeilen war ...«

Parker schlug heftig aufs Steuer.

»Wir müssen uns das nicht anhören«, sagte Ash.

»... nicht bekannt, an welcher Krankheit Royden Cale leidet. Aus seiner Villa an der Côte d'Azur dringen keine Informationen an die Öffentlichkeit. Nicht einmal zur Premiere des dritten Teils seiner *Glamour*-Filmserie zeigte sich der Medientycoon in der Öffentlichkeit. Stattdessen überließ er seinem Sohn Parker das Mikrofon – eine Entscheidung, die er seit dem gestrigen Abend bereuen dürfte ...«

»Okay, das reicht.« Parker drückte einen Knopf, und der Bildschirm wurde schwarz.

»Ich hab nicht gewusst, dass er krank ist«, sagte Ash.

»Ist er auch nicht. Jedenfalls nicht so, wie die glauben.« Er schwieg kurz, dann wechselte er das Thema: »Ist es in Ordnung, wenn ich dich in einem der Vororte an der U-Bahn absetze?«

»Nein!«, entgegnete sie. »Das ist so was von ganz und gar nicht in Ordnung!«

»Ich kann dich auch anderswohin bringen, wenn es halbwegs an der Strecke nach Folkestone liegt.«

Sie hatte darüber nachgedacht, schon seit der Taxifahrt, und sie war längst zu einem Entschluss gekommen. »Ich kann nicht zurück.«

»Deswegen?« Er nickte in die Richtung des Fernsehers. »In ein paar Tagen haben das alle wieder vergessen.«

»Haben sie nicht, und das weißt du genau! In ein paar Tagen wird es erst *richtig* losgehen. Dann werden sich auch die Magazine auf die Geschichte einschießen. Und du hast mir das alles eingebrockt, das dürfte dir doch klar sein, oder?«

»Es tut mir leid, wirklich. Was soll ich denn noch sagen? So war das nicht geplant, und ich –«

»Geplant? Nichts von alldem war geplant! Du warst völlig durch den Wind und hast dich bei der erstbesten Hoteldiebin einquartiert, die dir über den Weg gelaufen ist. Bis wohin genau reichte denn dein großartiger Plan?«

Er holte Luft für eine ebenso heftige Erwiderung, atmete dann jedoch ruhig wieder aus. »Gut«, sagte er nach einigen Sekunden, »was willst du?«

»Erklär mir erst mal, was du vorhast.«

»Ich weiß nicht, ob –«

»Glaubst du, ich renne zum Fernsehen und erzähl denen, wo sie dich finden können?«

Er fuhr zurück auf die linke Spur. »Ich muss zu meinem Vater. Irgendwann muss er sich denen stellen. Er hat dieselbe Macke wie ich, er braucht die Öffentlichkeit. Er muss wieder in die Medien, und jetzt ist die beste Gelegenheit dazu. Irgendwie muss ich ihm das klarmachen.« Er zögerte kurz. »Außerdem schulde ich ihm eine Erklärung.«

»Also magst du ihn doch?«

»Er ist mein Vater.«

»Und das entschuldigt alles?«

Parker gab keine Antwort, aber sie konnte ihm ansehen, wie zerrissen er beim Gedanken an Royden Cale war. Eine Menge Menschen hätte ihre Seele für Parkers Leben gegeben. Und doch wollte er das alles wegwerfen, nicht mehr vierundzwanzig Stunden täglich im Mittelpunkt stehen. Gab es einen Zusammenhang zu seiner merkwürdigen Sucht nach Aufmerksamkeit?

»Das heißt«, sagte sie, »du willst zu ihm nach Frankreich?«

Parker nickte verkniffen. Die Entscheidung schien ihm nicht leichtgefallen zu sein. »Wenn ich den Tunnel zum Festland nehme, müsste ich es in fünfzehn bis zwanzig Stunden schaffen.«

Ash beobachtete ihn noch immer von der Seite, auch auf die Gefahr hin, dass ihm das unangenehm war. Seine Niedergeschlagenheit, gepaart mit dem Bemühen um Beherrschung, ließ ihn älter erscheinen als auf allen Bildern. Sie spürte, dass es in ihm brodelte, dass seine Trauer und Wut ihn von innen her auffraßen, und das berührte sie mehr, als sie sich eingestehen mochte. Sie kannte diese Gefühle nur zu gut, und manchmal, wenn sie in seine Augen sah, war es, als blickte sie in einen Spiegel.

»Ich komme mit«, sagte sie.

»Wie bitte?«

»Nach Frankreich. Ich fahr mit.«

»Auf gar keinen Fall!«

»Du schuldest mir was. Wegen dir kann ich mich die nächsten Monate nicht mehr unter Menschen wagen, ohne dass irgendwer mit dem Finger auf mich zeigt. Ich hab keine Wohnung mehr und meine Hoteljobs kann ich auch vergessen.« Nach kurzer Pause fügte sie hinzu: »Ganz zu schweigen von allem anderen.« Ihre Karriere als Diebin war fürs Erste beendet.

»Du *kannst* nicht mitkommen.«

»Was willst du tun? Mich einfach rausschmeißen?« Sie deutete auf ihren Rucksack unten im Fußraum. »Ich hab nicht mal Gepäck. Aber ich hab meinen Ausweis dabei.«

Parker schüttelte fluchend den Kopf, diesmal heftiger. »Kommt nicht in Frage, nie im Leben! Es geht einfach nicht!«

15.

Natürlich ging es doch und Ash hatte nie daran gezweifelt.

In Folkestone lenkte Parker den BMW in einer Schlange weiterer Wagen über eine Eisenrampe in den Zug. Das Eurotunnel-Shuttle transportierte Autos und Lastwagen unter dem Ärmelkanal hindurch nach Calais. Die Fahrt von England nach Frankreich dauerte anderthalb Stunden, aber davon würden sie kaum mehr als dreißig Minuten im Tunnel verbringen. Das Shuttle bestand aus zahlreichen Doppeldeckerwaggons, in deren Etagen die Fahrzeuge dicht hintereinander parkten. Nachdem sich die Brandschutztore zwischen den Waggons geschlossen hatten, konnten die Passagiere in ihren Autos sitzen bleiben oder sich im Zug die Füße vertreten.

»Ich steige nie aus«, sagte Parker, nachdem sich das Shuttle in Bewegung gesetzt hatte. Lärmend rollten sie durch eine Betontrasse in Richtung Tunneleinfahrt.

Ash zog ihre Polaroidkamera aus dem Rucksack und öffnete die Tür. »Ich schon.«

Während der nächsten Minuten malte sie mit ihrem lila Lippenstift erfundene Symbole auf die Stahlwände und fotografierte sie aus unterschiedlichen Perspektiven. Die Bilder, die ihre Kamera ausspuckte, steckte sie unbesehen in den Rucksack.

Während der Zug in den Tunnel einfuhr, wuchs ihre Aufregung darüber, dass sie sich in wenigen Minuten tief unter dem Meeresgrund befinden würde, weit weg vom Rest der Menschheit. Sie hatte England nie zuvor verlassen und es gefiel ihr, von der Oberfläche zu verschwinden und im Niemandsland zwischen den Grenzen unterzutauchen. Als sie sich zurück zu Parker in den Wagen setzte, hatte sie den Tunnel unter dem Meer bereits zu einem ihrer Lieblingsorte erkoren.

»Was tust du mit all den Fotos?« Er deutete auf ihren Rucksack. »Da sind doch keine Alben drin, oder? Und wär's nicht sinnvoller, digital zu fotografieren? Dann kannst du das ganze Zeug auf einem Stick speichern.«

»Und was soll ich damit?«

Verständnislos sah er sie an. »Aufheben. Anschauen. Was man so macht mit Fotos.«

»Aber die sind doch nicht für mich! Ich klebe sie an die Wände von U-Bahn-Stationen und Fußgängertunneln und öffentlichen Toiletten. Ich verteile sie überall, damit irgendwer sie findet und ansieht und ... ich weiß nicht, sich damit beschäftigt.« Verstand er das denn nicht? »Das ist wie Reden. Nur *besser.*«

Obwohl er nickte, sah sie ihm an, dass er kein Wort davon begriff. Ohnehin hatte sie den Verdacht, dass er viel zu sehr mit sich selbst beschäftigt war. Sie stellte sich vor, dass in seinem Kopf ein ständiges Für und Wider herrschte, eine permanente Diskussion über diese oder jene Sache. Jemand wie er würde vermutlich niemals mit etwas zufrieden sein.

»Was ist mit deiner Mutter?«, fragte sie unvermittelt. »Alle reden immer nur von Royden Cale.«

»Abgehauen, gleich nach meiner Geburt.«

Sie dachte an ihre eigene Mutter oben in Newcastle. Ash war ihren drei Halbbrüdern nur ein einziges Mal begegnet. Seither hatte sie auch ihre Mutter nicht wiedergesehen. Das war sechs, nein sieben Jahre her.

»Sie war Französin«, sagte Parker. »Oder ist es immer noch. Keine Ahnung, ob sie tot ist oder lebt.«

»Hast du mal versucht, mehr über sie herauszufinden?«

Er schüttelte den Kopf. »Als Kind bin ich von morgens bis abends durch die Wälder rund um die Villa gestreift, weil ich dachte, dass sie vielleicht wiederauftaucht. Von dort ist sie verschwunden, sagt mein Vater, von einem Tag auf den anderen.«

»Und natürlich gibt er ihr die Schuld«, sagte Ash.

Parker sah herüber und musterte sie, entgegnete aber nichts. Als sie ihm das Gesicht zuwandte, blickte er rasch wieder nach vorne. Auf der Rückbank des Wagens vor ihnen schlugen sich zwei Kinder.

»Sie ist mit einem anderen Mann durchgebrannt«, sagte er nach einer Weile. »Und sie hat nichts mitgenommen, nicht mal ihren Schmuck. Wie's aussieht, wollte sie durch nichts mehr an meinen Vater und mich erinnert werden.«

»Wie alt warst du da?«

»Zu klein. Ich kenn sie nur von Fotos.«

»Dann verurteil sie nicht. Ich kann mir vorstellen, was *mein* Vater mir über meine Mutter erzählt hätte, wenn ich ihr nie begegnet wäre.« Ash stemmte wieder die Gummisohlen ihrer Turnschuhe gegen das Armaturenbrett und blickte zwischen ihren angewinkelten Knien hindurch auf den Wagen vor ihnen. Jemand beugte sich nach hinten und versuchte, die Streithähne auf dem Rücksitz zu trennen.

»Sie ist gegangen und hat mich bei ihm gelassen«, sagte Parker. »Mehr muss ich nicht wissen.«

Auf Ash wirkte er wie jemand, der viel zu oft allein war, auch unter Menschen. Sie selbst war nicht anders, aber sie hatte diese Entscheidung freiwillig getroffen; sie wollte es so. Bei ihm war sie da nicht so sicher.

»Und Chimena?«

»Ob sie und mein Vater ...?« Die Vorstellung schien ihn zu amüsieren, aber sein Lachen klang bitter. »Auf keinen Fall!« Er schien das erklären zu wollen, sagte dann aber nur: »Fürs Erste haben wir sie abgehängt. Hätte sie es irgendwie in den Zug geschafft, wäre sie längst aufgetaucht. Trotzdem kann sie nicht allzu weit hinter uns sein. Es dürfte sie gerade mal einen Anruf gekostet haben, zu erfahren, in was für einem Mietwagen wir unterwegs sind. Sie kennt mich. Und meist ist sie allen anderen zwei Schritte voraus.«

Ash hob die Kamera vom Schoß und machte ein Foto von ihren Knien, dann von einem ihrer Schuhe. Beide Bilder verschwanden im Rucksack.

»Kunst?«

Sie schüttelte den Kopf. »Nur mein Leben.«

\+ + +

Stunden später, auf der Autobahn zwischen Paris und Lyon, fragte er sie: »Was hast du jetzt vor? Hier in Frankreich, meine ich.«

»Ich will das Mittelmeer sehen.« Ash ertappte sich schon seit einer Weile dabei, dass sie am Horizont nach einem ersten Aufblitzen der See suchte – obgleich sie genau wusste, dass sie noch Stunden davon entfernt waren.

Die einzige Reise, die sie je unternommen hatte, war eine Zugfahrt von London nach Newcastle, von einer grauen Großstadt in eine andere. Das alles hier war neu für sie: die lange Fahrt in dem komfortablen Wagen, die Weinreben rechts und links der Autobahn. Sogar die Rastplätze waren schöner als in England. Das Mittelmeer ihrer Träume schien fast greifbar nah, selbst wenn bis zur Küste noch Hunderte Meilen vor ihnen lagen: weite Strände, prächtige Promenaden, Fischrestaurants in pittoresken Hafenstädten und singende Seeleute, die ihre Kähne auf Vordermann brachten.

Als Parker nach einer Weile noch immer nichts erwidert hatte, fragte sie: »Wie ist es dort?«

»Am Meer? Die Luft riecht anders. Das Essen schmeckt besser, auch wenn du die gleichen Zutaten benutzt. Der Wind kommt von der offenen See und ist salzig. Es gibt Gewitter, bei denen du das Gefühl hast, die Welt geht unter. Und an den Abenden kann man stundenlang die Lichter der Flugzeuge hoch oben in der Dunkelheit beobachten und sich vorstellen, sie seien von einem Stern zum anderen unterwegs.«

Sie hörte ihm zu, aber beobachtete ihn auch genau beim Sprechen. Er wirkte so leidenschaftlich, während er diese Dinge sagte, die man Phoenix Hawthorne nie ins Drehbuch schreiben würde.

Sie hob ihre Kamera vom Boden auf und richtete sie direkt auf ihn. Sie erwartete Protest, doch es kam keiner.

Durch den Sucher betrachtete sie seine Züge, seine Augen, das zerraufte Haar. Er war noch immer nicht der Junge von den Plakaten, hatte nur wenig von dessen Perfektion. Aber anders als zuvor spürte sie eine Ausstrahlung, die sie bislang nur einer geschickten Ausleuchtung zugeschrieben hatte. Hier im Auto gab es nur den Schein der Nachmittagssonne über den grünen Hügeln. Sie fand nicht das, was die Heerscharen seiner Fans in ihm sahen; vielmehr entdeckte sie eine Wahrheit, die sie berührte. Sie sah die Traurigkeit in seiner Miene, sogar jetzt, da er sich diesen kurzen Ausbruch von Begeisterung erlaubte, und studierte die Widersprüche, die sie bislang nur hatte erahnen können. Parker war mehr als ein attraktiver Junge, der ein Leben lang dazu verdammt war, seinem berühmten Namen nachzulaufen. Er mochte manchmal kühl und arrogant sein, und doch kam er ihr in diesem Moment vor allem verletztlich vor.

»Von der Villa aus«, sagte er, »kann man das Meer nicht sehen. Luftlinie sind es nur gut sieben oder acht Meilen bis Saint-Tropez, aber dazwischen liegen die Berge des Massif des Maures.« Sein Lächeln verriet, dass er in Gedanken dort war, nicht hier bei ihr im Wagen. »Und das Mondhaus.«

»Was ist das?«

»Eine Ruine auf einem der benachbarten Berge. Als ich klein war, hab ich mir vorgestellt, dass meine Stofftiere dort gelebt haben, bevor sie zu mir kamen. Und dass ihre Geschwister noch immer dort wohnen. Ich hab das Mondhaus durch ein Fernglas beobachtet und darauf gewartet, dass eines von ihnen am Fenster auftaucht.«

»Wie goldig.«

Er warf ihr einen Seitenblick zu, um herauszufinden, ob

sie sich über ihn lustig machte. Sie hatte noch immer die Kamera vor dem Gesicht, nahm sie nun aber herunter und lächelte.

»Findest du das albern?«, fragte er.

»Überhaupt nicht. Wir hatten doch alle unsere sprechenden Stofftiere.«

»Ich meine, dass gerade ich dir davon erzähle.«

»Gerade du?« Sie verzog den Mund. »Find dich mal damit ab, dass nicht jeder immer nur den Filmstar in dir sieht.«

Das schien ihn zu verwirren, aber er hatte sich gleich wieder im Griff und blickte stumm nach vorne.

Sie spürte, dass sie sein Vertrauen wieder verlor, und erschrak ein wenig darüber, wie schnell das ging. »Warum nennst du es das Mondhaus?«

»Auf die Fassade hat jemand zwei Sicheln gemalt. Als Kind fand ich, dass sie wie zwei Monde aussahen.«

»Und heute?«

»Es ist nur ein altes Haus, das ist alles.« Er lächelte. »Jetzt du. Wann hast du angefangen, Sachen zu klauen?«

Sie legte die Kamera auf ihren Schoß. »Vor ein paar Jahren. Erst nur Süßigkeiten und Bücher, dann mal ein Laptop auf den Stufen vor dem British Museum.« Sie sprach zum ersten Mal darüber, und plötzlich war es ihr unangenehm. »War nicht meine Schuld, dass der Typ nicht aufgepasst hat.«

»Natürlich nicht.«

Eine Weile war es still im Auto. Sie hatten das Radio ausgestellt, vorher war nichts als französischer Hip-Hop auf allen Kanälen gelaufen. Zwischendurch hatten die Sender vor der Waldbrandgefahr im Süden des Landes gewarnt. Parker übersetzte für Ash, dass es im Frühjahr an der Küste ungewöhnlich wenig geregnet hatte. In den vergangenen Monaten hatte es mehrere verheerende Feuer gegeben.

Sie wurde allmählich schläfrig, zwang sich aber, wach zu bleiben. Sie glaubte nicht, dass er sie an der nächstbesten Raststätte hinauswerfen würde, aber ganz sicher war sie sich auch nicht.

Während sie döste, blickte sie in die Fenster der Wagen, die sie auf der Autobahn passierten. Helle Gesichter, die im Vorbeifahren Schlieren zogen wie auf einem unterbelichteten Videofilm. Einige Male hob sie müde die Kamera und drückte auf den Auslöser, aber die Bilder zeigten nichts als gespenstische Schemen mit Flecken an Stelle von Augen und Mund. Vielleicht lag es an der Geschwindigkeit, sie hatte nie zuvor aus einem fahrenden Auto hinüber in ein anderes fotografiert.

Schließlich mussten ihr doch die Lider zugefallen sein, denn ein schrilles Klingeln riss sie zurück in die Wirklichkeit. Parker hatte sein Smartphone in die Vorrichtung am Armaturenbrett eingehängt. Im Display stand *Imperator Palpatine*.

Parker fluchte.

»Ist er das?« Ihre Müdigkeit war wie weggeblasen. »Dein Vater?«

Er nickte. »Bereit für die Royden-Cale-Show?« Als er das Gespräch annahm, drang Rauschen aus den Lautsprechern der Stereoanlage wie aus dem Inneren einer monströsen Muschel.

»Dad«, sagte er ohne Emotion.

Jemand atmete am anderen Ende und schwieg.

Ash sah Parker fragend an. Kopfschüttelnd legte er einen Finger an die Lippen.

Weitere Sekunden vergingen, dann fragte Royden Cale: »Wo bist du jetzt?« Ein tiefes Timbre, nicht unangenehm, aber ein dominanter, befehlsgewohnter Tonfall.

»Bin unterwegs«, sagte Parker.

»Wer ist bei dir?«

Es lag auf der Hand, dass er oder Chimena diese Information von der Autovermietung erhalten hatte, und doch fühlte Ash sich auf der Stelle beobachtet, so als könnte Royden Cale ihr aus dem Rückspiegel ins Gesicht sehen.

Parker ging nicht darauf ein. »Wie geht's dir?«

Cale gab keine Antwort.

Die beiden hatten ein ernstes Kommunikationsproblem. Aber wer nicht, dachte Ash.

»Gab's schon Kritiken?«, fragte Parker.

»Sie schreiben, du bist mit der Rolle erwachsen und zu einem richtigen Schauspieler geworden.«

»Deine Zeitungen?«

»Nicht nur die.«

Sie beobachtete Parker aus dem Augenwinkel. Seine verkrampften Finger am Steuer und die pochende Ader am Hals verrieten, wie angespannt er war. Er hatte den Fuß ein wenig vom Gas genommen.

»Was willst du, Dad?«

»Du hättest mich vorwarnen können.«

»Damit Chimena mich von den Mikrofonen fernhält?«

»Sie will nur dein Bestes.«

»*Dein* Bestes.«

»Du musst herkommen«, sagte Cale. »Auf der Stelle.«

Parkers Ausdruck verfinsterte sich. Ash konnte ihm ansehen, wie der Befehlston seines Vaters Widerwillen in ihm weckte. Seine Stimme wechselte von unterkühlt zu frostig: »Ich überlege mir noch, was ich als Nächstes tue.«

Ash wandte den Blick ab und sah aus dem Seitenfenster. Die Landschaft war bergiger geworden, die Autobahn voller. Auf der Rückbank des Wagens neben ihnen saß ein riesiger schwarzer Hund und starrte herüber.

»Du hast keine Ahnung, was du mit deinen Albernheiten angerichtet hast.« Royden Cale klang nicht mehr so ruhig wie zuvor. Es ging in die zweite Runde.

»Es tut mir leid, falls ich deine wertvolle Marke beschädigt habe.«

»Der Film interessiert mich im Moment überhaupt nicht«, sagte Cale. »Komm her, und ich erklär dir alles.«

»Ich bin nicht sicher, ob das besonders hilfreich wäre.«

Ach?, dachte Ash. Das hatte am Morgen noch ganz anders geklungen.

Parkers Vater schien sich zur Ruhe zu zwingen. »Alles steht auf dem Spiel! *Alles*, hörst du? Sie werden bald hier sein.«

Die Medien? Die Paparazzi? Die lagen doch bestimmt längst vor der Villa in Wartestellung.

»Ich –«, begann Parker, aber diesmal schnitt Cale ihm das Wort ab: »Libatique«, sagte er. »Er ist sicher schon auf dem Weg hierher.«

Parker riss das Smartphone aus der Halterung. Das Rauschen aus den Lautsprechern brach ab. Ash konnte jetzt nicht mehr hören, was Royden Cale am anderen Ende der Leitung sagte.

»Ich bin es leid, Dad.« Parkers Stimme war noch immer mühsam beherrscht. »Das hier ist *mein* Leben. Mein Gesicht.

In Zukunft bestimme ich allein, was ich tue und aus welchen Gründen. Und es werden meine Gründe sein, nicht deine.« Cale antwortete etwas Unverständliches, aber Parker fuhr ihm über den Mund: »Libatique ist ganz allein dein Problem! Ich bin kein kleines Kind mehr, dem du irgendwelche Ammenmärchen erzählen kannst.« Er hielt kurz inne und fügte dann hinzu: »Sag Chimena, sie soll sich die Mühe sparen, mir zu folgen. Ich gehe nicht mit ihr. Und die Zeiten, in denen sie –« Er brach ab, als ihm Ashs Anwesenheit wieder bewusst wurde. »Das ist vorbei. Endgültig vorbei, hörst du?«

Ash war erstaunt über sich selbst: Sie war peinlich berührt von diesem Streit, der sie doch nicht das Geringste anging. Hätte Parker in diesem Augenblick angehalten, sie wäre wohl ausgestiegen und hätte den Rest der Strecke per Anhalter zurückgelegt.

»Mach daraus, was du willst«, sagte Parker zu seinem Vater. »Wir unterhalten uns über all das, aber nicht jetzt. Nicht, wenn du es mir *befiehlst*. Das hört ab sofort auf.«

Und damit beendete er das Gespräch, schaltete das Handy aus und ließ es umständlich in seiner Hosentasche verschwinden.

Minutenlang schwieg er, bis es Ash zu dumm wurde. »Wer ist dieser Libatique?«

»Derjenige, dem mein Vater seinen Erfolg verdankt.«

Sie wartete ab, aber mehr schien er dazu nicht sagen zu wollen. »Und was jetzt?«

»Mein Vater wird sich ein Mal im Leben gedulden müssen. Wir machen einen Abstecher zu Freunden von mir und lassen ihn schmoren, bis es ihm wirklich schlecht geht.«

Ash verdrehte die Augen. Allmählich ärgerte sie dieses

Familiendrama, in das sie gegen ihren Willen hineingezogen wurde. »Ist das nicht ein wenig ... ich weiß nicht, kindisch?«

Zum ersten Mal seit dem Anruf seines Vaters wandte Parker ihr wieder den Blick zu. »Die ganze Welt verwechselt mich mit einem Idioten, der eine Elfe vögelt und mit Engeln spricht. Wie erwachsen ist *das*?«

16.

Die alten Stadtviertel von Lyon waren durchwoben von halb versteckten Passagen und Gängen, den Traboules. Tunnel führten unter den Häusern hindurch, und Eingeweihte benutzten geheime Wege von einem Hinterhof zum anderen, ohne die Gassen und Straßen zu betreten.

Mehr als fünfhundert dieser Traboules zogen sich durch die Altstadt; manche waren für jedermann zugänglich, andere sorgfältig vor der Öffentlichkeit verborgen, hinter unscheinbaren Holztüren und Gittern, an denen die Touristen ohne einen zweiten Blick vorüberschlenderten.

Parker hatte den BMW auf einem Parkplatz im hoch gelegenen Teil des Viertels La Croix-Rousse abgestellt. Während Ash und er eine steile Gasse hinunterstiegen, erzählte er, dass es in dieser Gegend die meisten Traboules der Stadt gebe, ein steinernes Labyrinth unterhalb der verwitternden Häuserblocks. Seit Jahrhunderten hatten die Seidenspinner hier ihre Werkstätten. Vor zehn Jahren hatte sich in der Gegend um einen der größeren Durchgänge, die Passage Thiaffait, eine bunte Künstlergemeinde angesiedelt. Ursprünglich habe es vor allem junge Modedesigner hierher gezogen, aber mit der Zeit seien auch Maler, Bildhauer, Autoren und

Filmemacher hinzugekommen, die in den Altbauten von La Croix-Rousse ihre Ateliers und Wohnungen eingerichtet hatten.

An einem Hinterhof, nur einen Steinwurf von der Passage Thiaffait entfernt, lebte einer von Parkers Freunden. Der Name Lucien Daudet sagte Ash nichts, aber als sie ihm schließlich in einem dämmerigen Treppenhaus gegenüberstand, erkannte sie ihn sofort. Er lehnte in seiner Wohnungstür, trug eine Kochschürze und erwartete sie mit einem breiten Grinsen, das Welten entfernt war von Parkers brütender Melancholie.

Lucien Daudet war sehr schlank, sein schönes Gesicht fast androgyn. Er hatte langes blondes Haar, wild gelockt, das heftig gegen das Gummiband ankämpfte, mit dem er es im Nacken zu einem Pferdeschwanz gebunden hatte. Sein offenes Lachen war einnehmend und seine Augen flirteten bereits mit Ash, ehe sie ein Wort gewechselt hatten.

Er und Parker hätten äußerlich kaum unterschiedlicher sein können. Parker war fraglos derjenige, dessen Attraktivität eher den Massengeschmack traf; kantiger und kräftig, aber mit einer Verletztheit im Blick, die trotz seines Körperbaus Beschützerinstinkte weckte. Dagegen war Luciens Schönheit extravaganter und verzauberte einen anderen Teil des weiblichen Publikums umso nachhaltiger.

»Tut mir leid«, sagte Ash, nachdem Parker sie einander vorgestellt hatte, »ich hab nur den ersten *Glamour*-Film gesehen. Ich kann mich an dein Gesicht erinnern, aber ich weiß nicht mehr –«

»Der schwule Engel«, sagte Lucien, während er sie durch einen karg eingerichteten Flur führte. »Das war ich.«

Parker sah grinsend zu Ash herüber. »Thanael ist nicht schwul. Nur Lucien behauptet das.«

»Im *Buch* ist er es nicht«, sagte Lucien und betrat als Erster eine imposante Küche. »In den Filmen schon. Sie haben mich ausstaffiert wie einen Transvestiten im Brautkleid. Und sie meinten, mein Akzent müsse noch *fron-sö-si-schär* klingen – O-Ton des Regisseurs. Mit den Flügeln hab ich am Ende ausgesehen, als wäre ich vom Weihnachtsbaum eines Pariser Friseurs gefallen.«

Er brachte Ash zum Lachen, und das gefiel ihr. Mit knurrendem Magen sah sie sich in der geräumigen Altbauküche um. Ihre Augen tasteten ganz von selbst über jedes Detail: jahrelange Gewohnheit, sie konnte gar nicht mehr anders. Vor einem hohen Fenster zum Innenhof stand ein langer Holztisch mit eingekerbter Oberfläche, darauf eine entkorkte Flasche Rotwein. In den Regalen reihten sich Dosen und Schachteln aneinander, Gläser mit Eingelegtem, stapelweise Kochbücher. Auf einem antiquierten Gasherd dampfte es aus mehreren Töpfen und Pfannen. Es roch nach gebratenem Fleisch und Gewürzen, die ihr sehr exotisch vorkamen. Allerdings verstand sie vom Kochen so viel wie vom Reisen.

»Ich muss mich noch ein paar Minuten um das Essen kümmern«, sagte Lucien. »Heute Abend gibt's eine kleine Feier unten im Hof. Ihr seid herzlich eingeladen. Das hier sind ein paar typische Lyoneser Gerichte.« Er nahm den Deckel von einem Topf und linste mit zufriedenem Grinsen hinein. »Wenn ihr wollt, könnt ihr euch ins Wohnzimmer verziehen. Nehmt den Wein mit.« Er warf Parker einen wissenden Blick zu. »Irgendwo ist auch noch Whiskey.«

»Besser nicht.«

Lucien sah Ash an. »Und du? Lieber Weißwein?«

»Gar nichts, danke.«

Er wandte sich mit einem Augenzwinkern an Parker. »Wen hast du denn da mitgebracht? Sie hat nur einen deiner Filme gesehen, kennt den schwulen Engel nicht und scheint auch sonst nicht allzu beeindruckt von unserer Kunst zu sein. Ich wusste nicht, dass es außerhalb Frankreichs noch so jemanden gibt.«

»Außerhalb Frankreichs?«, fragte Ash.

»*The Glamour* ist hier nur halbwegs erfolgreich«, sagte Parker achselzuckend. »Was vermutlich daran liegt, dass es hier eine echte Filmkultur gibt und die Leute nicht zwangsläufig das schlucken, was Hollywood ihnen in den Rachen stopft.«

Lucien stieß einen Seufzer aus. »Aber auch das ändert sich. Wir werden genauso mit Multiplexen, IMAX und 3-D überrollt wie der Rest der Welt.«

Parker deutete auf ein paar altmodische Plakate, die in Glasrahmen an der Küchenwand hingen. *Le Cercle Rouge*, *Jules et Jim* und *Les Aventuriers*. »Ich würde am Set den Kaffee kochen, um bei so einem Film dabei zu sein.«

Lucien nahm mit dicken Stoffhandschuhen den größten Topf vom Herd. »Hast du Ash von *Le Mépris* –«

»Nein«, unterbrach Parker ihn. »Niemandem.«

Ash sah ihn fragend an.

»Hat nichts mit dir zu tun«, sagte er.

Sie zuckte die Achseln, nahm nun doch die Weinflasche vom Küchentisch und verließ die Küche. »Wo ist das Wohnzimmer?«, rief sie über die Schulter.

»Zweite Tür rechts!«

Sie betrat einen Raum mit hoher Stuckdecke, bordeauxrot gestrichenen Wänden, einer Flickencouch und mehreren Sesseln; keiner passte zum anderen. An den Wänden waren altmodische Videospielautomaten aufgereiht. Knallbunte Logos prangten über den Bildschirmen: *Frogger*, *Galaga*, *Phoenix*, *Donkey Kong* und *Ms Pac-Man*. Ash hatte mal ein paar Wochen in einem Pub gekellnert, dessen Besitzer einen ähnlichen Retro-Fimmel gehabt hatte. Diese Automaten hatten mindestens ein Vierteljahrhundert auf dem Buckel. Neben einem der Spiele stand ein Plastikeimer mit Franc-Stücken. Sicher schluckten die antiquierten Mechanismen keine Euromünzen.

»Auch französische Hochkultur?«, fragte sie, als Parker hinter ihr den Raum betrat.

Ehe er antworten konnte, rief Lucien vom Flur aus: »Macht mal jemand die Balkontür auf? Und *schnell*?« Dann stürmte er auch schon ins Zimmer, in den Händen einen Topf, aus dem schwarzer Qualm aufstieg. Der Gestank nach verbranntem Fleisch war widerlich.

Ash, die am nächsten an den Fenstern stand, riss die Glastür auf. Hustend trug Lucien den Topf an ihr vorbei, stellte ihn draußen ab, eilte zurück in den Raum und warf die Tür zu. Ash fand seine französischen Flüche melodisch und charmant.

»Schafsfüße!«, ereiferte er sich schließlich wieder auf Englisch. »Immer verbrennen mir die verdammten Schafsfüße!«

Ashs Magen hörte sofort auf zu knurren. »Ihr esst Füße?«

Luciens Grinsen entblößte einen leichten Spalt zwischen seinen Schneidezähnen. »Warte ab, bis du die Schweineschnauzen probiert hast. Lyoneser Spezialität!«

Parker war an einen Automaten getreten und bewegte verspielt den Joystick, obwohl das Gerät nicht eingeschaltet war. »Du wirst dich daran gewöhnen«, sagte er zu Ash.

Sie verzog das Gesicht. »Gibt's hier Schokoriegel?«

»Barbarin!«, rief Lucien.

»Muffins? Red Bull?«

»Nur Füße und Schnauzen«, sagte Parker und suchte den Knopf zum Einschalten des Automaten.

Lucien riss erschrocken die Augen auf. »Ach, shit, die Schnauzen!«, und rannte hinüber in die Küche.

17.

Kurz vor Mitternacht war die Stimmung im Hinterhof auf dem Höhepunkt und Lucien deklamierte sein drittes Gedicht. Breitbeinig stand er neben dem prasselnden Lagerfeuer und trug selbst verfasste Verse vor. In einer Hand hielt er einen zerknitterten Zettel, mit der anderen gestikulierte er; das schelmische Grinsen wich dabei gar nicht mehr von seinem Gesicht.

Ash verstand kein Wort, mutmaßte aber, dass Luciens Poesie zu einem großen Teil aus Zoten bestand. Das Publikum – eine farbenfrohe Mischung aus Männern und Frauen in zerrissenen Jeans und gebatikten Röcken, farbbekleckssten Hemden und Kapuzenshirts – reagierte mit Ahs und Ohs, mit Gelächter und Hochrufen. Jeder gelungene Reim gab Anlass, eine weitere Flasche Wein zu öffnen.

»Du strahlst jetzt schon den ganzen Abend«, sagte Parker zu ihr, nachdem Lucien seine Darbietung mit Verbeugungen und unter donnerndem Applaus beendet hatte. »Du bist selten so fröhlich, oder?«

Sie fühlte sich durchschaut, aber zu ihrer eigenen Überraschung machte es ihr nichts aus. Sie konnte sich nicht erinnern, wann sie sich zum letzten Mal so wohlgefühlt hatte.

Sie und Parker waren von den Partygästen sofort akzeptiert worden. Einige mussten Parker erkannt haben, aber niemand sprach ihn auf seine Filme an oder begaffte ihn. Keiner ließ einen Zweifel daran, dass der eigentliche Star des Abends Lucien Daudet war. Er hatte die Feier organisiert, die Schweineschnauzen mit Mayonnaisesoße zubereitet und auf die Schnelle neue Schafsfüße bringen lassen. Außerdem gab es lokale Spezialitäten aus Knochenmark, Innereienwürste und namenlose Scheußlichkeiten, die bei lauten Gesprächen und Gesang verspeist wurden. Für Ash hatte Lucien einen kleinen Korb voller Schokoriegel besorgt, was sie wirklich überwältigend fand.

Parker und sie saßen ein wenig abseits vom Feuer auf einer niedrigen Mauer am Rand des Hofs, dahinter lag eine Kellertreppe. In der Nähe befanden sich die Eingänge zu drei Gewölbegängen, schummrig beleuchteten Traboules, die tiefer in die umliegenden Altbauten führten.

»Ich bin nicht oft bei so was eingeladen«, sagte sie und drehte ihr Weinglas zwischen den Fingern. »Eigentlich nie.«

»Ich auch nicht.«

Sie hob eine Augenbraue. »Parker Cale, der Partykönig von Saint-Tropez?«

Er schnitt eine Grimasse. »Wo hast du denn das her?«

Sie lachte. »Du musst doch ständig irgendwo eingeladen sein, auf Promipartys und Empfängen und –«

»Er bekommt all die guten Termine!«, mischte sich Lucien ein, der unbemerkt herbeigeschlendert war, eine Rotweinflasche und ein Glas in Händen. »Er fliegt zu den Premieren nach New York und Tokio und London. Wir Fußvolk in den Nebenrollen dürfen nach Warschau und Helsinki.

Mitte der Woche muss ich runter nach Monaco, dafür brauch ich nicht mal meinen Reisepass.« Aber er sagte das lächelnd und in einem Tonfall, der verriet, dass sein Neid nur gespielt war. Tatsächlich wirkte Lucien wie jemand, der genau hier am glücklichsten war, in seinem Viertel in Lyon, wo er jeden Straßenmusiker persönlich kannte und zweifellos mit den meisten hübschen Mädchen geschlafen hatte.

»Monaco«, sagte Parker. »Wird Epiphany dort sein?«

»Soll ich sie grüßen?«

»Auf keinen Fall.«

»Hast du gehört, dass sie eine Hauptrolle im neuen *Spider-Man* hat?«

»Schön für sie.«

Lucien stieß erst mit ihm, dann mit Ash an und zeigte auf den leeren Platz neben ihr auf der Mauer. »Darf ich?«

»Ist dein Hof«, sagte sie. »Jedenfalls tut jeder so.«

Er setzte sich, trank sein Glas leer und schenkte allen nach. »Ich hab über euch nachgedacht.«

»Oha«, sagte Parker.

Ash saß zwischen ihnen und bemerkte, dass jeder ihrer Oberschenkel einen der beiden berührte. Allmählich gewöhnte sie sich daran, wie unwirklich das alles war. Erst gestern war sie noch in London gewesen, heute war sie schon mitten in Frankreich, flankiert von einem Engel und dem Jungen – wie hatte Parker es genannt? –, dem Jungen, »der eine Elfe vögelt«.

Lucien blickte von seinem Weinglas auf. »Salvador Dalí hat mal gesagt –«

Parker unterbrach ihn mit einem leisen Lachen. »Lucien

malt auch. Wenn er nicht gerade wunderschöne Französinnen mit seiner Reimkunst verführt.«

»Niemand sollte sich festlegen müssen«, entgegnete Lucien überraschend ernst. »Nicht in der Kunst und nicht in der Liebe.«

Ash nickte, als verstünde sie etwas vom einen oder vom anderen. Tatsächlich stieg ihr der Wein allmählich zu Kopf, und das gab ihr das Gefühl, sich in alles und jeden hineinversetzen zu können. Mit Ausnahme von Parker.

»Also«, begann Lucien von neuem, »Salvador Dalí, der große Surrealist ... Er hat mal eine eigene Wissenschaft erfunden. Jedenfalls hat er behauptet, es wäre eine. Er hat sie *Phoenixologie* genannt. Kein Witz, ich schwör's.«

Parker stöhnte. »Und?«

»In seinen Tagebüchern erwähnt er, wie er davon träumt, und der wunderbare Jean Cocteau hat auch davon erzählt ...«

Parker berührte Ash am Oberschenkel und verdrehte die Augen. Der Wein und sein Blick ließen sie kichern, was sonst nun gar nicht ihre Art war.

»Laut Dalí«, fuhr Lucien fort, »muss sich jeder Künstler immer wieder neu erfinden und an seine Grenzen gehen. Er wird wiedergeboren aus der Asche seiner eigenen Kunst, um erst dann wieder etwas Neues, Aufregendes, Wundervolles erschaffen zu können.«

Ash trank einen weiteren Schluck.

»Asche und Phoenix«, sagte Lucien. »Das seid ihr beiden. Ihr gehört zusammen. Du, Ash, kannst diejenige sein, aus der Parker neugeboren wird. Du machst ihn zu einem anderen. Er hat sich jetzt schon verändert. Zum Besseren natürlich.«

»Arsch«, sagte Parker gutmütig.

»Du bist mein Freund«, entgegnete Lucien und stieß mit ihm an, »aber so wie heute hab ich dich selten erlebt. Mit der bezaubernden Ash an deiner Seite liebe ich dich gleich noch ein bisschen mehr.«

»Sagte der schwule Engel.«

Ash hob ihr Glas vor die Augen und blickte durch den Rotwein zum Feuer hinüber. Es war, als hielte sie einen großen Rubin in ihren Händen. Aus *mir* neugeboren, dachte sie. Und mochte es noch so großer Unsinn sein – was französische Künstler wohl so redeten, wenn sie zu viel tranken –, es berührte etwas in ihr. Sie sah ihr Gesicht im blutroten Glas gespiegelt, und sie erkannte sich kaum wieder.

Lucien stand auf. »Phoenixologie«, sagte er noch einmal. »Vergesst das nicht.«

Er reichte Parker die angebrochene Flasche, zog seine Zettel mit den handgeschriebenen Versen aus der Tasche und ging damit zum Feuer.

»Er spinnt«, sagte Parker voller Zuneigung.

Lucien schlug die Hacken zusammen, erhob das Glas zum Himmel und warf seine Gedichte feierlich in die Flammen.

18.

Später befestigte Ash ein paar ihrer Fotos mit Klebeband an den Wänden des Hofes, Bilder aus dem Eurotunnel, aber auch ein paar ältere aus London. Sie dachte sich nichts dabei, es war ihr einfach so in den Sinn gekommen, aber schon kurz darauf standen einige Besucher davor und diskutierten. Ash verstand sie nicht, nickte immer nur, wenn jemand ihr auf Französisch eine Frage stellte, und bemerkte amüsiert, dass sie dem Gespräch damit neuen Schwung gab.

Parker stand ein paar Schritte entfernt, lehnte im Torbogen einer Traboule und schaute herüber. Zunächst dachte Ash, er beobachte die Franzosen, die sich über die Fotos unterhielten, aber irgendwann fiel ihr auf, dass er nur sie ansah. Immer wenn sie seinen Blick erwiderte, grinste er wie jemand, der sich ertappt fühlte. Und wenn sie einen Moment später erneut in seine Richtung schaute, hatte er ihr schon wieder das Gesicht zugewandt und um seine Mundwinkel spielte ein Lächeln.

Schließlich ging sie zu ihm hinüber, ein wenig benommen vom Wein. Neben ihm war mit roter Kreide eine Strichfigur an die Wand gezeichnet. Die Haare sahen aus, als stünde der Kopf in Flammen.

Ehe sie etwas sagen konnte, vibrierte Parkers Handy. Er zog es aus der Hosentasche, warf einen Blick darauf und wollte es entnervt wieder einstecken.

»Dein Vater?«, fragte sie.

Er hob die Schultern, als müsste er sich dafür entschuldigen.

»Geh schon ran. Du bist seit heute Morgen unterwegs, um mit ihm zu reden, also tu's auch.«

Er war augenscheinlich hin- und hergerissen zwischen Auflehnung und Loyalität. Man musste kein Gedankenleser sein, um zu erkennen, dass ihn seine neue Rebellenrolle nicht glücklich machte. Hin und wieder bekam er davon vielleicht einen kurzzeitigen Adrenalinkick, aber die meiste Zeit schien er uneins mit sich zu sein, ob er wirklich das Richtige tat.

Ash war keine Vertreterin der Lass-uns-darüber-reden-Fraktion – eigentlich hatte sie es immer vorgezogen, so wenig wie möglich zu reden –, aber dass es zwischen Parker und seinem Vater zu viel Unausgesprochenes gab, war offenkundig.

Das Handy hatte aufgehört zu vibrieren, brummte jedoch im nächsten Moment von neuem los. Ash nickte Parker aufmunternd zu.

Er atmete tief durch und nahm das Gespräch an. Sein Gesicht wirkte fahl, selbst im rötlichen Feuerschein. »Hi, Dad.«

Ash schenkte ihm ein Lächeln und ging zurück zu ihren Fotos.

+ + +

Durch den steinernen Bogen trat Parker in den Schatten einer Traboule. Es roch wie in einer Gruft, modrig und nach feuchtem Verputz.

»Es tut mir leid«, sagte sein Vater.

Parker schwieg. Royden Cale entschuldigte sich niemals für irgendetwas.

»Ich meine das ernst. Ich möchte mich bei dir entschuldigen. Mein Ton vorhin war unangemessen.«

»Du hast nur gesagt, was du gedacht hast.« Parker schlenderte den verlassenen Gewölbegang hinab. Noch folgten ihm die Stimmen aus dem Hof, aber nach der ersten Biegung wurden sie dumpfer. Eine trübe Funzel beschien den Tunnel. Am anderen Ende konnte er vage einen halbrunden Ausgang erkennen.

»Ich weiß, dass ich manchmal die Beherrschung verliere«, sagte sein Vater. »Ich werde dann ungerecht, obwohl ich das eigentlich gar nicht will. Kannst du glauben, dass es mal eine Zeit gab, in der Fairness eines meiner Ideale war? Sicher ist Fairness eine Illusion, wenn man erfolgreich Geschäfte machen will, aber ich habe mich zumindest darum bemüht. Und es ist nicht zu tolerieren, dass ich ausgerechnet meinem Sohn gegenüber alle guten Vorsätze in den Wind schieße. Das war dumm und ich möchte dich um Verzeihung bitten.«

Parker hörte die Stimme seines Vaters, aber er konnte sich zu diesen Worten sein Gesicht nicht vorstellen. Royden Cale neigte zu Monologen, aber in denen ging es stets um die Fehler anderer, nie um seine eigenen.

»Was willst du wirklich, Dad?«

Wieder eine Pause, als müsste sein Vater erst in einer Liste möglicher Antworten nachschlagen, was er darauf erwidern könnte. Parker erreichte das Ende des Gangs und blickte hinaus in einen weiteren Hof, viel kleiner als der erste und von Säulen eingefasst. An einer lehnte ein Fahrradrahmen ohne Räder, nirgends war ein Mensch zu sehen. Die Fenster in den oberen Stockwerken waren dunkel, die ganze Nachbarschaft feierte auf Luciens Party.

Parker trat hinaus in den engen Schacht, das Handy am Ohr, während sein Vater am anderen Ende der Leitung tief ein- und ausatmete. Kein Geräusch drang bis hierher, um ihn herum war es vollkommen still.

»Hör zu«, sagte Royden Cale, »du weißt nicht mal die Hälfte von allem. Dein Auftritt gestern ... Wir müssen das wieder rückgängig machen. *Du* musst es rückgängig machen.«

»Muss ich das?«

»Ich habe Angst, Parker.«

Das verschlug ihm tatsächlich die Sprache. Falls dies Teil einer abstrusen Strategie war, dann stellte sein Vater wieder einmal seine berüchtigte Unberechenbarkeit unter Beweis.

»Wovor sollte jemand wie du Angst haben?«

»Libatique wird bald hier sein.«

»Und was hat das mit mir zu tun?«

»Alles.«

»Hör schon auf, Dad. Du bist sauer, das ist in Ordnung. Es geht bei diesem Film um viel Geld und –«

»Das Geld ist mir scheißegal«, fiel sein Vater ihm ins Wort, kalt und scharf, aber ohne die Stimme zu heben.

Parker zuckte mit den Schultern. »Okay.«

Er hatte den kleinen Hof durchquert und war auf den Zugang zu einer weiteren Traboule gestoßen. Es ging ein paar

Stufen abwärts bis zu einem Tunnel, der unter dem Häuserblock hindurchführte. Trotz des schimmelnden Mauerwerks lag ein Hauch von Vanille in der Luft.

»Ich habe dir nicht alles gesagt«, sagte sein Vater. »Ich hätte es tun sollen, schon vor langer Zeit, aber du hättest es nicht verstanden.«

»Wow. Danke, Dad.«

»So meine ich das nicht. Es geht dabei auch, nun ... um deine Mutter.«

Parker blieb am Ende der Stufen stehen. Vor ihm versank der unterirdische Korridor nach wenigen Metern in Finsternis. Nur weit entfernt schimmerte eine Ahnung von Helligkeit, womöglich war dort ein Aufgang zum nächsten Hof. An der Wand befand sich ein altmodischer Drehschalter für die Beleuchtung, aber Parker betätigte ihn nicht.

»Um Mutter?«, wiederholte er leise.

»Ich kann dir das alles erklären, aber erst musst du herkommen. Das ist nichts fürs Telefon.«

Langsam drehte Parker sich am Fuß der Stufen um und sah zurück zu dem engen Säulenhof. Er hatte das Gefühl, sich setzen zu müssen, vielleicht auf die Treppe, blieb aber stehen.

»Was hat Libatique mit ihr zu tun?« Seine Stimme war kaum mehr als ein Flüstern.

»Nicht am Telefon«, sagte sein Vater noch einmal. »Komm, so schnell du kannst, her. Ich warte auf dich. Dann erzähle ich dir alles und wir überlegen uns gemeinsam, wie wir weiter vorgehen.«

»Verdammt, Dad! Sprich nicht in Scheißrätseln mit mir, sondern –«

Im Tunnel scharrte etwas über Stein. Hinter ihm war jemand. Parker wirbelte herum.

Nur eine Wand aus Dunkelheit. Der vage Schimmer in der Ferne war nicht mehr zu sehen.

»Es ist wichtig, dass du auf dich aufpasst«, sagte Royden Cale. »Du bist in Gefahr. Chimena müsste bald bei dir sein, sie wird dich beschützen, aber bis dahin –«

Parker ließ das Handy sinken und machte einen Schritt rückwärts, wobei seine Ferse gegen die unterste Stufe stieß. Der Vanillegeruch war intensiver geworden.

Vor ihm tauchte ein Gesicht aus der Finsternis auf wie aus den Tiefen eines schwarzen Sees.

»Parker?« Sein Vater klang jetzt sehr weit entfernt. »Parker, hörst du mir zu?«

Der Fremde sagte laut: »Dein Sohn hört dich, Royden Cale!« Seine Stimme klang wie der Beginn eines Hustenanfalls, ein kratziges Röcheln. »Gleich wirst auch du *ihn* hören, Royden Cale! Hör genau zu, Royden Cale! Hör einfach nur zu.«

19.

Die Unterhaltung in einer Sprache, die sie nicht verstand, machte Ash schläfrig. Sie musste nichts sagen und verließ sich ganz auf das Lächeln, das der Wein auf ihre Züge zauberte.

Sie hatte an diesem Abend noch kein einziges Foto geschossen, und sie vermisste das. Ihr fiel ein, dass ihr Rucksack unbeaufsichtigt vor der niedrigen Mauer lag, auf der sie mit Parker und Lucien gesessen hatte. Sie löste sich aus der Gruppe und ging am Feuer vorbei zu ihren Sachen. Über den Innenhof verteilt saßen dreißig oder vierzig Partygäste, einige auf Holzkisten, andere auf Klappstühlen. Lucien unterhielt sich mit einer älteren Frau, die seine Mutter hätte sein können; sie trug wallende Gewänder. Ihr Schatten wurde von den Flammen verzerrt an eine Mauer geworfen und erhob sich wie ein schwarzer Berg über dem Hof und den Feiernden.

Ash ging in die Hocke und öffnete den Verschluss des Rucksacks. Die Kameralinse blickte ihr aus dem Inneren entgegen. Sie wollte gerade danach greifen, als eine Hand ihre Schulter berührte.

»Guten Abend«, sagte eine Frau auf Englisch.

Ash sprang auf und drehte sich in derselben Bewegung um. Beinahe wäre sie gestolpert.

Vor ihr stand die Frau aus der U-Bahn-Station. Groß, schlank und auf exotische Weise schön. Man hätte sich vorstellen können, ihr im Orientexpress zu begegnen. Glattes schwarzes Haar, eine schmale Nase, ausgeprägte Wangenknochen. Sie trug einen dunklen Kurzmantel, ihre Hände steckten in den Taschen. Ihre Lederstiefel hatten flache Absätze, trotzdem war sie fast einen Kopf größer als Ash.

»Chimena«, stellte sie sich vor. »Wo ist Parker?«

»Nicht hier.«

In einiger Entfernung sah Lucien verwundert herüber. Ash nahm an, dass er Chimena kannte, vielleicht von Premierenfeiern oder Dreharbeiten. Aber seine Augen verengten sich, so als gefiele es ihm ganz und gar nicht, dass sie hier auftauchte.

»Ich muss mit ihm sprechen«, sagte Chimena. Ihre Haut war makellos, nicht die kleinste Unreinheit, keine Leberflecken oder Sommersprossen. Ihr schmaler, heller Hals hob sich vom hochgeschlagenen Kragen ihres Mantels ab wie eine Skulptur aus Eis.

»Er will dich nicht sehen!« Ash fand allmählich zurück zu ihrer gewohnten Kaltschnäuzigkeit.

»Er ist in Gefahr. Und du willst doch auch nicht, dass ihm etwas zustößt, oder?«

Lucien beendete das Gespräch mit der älteren Frau und stand auf, schien aber noch unschlüssig, ob er herüberkommen sollte.

»Was für eine Gefahr?«, fragte Ash und fügte kurz entschlossen hinzu: »Wegen Libatique?«

Chimena musterte sie. »Er hat dir von Libatique erzählt ...? Egal, ich weiß, dass er hier ist. Und ich finde ihn auch ohne dich. Aber es geht schneller, wenn du mir die Richtung verrätst.« Sie deutete mit einem Nicken zu den Torbogen der drei Traboules, die vom Hinterhof abgingen.

»Er telefoniert gerade mit seinem Vater. Das wolltest du doch, oder?«

»Ich bin hier, damit er am Leben bleibt.«

Ashs Mund war trocken geworden. Einen Moment lang überlegte sie, ob Chimena sich über sie lustig machte.

»Alles in Ordnung?«, fragte Lucien und tat überrascht: »Chimena! Schön, dich zu sehen. Kann ich dir ein Glas Wein bringen?«

Sie würdigte ihn keines Blickes. »Nein. Geh einfach, Lucien.« Ihre Augen blieben auf Ash fixiert. »Ich frage dich noch mal: Wo ist er?«

»Hey«, sagte Lucien. »Ich bin sicher, Parker ist gleich wieder hier und –«

»Verpiss dich, Lucien!« Jetzt erst wandte Chimena ihm das Gesicht zu. »Ich bin in Eile. Geh zurück zu deinen kleinen Französinnen, oder womit du dich sonst beschäftigst. Trink Wein. Iss Käse. *Geh!*«

Ash verschränkte die Arme. »Was soll das?«

Auch Lucien wollte etwas sagen, aber Chimenas Arm schoss so schnell auf ihn zu, dass Ash erst glaubte, sie wollte ihm ins Gesicht schlagen. Doch ihre Hand verharrte unmittelbar vor ihm. Ganz sanft legte sie ihm den Zeigefinger auf die Lippen. »Psst«, machte sie. »Sag besser nichts.«

Ash wollte einen Schritt zurücktreten, aber die niedrige Mauer war im Weg.

Ein Geräusch ertönte, das alle Gespräche im Hof verstummen ließ – ein ferner, hoher Schrei, zornig wie der einer kämpfenden Katze, aber ohne jeden Zweifel von einem Menschen ausgestoßen.

Sorgenfalten erschienen auf Chimenas Gesicht, doch gleich darauf zeigte sie wieder ihre perfekte Oberfläche. Sie sah zu dem Durchgang hinüber, aus dem der Laut auf den Hof gedrungen war. Es war der, in dem Parker vorhin verschwunden war.

»Was zum Teufel war das?«, fragte Ash.

»Guignol«, sagte Chimena und rannte los.

20.

Ash folgte Chimena in den Tunnel, aber schon nach den ersten Schritten stand fest, dass sie mit dem Tempo der Frau nicht mithalten konnte. Sie sah nur einen Schemen hinter der Biegung verschwinden.

Lucien rief etwas, aber Ash verstand ihn nicht. Sie bog ebenfalls um die Ecke, sah keine Spur von Chimena, hörte aber einen Aufschrei.

Parker!

Sie stürmte den Tunnel hinunter, erreichte den Ausgang und sah vor sich einen kleinen Innenhof. Das einzige Licht fiel aus der Traboule, aus der sie gekommen war, und reichte nur wenige Meter weit. Im Hintergrund ließen sich nur vage Formen erahnen, Steinbögen und Säulen rund um den Hof.

An einer davon lehnte Parker, weit vorgebeugt, die Hände auf die Knie gestützt. Vor ihm am Boden lag ein rostiger Fahrradrahmen, an dessen Gabel Feuchtigkeit glitzerte. War das Öl? Oder Blut?

In der Mitte des Hofes wirbelten zwei Gestalten umeinander wie in einer Zentrifuge, zu schnell für das menschliche Auge. Eine der beiden musste Chimena sein, die sich auf jemanden gestürzt hatte, den Parker mit dem Metallrahmen abgewehrt und verletzt hatte.

Ash lief auf Parker zu, der erschrocken aufblickte, sie im nächsten Moment erkannte und brüllte: »Hau ab, Ash! Du musst weg von –«

Aus dem Wirbel in der Mitte des Hofs löste sich ein langgliedriger Umriss. Das Gesicht war das eines teuflischen Kaspers, spitzes Kinn und spitze Nase, eine groteske Karikatur, hartkantig wie ein Holzschnitt. Im ersten Moment hielt Ash es für eine Maske, zumal der Rest des dürren Körpers in einem schwarzen Nadelstreifenanzug steckte. Aber dann bewegten sich die steilen Augenbrauen, rückten näher zueinander und der Mund wurde zu einem zornigen Schrei aufgerissen.

Ehe sie reagieren konnte, war der Fremde bei ihr, packte sie am Arm und riss sie vor seinen Körper. Sie wehrte sich, bekam einen heftigen Schlag in die Lenden und erschlaffte für einen Augenblick vor Schmerz. Sie konnte die Gestalt nicht sehen, spürte nur ihren harten Griff und den dürren Leib im Rücken, kaum mehr als Knochen und Sehnen. Gestank hüllte sie ein und es dauerte einen Moment, ehe ihr bewusst wurde, dass es Vanille war, durchmischt mit Fäulnis.

Als sie abermals gegen den Angreifer ankämpfen wollte, drehte der ihr den Arm auf den Rücken, bis der Schmerz ihren ganzen Oberkörper erfüllte. Parker brüllte ihren Namen und stieß sich von der Säule ab, doch da setzte sich Chimena neben ihm aus den Schatten zusammen wie Farbpartikel in einem Kaleidoskop. Ihr Gesicht hatte im Halbdunkel an Vollkommenheit verloren, als hätte jemand eine Schicht heruntergepellt, doch je näher sie dem Licht kam, desto stärker verfestigte sich ihre Schönheit wieder.

»Lass sie los!«, brüllte Parker die Kreatur an, doch als Reaktion darauf wurde Ashs Arm nur noch weiter nach oben gedrückt. Ihr Schultergelenk gab ein Geräusch von sich wie Möbel in einer Müllpresse. Sie schnappte nach Luft und atmete wieder Vanillegestank ein. Alles drehte sich vor ihren Augen.

Zugleich kam Chimena näher. »Du kannst sie töten«, sagte sie. »Das Mädchen spielt keine Rolle.« Chimena machte einen weiteren Schritt, war jetzt höchstens noch vier Meter entfernt. Da packte Parker sie am Arm und hielt sie zurück.

»Nein!«, sagte er.

Das Wesen, das Chimena Guignol genannt hatte, beugte sich über Ashs Schulter. Als sie benommen den Kopf drehte, sah sie sein Gesicht ganz nah neben sich. Die Nase war viel länger als die eines Menschen und weit nach unten gezogen, das Kinn bog sich aufwärts. Beide schienen sich vor den ledrigen Lippen berühren zu wollen. Ash dachte unwillkürlich an Illustrationen in Kinderbüchern, an Teufelsfratzen, die sich nicht entscheiden konnten, ob sie den Betrachter verängstigen oder belustigen wollten. Sein Gesicht war mit rissiger Haut überzogen.

Er stieß ein Fauchen aus, als Chimena Parkers Hand abstreifen wollte. Ash spürte, dass Guignol zitterte. Vielleicht hatte Chimena ihn während des Kampfes verletzt.

Parker wiederholte seinen Befehl, und diesmal rührte Chimena sich nicht mehr. Aus dem Tunnel hinter Ash und Guignol erklangen Schritte, aber die Menschen schienen in einiger Entfernung stehen zu bleiben. Stimmen raunten durcheinander.

Guignol schob Ash hinter den Säulen entlang, fort vom Eingang der Traboule. Dabei verringerte er den Druck auf ihren Arm etwas, damit sie aus eigener Kraft gehen konnte. Noch immer sprach er kein Wort und kontrollierte sie allein durch Schmerz.

Parker und Chimena drehten sich mit ihnen und behielten ihren Gegner im Blick. Parker flüsterte leise auf Chimena ein. Sie schüttelte den Kopf. Ash hatte keine Ahnung, was sie planten. *Ob* sie etwas planten.

Sie hatten den Hof halb umrundet, als Guignol Ash unvermittelt einen Stoß gab und sie vor sich her zwischen den Säulen hindurch auf den Platz schob. Im ersten Stock ging ein Licht an, bald darauf ein zweites. Silhouetten bewegten sich hinter den Fenstern.

Noch einmal machte sie den Versuch, sich aus seinem Griff zu befreien, aber es kostete ihn offenbar keine Anstrengung, sie zu bändigen. Als Ash einen Schrei ausstieß, stürmte Chimena über den Hof auf die beiden zu.

Guignol schleuderte Ash der Angreiferin wie eine Puppe entgegen. Sie und Chimena prallten aufeinander und die Schmerzen wurden so heftig, dass Ash einen Moment lang jedes Gefühl für Oben und Unten verlor. Zugleich stieß Guignol ein schrilles Heulen aus. Chimena war durch den Zusammenstoß für eine Sekunde abgelenkt – nur solange sie brauchte, um Ash von sich fortzustoßen –, doch das genügte Guignol. Mit ausgestreckten Klauen sprang er auf die Frau zu und grub seine Finger zu beiden Seiten in ihren Hals wie in weiches Wachs. Sie verschwanden in ihrem Fleisch, blieben einen Atemzug lang darin stecken, dann riss er sie wieder zurück.

Einen gewöhnlichen Menschen hätten die Verletzungen auf der Stelle getötet. Chimena aber taumelte nur, schlug um sich und verfehlte ihn. Ash war auf allen vieren gelandet und sah wie durch einen Schleier mit an, was geschah, rappelte sich hoch, drohte das Gleichgewicht zu verlieren – und wurde aufgefangen. Parker war bei ihr und half ihr, auf den Beinen zu bleiben. Aber er sah nicht sie an, sondern Chimena, die nun zuckend in die Knie brach. Ihr Oberkörper sank nach vorn und sie presste beide Hände auf die Wunden in ihrem Hals. Kein Tropfen Blut trat aus.

Guignol verschwendete keine Zeit mit ihr und wandte sich Parker und Ash zu. Er stand leicht vorgebeugt, mit Fingern, so lang und dürr wie gekrümmte Äste. Sein Anzug war staubig, aber trotz des Kampfes nicht zerrissen, und erst jetzt fiel Ash auf, dass er am Hinterkopf struppiges schwarzes Haar wie Rabengefieder hatte. Sein schreckliches Gesicht verzog sich zu einer triumphalen Grimasse, als er auf die beiden zukam, noch vier Meter, dann drei.

Über ihnen quietschten Scharniere. Eines der Fenster wurde aufgerissen, Lucien erschien im Rahmen.

»Hey, Motherfucker!« rief er mit französischem Akzent. Blonde Locken hatten sich aus seinem Pferdeschwanz gelöst und standen wirr um sein Gesicht ab.

Guignol sah hoch und blickte in den Lauf eines Gewehrs. Lucien hatte eine Flinte mit abgesägtem Lauf auf ihn gerichtet.

»Shit!«, rief Ash, und noch ehe Parker reagieren konnte, stieß sie ihn mit sich nach hinten, auf die Säulen am Rand des Hofes zu. Sie hatte bereits erlebt, was solche Waffen anrichten konnten, und fürchtete, dass weder Parker noch Lucien die Streuung einschätzen konnten.

Guignol stieß ein Knurren aus, das im Donner des Schusses unterging. Die Schrotladung erwischte ihn schräg von oben und schleuderte ihn zu Boden.

»Lauft!«, brüllte Lucien ihnen zu. »Macht, dass ihr da wegkommt!«

Parker schüttelte den Kopf. »Ich gehe nicht ohne Chimena«, sagte er zu Ash. »Verschwinde du von hier, ich muss ihr helfen!«

Ash bewegte sich nicht von der Stelle. Sie verstand nach wie vor nicht, in welcher Beziehung all diese Leute zueinander standen – Parker zu Chimena, Chimena zu Royden Cale, Cale zu diesem Libatique, und dann noch Guignol, was immer *er* sein mochte –, aber das war im Augenblick auch gar nicht wichtig. Sie blieb stehen, hielt Parker fest und schüttelte langsam den Kopf.

»Nicht«, sagte sie und deutete mit einem Nicken zu Lucien hinauf. »Er wird dich genauso treffen wie dieses Ding.«

Lucien zielte noch immer mit dem Gewehr auf Guignol, der sich auf der anderen Seite des Innenhofs hochstemmte. Er schwankte, war aber nicht tödlich getroffen. Langsam drehte er sich zu ihnen um.

Ein Teil der Schrotladung hatte seine linke Gesichtshälfte in eine Kraterlandschaft verwandelt. Auch seine Wunden bluteten nicht. Sogar sein Auge bewegte sich noch.

Nicht weit entfernt kniete Chimena am Boden, den Kopf so weit vorgebeugt, dass er fast das Kopfsteinpflaster berührte. Das lange Haar hatte sich vor ihr wie ein Fächer ausgebreitet. Sie bewegte sich nicht, aber über ihre Lippen kam ein heiseres Röcheln.

»Lucien!« Parker gab seinem Freund am Fenster einen Wink. »Das Gewehr!«

Lucien reagierte sofort und warf die Waffe in die Tiefe. Geschickt fing Parker sie auf, vielleicht hatte er das mal für einen Film geübt. Er ließ den Lauf herumwirbeln und zielte auf Guignol.

Ash blieb an Parkers Seite, als sie sich gemeinsam auf Chimena zubewegten, ohne Guignol aus den Augen zu lassen. Aus nächster Nähe mochte ein zweiter Treffer weit größeren Schaden anrichten, und das schien auch dem Wesen mit der Kasperfratze bewusst zu sein. Trotzdem konnte Parker noch nicht schießen, ohne das Risiko einzugehen, auch Chimena zu erwischen. Sie mussten näher an ihn heran.

Chimena röchelte noch immer. Ash und Parker waren fast bei ihr, als Guignol einen Schritt nach hinten zwischen die Säulen machte. Nicht weit entfernt führten einige Stufen in einen Keller oder eine tiefer gelegene Traboule. Von dort musste er auf den Hof gelangt sein; es gab nur zwei Zugänge und durch den anderen waren Ash und Chimena gekommen.

Guignol schien abzuwägen, ob er einen weiteren Angriff wagen konnte.

Noch drei Schritte bis zu Chimena.

»Ich bleib bei ihr«, flüsterte Ash.

Parker nickte dankbar.

Ash ging neben ihr in die Hocke, wisperte ihren Namen und strich das lange Haar zur Seite, um ihr ins Gesicht zu sehen.

Zugleich stieß Guignol einen seiner furchtbaren Schreie

aus. Parker machte einen Schritt an Chimena vorbei. Endlich freies Schussfeld.

»Chimena?«, fragte Ash noch einmal.

Ein tiefer Seufzer, dann sackte die Frau in sich zusammen. Ash umfasste ihren Oberkörper, ein neuerlicher Schmerz raste durch ihren Arm, aber es gelang ihr, die Verletzte aufzufangen.

Guignol knurrte und fauchte, gab Parker aber keine Gelegenheit zu einem Kopfschuss aus nächster Nähe: Mit einem bösartigen Zischen wirbelte er herum und hastete mit eckigen Bewegungen die Treppe hinunter. Seine Schritte entfernten sich im Dunkeln, bald darauf herrschte Stille.

Parker zielte noch einige Sekunden länger auf die Mündung der Traboule, dann fiel er neben Ash und Chimena auf die Knie, ohne die Tunnelöffnung aus den Augen zu lassen.

Ash hatte Chimena so gut es ging herumgedreht und ihren Hinterkopf in ihren Schoß gebettet. Die beiden Fleischwunden am Hals waren verheerend, doch sie bluteten noch immer nicht. Die Furchen, die Guignols Krallen hinterlassen hatten, sahen aus, als wären sie durch Ton gezogen worden. Ein eigenartiger Geruch stieg davon auf, scharf wie Ammoniak.

»Was seid ihr für Typen?«, flüsterte Ash.

»Nicht ich«, sagte Parker. »Nur er« – er deutete zur Treppe, über die Guignol verschwunden war – »und sie.«

Das beruhigte sie kein bisschen. Aber ganz gleich, was Chimena sein mochte – Mensch oder Schutzengel oder Alien von der Venus –, sie hatte nicht mehr lange zu leben. Falls sie sich nicht mit einem Leuchtfinger heilen konnte, ging es gerade zu Ende mit ihr.

»Er … gehört zu Libatique …«, stieß sie heiser hervor. »… musst zu deinem Vater … Du bist der Einzige, der ihn … noch retten kann …«

Parker presste die Lippen aufeinander. Hinter ihnen näherten sich Menschen. Aus den Tiefen des Tunnels hatten sie nicht mitansehen können, was im Hof geschehen war. Ash rückte enger an Parker heran, um Chimena vor den Blicken der anderen zu schützen.

Luciens gehetzte Stimme erklang, als er sich durch die überfüllte Traboule drängte. Er sah nur kurz zu den beiden herüber und begann sofort, die Schaulustigen zurück in den Gang zu treiben. Dabei redete er unablässig auf sie ein, übertönte jeden Protest und verwehrte ihnen den Blick in den Hof.

»Geh …«, raunte Chimena noch einmal, als sich ihre Augenlider schlossen. »Geh zu deinem Vater …«

Die Wundränder brodelten und weiteten sich, verschlangen Hals und Schädel, und noch ehe Ash sie loslassen konnte, zerfiel Chimena auf ihrem Schoß zu weißgrauem Staub.

21.

Ash stand reglos unter Luciens Dusche und ließ sich den harten Wasserstrahl aufs Gesicht prasseln.

Irgendwann blickte sie an sich hinunter und stellte fest, dass der weiße Puder noch immer an einigen Stellen ihres Körpers klebte, allem Duschgel zum Trotz. Aus dem Staub war in Verbindung mit dem Wasser eine fettige Schmiere geworden. Mehr war von Chimena nicht übrig geblieben.

Parker hatte gleich aufbrechen wollen, aber sie hatte ihm den Autoschlüssel abgenommen und sich damit im Bad eingesperrt. Er hatte zu viel getrunken, außerdem musste sie erst nachdenken. Darüber, was sie jetzt tun konnte. Wie sie mit alldem umgehen wollte. Was sie überhaupt davon halten sollte.

Schließlich rubbelte sie sich Chimenas Überreste mit einem Handtuch vom Körper, bis die Haut feuerrot war. Sie hängte sich ihr Anch, das Kreuz und die übrigen Symbole um den Hals und schlüpfte in die Kleidung, die Lucien ihr von einer der Mitbewohnerinnen im Haus besorgt hatte. Sie musste den beschlagenen Spiegel abwischen, um sich darin zu betrachten, und fand, dass sie wie ein Blumenkind aussah, in hautengen Jeans mit weitem Schlag und einer weinroten Batikbluse, die ihr bis auf die Oberschenkel fiel. Sie trug so etwas sonst nie und neigte verwundert den Kopf, weil sie sich gar nicht mal unwohl darin fühlte. Lucien hatte ihr angeboten, für eine Weile bei ihm und seinen Künstlerfreunden zu bleiben, aber das hatte sie weniger überrascht als der finstere Blick, den Parker ihm daraufhin zugeworfen hatte. Hätte er nicht froh sein müssen, sie loszuwerden?

Sie beugte sich näher an den Spiegel und suchte nach Rückständen des Puders in ihren Augenwinkeln, fand jedoch keine. Dafür hatte sie den Eindruck, dass sich ihre Sommersprossen vervielfacht hatten. Als hätte sie die vergangenen Stunden in extremem Sonnenschein verbracht. Mitten in der Nacht.

Ihr schwarzer Bobschnitt war nass und zerstrubbelt, aber sie hatte weder Lust noch Ruhe, sich die Haare zu föhnen. Sie steckte den Wagenschlüssel in die Hosentasche und verließ das Bad. In der Küche am Ende des Korridors wurden Stühle gerückt.

Entschlossen ging sie auf Parker und Lucien zu und teilte ihnen ihre Absicht mit.

\+ + +

In der Morgendämmerung begleitete Lucien sie zum Auto. Er trug eine Tennistasche mit offenem Reißverschluss. Alle paar Schritte blickte er sich nervös nach Verfolgern um und behielt die Einfahrten und Hauseingänge im Blick. Er erkundigte sich nicht, was aus Chimena geworden war. Vielleicht hatte Parker ihm alles – oder irgendetwas – erzählt, als sie in der Küche gesessen hatten.

Ash fragte sich, wie eng die Freundschaft der beiden war. Verwundert bemerkte sie, dass sie sich ausgegrenzt fühlte. Es musste daran liegen, dass sie zum ersten Mal in einem fremden Land war, unter Menschen, deren Sprache sie nicht verstand – und Parker und Lucien die beiden Einzigen waren, mit denen sie sich verständigen konnte.

Schrammen und blaue Flecken erinnerten sie daran, dass sie sich die Ereignisse der Nacht nicht eingebildet hatte. Aber schon jetzt sah sie den Angreifer nur noch vage in ihrer Erinnerung, wie etwas, von dem ihr andere erzählt hatten.

Während sie zu dritt die steilen Straßen von La Croix-Rousse hinaufstiegen, sprachen sie nicht viel. Falls Chimenas Ende Parker mitgenommen hatte, so zeigte er es nicht. Er bestand darauf, dass er nüchtern genug zum Fahren sei. Auch Ash, die keinen Führerschein besaß, spürte die Wirkung des Weins nicht mehr. Der Schock und der Stress der vergangenen Nacht überlagerten alles.

Nachdem sie eingestiegen waren – Ash in ihren neuen Hippiesachen, Parker in Jeans und einem von Luciens weiteren Sweatern –, wandte sich der Franzose durch das offene Seitenfenster an Parker. »Hier verrät euch keiner. In dieser Gegend interessiert sich kein Mensch dafür, wer du bist. Und die meisten haben eh nur ein paar Schatten gesehen.«

Parker nickte nur.

»Noch kannst du es dir anders überlegen«, sagte Lucien zu Ash.

»Lieb von dir. Aber ich fahre mit.«

In Luciens Blick stand Bedauern, dann sah er wieder Parker an. »Pass auf sie auf. Und du, Ash, komm mal wieder vorbei. Ihr beide, natürlich.«

Parker ließ den Motor an, manövrierte den Wagen aus der Parklücke und ließ ihn über das holprige Pflaster bergab rollen. Ash warf einen Blick über die Schulter und sah Lucien, der hinter ihnen auf der Straße stand, beide Hände tief in den Taschen vergraben. Erst nach der nächsten Kreuzung gab Parker Gas.

Vor Ashs Füßen lag ihr Rucksack mit der Kamera, daneben Luciens Tennistasche. Der Reißverschluss stand noch immer ein Stück offen. Im Inneren war der Griff der Schrotflinte zu erkennen, ein Relikt der Hausbesetzer, die vor einigen Jahrzehnten die Gebäude des Viertels vor dem Verfall gerettet hatten. Lucien hatte die Waffe irgendwann im Keller entdeckt, in einer Kiste mit abgegriffenen Ausgaben des Kommunistischen Manifests, zwei Handgranatenattrappen und verschimmelten Filmplakaten von Spaghettiwestern. Er hatte behauptet, er habe sie behalten, um im Falle einer Razzia Polizisten damit in die Flucht zu schlagen, aber in Wahrheit hatte er das alte Ding wohl schlichtweg unter seinem Bett vergessen. Eine Schachtel Patronen befand sich außerdem in der Tasche, wobei Ash keine Wette darauf abgeschlossen hätte, wie viele nach all den Jahren noch funktionstüchtig waren.

Sie erreichten die Auffahrt zur A7 und reihten sich in die frühe *heur de pointe* ein. Südlich von Lyon beruhigte sich der Verkehr und Parker beschleunigte bis auf hundertdreißig Stundenkilometer, die Höchstgeschwindigkeit auf Frankreichs Autobahnen. Solange der Alkohol in seinem Blut nicht vollständig abgebaut war, konnten sie es sich nicht leisten, in eine Kontrolle zu geraten. Ein Filmstar, der mit Promille *und* einer abgesägten Schrotflinte zu seinem entfremdeten Vater fuhr, war vermutlich genau das, woran Polizisten und Prominentenjäger ihre Freude gehabt hätten.

Seit ihrem Aufbruch hatten sie nur das Nötigste gesprochen, kein Wort über das, was in der Nacht geschehen war. Doch nach den ersten Meilen auf der Autobahn brach Parker das Schweigen.

»Du hättest dortbleiben sollen«, sagte er. »Bei Lucien und den anderen.«

»Schon möglich.«

»Warum hast du's nicht getan?«

»Wär dir das lieber gewesen?«

Er zögerte mit einer Antwort, ehe er sagte: »Ist ja nicht so, als ob das eine Rolle gespielt hätte.« Ein bleiches Lächeln flackerte über seine Züge, doch er wurde gleich wieder ernst. »In Lyon wärst du in Sicherheit gewesen. Wieso bist du nicht geblieben?«

»Weil mir keiner dort hätte erklären können, was letzte Nacht passiert ist. Du bist der Einzige, der das kann.«

Mittlerweile war ihm anzusehen, dass er in den vergangenen anderthalb Tagen einiges durchgemacht hatte. Dunkle Ringe lagen um seine Augen. Manchmal zuckte er nervös mit dem rechten Knie. Ash und er waren gewaschen, satt und auf dem Weg ans Mittelmeer, aber sie sahen aus wie Zombies. Ash wie ein Zombie mit Sommersprossen.

»Glaubst du, er folgt uns?«, fragte sie.

»Guignol? Er weiß auch so, wohin wir unterwegs sind. Vielleicht schaffen wir es, vor ihm dort zu sein. Auf jeden Fall müssen wir die Augen offenhalten.«

»Also?« Sie wartete.

»Das ist nicht so einfach.«

»Deine Assistentin ist zu einem Haufen Koks zerfallen!«

»Das war *kein* Koks!«

»Entschuldige.« Nach kurzem Zögern fragte sie: »Wie sehr hast du an ihr gehangen? Ich meine, in London sind wir vor ihr davongelaufen, als würde sie uns wer weiß was antun. Ich hab schon verstanden, dass es dabei eher um deinen Vater ging, aber trotzdem ... Du hast nicht wirklich Angst vor ihr gehabt, oder?«

»Früher schon. Als Kind sogar ziemlich oft. Sie war immer da, egal wohin ich gegangen bin. Und wenn ich einmal dachte, ich hätte sie abgehängt, stellte sich später heraus, dass sie mich in Wahrheit die ganze Zeit über nicht aus den Augen gelassen hatte. Das wurde erst besser, als ich älter wurde. Da hat sie begonnen, mir so was wie Privatsphäre zuzugestehen. Trotzdem war sie selten weiter als eine Tür entfernt, im Nebenraum oder auf dem Flur, fast immer im selben Gebäude. Und das kann einen ziemlich fertigmachen.«

In Lyon hatte Ash seine Narben gesehen, an den Armen und am Bauch: streichholzlange Schnitte, einer neben dem anderen, und auch ein paar größere, auf die sie nur einen kurzen Blick hatte werfen können, als er aus der Dusche gekommen war. Es waren Buchstaben, Wörter, die er sich in die Haut geritzt hatte. Seine Maskenbildner dürften einige Mühe gehabt haben, wenn ihm im Film mal wieder das Hemd vom Leib gerissen wurde.

»Wer ist Libatique?«, fragte sie.

»Mein Vater behauptet, ohne Libatiques Hilfe wäre er nicht zu dem geworden, was er heute ist.«

»Ein Geschäftspartner? Oder eine Art Banker?«

»Wenn es stimmt, dass Banker mit dem Teufel im Bunde sind, dann schon.«

»Bocksfuß und Schwefel und die drei goldenen Haare? 666 und all das Zeug?«

»Ja. Nur in echt.«

Ash sah ihn nicht an.

»Du glaubst mir kein Wort«, sagte er.

»Red erst mal weiter.«

»Nicht, wenn du mir eh nicht glaubst.«

»Ich bin heute Nacht fast von einem Kerl gekillt worden, dem nur Hörner und Dreizack gefehlt haben. Außerdem sitze ich auf einer abgesägten Schrotflinte, die seit einer Ewigkeit unter dem Kommunistischen Manifest gelegen hat. Dafür allein dürfte ich in der Hölle landen. Bis zu deinem Libatique ist es da nicht mehr weit.«

»Das hier müsste eigentlich der Moment sein, in dem du mich auslachst und wütend wirst und behauptest, der Teufel sei nur eine Erfindung, um –«

»Guignol war keine. Und wenn Libatique sein Auftraggeber ist …« Sie rieb sich die brennenden Augen. Zu wenig Schlaf. »Erzähl weiter.«

Parker warf einen Blick nach links in Richtung der aufgehenden Sonne. Ein Goldrand lag um sein zerrauftes Haar wie auf den Plakaten. »Dass mein Vater Hippie war, Ende der Sechziger, weißt du schon. Er ist nach San Francisco gegangen, hat jede Menge Gras geraucht und mit anderem Zeug herumexperimentiert, das ganze Programm. Freie Liebe, freie Kunst, freie Drogen, freie Meinung, weiß der Himmel … Er hat gemalt, wirklich *gut* gemalt, und wenn er sich nicht gerade in Haight-Ashbury die Birne zugeknallt hat, dann hat er Ausstellungen auf die Beine gestellt, erst auf eigene Faust, dann mit Hilfe aller möglichen Galeristen der Stadt. Die haben ihn schnell nach oben gebracht. Innerhalb eines Jahres kannte ihn die ganze Kunstszene der Bay Area. Aber schon damals hat ihm das nicht gereicht.«

Sie erinnerte sich an Bilder jener Zeit, die sie ab und an im Fernsehen gesehen hatte, ausgebleichte Aufnahmen von langhaarigen Mädchen und bärtigen Kerlen, die halb nackt auf Wiesen saßen, Gitarre spielten, monströse Joints rauchten und gegen den Vietnamkrieg protestierten. Sie wusste kaum etwas darüber, kannte ohnehin nur die verklärte Version, eben das, was den Leuten nach all den Jahren in Erinnerung geblieben war. Abgehalfterte Stars, die in Nostalgieshows auftraten. Parodien in Sitcoms, selbst schon angestaubte Wiederholungen. Erwähnungen bei den *Simpsons* und in *South Park*.

»Damals ist mein Vater Libatique begegnet«, fuhr Parker fort. »Am 6. Dezember 1969. Es gibt einen Film darüber.«

»Über deinen Vater und Libatique?«

»Über den Tag und den Ort, an dem sie sich begegnet sind. Damals gab es ein riesiges Open-Air-Festival auf dem Altamont Speedway in Nordkalifornien. Es sollte ein zweites Woodstock werden, dreißigtausend Zuschauer, mehrere Bands, als Höhepunkt ein Konzert der Rolling Stones. Als Ordner und Security haben sie die Hell's Angels angeheuert.«

»Die Rocker-Gang?«

Parker nickte. »Für die fürstliche Summe von fünfhundert Dollar, zahlbar in eisgekühltem Bier. Im Ernst, das war der Deal. Es gibt verschiedene Versionen von dem, was dann passiert ist. Als die Stones nach Sonnenuntergang auf die Bühne kamen, herrschte unter den Zuschauern längst Chaos. Die Hell's Angels waren betrunken, viele Leute im Publikum auf LSD, es hatte schon die ersten Verletzten gegeben – dann wurde es *richtig* schlimm und irgendwann wollte das Publikum die Bühne stürmen. Ein Dokumentarfilmteam hat die Kameras mitten in den ganzen Trubel gehalten. Berühmt geworden ist Altamont durch den Mord, der dort geschah – einer der Hell's Angels hat einen Zuschauer erstochen, einen jungen Schwarzen, Meredith Hunter. Die einen sagen, es gab einen rassistischen Hintergrund, die anderen, Hunter habe den Rocker provoziert. Aber den Film gibt's auf DVD, und da ist auch der Mord zu sehen.«

Parker hielt inne, überholte einen Lastwagen und fuhr zurück auf die rechte Spur. Ash blickte immer wieder in vorbeifahrende Wagen und hielt Ausschau nach Guignols Gargoylegesicht, nach der gebogenen Nase, dem spitzen Kinn. Aber in dem Mercedes, der sie gerade überholte, saß nur ein greises Paar und blickte leichenstarr auf die Straße.

»Und bei diesem Konzert ist dein Vater Libatique über den Weg gelaufen?«

»Dad war damals knapp zwanzig und er tat dort, was alle taten – hörte Musik, trank Bier, nahm Drogen. Irgendwann tauchte dieser Typ neben ihm auf, älter als er und in einem feinen Anzug. Als wäre er von einem anderen Stern mitten in dieses Hippiegetümmel gefallen. Er sagte, er habe meinen Vater erkannt, weil er einige seiner Ausstellungen besucht habe. So sind sie miteinander ins Gespräch gekommen – das war noch am Nachmittag, bevor alles außer Rand und Band geriet. Libatique behauptete, er wäre so eine Art Mäzen, der

Erfolg versprechende Künstler unterstützt und dafür sorgt, dass sie groß rauskommen. *Wirklich* groß. Er hatte wohl etwas an sich ... Ich meine, jeder da hätte ankommen und all das behaupten können. Aber mein Vater schwört, er habe nicht eine Sekunde daran gezweifelt. Jedenfalls haben er und Libatique noch an Ort und Stelle ein Abkommen getroffen.«

Ash dachte an Guignols Fratze und den Treffer mit der Schrotflinte, der jeden anderen ins Krankenhaus oder auf den Friedhof befördert hätte. »Ein Pakt mit dem Teufel«, murmelte sie.

»Mit *einem* Teufel. Oder Dämon. Was weiß ich. Vielleicht haben wir einfach nur keinen besseren Namen dafür. Du darfst ihn dir nicht vorstellen wie« – er suchte nach Worten – »nicht wie Tim Curry in *Legende*. Nicht so ein rotes Monster mit Hörnern und spitzen Zähnen und diesem ganzen Kram. Aber ich hab Libatique auch nur ein einziges Mal gesehen. Und das auch nur im Film.«

»Ihr habt ihn gefilmt?«

»Nicht wir. Aber er ist in diesem Film über Altamont zu sehen, *Gimme Shelter*. Dad hat ihn mir gezeigt. Kurz vor dem Mord sind sie beide für einen Moment im Bild, eine ziemlich junge, ziemlich haarige Version meines Vaters und neben ihm dieser Mann. Ein Blinzeln, und man hat sie verpasst. Aber wenn man weiß, wonach man suchen muss, dann sind sie da, alle beide, ganz am Rand des Bildes und nur für eine halbe Sekunde, als gerade die Hölle losbricht. Sie sehen zu und rühren keinen Finger«

»Du willst doch nicht sagen, dass dieser Mord –«

»– von Libatique geplant war. Ein Blutopfer, um den Pakt zu besiegeln.« Er schaute kurz zu ihr hinüber. »Dad schwört, dass es so war. Libatique hat ihm erklärt, so ein Abkommen müsse immer mit Blut besiegelt werden. Mit ein paar Tropfen deines eigenen als eine Art Unterschrift, aber vor allem mit dem eines anderen, eines Opfers.«

Ash musterte ihn zweifelnd, sagte aber nichts.

»In den Sechzigern gab es mehr Satanisten als jemals zuvor oder seither«, sagte Parker. »Charles Manson war einer. Hast du mal von Anton La Vey gehört? Seine *Church of Satan* gibt es heute noch. Ron Hubbard ist das Oberhaupt eines Teufelskults gewesen, ehe er Scientology gegründet hat. Und Mick Jagger wollte in einem Film von Kenneth Anger als Luzifer auftreten. Jeder, der in Hollywood dazugehören wollte, hat zumindest mal an einer schwarzen Messe teilgenommen. Kalifornien war die Hochburg der Bewegung – jedenfalls bis viele der Anführer nach Europa ausgewandert sind. Du kannst das alles nachlesen, es gibt Bücher darüber und das Internet ist voll davon.«

Ash massierte sich die Oberschenkel. »Aber ausgerechnet bei einem Stones-Konzert?«

»Schon gut. Vergiss es.«

»Du musst doch zugeben, dass –« Sie brach den Satz ab, sah hinaus auf die Autobahn im Licht des Sonnenaufgangs und zuckte die Achseln. »Libatique hat deinem Vater also Erfolg versprochen.«

Eine Weile lang stand Parkers Schweigen wie eine Mauer zwischen ihnen. »Wenn ein Wort davon an die Presse gelangt –«

»Ihr seid Promis! Selbst wenn die ganze Geschichte morgen im Internet stünde, würde euch das keiner übel nehmen. Die Leute erwarten, dass ihr ein paar Schrauben locker habt. Weil es egal ist, wie ihr euch aufführt oder woran ihr glaubt. Dein Dad könnte aller Welt verkünden, dass er der liebe Gott ist und du der auferstandene Jesus, und es würde niemanden länger als einen halben Tag interessieren.« Sie schüttelte den Kopf. »Aber du denkst nicht im Ernst, dass ich damit zum erstbesten Reporter renne, oder? *Mich* würden sie nämlich in eine Zwangsjacke stecken.«

Er lachte bitter, und darin schwangen all die Jahre mit, die er mit diesem Irrsinn hatte leben müssen. »Mein Vater hatte danach tatsächlich immer größeren Erfolg. Seine Bilder wurden von Woche zu Woche wertvoller, so als hätte ihm der Tod dieses armen Kerls wirklich ... ich weiß nicht, Glück gebracht. Er hatte schon vorher damit begonnen, Texte anderer Leute in kleiner Auflage zu drucken, nur ein paar dünne Hefte, irgendwelches Gegenkulturzeug, abgefahrener Kram ... Aber als er mit einem Mal Geld hatte, fing er an, mehr in diese Sache zu investieren. Er druckte Bücher auf gutem Papier, mit Schutzumschlag und Lesebändchen, und er sorgte dafür, dass sie in den richtigen Buchhandlungen landeten. Ungefähr ein Jahr nach seiner Abmachung mit Libatique publizierte er ein Buch von einem verrückten Deutschen oder Österreicher, der behauptete, dass wir alle von Aliens abstammen, die in der Urzeit auf der Erde gelandet sind. Das Buch hat sich verkauft wie geschnitten Brot. Und plötzlich war mein Vater Verleger eines Bestsellers, der schon bald in zig Sprachen übersetzt wurde. Anfang der Siebziger und noch ein paar Bücher später war Dad nicht länger Künstler, sondern Geschäftsmann. Alles, was er angefasst hat, wurde zu Gold. Er kaufte Radio- und Fernsehsender. '75 oder '76 gehörten ihm fast zwanzig in Amerika und

Europa, außerdem mehrere Verlage und Zeitungen. Und so ging es weiter.«

Ash musste sich eingestehen, dass sie fasziniert war. Von ihm, von seiner irrwitzigen Geschichte und, ja, auch von Royden Cale. Doch als Parker kurz Luft holte, konnte sie endlich die eine Frage loswerden, die ihr die ganze Zeit über auf der Zunge gelegen hatte: »Aber warum hetzt Libatique *dir* diesen Guignol auf den Hals?«

»Es gab eine Absprache. Einen Vertrag. Und mein Vater –«

»– hat sich nicht daran gehalten.«

»Ja.«

»Das ist böse.«

»Allerdings.«

Sie beobachtete ihn aus dem Augenwinkel. Ganz gleich, wie absurd das alles klang: Sie hing längst am Haken.

Sie presste die Lippen aufeinander und starrte auf das Nummernschild des Wagens vor ihnen, als könnte es ihr eine geheime Botschaft übermitteln. Eine Antwort auf die Frage, warum sie ihm zuhörte. Warum sie ihm *glaubte.*

Ein paar Herzschläge lang nahm sein Gesicht einen gequälten Ausdruck an, aber er versuchte, ihn mit Sachlichkeit zu überspielen. »Ich hab dir doch erzählt, dass Chimena immer in meiner Nähe war. Nach außen hin wurde sie erst als mein Kindermädchen ausgegeben, dann als Privatlehrerin, später als persönliche Assistentin. In den ersten Jahren bekam kaum jemand sie zu sehen, wir beide sind fast nie unter Menschen gekommen. Aber sie war ständig an meiner Seite, von morgens bis abends, und ich hab sie dafür abwechselnd gehasst und geliebt und mir dann wieder gewünscht, sie möge sich in Luft auflösen.«

»War sie auch so ein Ding wie Guignol?«

»Jedenfalls kein Mensch. Aber was sie wirklich war ... ich hab keine Ahnung. Immer wenn ich Fragen gestellt habe, ist mein Vater mir ausgewichen oder hat sich irgendwelchen Unfug einfallen lassen. Das war leicht, als ich noch klein war, aber später hatten wir oft Streit deswegen. Und Chimena stand dabei, ohne ein Wort zu sagen.«

»Hast du sie selbst nie gefragt?«

»Tausend Mal. Aber sie hat mir keine Antwort gegeben. Sie konnte nicht über sich sprechen. Ich meine, buchstäblich, als hätte es da in ihr eine Art Sperre gegeben. Wie die Sicherungsbolzen der Droiden in *Star Wars*.«

Stirnrunzelnd sah sie ihn an. Jungs.

Über Parkers Züge flackerte ein Lächeln, aber er wurde gleich wieder ernst. »Die wichtigsten Fragen hätte sie mir ohnehin nicht beantworten können.« Er schwieg für einen Moment, als müsste er seine Worte abwägen. »Welchen Preis hat Libatique verlangt? Und, in Anbetracht der letzten Nacht, warum weigert sich mein Vater, ihn zu bezahlen?«

22.

Er hat viele Namen getragen, zu vielen Zeiten. Libatique ist nur einer davon, der letzte einer langen Reihe.

Im Schein der aufgehenden Sonne wandert er barfuß über den schmalen Grünstreifen in der Mitte einer Autobahn. Zu beiden Seiten, nur wenige Meter entfernt, rasen Fahrzeuge mit hoher Geschwindigkeit vorüber. Der Wind zerrt an den Gräsern zwischen den Leitplanken, wirft sie im Sekundentakt in die eine, dann in die andere Richtung. Abfälle und Glassplitter bedecken den Boden. Doch er setzt sicher einen nackten Fuß vor den anderen, während das Tosen ihn durchweht und seinen Zorn abkühlt. Er genießt diese Kräfte wie ein Mensch den Sturm auf einer Klippe, wenn das Glück des Augenblicks ein tödliches Risiko birgt.

Er ergötzt sich an diesen Winden, die ihm nichts anhaben können. Dann und wann verjagt er ein Tier, das sich hierher verirrt hat; er scheucht die kleinen Kreaturen hinaus auf die Fahrbahn, ihrem Verhängnis entgegen. Nicht weil er ihr Sterben genießt, sondern weil er glaubt, dass ein schneller Tod eine Gnade ist. Allemal besser als dieses Kauern und Ausharren und Warten auf eine Möglichkeit, die nicht kommen wird.

Die Fahrer der Autos, die von Norden und Süden an ihm vorbeirasen, vergessen ihn auf der Stelle. Sie sehen einen Mann mit grauem

Haar, der in einem schneeweißen Anzug über den Mittelstreifen der Autobahn wandert. Doch ehe das Bild etwas auslösen kann – einen Ausruf der Verwunderung, einen Anruf bei der Polizei –, ist es schon verblasst. Und so schreitet er voran, denkt nach, schmiedet Pläne, saugt die Gewalten der Umgebung in sich auf.

Er weiß, dass auch er Gewalt anwenden muss, um ans Ziel zu gelangen, weit mehr, als er angenommen hat. Guignol erwartet ihn ein Stück weiter südlich. Auf einem grauen Parkplatz für Reisende, wo niemand sich über eine Limousine mit verdunkelten Scheiben wundert.

Bis dorthin liegen noch mehrere Kilometer vor Libatique und er nutzt jeden Schritt, um nachzudenken und seine ruhmvollen Träume in Verse zu fassen.

Zweiter Akt
LIBATIQUE

23.

Gegen Mittag verließen Ash und Parker bei Le Luc die Autobahn. Bald wurde die Landstraße schmaler und verlief in Serpentinen an schroffen Hängen entlang, durch Streifen aus grellem Sonnenschein, die sich mit den Schatten knorriger Korkeichen abwechselten. Wenn die Bäume sich einmal lichteten, gab es spektakuläre Aussichten über bewaldete Täler und Bergkuppen.

»Dahinter liegt das Meer«, erklärte Parker. »Eigentlich sind es nur ein paar Meilen bis zur Küste, aber quer durch die Berge ist es eine ziemliche Himmelfahrt.«

»Ich will es trotzdem sehen«, sagte Ash.

»Von La Garde-Freinet aus fährt einmal am Tag ein Bus. Das ist der nächste Ort.«

»Parker«, sagte sie ruhig, »wenn du mich loswerden willst, dann musst du es nur sagen. Ich steige auch hier aus, wenn du willst. Irgendwer wird mich schon mitnehmen.«

»Es gab mal diesen Film über englische Anhalterinnen, die in Südfrankreich verschleppt und –«

Schärfe lag in ihrer Stimme, als sie ihm ins Wort fiel: »Sag einfach, dass ich gehen soll, und ich bin weg!«

Mit einem Seufzen drückte er die Arme am Steuer durch

und presste seinen Rücken in den Fahrersitz. »Lass mich nur kurz mit meinem Vater sprechen. Danach bringe ich dich runter an die Küste. Ich hab nicht vor, lange hierzubleiben. Ein paar Stunden nur, um diese Sache mit ihm zu klären.«

»Wo willst du danach hin? Monaco?«

»Wieso Monaco?«

»Lucien wird dort sein. Und vielleicht auch diese Epiphany.«

Er sah aus, als hätte er sich beim Lächeln auf die Zunge gebissen. »Das wäre keine gute Idee.«

Über die beiden hatte es die unvermeidlichen Gerüchte gegeben. Ash hatte hier und da etwas aufgeschnappt, sich aber nie dafür interessiert. Sie war nicht sicher, ob sich daran etwas geändert hatte; und falls doch, aus welchem Grund.

»Okay«, sagte sie, weil sie in Wahrheit gar nicht von ihm fortwollte. »Dann redest du mit deinem Vater und ich packe in der Zwischenzeit das Tafelsilber ein. Und was sonst so rumliegt.«

Parker grinste. »Die ganze Villa ist videoüberwacht. Es gibt Wachleute, und die Hunde willst du gar nicht erst kennenlernen. Sie waren ein Geschenk von einem chinesischen Geschäftspartner. Kreuzungen aus Bullmastiff, Rottweiler und weiß Gott, was noch. Solche Züchtungen sind hier eigentlich verboten, aber Dad hat einen Narren an ihnen gefressen.« Sie dachte, dass jemand, der Hunde liebte, kein allzu schlechter Mensch sein konnte, aber Parker setzte hinzu: »Nicht etwa, weil er die Biester so liebt. Ich glaube, ihm gefällt nur die Vorstellung, dass er ihnen befehlen kann, jeden in Stücke zu reißen, dessen Nase ihm nicht passt.«

»Ich mag ihn jetzt schon.«

»Er dich nicht.« Als er ihren fragenden Blick bemerkte, ergänzte er: »Das hat nichts mit dir zu tun. Er erträgt es einfach nicht, wenn ich irgendwen mitbringe.«

»Noch kann ich –«

»Nein.« Offenbar blieb er bei seinem Entschluss. »Ich fahre dich ans Meer. Das bin ich dir schuldig.«

»Du schuldest mir überhaupt nichts.«

»Wegen mir bist du gestern Nacht fast umgebracht worden!«

Sie beugte sich vor, um ihm ins Gesicht zu sehen. »Ist es das? Lässt du mich deshalb nicht allein weiterfahren? Ich dachte, Guignol ist hinter *dir* her.«

»Und *ich* dachte, er ist hinter meinem Vater her. Wer weiß, vielleicht ist seine Feindschaft ansteckend.«

»Er würde mich doch nie im Leben finden!«

»Täusch dich mal nicht.«

»Oder ist es, weil ich euer schmutziges Geheimnis kenne?«

»Genau. Ich muss dich jetzt töten. Niemand, der Bescheid weiß, darf weiterleben.«

Sie verdrehte die Augen und hob kapitulierend ihre Hände. »Schon gut. Wir fahren zusammen.«

Parker wirkte zufrieden, wenn auch nicht glücklich. »Im Ernst«, sagte er. »Jede andere hätte sich nach so was wie gestern aus dem Staub gemacht. Aber du bist mit mir gekommen. Warum?«

»Schon mal daran gedacht, dass ich die verdammte Sprache nicht spreche?«

»Du wärst nicht verhungert. Und du hättest ganz sicher

einen Weg gefunden, ohne mich ans Meer zu kommen. Überhaupt, mach mir doch nichts vor. Das Meer ist schön, aber du kommst mir nicht vor wie jemand, der für einen Strandspaziergang sein Leben aufs Spiel setzt.«

Sie blickte nach vorne auf den brüchigen Asphalt der Bergstraße. Hier gab es weder einen Mittelstreifen noch Leitplanken. In den Kurven trennten sie wenige Meter von einem Sturz in den Abgrund. »Es kam mir einfach so vor, als wäre es das Interessanteste, was ich tun könnte«, sagte sie. »In meinem Leben hat es nie Ziele gegeben, die über einen Platz zum Schlafen und ein paar Pfund in der Tasche hinausgingen. Aber das hier, du, diese Fahrt nach Frankreich, sogar Guignol ... das ist neu und es ist anders. Klingt ziemlich verdreht, oder?«

Er schüttelte den Kopf. »Klingt nach dir.«

»Du kennst mich doch gar nicht.«

»Immer besser.«

Meinte er das ernst? Sie hatte noch immer das Gefühl, so gut wie nichts über ihn zu wissen. Sogar von seinem Vater hatte sie ein klareres Bild als von ihm selbst, obwohl er doch seit Stunden neben ihr saß. Sie fand einfach keine Schublade für ihn. In die eine – die mit der Aufschrift *Unausstehlicher Filmstar* – passte er schon lange nicht mehr hinein.

Während der letzten Meilen beobachtete sie ihn verstohlen. Auf der kurvigen Straße musste er laufend die Gänge wechseln. Dabei stieß er den Knüppel der Schaltung mit wachsender Ungeduld in die Positionen. Er nahm die bevorstehende Begegnung mit seinem Vater nicht so leicht, wie er vorgab.

In La Garde-Freinet bogen sie in eine schmale Straße, die

nach Osten führte, tiefer hinein ins Massif des Maures. Alle paar Meilen passierten sie Schilder, die vor der Waldbrandgefahr warnten. Nach wie vor war das Mittelmeer nicht mal zu erahnen. Die Kurven wurden schärfer, der Straßenbelag noch schlechter. Eine merkwürdige Gegend für eine Villa, die einem der vermögendsten Männer Europas gehörte. Aber was wusste sie schon über exzentrische Milliardäre? Nur, wie sie im Hotel ihre Zahnbürsten platzierten und wo sie ihr Bargeld versteckten.

Rechts und links der Straße wuchsen Zypressen und Pinien. Als Ash das Fenster ein wenig öffnete, roch die Luft nach Harz und Nadelbäumen. Immer wieder kamen sie an riesigen Kakteen vorbei, an Palmen und Ginsterbüschen. Manchmal entdeckte sie in der Ferne Berghänge, an denen sich die Natur nach früheren Flächenbränden erst langsam erholte. London mit seinen Betontrassen und Häuserschluchten war von dieser urwüchsigen Landschaft so weit entfernt wie der Mond.

Noch einmal durchfuhren sie ein winziges Dorf, ehe die Abgeschiedenheit der Berge sie vollends erfasste. Keine Häuser, sogar die Feuerwarnungen blieben aus. Noch nie war Ash so weit von anderen Menschen entfernt gewesen. Als sie das erwähnte, lachte Parker und sagte, dass der Eindruck täusche. In nicht allzu großer Entfernung verlaufe die D25, die Schnellstraße nach Sainte-Maxime und Saint-Tropez, Orten mit Supermärkten, Clubs und mehr Hotelzimmern als Einheimischen.

»Ich mag es hier«, sagte sie.

»Weil es ungewohnt ist?«

»Weil einen hier keiner schief ansieht, wenn man seine

Ruhe haben will. Das alles hier sieht aus, als wäre es nur dafür gemacht, tagelang kein Wort zu reden.«

Parker nickte und deutete einen Hang zu ihrer Linken hinab. Und dort, über Baumwipfel und Felsen hinweg, fiel Ashs Blick auf das Ziel ihrer Reise: eine Ansammlung dunkelbrauner Bauten. Aber schon nach der nächsten Biegung verschwand das Anwesen wieder aus ihrem Blickfeld.

Die Straße führte steil nach unten. Unmittelbar vor der nächsten Rechtskurve bog Parker scharf links in den Wald. Der Weg war asphaltiert, gerade breit genug für einen Lieferwagen und schlängelte sich durch die Schatten von Eichen und Pinien. Es war zu düster, obwohl die Mittagssonne hoch am Himmel stand. Ihre Strahlen gelangten kaum bis zum Grund des lang gestreckten Tals, in das sie sich immer tiefer hineinbewegten.

Parker erschien ihr wachsamer als zuvor. Er behielt den umliegenden Wald im Blick und schaute regelmäßig in den Rückspiegel. Und noch etwas fiel ihr auf: Auf seiner Stirn standen Schweißtropfen. Dabei war es nicht warm im Auto. Die Klimaanlage hielt die Innentemperatur seit Stunden konstant.

»Guignol?«, fragte sie.

Er schüttelte den Kopf.

»Dein Vater?«

Parker winkte ab, als wäre Royden Cale das geringste seiner Probleme.

»Was –« Dann wurde es ihr klar. Seine Hände zitterten, obwohl er sie fest ums Steuer gekrallt hatte. »Fuck«, murmelte sie. »Wie lange schon?«

»Erst auf dem letzten Stück.«

Das letzte Stück konnten zwei Meilen sein oder zweihundert. Aber dann hätte sie doch etwas merken müssen, an der Art, wie er sprach oder sich verhielt.

»Kann ich was tun?«

»Du nicht – aber sie.« Selbst das Kopfnicken, mit dem er nach vorn deutete, schien ihm jetzt schwerzufallen.

Vor ihnen öffnete sich eine Lichtung, durch deren Mitte ein hoher Gitterzaun mit Stacheldrahtkrone verlief. Ein Eisentor versperrte den Weg. Davor lungerten drei Männer in Lederkleidung herum. Einer las gerade auf einem Tabletcomputer, die beiden anderen unterhielten sich. Ein Stück entfernt parkten am Rand der Lichtung zwei Motorräder. Neben den Männern standen offene Taschen mit etwas, das Ash beim Näherkommen als Fotoausrüstungen identifizierte.

In diesem Moment wurden die drei auf den Wagen aufmerksam.

»Falls du nicht willst, dass sie dein Bild bekommen«, sagte Parker, »beug dich ganz weit nach vorn und bleib unten.«

»Damit ich aussehe, als ob ich mir auf die Füße kotze?« Mit einem Kopfschütteln setzte sie sich aufrecht hin.

Einen Moment schien es, als wollte Parker die Paparazzi über den Haufen fahren. Dann aber bremste er scharf und brachte ein strahlendes Lächeln zu Stande, das zum ersten Mal seine Qualitäten als Schauspieler verriet.

Mit bebenden Fingern ließ er das Fenster hinunter. »Sag am besten gar nichts«, raunte er ihr zu und blickte den Männern entgegen, die eilig näher kamen. Schon richteten sich die ersten Objektive auf das Fahrzeug.

Ash zog die Polaroidkamera aus ihrem Gepäck und ließ

den Rucksack zurück auf den Fußboden fallen, genau auf den Griff der Schrotflinte. Als der erste Fotograf neben ihrem Fenster auftauchte und losknipste, machte sie ihrerseits ein Bild von ihm. Er grinste nur und fotografierte weiter. Sie schoss ein zweites Foto. Er machte in derselben Zeit wahrscheinlich ein Dutzend oder mehr.

Parker begrüßte die beiden anderen so herzlich, als könnte er sich kein erfreulicheres Empfangskomitee vorstellen. Einen kannte er mit Namen, erkundigte sich, wie es seiner Familie gehe, weigerte sich aber höflich, Fragen über seinen Vater zu beantworten. Zuletzt schienen die drei sich mit den Fotos zufriedenzugeben und Ash konnte zusehen, wie Parker an Kraft gewann – das Zittern hörte auf, seine Haut bekam wieder Farbe und auf seiner Stirn trocknete der Schweiß.

Schließlich verabschiedete er sich und sogar Ash rang sich einen verkniffenen Gruß ab. Im Schritttempo fuhren sie weiter zum Tor.

Parkers Lächeln verschwand. »Wichser.«

Er beugte sich zum Fenster, damit die Überwachungskameras am Zaun sein Gesicht erfassen konnten.

Sekunden später schwangen die Stahlflügel nach innen.

24.

Hundegebell begrüßte sie, als Parker den Wagen vor der Villa zum Stehen brachte.

»Keine Sorge«, sagte er. »Tagsüber sind sie im Zwinger.«

»Ich hab keine Angst vor Hunden.«

»Vor denen hier solltest du welche haben.«

Nachdem sich die Sache mit ihren Pflegeeltern erledigt hatte, war sie ein paar Monate lang mit einer Sprayer-Gang in Hackney und Tower Hamlets umhergezogen. Bis sie sich schließlich entschieden hatte, den Rest ihres Lebens lieber allein als mit diesen Vollidioten zu fristen, hatte sie zu viele Nächte auf irgendwelchen verlassenen Fabrikgeländen verbracht; und weil sie nichts von den Kerlen wollte, hatte sie sich zum Schlafen zu deren Kampfhunden gelegt, hässlichen, stinkenden, liebenswerten Biestern, die jede freundliche Geste mit ewiger Treue und Loyalität vergolten. Später, allein in fremden Wohnungen, hatte sie niemals die Menschen vermisst, dafür die Hunde umso mehr.

Als sie mit ihrem Rucksack aus dem Auto stieg, schwenkten Sicherheitskameras lautlos in ihre Richtung. Sie waren ihr unangenehmer als die der Fotografen am Tor. Wie Augen ohne Gesicht.

Der Vorplatz war gepflastert, unter ihren Gummisohlen knirschten kleine Steinchen. Hier war seit geraumer Zeit nicht mehr gefegt worden. Sie begann schon wieder Details wahrzunehmen, als müsste sie später hinter sich aufräumen.

Das Anwesen der Cales war nicht das, was sie sich unter einer südfranzösischen Villa vorgestellt hatte. Sie hatte hellen Verputz, Bruchsteinmauern und terrakottafarbene Dachziegel erwartet. Doch was sich nun vor ihr erhob, war ein dunkles Ungetüm aus Holz und Glas und Stahlbeton, eckig und verschachtelt, vor dreißig Jahren vielleicht hochmodern und doch ein Fremdkörper inmitten des grünen Tals. Der Architekt hatte riesige Quader wie Bauklötze aneinandergesetzt und sie mit Mahagoni und anderen Hölzern verkleidet, als wäre ihm im letzten Moment eingefallen, dass er keinen Bürokomplex, sondern ein Wohnhaus errichten sollte.

»Innen ist es nicht ganz so schlimm«, sagte Parker, als er ihren Blick bemerkte.

Der lichtdurchflutete Eingangsbereich und die angrenzenden Korridore waren mit Holz getäfelt. Beim Blick durch die großen Fenster nach außen schienen die Innenräume eins zu werden mit dem umliegenden Waldland.

Bislang war ihnen weder Security noch Hauspersonal begegnet. Parker erklärte, dass sein Vater die Zahl der Angestellten so niedrig wie möglich halte. Vier Sicherheitsleute patrouillierten auf dem Gelände rund um die Villa, ein fünfter hielt sich in einem der Anbauten auf, wo die Bilder der Außenkameras auf Monitore übertragen wurden. Zudem gab es die Haushälterin Agnès, die ein Zimmer in der Villa bewohnte und sich am liebsten mit Aufgaben beschäftigte, bei denen sie möglichst großen Abstand zu Royden Cale halten konnte. Sie war zuverlässig, gründlich und verschwiegen, Eigenschaften, die Parkers Vater wichtiger waren als Sympathien ihm gegenüber.

»Manchmal streiten sich die beiden wie ein altes Ehepaar«, sagte Parker, während er Ash durch einen Korridor führte, breiter als der Waldweg. Die Villa war nur spärlich möbliert. Parker erwähnte Einbaufächer hinter den Holzverkleidungen, was zumindest erklärte, warum keine Schränke oder Kommoden zu sehen waren.

»Diese Agnès«, sagte Ash, »müsste sie nicht an der Tür auftauchen, wenn jemand ankommt?«

»Wahrscheinlich ist sie beschäftigt. Wenn einer von uns hier ist – und das sind wir ja meist nur ein paar Monate im Jahr –, hat sie alle Hände voll zu tun. Vielleicht staubt sie gerade die Sammlung meines Vaters ab.«

Am Ende des Korridors öffnete er eine Doppeltür, hinter der sich ein gewaltiger, loftähnlicher Raum befand. In eine Säule war ein offener Kamin eingelassen. Das Zimmer erstreckte sich über zwei Ebenen, die durch Stufen miteinander verbunden waren. Durch die verglaste Rückseite blickte man hinaus auf einen Innenhof mit geometrischer Wasserlandschaft: Holzstege umrahmten vier quadratische Becken. Auf der Oberfläche trieben Wasserlilien, zwischen ihnen wuchs sorgsam arrangiertes Schilfgras. Erst jetzt bemerkte Ash, dass auch ein Teil des Zimmerbodens aus Glas bestand. Darunter befand sich ein weiteres, sanft beleuchtetes Becken. Der Grund war übersät mit etwas, das sie für Steine hielt. Erst beim zweiten Hinsehen erkannte sie, dass es Krebse waren.

»Hi, Dad«, sagte Parker.

Royden Cale stand vor dem Fenster und wandte ihnen den Rücken zu. Auf Ash wirkte er sehr verloren in der Weite dieses Raumes. Er trug luftige weiße Leinenkleidung, die sie an einen gürtellosen Judoanzug erinnerte. Unter den weiten, gerafften Hosenbeinen schauten Sandalen hervor. Sein graues Haar war schulterlang und ungepflegt.

»Dad«, sagte Parker noch einmal und ging auf seinen Vater zu. Ash war nahe der Tür stehen geblieben.

»Du kommst spät«, sagte Cale.

»Chimena ist tot.«

Die Schultern seines Vaters sackten ein wenig nach unten. »Guignol?«

»Er hätte uns fast erwischt«, sagte Parker.

»Uns?« Erst jetzt drehte Cale sich um. Die Vorderseite seines Leinenhemdes war übersät mit Farbspritzern. Er war unrasiert und übernächtigt. Sein müder Blick streifte Parker, wanderte dann weiter zu ihr. »Du hast sie mit hergebracht?«

Erst jetzt fiel Ash der süßliche Geruch auf. Jemand hatte hier Gras geraucht, eine ganze Menge davon.

»Guten Tag, Mister Cale«, sagte sie. Und zu Parker: »Hör mal, ich kann auch draußen warten.«

»Nein«, entgegnete Parker. In ihren Ohren klang es, als wollte er sich vor allem gegen seinen Vater behaupten.

Ohne ein weiteres Wort wandte sie sich ab. Sie wollte nicht Gegenstand dieses kindischen Gerangels werden.

»Sie soll gehen«, sagte Cale.

Aber Parker war schon neben ihr und ergriff ihre Hand. »Bleib bitte hier. Da draußen ist es nicht sicher.« Meinte er vor dem Haus oder außerhalb des Stacheldrahtzauns?

»Ich warte im Wagen. Wenn ihr fertig seid, bring mich einfach dorthin, wo der Bus zur Küste hält.«

Er senkte seine Stimme. »Was hast du denn erwartet? Dass er dir um den Hals fällt?«

»Ich hätte nicht mitkommen sollen. Mein Fehler.«

Über Parkers Schulter hinweg sah sie, dass Cale sich wieder zum Innenhof umdrehte. Er murmelte etwas, das sie nicht verstand.

Auch Parker bemerkte das Flüstern. Mit einem Ausdruck zwischen Ärger und Hilflosigkeit fuhr er herum. »Dad?«

Cale legte die Hände auf Schulterhöhe an das Glas und redete leise vor sich hin. Er sah aus, als wollte er aus den Wasserbecken dort draußen etwas heraufbeschwören.

»Dad? Was ist los?«

Ash beugte sich an sein Ohr. »Er ist total stoned.«

Parker ächzte leise.

»Ist er das öfter?«

»Nur hier. Nie in England oder anderswo, jedenfalls hab ich's sonst noch nicht mitbekommen.«

Cale sagte: »Ich habe wieder mit dem Malen begonnen.«

Ash hatte gerade einen Schritt Richtung Tür gemacht, blieb nun aber stehen.

»Klasse, Dad.« Parker verzog das Gesicht.

Cale ließ die Finger in zwei weiten Bögen über die Glasscheibe wandern.

»Okay«, sagte Ash. »Ich verschwinde.«

»Aber –«

»Wir können zusammen gehen. Oder ich nehme den Wagen und haue allein ab.«

»Du kannst nicht fahren.«

»Ich hab keinen Führerschein. Das ist nicht dasselbe.«

Zweifel standen in seinen Augen und er wollte etwas sagen, als Ash mit einem Nicken zu seinem Vater deutete. Widerwillig löste Parker den Blick von ihr.

Royden Cale hatte die Arme ausgebreitet, die Hände noch immer am Glas. Seine Finger hatten Schmierspuren auf der Scheibe hinterlassen. Zwei weite Halbkreise.

»Sie hat uns einmal geholfen«, murmelte er. »Aber sie wird es kein zweites Mal tun.«

»*Sie*, Dad?«

Cale ließ die Arme sinken.

Parker sah Ash beschwörend an, dann ging er auf seinen Vater zu. Royden Cale stand nach wie vor mit dem Rücken zu ihnen und bewegte sich nicht mehr.

Die beiden Halbkreise auf der Scheibe sahen aus wie ein verkniffenes Augenpaar.

Oder wie Sicheln.

»Hekate«, sagte Cale.

Parker hatte ihn fast erreicht.

»Der Orden der Hekate«, flüsterte sein Vater.

Parker streckte die Hand nach ihm aus und drehte ihn an der Schulter zu sich um.

Cales Lider waren geschlossen. Und wenn sich statt ihrer die Augen auf dem Glas öffneten?

Plötzlich schien er wie aus einem Tagtraum zu erwachen. Erschrocken starrte er seinen Sohn an und schüttelte langsam den Kopf. »Ich muss gehen. Weitermalen. Falls mich jemand sucht, ich bin im Atelier.«

Damit streifte er Parkers Hand ab und durchmaß mit eiligen Schritten das Zimmer.

»Hey, komm schon, Dad!« Parker wollte ihm folgen, aber Ash ging zu ihm und hielt ihn zurück.

»Lass ihn. Er will allein sein. Glaubst du wirklich, eure Haushälterin stopft gerade Wäsche in die Maschine? Jede Wette, dass sie abgehauen ist.«

Royden Cale öffnete eine Tür am entgegengesetzten Ende des Raumes. Über die Schulter rief er: »Ich habe Agnès gebeten zu gehen.«

»Du hast sie gefeuert?«

»Sie ist jetzt in Sicherheit.« Parkers Vater verließ das Zimmer und zog die Tür hinter sich zu.

Die Hunde bellten noch immer. Ash hatte sich beinahe daran gewöhnt. Doch nun fragte sie sich zum ersten Mal nach dem Grund.

25.

Vollgepumpt mit Adrenalin stürmte Parker durch einen Verbindungsgang hinüber in den Anbau mit den Hundezwingern. Er hatte Ash gebeten, am Haupteingang zu warten, aber das hätte er sich sparen können. Sie war hinter ihm und holte auf. Insgeheim war er froh, dass sie bei ihm blieb. Ihre Anwesenheit tat etwas mit ihm. Er hätte das Gefühl nicht benennen können; er genoss es ganz einfach, sogar jetzt.

Das Bellen der Hunde klang hier viel lauter. So als stände jemand vor dem Gitter und reizte sie bis aufs Blut.

»Es ist die Aufgabe der verdammten Security, sich um die Tiere zu kümmern! Als hätten die sonst so viel zu tun!« Parker brauchte jetzt jemanden, auf den er seine Wut richten konnte. Dass das Benehmen seines Vaters auf das Marihuana zurückzuführen war, bezweifelte er. Wahrscheinlich versuchte er nur, seine Panik damit zu betäuben.

Die Villa war aus mehreren Modulen zusammengesetzt – wie eine hölzerne Raumstation. Der Anbau mit den Zwingern lag am weitesten vom zentralen Wohnbereich entfernt, der Korridor dorthin war an die dreißig Meter lang. Durch die Fenster sah man gemähte Rasenflächen, dahinter erhob sich die Garage für die Sportwagen seines Vaters.

»Da draußen ist jemand«, sagte Ash, als sie zu ihm aufschloss.

Parker blieb stehen und blickte durch das Korridorfenster. Es reichte vom Boden bis zur Decke und bestand wie alle Scheiben im Haus aus bruchfestem Sicherheitsglas. Auf der Wiese war niemand zu sehen.

»War vielleicht einer der Wachleute«, sagte er.

»Tragen sie schwarze Sachen?«

Er nickte.

»Dann war es einer. Sah aus wie eine Uniform.«

Parker setzte sich wieder in Bewegung.

»Du hattest dieselbe Befürchtung, oder?«, fragte Ash im Laufen.

»Was meinst du?«

»Dass überhaupt kein Mensch mehr hier ist. Dass dein Vater nicht nur eure Haushälterin weggeschickt hat, sondern auch den Wachdienst.«

»Er hat irrsinnige Angst. Würdest du da an seiner Stelle ausgerechnet die Security feuern?«

»Ich käme auch nicht auf die Idee, jemanden rauszuschmeißen, der meine Klamotten wäscht und hinter mir herputzt.«

Sie erreichten den Anbau. Als Parker die Verbindungstür öffnete, drang ihnen der Gestank der Zwinger entgegen. Vor ihnen lag ein weiß getünchter Gang. Parker stieß eine weitere Tür zu ihrer Rechten auf. Das Bellen der Hunde wurde ohrenbetäubend.

Hier waren die Wände bis zur Decke weiß gekachelt. Drei Käfige, groß wie in einem Zoo, beherrschten den Raum. In jedem standen zwei Hütten neben Wasser- und Futternäpfen. Sechs gewaltige schwarzbraune Hunde waren paarweise in den Zwingern untergebracht. In ihrer Raserei schienen sie kurz davor, sich gegenseitig zu zerfleischen.

Ein Mann in schwarzem Overall war gerade dabei, über Metallrinnen neues Trockenfutter in die Näpfe zu füllen. Die Hunde ignorierten die Nahrung, rannten im Kreis oder an den Gittern entlang und schnappten nach den Stangen, als könnten sie das Eisen mit ihren Gebissen zerfetzen.

Parker verstand nicht, was vorging. Die Hunde waren schon immer gemeingefährlich gewesen, aber so hatte er sie noch nie erlebt, zähnefletschend und sabbernd, mit blutunterlaufenen Augen und gesträubtem Fell. Die Luft roch nach jauchigem Atem, nach Speichel und Urin.

»Was ist denn los?«, brüllte er, um das infernalische Gebell zu übertönen. Er sprach Englisch; die Männer, die das Anwesen bewachten, arbeiteten für ein amerikanisches Sicherheitsunternehmen. Ex-Marines, behauptete sein Vater. Ex-Söldner, glaubte Parker.

»Hi, Mister Cale«, begrüßte ihn der Mann. Er war groß und kahl rasiert. Als er Ash bemerkte, nickte er ihr zu. »So geht das seit gestern Abend. Sie drehen völlig durch. Wir haben sie letzte Nacht nicht rausgelassen, weil wir nicht sicher sind, ob wir sie wieder einfangen können. Ich hab versucht, mit Ihrem Vater darüber zu sprechen, aber er ... hatte wohl zu tun.«

Parker wechselte einen Blick mit Ash. »Sieht so aus.« Die Hunde gehorchten seinem Vater aufs Wort. Auch Parker war in ihr Training einbezogen worden, aber er hatte nie Ambitionen gehabt, ihnen Befehle zu geben. Es genügte, dass sie ihn nicht angriffen.

»Ich habe Ihrem Vater vorgeschlagen, einen Tierarzt zu rufen«, sagte der Wachmann. »Er war allerdings anderer Meinung.«

Aus dem Augenwinkel sah Parker, wie Ash an eines der Gitter trat.

»Miss«, sagte der Mann, »seien Sie bitte vorsichtig.«

Sie nickte, ohne ihn anzusehen. Sie hatte nur Augen für die beiden Hunde, die hinter den Eisenstäben tobten. Als sie vor dem Zwinger in die Hocke ging, waren die roten Augen der Tiere auf einer Höhe mit ihren.

»Pass bitte auf«, warnte Parker sie und natürlich scherte sie sich keinen Deut darum.

Sie kauerte da in ihrer weiten Batikbluse und der Schlaghose wie ein Gespenst aus der Vergangenheit seines Vaters. Wie hypnotisiert, als wollte sie im nächsten Moment die Hand nach einem der Hunde ausstrecken. Er spannte sich, um sie im Notfall fortzuziehen.

»Ash«, sagte er, diesmal lauter.

Die Tiere ignorierten sie, nicht eines blickte in ihre Richtung. Das war mehr als seltsam, denn Ash war eine Fremde. Die Hunde waren darauf abgerichtet, Unbekannte zu stellen und sofort zu attackieren.

»Miss!« Der Wachmann trat neben sie. »Würden Sie bitte zurücktreten?«

Ash erhob sich und kam zurück zu Parker. Er warf ihr einen erleichterten Blick zu.

»Ich hab so was Ähnliches schon mal gesehen«, sagte der Mann. »In Südostasien. Damals zog über dem Meer ein Tropensturm auf, Hunderte von Meilen entfernt. Niemand hat etwas gespürt, aber alle Tiere waren ganz aus dem Häuschen. Ehe die ersten offiziellen Warnungen bei uns im Stützpunkt eintrafen, hatten sich drei Hunde gegenseitig zerfleischt.«

»Libatique«, murmelte Ash.

»Ist das der Mann, vor dem Ihr Vater sich fürchtet?«

»Ja«, sagte Parker. »Und wahrscheinlich wird er nicht allein hier auftauchen.«

»Machen Sie sich keine Sorgen. Hier kommt niemand rein. Dafür sind wir ja da.«

Parker und Ash folgten dem Wachmann durch eine Außentür ins Freie. Ein paar Sekunden lang atmeten alle nur die frische Luft ein und aus.

Sie befanden sich auf einer weiten Rasenfläche. Vor ihnen lag der Waldrand, hinter den Bäumen erhoben sich grüne Hänge.

»Was genau hat mein Vater zu Ihnen gesagt?«

»Nur, dass wir niemanden auf das Gelände lassen sollen. Abgesehen von Ihnen natürlich.« Mit einem Seitenblick auf Ash fügte er hinzu: »Der Kollege, der das Tor überwacht, hat wohl angenommen, dass das auch für Ihre Begleitung gilt. Genau genommen lautete die Anweisung: absolut *niemanden* außer Ihnen, Mister Cale.«

Parker unterdrückte seinen Ärger. Nach wie vor versuchte sein Vater, Parkers Leben zu kontrollieren.

Ashs schmale Finger streiften flüchtig seine. Sie musste spüren, was in ihm vorging.

»Belassen wir es vorerst dabei«, sagte er zu dem Wachmann. »Niemand betritt das Grundstück. Und behalten Sie die Tiere im Auge. Solange sie nicht übereinander herfallen, hat der Tierarzt Zeit bis morgen.«

Damit ergriff er Ashs Hand, als wäre es das Selbstverständlichste der Welt, und ging gemeinsam mit ihr um das Haus herum zum Haupteingang.

26.

»Ich brauch mal dein Handy«, sagte Ash, als sie den Vorplatz erreichten. Da war dieser kurze, etwas ungelenke Moment, in dem sie die Hände voneinander lösten, als wollte keiner von beiden der Erste sein. Parker hätte jetzt gern ihre Gedanken gelesen.

»Sicher.« Er fummelte das Smartphone aus seiner Hosentasche, gab den Code ein und reichte es ihr. Sie lehnte sich gegen den BMW und begann, etwas einzutippen.

»Suchst du Sturmwarnungen?«

»Dieses Wort, das dein Vater erwähnt hat. Hekate. Mal sehen, was Wikipedia sagt.«

Hin und wieder redete sein Vater seltsames Zeug – das hatte er ein Leben lang getan. Manchmal zählte er aus dem Nichts heraus alte Automarken auf, nur weil sie ihm gerade durch den Kopf gingen. Oder Namen von Mitarbeitern; die wenigen, die er persönlich kannte.

Es dauerte einen Moment, bis die Seite vollständig geladen war. »Wusste ich's doch«, sagte Ash zufrieden und las vor: »›Griechisch-römische Göttin … blablabla … in Verbindung gebracht mit Wegkreuzungen, Toren und anderen Zugängen, Durchgängen, Licht in der Dunkelheit, Kindgeburt,

Mondlegenden, dem Nachthimmel, der See, der Wildnis, den ruhelosen Toten, Hunden‹ ... Hunden! ... ›Schlangen, Heilung, giftigen Pflanzen, Magie und Hexerei.‹« Sie blickte auf. »Das ist so ziemlich alles außer Geschirrspülen.«

Parker blickte sich vor der Villa um. Der BMW war das einzige Fahrzeug auf dem runden Vorplatz. Die holzverkleidete Fassade des Anwesens erhob sich vor ihnen wie die Palisade der Eingeborenen in *King Kong*. Auf der gegenüberliegenden Seite befanden sich der Waldrand und die Mündung der Auffahrt. Scheinwerfer waren in das Pflaster eingelassen, nach Sonnenuntergang beleuchteten sie das Gebäude. Auch die Rasenflächen rund um die Villa wurden nachts angestrahlt. Jetzt, am frühen Nachmittag, waren noch alle Lampen ausgeschaltet.

»Hekate war eine Mondgöttin«, sagte Ash und tippte auf der Tastatur. »Erinnert dich das an was?« Sie scrollte mit der Fingerspitze nach unten. »Hier ist ein Eintrag aus einem Buch, *Raising Hell*. So eine Art Satanismuslexikon.« Als sie aufsah, lächelte sie, aber es sah aus, als hätte sie Zahnschmerzen. Parker fand das sehr süß. »Das Titelbild ist ein Totenschädel auf einem Pentagramm.«

»Klingt nach seriösem Standardwerk.«

»Also, hier: *Ordo Templi Hecate*. ›Gegründet in Pasadena, Kalifornien, führte diese ritual-magische Gesellschaft ihre Wurzeln zurück auf Aleister Crowley durch seinen Schüler ...‹« Sie brach ab, murmelte wieder »Blabla« und überflog die nächsten Zeilen, bis sich ihr Gesicht aufhellte. »Hier ist die Rede von ›ritueller hypnotischer Magie‹.«

»Ach, komm«, sagte Parker, »bitte.«

»Warte: ›Der *Ordo Templi Hecate* gehörte nie zu den populärsten der kalifornischen Kulte, wurde aber bekannt durch die Mitgliedschaft vieler populärer Musiker. Frater Iblis Nineangel –‹« Ash blickte auf. »Das war das Pseudonym des Gründers. Also: ›Frater Iblis Nineangel zog sich aus der Öffentlichkeit zurück und ging Mitte der Siebzigerjahre nach Europa. Einige seiner Anhänger folgten ihm und ließen sich auf der portugiesischen Insel Madeira nieder. Nineangel selbst kehrte dem Kult den Rücken und tauchte unter. Sein Verbleib ist ungewiss. Gerüchten zufolge hielt er sich zuletzt in Südeuropa auf.‹« Ash ließ das Handy sinken. »Das war's.«

»Okay«, sagte Parker. »Und?«

»Dein Dad hieß nicht zufällig mal so? Ich meine, ein Künstlername oder so was ... Frater Iblis Nineangel?«

»Doch, natürlich. Und beim Essen hat er manchmal durch Gedankenkraft Gabeln verbogen und den Tisch schweben lassen.« Seufzend nahm er das Handy wieder entgegen. »Mein Vater könnte der beste Freund von Charles Manson gewesen sein. Ich weiß so gut wie nichts über seine Zeit in Kalifornien. Er hat mir nur das erzählt, was er für das Wichtigste hielt, um ... ich schätze, damit ich Bescheid weiß, falls Libatique das Gleiche mal bei mir versucht. Oder ... was weiß ich.«

Er kam sich ziemlich unnütz vor und musste sich schon seit ihrer Ankunft zusammenreißen, um nicht in alte Gewohnheiten zu verfallen. Die Bar der Villa war immer gut bestückt. Noch vor ein paar Tagen hätte er sich irgendwas genehmigt, um sich nicht weiter den Kopf zerbrechen zu müssen.

»Dieses Mondhaus«, sagte Ash. »Zeigst du's mir?«

»Vorhin wolltest du noch so schnell wie möglich von hier verschwinden.«

»Die Alternative sind Sehenswürdigkeiten an der Küste. Und ich glaube nicht, dass die mir weglaufen.«

Ihre Augen waren von feinen bronzefarbenen Linien durchzogen, ein schillernder Strahlenkranz um ihre Pupillen. Hatte er in den vergangenen anderthalb Tagen schon einmal so nah vor ihr gestanden, fast Gesicht an Gesicht?

»Ich will dich nicht noch tiefer in diese Sache hineinziehen«, sagte er. »Erst recht nicht, solange ich selbst nicht weiß, was hier gespielt wird. Ich bin hergefahren, um mit meinem Vater über die Pressekonferenz zu reden, über meine Entscheidung, keine Filme mehr für ihn zu drehen. Und jetzt reden wir plötzlich über einen Satanskult!«

»Dein Vater hat wahnsinnige Angst. Er verschanzt sich hinter seiner Wachmannschaft wie ein kolumbianischer Drogenboss. Gestern am Telefon klang er noch nicht so panisch, oder? Eben hat er dir nicht mal mehr Vorwürfe gemacht!«

Sein Vater hatte einen Pakt geschlossen und ihn gebrochen. Aber warum tauchte Libatique ausgerechnet jetzt wieder auf? Was hatte ihn vorher davon abgehalten? Chimena mochte eine Hürde gewesen sein, aber offenbar keine unüberwindliche – dafür hatte Guignol sie zu leicht aus dem Weg räumen können. Also war da noch etwas anderes gewesen, das seinen Vater all die Jahre über vor Libatique beschützt hatte. Nur was? Hatte es tatsächlich mit diesem Orden der Hekate zu tun?

»Das Haus auf dem Berg«, sagte er, »das ist nur irgendeine Ruine.«

»Und die beiden Sicheln vorhin auf dem Fenster?«

»Hat er auf dich den Eindruck gemacht, als ob er wüsste,

was er da tut? Er hat vor der Scheibe gestanden wie ein Kind, das einen Schneeengel malt.«

»Er ist *besessen* von alldem. Siehst du das denn nicht?«

»Vielleicht sollten wir einfach die Polizei rufen.«

»Und was willst du denen sagen? Dass deine Assistentin zu Staub zerfallen ist? Dass dich ein Kerl mit Kaspernase verfolgt? Und dass dein Vater einen Pakt geschlossen hat mit ... irgendwas? Als Hippie, 1969? Die werden da drinnen einmal tief durchatmen und riechen, was ich gerochen habe.« Sie schüttelte den Kopf. »Vergiss es.«

»Na gut«, sagte er. »Ist ja auch nicht so, dass wir hier gerade viel anderes tun könnten.«

Sie fingerte an den Lederbändern und Kettchen um ihren Hals und zog schließlich einen der Anhänger hervor, hielt ihn zwischen Daumen und Zeigefinger und betrachtete ihn. Ein fünfzackiger Stern – ein Pentagramm wie auf dem Buch, über das sie eben noch gelacht hatte.

»Für alle Fälle«, sagte sie und legte das Symbol außen auf ihre Bluse.

Er hätte sie gern in den Arm genommen. Weil sie das alles hier ernst nahm. Weil sie *ihn* ernst nahm und nicht nur die Marionette seines Vaters in ihm sah wie der Rest der Welt. Aber da trat sie an ihm vorbei und deutete am höchsten Quaderblock des Hauses hinauf. Pflanzen wucherten dort oben über ein Geländer.

»Ist das eine Dachterrasse?«

Parker lächelte. »Willst du sie sehen?«

27.

Ash justierte den Feldstecher. »Das ist weiter weg, als ich dachte.«

»Von der Straße aus führt ein Weg durch den Wald hinauf«, sagte Parker. Sehr dumpf, aber vernehmlich bellten noch immer die Hunde. »Wahrscheinlich ist er mittlerweile ziemlich zugewuchert.«

Die beiden blickten über das Geländer der Dachterrasse nach Süden. Fingerdicke Ranken hatten sich durch die Metallstäbe gewunden, in ihren Blättern raschelten Insekten. Die quadratische Plattform war mit Bangkirai ausgelegt, das sich unter jahrelanger Sonneneinstrahlung grau gefärbt hatte, genau wie mehrere Teakmöbel.

Parker war früher gern hier heraufgekommen, weil es der einzige Ort war, an dem niemand ihn störte. Sein Vater hatte seit jeher eine Abneigung gegen die Terrasse. Hier oben, drei Stockwerke über dem Erdboden, hatte Parker seine erste Zigarette geraucht und beschlossen, dass er ohne leben konnte. Auch Alkohol hatte er zum ersten Mal probiert, während er über das Geländer in die Ferne geblickt hatte, wieder mal allein, mit einer Flasche Bourbon, die er aus der Hausbar hatte mitgehen lassen. Damals war er dreizehn gewesen.

Ash war noch immer damit beschäftigt, die Schärfe einzustellen. »Allzu viel kann man nicht erkennen.«

»Darf ich mal?«

Sie reichte ihm das Fernglas und sah blinzelnd zum bewaldeten Hang hinüber. »Ist das da der Weg?« Sie deutete auf eine braune Schlangenlinie, die gestrichelt wie auf einem Bastelbogen herab ins Tal führte. Immer wieder verschwand sie zwischen den Bäumen, tauchte auf und wurde wieder unsichtbar.

Parker schüttelte den Kopf. »Der alte Hauptweg ist kürzer, von hier aus kann man ihn nicht sehen. Der da liegt weiter östlich. Er markiert die ehemalige Grundstücksgrenze.« Er setzte den Feldstecher an die Augen, stellte ihn ein und suchte auf der Bergkuppe das Mondhaus. Orientierungslos wanderte sein Blick über den Wald und kahle Felsflächen, ehe er fündig wurde. Ash hatte Recht: Die Ruine war kaum noch zu erkennen, Laub und Buschwerk verbargen einen Großteil des Mauerwerks. Parker erinnerte sich an ein halb zerfallenes Gebäude, kaum mehr als ein paar Wände und ein Dach aus Tonziegeln. Heute schaute nur noch eine Ecke unter all dem Grün hervor, ein Stück der Fassade und des Giebels. Eine der beiden Sicheln war mit Mühe zu erahnen, nur ein halbrunder Pinselstrich aus schwarzer Farbe.

Ernüchtert nahm er das Fernglas herunter und gab es ihr zurück. »Keine Ahnung, wie ich darauf gekommen bin, darin Monde zu sehen.«

»Könnten es auch zwei Hörner sein?«

»Monde, Hörner, Fangzähne ... Früher kamen sie mir jedenfalls eindrucksvoller vor.«

Ihre Hände streiften einander auf dem Geländer, nur eine Sekunde lang. »Da warst du eben noch ein Kind.«

»Heißt das, meine Stofftiere haben auch nie da oben gewohnt?«

»Ich würde keine Wetten darauf abschließen.«

Er wandte sich ihr zu, um sie anzusehen. Unverhofft fragte er sich, was einmal aus ihr werden würde. Es erstaunte und irritierte ihn, dass ihr weiteres Leben ihn viel neugieriger machte als sein eigenes. Er konnte sich nicht erinnern, dass ihm das bei irgendwem schon einmal so gegangen war. Sie war eine Kriminelle, ein wenig verrückt, anscheinend zufrieden mit ihrer Einsamkeit – und sie verstand sich hervorragend darauf, andere Menschen auf Distanz zu halten, auch ihn. Er kam einfach nicht dahinter, wie sie das anstellte.

Doch während er noch an Distanz dachte, stellte sie sich auf die Zehnspitzen und ihr Gesicht näherte sich seinem. Bislang hatte er nicht einmal wahrgenommen, dass sie ein gutes Stück kleiner war als er. Er hatte immer nur ihren Mund und ihre Augen angesehen, ihre Sommersprossen, die kleine, spitze Nase, die vorn ein wenig nach oben gebogen war.

Ihre Lippen fühlten sich warm an, trocken vom Wind, der durch das Tal wehte und den Geruch von Staub und Baumrinde mit sich brachte. Vorsichtig berührten seine Hände den Stoff ihrer weiten Bluse, schoben ihn langsam zusammen, bis sie sich um ihre Taille legten. Für einen Moment vergaß er seinen Vater und Libatique und Chimena, spürte nur ihren Körper unter seinen Fingerspitzen und die Wärme, die an seinen Armen emporwanderte.

Er hatte sich nicht vorgestellt, dass Ash je den Wunsch haben könnte, ihn zu küssen. Sie kannten sich kaum, er wusste so gut wie nichts über sie. Ihm war nicht mal bewusst gewesen, dass sie ihn mochte. Es fiel ihm schwer genug, sich selbst zu mögen, und er fragte sich, was er getan oder gesagt hatte, das ihn in ihren Augen mehr wert sein ließ als in seinen eigenen.

Ihre Zungenspitzen berührten sich ganz zaghaft, und dann war ihre auch schon wieder fort, ihre Lippen lösten sich von seinen, aber ihr Lächeln blieb, die kleinen Vertiefungen rechts und links ihrer Mundwinkel, das kupferne Blitzen in ihren Augen.

»Wofür war das denn?«, fragte er.

»Für dich. Und für diesen Ort. Dieses Tal. Für den Wind und die Wälder und das alte Haus da oben auf dem Berg. Ich will euch alle besser kennenlernen.«

»Uns?«

»Dich vor allem.«

»Bis vor zwei Tagen hab ich selbst nicht mal gewusst, wo der echte Parker aufhört und der falsche beginnt.«

Sie schüttelte sanft den Kopf. »Den falschen kenne ich gar nicht. Nur dich.«

Er zog sie heran und diesmal waren sie wagemutiger, neugieriger und der Kuss dauerte länger und war viel intensiver.

Jemand räusperte sich.

»Mister Cale?«

Ash machte hastig einen Schritt von ihm fort, als wäre sie schon wieder bei einem Diebstahl ertappt worden. Beide blickten zur Treppe, die hinunter ins Haus führte.

»Mister Cale, Ihr Vater schickt mich.« Es war einer der Wachleute, nicht der aus dem Zwinger, obgleich sie Brüder hätten sein können. Wuchtig gebaut, fast kahl rasiert, in schwarzem Overall.

»Was will er?«

»Er möchte mit Ihnen sprechen. Mit Ihnen allein, Mister Cale. Es sei sehr dringend, hat er gesagt.«

»Geh ruhig«, sagte Ash. »Deshalb sind wir hergekommen. Ich warte hier, wenn ich darf.«

Er versuchte, in ihrem Blick zu lesen, ob es ihr wirklich nichts ausmachte, aber sie schien sich wieder zu verschließen. Hoffentlich nur, weil der Wachmann sie beobachtete.

»Ich kann ihn warten lassen.«

Sie schüttelte den Kopf. »Sprich mit ihm. Umso schneller kannst du mich zur Küste bringen.«

Die Ungewissheit war wie ein Krampf in seinem Magen. Bereute sie den Kuss schon wieder?

Ein Lächeln flatterte um ihre Mundwinkel. »Vielleicht kannst du mir ein paar von den Stellen zeigen, die du besonders magst.«

Er hob eine Hand, streichelte ihre Wange und freute sich, dass sie es zuließ. »Ich bin gleich zurück. Es dauert nicht lange.«

»Ich lauf dir nicht weg.«

Er gab ihr einen letzten Kuss und ging. An der Treppe schaute er noch einmal zu ihr zurück. Der Wind presste die Bluse gegen ihren Körper. Das Pentagramm funkelte in der Nachmittagssonne. Sie lächelte noch immer, als sie sich abwandte, den Feldstecher hob und wieder zum Mondhaus hinübersah.

Widerstrebend musste er sich von ihrem Anblick losreißen. Er folgte dem Wachmann die Stufen an der Außenseite des Quaders hinunter und durch eine massive Tür ins Haus.

Vielleicht bekäme er keine zweite Chance, mit seinem Vater zu sprechen. Royden Cale gab sich in den Medien freundlich und auskunftsbereit; hinter verschlossenen Türen aber handhabte er Gespräche mit seinen engsten Vertrauten wie Audienzen bei Hofe. Parker war in ständiger Ungewissheit über die Launen seines Vaters aufgewachsen, ein Spielball dramatischer Stimmungswechsel, von Euphorie über Zerrissenheit bis hin zu tiefer Trauer. Royden Cale war schon vor Jahren als manisch-depressiv diagnostiziert worden, aber an den meisten Tagen hielt er die Krankheit mit einer Mischung aus Medikamenten und fernöstlichem Mumpitz unter Kontrolle.

Im ersten Stock durchquerten Parker und der Wachmann einen der Verbindungsgänge von einem Gebäudeteil zum anderen. Er versuchte, sich auf die Fragen zu konzentrieren, die er über Libatique und Chimena stellen wollte, aber stattdessen sah er immer wieder Ash vor sich, im Sonnenschein vor dem Panorama der Bergwälder.

Der Wachmann führte ihn in einen Raum, der für Besprechungen mit Geschäftsleuten benutzt wurde. Sein Vater war noch nicht da.

Hinter Parker fiel die Tür zu. Er fuhr herum, machte einen Schritt zurück – aber da klickte es schon im Schloss. Zweimal wurde von außen der Schlüssel gedreht.

»Hey!« Er rüttelte an der Klinke. »Machen Sie wieder auf!«

»Tut mir leid, Mister Cale«, erklang es dumpf von der anderen Seite. »Anweisung Ihres Vaters.«

»Sie sind hier angestellt, und ich –«

»Verzeihen Sie, aber wir sind Angestellte Ihres Vaters. Wir haben uns einzig nach seinen Wünschen zu richten.« Nach kurzem Zögern fügte er fast wie eine Entschuldigung hinzu: »Er ist sehr deutlich geworden, als er uns darauf hingewiesen hat.«

Parker schlug mit der Faust gegen das Holz. »Machen Sie die Scheißtür auf!«

Draußen entfernten sich die Schritte des Mannes. Dann herrschte Stille.

28.

Sie kamen zu zweit, um sie zu holen. Ash hörte ihre schweren Schuhe auf der Außentreppe. Als die geschorenen Köpfe der Männer über der obersten Stufe auftauchten, begriff sie, dass hier gerade etwas ganz und gar falsch lief.

Es war keiner von denen dabei, die sie schon kannte, und sie fragte sich, wer zum Kuckuck den verdammten Zaun bewachte, wenn die gesamte Security mit Hunden und Gästen beschäftigt war.

»Miss, würden Sie bitte mitkommen!«

Das war keine Frage.

Sie ließ das Fernglas sinken. Es baumelte an einem Riemen über dem Pentagramm auf ihrer Brust. »Und dann?«

Die Männer kamen näher. »Bitte folgen Sie uns einfach.«

Sie dachte an Exekutionskommandos, an Augenbinden und Schießbefehle. Sie dachte, dass sie vielleicht, nur *vielleicht*, ein kleines Stück flinker war und an ihnen vorbei zur Treppe gelangen konnte. Aber das waren keine grobmotorischen Türsteher vor einem Club in Shoreditch. Gegen diese Kerle hatte sie keine Chance.

»Wohin soll's denn gehen?«, fragte sie.

Der eine Wachmann deutete auf den Rucksack neben ihr

am Boden. »Nehmen Sie den und kommen Sie mit. Sie brauchen sich keine Sorgen zu machen. Niemand tut Ihnen etwas.« Seine Höflichkeit war nicht gespielt. Männer wie er hatten es nicht nötig, mit Worten zu drohen.

Ash hob den Rucksack auf und steckte den linken Arm durch die Riemen. »Ich würde gern erst mit Parker sprechen.«

»Der ist beschäftigt.«

»Kann ich solange warten?«

»Leider nein. Wenn Sie nun so freundlich wären ...« Die beiden nahmen sie in ihre Mitte.

»Weiß Parker, dass Sie mich abholen?« Sie wollte nur Zeit gewinnen.

»Selbstverständlich.«

Die Antwort kam zu schnell. Ash war geübt darin, schlechte Lügner zu erkennen. Ihr Respekt kühlte deutlich ab.

Kurz darauf traten sie aus dem Haupteingang auf den Vorplatz. Im Haus waren sie keiner Menschenseele begegnet. Spätestens jetzt war ihr klar, wohin die Reise ging.

»Mister Cale hält nicht viel von Besuch, hm?«

»Kommt auf den Besuch an«, sagte einer ihrer Begleiter. Schon jetzt konnte Ash sie nicht mehr auseinanderhalten.

Sie deutete auf den BMW. »Mein Gepäck ist noch da drin. Darf ich?«

»Nur zu.«

Mit den Männern im Schlepptau ging sie zur Beifahrertür und öffnete sie gerade weit genug, um sich hineinzubeugen. Sie schirmte die Tennistasche mit ihrem Körper ab und zog den Reißverschluss zu. Dann hob sie die Tasche heraus und ließ sie betont lässig neben ihren Beinen baumeln.

Einer der Männer warf einen prüfenden Blick darauf. Das abgegriffene Ding musste ihr gehören. Jemand wie Parker ließ sich damit gewiss nicht in der Öffentlichkeit sehen.

»Rufen Sie mir ein Taxi?«

»Mister Cale bittet Sie zu gehen.« Und so wie er das letzte Wort betonte, stand außer Frage, dass er *gehen* meinte. Royden Cale ließ sie mit einer Beiläufigkeit von seinem Besitz entfernen, mit der andere mal eben den Müll rausbrachten.

Ihr Blick suchte die Fenster der Holzfassade ab, aber hinter keinem war Parker zu sehen. Sie gehörte nicht hierher. Sie gehörte nicht einmal in dieses Land.

Ein Wachmann wies zur Auffahrt. »Bitte.«

Einen Moment lang spielte sie ernsthaft mit dem Gedanken, Cale die Bullen auf den Hals zu hetzen. In der Villa würden sie eine gehörige Menge Marihuana finden, womöglich noch anderes.

»Miss«, sagte er schärfer, »es wird Zeit.«

Sie nickte, schob den Rucksack zurecht und umfasste den Griff der Tennistasche fester. Die Waffe darin schlug gegen ihr Bein, als wollte sie sich in Erinnerung bringen.

Zu dritt machten sie sich auf den Weg zum Tor. Dort tippte einer der beiden einen Zahlencode ein. Mit einem Surren öffneten sich die stählernen Flügel nach innen und gaben den Blick frei auf den Waldweg und die Paparazzi, die sofort zur Stelle waren.

Ash durfte jetzt keine Schwäche zeigen. Sie trat über die Eisenschwelle und ließ die Blitzlichter von sich abprallen wie von einem Spiegel. Hinter ihr schloss sich das Tor. Niemand sagte Auf Wiedersehen.

Die Reporter folgten ihr ein Stück den Weg hinab und fotografierten sie bei jedem Schritt. »Ist es wahr«, fragte einer, »dass du Zimmermädchen im Trinity Hotel warst, als du Parker begegnet bist?« Und ein zweiter rief: »Die sagen, dass du auch schon in anderen Hotels gearbeitet hast. In allen hat es Diebstähle gegeben. Weißt du irgendwas darüber?«

Das war schneller gegangen, als sie befürchtet hatte. Erhobenen Hauptes lief sie weiter und ignorierte alle Fragen. Als sie weder auf Heuchelei noch auf Drohungen einging, gaben die Männer schließlich auf. Mit abfälligen Bemerkungen zogen sie sich zu ihren Klappstühlen zurück. Die Cales waren wichtiger, und falls einer von beiden die Villa verließ, wollte das keiner verpassen.

Ash ging weiter und bog um die nächste Kurve. Als sie sicher war, dass niemand sie mehr sehen konnte, schaute sie sich noch einmal in alle Richtungen um, dann huschte sie nach links in den Wald. In einem weiten Bogen machte sie sich auf den Rückweg.

29.

Je tiefer sie ins Dickicht eindrang, desto deutlicher erkannte sie, dass die Trockenheit verheerende Folgen hatte. Abgestorbene Äste knackten unter ihren Füßen, die Blätter an den Büschen waren braun. Kränkelnde Korkeichen schienen vor ihr zurückzuweichen, als fürchteten sie, allein die Nähe eines Menschen könne sie in Brand setzen. Doch sobald Ash über die Schulter blickte, hatte sich das Unterholz wieder geschlossen. Es schien den Fremdkörper wie einen Krankheitsherd in seiner Mitte einzukapseln.

Ganz in der Nähe hämmerte ein Specht. Die Stimmen der Paparazzi hallten durch den Wald; die Männer mussten sich vor dem Tor zu Tode langweilen. Offenbar setzten sie gerade ein Kartenspiel fort, das Ashs unrühmlicher Abgang unterbrochen hatte. Dabei machten sie sich vermutlich über das Groupiemädchen lustig, das von den Cales in Windeseile an die Luft gesetzt worden war.

Sie hielt Ausschau nach Kameras in den Bäumen, fand aber keine. Es war hell, die Sonne schien durch die knorrigen Kronen. In einiger Entfernung taucht der Zaun auf. Spätestens dort lief sie Gefahr, von der Überwachung erfasst zu werden. Darum bog sie scharf nach links und glitt parallel zum Zaun durch das Unterholz, bis vor ihr wieder die Lichtung in Sicht kam. Die Paparazzi saßen unweit vom Tor, etwa zwanzig Meter von ihren Motorrädern entfernt. Die beiden Maschinen standen im Schatten, eine schwarze Yamaha und ein älteres Modell von Mitsubishi. Die Männer waren in ihr Spiel vertieft. Einer nahm einen Schluck aus einem Flachmann.

Ash trug noch immer ihren Rucksack mit der Polaroidkamera, dem Fernglas und ein paar Kleidungsstücken, außerdem einigen Schokoriegeln und Energydrinks von der letzten Raststätte. Sie zog den Lippenstift hervor, führte ihn zum Mund – und ließ ihn kurz davor wieder sinken. Nach kurzem Zögern schleuderte sie ihn zwischen den Bäumen hindurch gegen das Tor. Als er von dem Metall abprallte, zuckten die Köpfe der Männer herum. Ash nahm die abgesägte Schrotflinte aus der Tennistasche und verließ hinter den Motorrädern die Deckung des Waldes. Sie hatte gehofft, dass vielleicht ein Zündschlüssel steckte, wurde aber enttäuscht.

Mit der Waffe im Anschlag erhob sie sich und rief: »Hey!«. Dann feuerte sie einmal aus kurzer Distanz auf den Motorblock der Mitsubishi. In Filmen reichte das, um solch eine Maschine lahmzulegen.

Die Paparazzi sprangen auf, fluchend und brüllend, dann klickten ihre Kameras und Ash, mit Hippiebluse und Schrotflinte, wurde dutzendfach für die Nachwelt festgehalten. Sie nahm an, dass sich dieses absonderliche Bild ganz hervorragend auf den Titelseiten machen würde: die asoziale Hoteldiebin, die sich vom heißesten Jungstar Hollywoods abschleppen lässt, abserviert wird und daraufhin Amok läuft.

Das Geschrei der Paparazzi bereitete ihr weniger Sorge als die Kameras auf dem Tor. Aber wie sie Royden Cale einschätze, würde er den Wachleuten Anweisung geben, sich still zu verhalten, um seinen Namen und den seines Sohnes nicht noch tiefer in den Schmutz zu ziehen.

»Den Schlüssel für die Yamaha!«, verlangte sie und fuchtelte mit der Flinte, in der Hoffnung, es sähe angemessen bedrohlich aus.

»Fick dich!«, rief ihr einer der Paparazzi zu, mäßig beeindruckt und mit französischem Akzent.

Aus ihrer Hosentasche holte sie zwei weitere Patronen. Sie ließ das Gewehr aufschnappen, zog die leere Hülse heraus und schob eine neue hinein.

»Den Schlüssel!«

Kurzes Palaver unter den Paparazzi, die in Gedanken vermutlich längst das Geld zählten, das ihnen diese Geschichte einbringen würde. Wahrscheinlich fürchteten sie nicht ernsthaft um ihr Leben, aber einer warf ihr jetzt sein Schlüsselbund zu, während die beiden anderen weiter Fotos machten.

Ash sah erneut zum Tor. Die Kameras hatten sich lautlos in ihre Richtung gedreht.

Der Schlüssel passte. Die Männer schossen ihre Bilder, während Ash die Transportbox hinter dem Sitz ausräumte und ihren Rucksack hineinstopfte. Einer zog sein Handy hervor und wollte telefonieren, aber das konnte sie nicht zulassen. Eilig näherte sie sich den dreien.

»Schmeiß das Ding auf den Boden! ... Ja, auf den Boden, genau! Und ihr anderen – werft eure dazu! Beeilt euch!«

Wütender Protest auf Französisch und Englisch, aber schließlich lagen drei Mobiltelefone im Gras.

»Und jetzt die Kameras!«

Das konnte schiefgehen. Aber ihr blieb nichts anders übrig.

Sie musste auf ihre Gesichter zielen, damit sie gehorchten. Zwei legten ihre Kameras zu den Handys auf den Boden, erst die großen mit den riesigen Objektiven, dann auch die handlicheren Apparate, die sie in ihren Jacken getragen hatten.

Einer weigerte sich.

Ash seufzte und feuerte ihm in einigem Abstand vor die Füße. Kein Meisterschuss, aber die Wirkung war beachtlich. Binnen Sekunden lagen die letzten Kameras auf dem Boden.

Am Tor blieb es ruhig. Royden Cale betete wohl gerade, dass niemand auf seiner Fußmatte starb.

»Deinen Flachmann«, sagte sie. »Gib mal her das Ding.«

Sie hatte nur noch eine Patrone im Lauf. Aber sie verließ sich darauf, dass keiner der drei der Erste sein wollte, den sie erschoss.

Das silberne Fläschchen flog herüber. Als sie sich danach bückte, machte der Besitzer einen raschen Schritt auf sie zu, doch sofort wies die Mündung ihrer Waffe in seine Richtung.

»Stellt euch nicht so an«, sagte sie. »Sind doch nur Kameras.«

Sie hielt das Gewehr mit einer Hand und schraubte den Flachmann mit den Zähnen auf. Auch das hatte im Fernsehen einfacher ausgesehen.

»Und jetzt alle ein paar Schritte zurück!«

Niemand bewegte sich.

»Scheiße, macht schon!«

Die drei setzten sich rückwärts in Bewegung.

»Weiter. Und weiter. Gut so.«

Sie trat vor den kleinen Berg aus Kameras und Handys.

Hinter dem Tor hörte sie Schritte.

In einer Kreisbewegung goss sie den Inhalt der Flasche über den Geräten aus. Alkoholgeruch stieg ihr in die Nase, so hochprozentig, wie sie gehofft hatte.

»Hat jemand Feuer?«

Hasserfüllte Blicke.

»Keiner?« Achselzuckend trat sie zwei Schritte zurück und lud den leeren Lauf der Flinte nach. Ihre Hände zitterten ein wenig, aber hoffentlich nicht so sehr, dass die Männer es bemerkten.

»Du da! Hol die beiden Laptops her!«

»Einen Scheiß werd ich tun!«

»Wirst du. Wetten?«

Nach einigem Hin und Her ging er zu der Stelle, an der er mit seinen Kollegen Karten gespielt hatte. Dort sammelte er fluchend die Laptops auf.

»Das iPad auch!«, rief Ash.

Er gehorchte und kam zurück.

»Leg sie oben drauf!«

Die drei begannen, auf Französisch miteinander zu streiten. Die beiden anderen beschimpften jenen, der die Sachen geholt hatte.

»Haltet den Mund!« Ashs Stimme klang eine Spur belegt. »Leg alles auf das andere Zeug! Mach schon!«

Die Laptops und das Tablet landeten auf den schnapsgetränkten Kameras und Mobiltelefonen.

Stimmen am Tor. Zwei oder drei Wachleute redeten miteinander.

»Zurück zu den anderen!«, befahl sie dem Mann, der die Computer gebracht hatte. Dann feuerte sie einmal auf den Haufen am Boden. Im ersten Moment geschah nichts. Dann aber schoss eine Stichflamme empor, der Alkohol entzündete sich, und sofort stank es ätzend nach brennendem Kunststoff.

Die drei Männer lamentierten wie Klageweiber. Ash bewegte sich rückwärts über die Lichtung, bis sie das Motorrad erreichte. Sie konnte es nicht starten, ohne die Waffe aus der Hand zu legen, und selbst dann war noch fraglich, ob sie nicht am nächsten Baum landen würde.

Die Paparazzi standen hinter dem Scheiterhaufen ihrer Ausrüstung, beleidigten Ash und einander, kamen aber nicht näher. Da beschloss sie, dass sie das Risiko eingehen musste. Sie sicherte die Schrotflinte und schob sie in die Gepäckbox. Drehte den Schlüssel herum, drückte auf den Anlasser.

Unter ihr erwachte die Maschine zum Leben.

Schweiß lief ihr in die Augen. Sie blinzelte ihn fort und gab Gas.

Niemand war überraschter als sie, dass sie nicht abgeworfen wurde. Dass sie den Motor nicht abwürgte. Dass sie tatsächlich einmal alles richtig machte. Alles, bis auf diese eine Sache. Sie war jetzt keine Diebin mehr, sondern eine bewaffnete Räuberin. Vor Gericht bedeutete das einen Unterschied von fünf, sechs Jahren.

Ihre Erfahrung mit Motorrädern beschränkte sich auf ein paar Runden durch die Seitenstraßen von East London, und auch das nur, weil sie sich dazu hatte drängen lassen. Zudem waren es ältere Modelle gewesen, die leichter zu beherrschen waren. Diese Yamaha fühlte sich dagegen wie eine Mondrakete an.

Als sie die Maschine auf den Waldweg lenkte, stand über der Lichtung eine Qualmsäule wie ein schwarzer Flaschengeist. Sie hätte gern noch einmal nach hinten geblickt, um zu sehen, was die Paparazzi unternahmen und ob sich am Tor etwas tat. Aber sie musste sich ganz darauf konzentrieren, nicht geradewegs ins Gebüsch zu fahren.

Ein aberwitziges Hochgefühl überkam sie, ein Adrenalinschub zum Schreien und Füßetrampeln. Sie wurde mutiger, gab Gas und bog um die erste Kurve. Außer dem Lärm der Maschine hörte sie nichts mehr. Auch der Gestank des Feuers blieb mit dem Gekeife der Männer zurück.

Vielleicht schaffte sie es bis ans Meer, ehe die Polizei sie stellte. Oder es gelang ihr, in einer leeren Wohnung unterzutauchen, bis etwas Gras über die Sache gewachsen war.

Und dann? Sie wollte Parker wiedersehen.

Zur Not auch im Zeugenstand.

30.

Parker schlug mit einem Stuhl auf die Türklinke ein. Als weder Holz noch Messing nachgaben, stürmte er mit dem Möbelstück zu einem der großen Fenster und schleuderte es mit aller Kraft gegen die Scheibe.

Der Stuhl prallte vom Sicherheitsglas ab und federte zurück auf Parker zu, der gerade noch unter wilden Flüchen ausweichen konnte. In seiner Wut packte er einen zweiten Stuhl vom Konferenztisch, holte aus und warf auch ihn gegen das Fenster. Das Ergebnis war das gleiche.

Alle Fensterriegel im Haus waren mit Schlössern gesichert; meist lagen die dazugehörigen Schlüssel irgendwo im Raum, aber der Wachmann, der ihn eingesperrt hatte, musste sie zuvor eingesteckt haben. Kochend vor Wut rutschte Parker mit dem Rücken an der Wand hinunter und blieb mit angezogenen Knien am Boden sitzen.

Draußen ertönte ein Schuss.

Aufgeschreckt sprang er hoch, stürmte zur Tür und hämmerte dagegen. Niemand antwortete.

Ein zweiter Schuss.

Parker dachte an Libatique und Guignol. Dann an Jäger draußen im Tal. Erst zuletzt an Ash, weil es rational betrachtet unmöglich war, dass sie damit zu tun hatte. Sein Vater hatte sie wohl kaum *erschießen* lassen.

Aber Automatikwaffen, wie die Wachleute sie trugen, klangen anders, kurz und hart. Was da gerade durchs Tal gehallt war, hatte mehr Ähnlichkeit mit einem defekten Auspuff. Schüsse wie aus einer Schrotflinte. Und plötzlich erschien die Möglichkeit, Ash könnte darin verwickelt sein, nicht mehr ganz so weit hergeholt.

Er zog sein Handy aus der Tasche und rief seinen Vater an. Vor ein paar Minuten hatte er es schon einmal versucht. Auch jetzt meldete sich nur die Mailbox.

Voller Zorn trat er gegen die Tür, aber ebenso gut hätte er versuchen können, mit dem Schädel durch die Wand zu brechen. Er war gefangen, und solange niemand von außen aufschloss, würde er es bleiben.

Ein dritter Schuss erklang. Auch jetzt vermochte Parker nicht mit Sicherheit zu sagen, ob er in der Nähe oder tiefer in den Wäldern abgefeuert worden war.

Ein dumpfes Dröhnen drang herein. Ein Motorrad entfernte sich. Bei ihrer Ankunft hatten zwei Maschinen am Waldrand gestanden. Machte sich einer der Paparazzi aus dem Staub?

»*Herrgott, Dad!*«, schrie er die Tür an.

Sein Handy klingelte.

»Dad, was zum –«

»Sie schießt da draußen, Parker«, unterbrach ihn sein Vater mit einem tranigen Beiklang, als liefe das Leben am anderen Ende der Verbindung in Zeitlupe ab. »Deine kleine Freundin schießt auf die Paparazzi.« Dann lachte er und konnte gar nicht mehr aufhören. »Mit einer Schrotflinte!«

Parker hielt das Handy ein Stück vom Ohr entfernt und war für einen Augenblick sprachlos. »Ash?«, flüsterte er.

»Wenn das ihr Name ist.«

»Ich hab sie dir vorgestellt.«

»Das wird nicht der Name sein, unter dem sie in den Zeitungen auftaucht. Überhaupt wird ihr Name sehr viel kleiner sein als deiner. Als *unser* Name, Parker! Eine gottverdammte Amokläuferin in meinem Haus, die ausgerechnet diese Scheißkerle vor dem Tor abknallen will!«

»Was genau ist passiert, Dad?«

Durchs Telefon hörte Parker Schritte. Sein Vater war irgendwo im Haus unterwegs. »Unsere Leute versuchen, es geradezubiegen. Sie wedeln da draußen mit genug Geld, um jedem von denen fünf neue Motorräder zu kaufen. Und immerhin war die Kleine clever genug, die Kameras zu zerstören. Mit etwas Glück hatte noch keiner ein Foto in die Redaktion gemailt. Mit sehr, sehr großem Glück. Außerdem –«

»Was ist mit ihr? Ist ihr irgendwas passiert?«

»Abgehauen. Hat sich eine der Maschinen geschnappt und ist auf und davon.«

»Komm her und schließ die Tür auf!«

»Damit du ihr wie ein Hündchen nachläufst?« Royden Cale imitierte ein winselndes Bellen. Parker stellte sich dazu seine entgleisten Gesichtszüge vor. Wann und vor allem wie war *das* aus seinem Vater geworden? Chimena hatte es gewusst. Sie hatte die Gründe gekannt und versucht, Parker herzubringen. Aber warum?

»Du kannst mich nicht hier einsperren wie ein Kind mit Hausarrest!«, brüllte er ins Telefon. »Es ist vorbei, Dad! Die

Regeln, die Schikanen ... Dein Wille ist Gesetz ... Das alles ist endlich vorbei.«

»Libatique wird bald hier sein«, sagte Royden Cale scheinbar ohne Zusammenhang, aber Parker ahnte längst, dass *alles* mit Libatique zu tun hatte. Mit einem Pakt, den sein Vater vor über vierzig Jahren besiegelt hatte.

»Lass mich hier raus! Wenn ich dir helfen soll, dann musst du diese Tür aufschließen!«

»Nein, ich glaube nicht.« Die Schritte seines Vaters brachen ab, er war stehen geblieben.

»Dad! Ich –«

»Du würdest wieder fortgehen und mich alleinlassen. Aber ich brauche dich, Parker. Ich brauche dich hier.« Und dann setzte er leiser hinzu: »Eigentlich ist es Libatique, der dich braucht.«

31.

Ash war gerade erst vom Waldweg auf die Serpentinenstraße gebogen, als ihr bewusst wurde, dass sie so nicht weit kommen würde.

Royden Cale würde wohl alles tun, um den Vorfall zu vertuschen. Er und Parker mochten auf eine seltsame Weise von Publicity abhängig sein, aber die Art von Medienecho, die ihm Ashs Eskapade einbringen würde, war zum Start des neuen *Glamour*-Films sicher nicht das, was er sich wünschte. Nur verlassen konnte sie sich dummerweise nicht darauf.

Diese Straße schien der einzige befestigte Weg weit und breit zu sein. Falls doch jemand die Polizei alarmiert hatte, bräuchten sie nur Sperren zu errichten, und Ash würde ihnen in die Falle gehen. Besser, sie verschwand vorher von der Bildfläche.

Sie war noch keine Meile auf der Straße nach Osten gefahren, an ungesicherten Böschungen und Abgründen vorbei, als sie links einen schmalen Weg entdeckte. Sie erinnerte sich an Parkers Erzählung und ahnte, wohin er führte.

Wie weit sie darauf mit dem Motorrad kommen würde, war ungewiss. Der Pfad führte sanft bergauf und von der Straße aus schien es, als könnte es klappen. Aber sie hatte keine Ahnung, wie es hinter der nächsten Biegung aussah. Trotzdem bremste sie ab, zog den Lenker vorsichtig herum und bog in die Schneise aus festgebackenem Erdreich. Die letzten Regenfälle hatten eine glatte, lehmige Rinne daraus gemacht; während der langen Trockenzeit war sie hart geworden wie Beton.

Sie befürchtete, dass das Röhren des Motors im ganzen Tal zu hören war, setzte aber darauf, dass niemand die Richtung zuordnen konnte. Der Pfad führte in weitem Bogen bergauf, sonnenfleckig, wo sich die Baumkronen dann und wann lichteten, ansonsten durch dichten Schatten. An einigen Stellen wurde die Schneise so eng, dass sie fürchtete, die Maschine könne sich in den Zweigen verfangen.

Schließlich öffnete sich vor ihr ein kleines Hochplateau, überwuchert von Buschwerk, eingerahmt von verkrüppelten Eichen und Kakteen. Links von ihr, oberhalb des Tals der Cales, stand das Mondhaus.

Die braune Bruchsteinmauer schaute zwischen Ästen und Kletterpflanzen hervor – wie ein Tempel in einem Dschungel am Ende der Welt. Vor dem Eingang hing ein Vorhang aus blattlosen Pflanzen; abgestorbener Efeu oder wilder Wein. Neben der Tür standen Überreste verkümmerter Brennnesseln.

Ash schaltete den Motor aus. Mit zittrigen Beinen stieg sie ab und bemerkte erst jetzt, welche Anstrengung es sie gekostet hatte, sich im Sattel zu halten. Sie warf sich den Rucksack über, zögerte beim Anblick der Waffe, ließ sie dann aber mit der Mündung nach unten in der Gepäckkiste stecken. Falls Parker Recht behielt, lebten hier nur die Verwandten seiner Stofftiere. Sie musste lächeln, aber das verging ihr, als sie sich vorstellte, dass hinter den leeren Fensteröffnungen ein Rudel verstümmelter Puppen aus schimmeligem Stoff und verfaultem Fell auf sie wartete.

Das Mondhaus war zweigeschossig, was sie von unten aus nicht hatte erkennen können. Auf der Plateauseite war das Dach eingestürzt, die Balken rußgeschwärzt; jener Teil, der zum Tal wies, schien noch intakt zu sein. Hier musste einmal ein Feuer gewütet haben, vielleicht vor langer Zeit. Ash fragte sich, wer die Flammen gelöscht hatte.

Statt das Haus durch den Rankenvorhang zu betreten, umrundete sie es erst einmal. An der Nordseite waren Trümmer eines Schuppens zu erkennen, mehr als ein paar Balken und Bretter waren nicht übrig. Eine verwunschene Stille lag über dem Ort, selbst die Zikaden waren verstummt. Einmal knackte es rechts von Ash im Geäst, aber als sie herumfuhr, war niemand da. Was, wenn sie zum Motorrad zurückkehrte und der Griff der Flinte nicht mehr aus der Kiste ragte?

Aus einem der Fenster im ersten Stock hing eine Kaskade verholzter Ranken. Auch an der Rückseite waren Kletterpflanzen über die Wände gekrochen. Der Anblick erinnerte an anatomische Zeichnungen, an einen mächtigen Muskel, ein versteinertes Herz.

Die beiden Sicheln im ersten Stock sahen von nahem nicht mehr wie Hörner aus. Tatsächlich eher nach Monden, jeder zwei Meter lang. Die schwarze Farbe war an den Rändern die Mauerfugen herabgelaufen.

Zwischen den Sicheln befand sich ein Fenster. Vom Boden aus erkannte Ash ein Stück Zimmerdecke im Schatten und daran ein Netz aus dunklen Strängen, noch enger verwoben als an der Außenseite, vielleicht weil die Gewächse im Dunkeln besser gediehen als im Sonnenschein.

Wenn sie herausfinden wollte, was sich gerade rund um die Villa tat, musste sie dort hinauf. Sie kämpfte sich durch das brüchige Dickicht zurück zur Vorderseite, warf einen Blick auf das Motorrad – alles an Ort und Stelle, auch das Gewehr – und näherte sich dem Eingang. Sie streckte die Hände durch den Vorhang aus Ranken, um ihn zu teilen, aber es war schwerer, als sie erwartet hatte. Die Stränge waren so holzig, dass sie ein paar davon zerbrechen musste, um eine Öffnung zu schaffen. Schließlich drückte sie sich seitlich hindurch, verhedderte sich mit dem Riemen des Rucksacks, bekam ihn aber wieder frei. Die Erschütterungen, die sie dabei verursachte, schienen den gesamten Rankenkokon erbeben zu lassen. Rascheln erklang von allen Seiten, auch aus dem Inneren.

Beklemmung erfüllte sie, als sie einen Schritt über die Schwelle machte. An der linken Wand führte eine Steintreppe hinauf in den ersten Stock. Rechts wies ein Durchgang in ein kleines Zimmer. Ein Teppich aus vertrocknetem Laub bedeckte alle Böden, als sollte er etwas verbergen. Als sie mit der Fußspitze ein paar Blätter beiseiteschob, zerfielen sie zu Staub. Kahler Steinboden kam zum Vorschein.

Sie widerstand dem Drang, die Räume im Erdgeschoss zu durchsuchen, weil sie so schnell wie möglich sehen wollte, ob die Polizei an der Villa vorfuhr. Während sie die Treppe hinaufstieg, nahm sie den Rucksack herunter und zog Parkers Feldstecher hervor.

Auch in dem kleinen Flur im ersten Stock hatte sich Laub verteilt, das unter ihren Sohlen zerbröselte. Später, beim Hinausgehen, wollte sie Fotos machen. Aber der Blick aus dem Fenster war jetzt wichtiger.

Im Obergeschoss gab es drei Räume. Zwei kleinere wiesen zur Vorderseite, auch hier gab es keine Türen mehr. Die Zimmerdecken waren mit eingetrockneten Wasserflecken bedeckt. Wie überall im Haus befand sich kein Glas in den Fenstern. Ranken waren hereingekrochen, hatten sich an Wänden und Decke verästelt und waren irgendwann abgestorben. Sie hafteten mit saugnapfartigen Auswüchsen am bröckelnden Verputz.

Die Farbe des Fensterrahmens war an den meisten Stellen abgeblättert. Nirgends lagen Scherben. Irgendjemand hatte diese Zimmer vor langer Zeit ausgefegt.

Wieder sah sie Albtraumbilder von Stofftieren vor sich, Affen und Bären und Tiger, mit räudigen Pelzen und aufgeplatzten Bäuchen, aus denen Watte hing wie Eingeweide. Manche blind, andere mit Augen, die an losen Fäden baumelten. Alle wankten mit Besen und Schaufeln durch die Ruine, kehrten Glas und Putz vom Boden. In jedem steckte eine der Ranken wie eine verdorrte Nabelschnur.

Eine ganze Weile stand sie auf der Schwelle des hinteren Zimmers und zögerte.

Als sie schließlich eintrat, stob ein Vogel zwischen den Zweigen an den Wänden auf, flatterte an ihr vorüber und flog durch das Fenster ins Freie. Er war das erste Lebewesen, dem sie im Mondhaus begegnete, und er schien auf der Flucht zu sein. Als wäre das, was ihn festgehalten hatte, durch Ashs Eintreten abgelenkt worden.

Erst jetzt entdeckte sie die Überreste kleiner Gerippe, die am Boden zwischen Laub und losen Federn lagen. Widerstrebend durchquerte sie den Raum, duckte sich unter hängenden Rankenschlingen und umrundete einen Strang, der wie ein exotischer Baum mitten im Zimmer stand. Alles roch nach Vogelkot.

Am Fenster holte sie tief Luft und blickte hinaus. Sie musste sich jetzt genau zwischen den beiden Sicheln befinden. Vor ihr, teilweise von tiefer gelegenen Baumkronen verdeckt, erstreckte sich das Tal. Zwischen den Wipfeln erkannte sie die Villa. Nun war auch wieder das Hundegebell zu hören.

Sie richtete den Feldstecher auf das Anwesen. Die leere Dachterrasse überragte alle anderen Teile des Gebäudes und wirkte wie der Wachturm eines Gefangenenlagers. Nach kurzer Suche fand sie zwischen den Bäumen ein Stück des Weges, der vom Vorplatz der Villa zum Zaun führte. Wäre sie nur ein wenig größer gewesen, hätte sie über die Baumkronen hinweg auch das Tor sehen können.

Es gab keine Fensterbank, nur das Mauerwerk und den Rahmen voller Glassplitter. Ash kletterte nach oben, bis sie mit beiden Füßen auf der Kante stand. Auf Grund der Scherben konnte sie sich nicht hinknien, deshalb hockte sie selbst wie ein Vogel auf dem schmalen Sims und musste sich zwingen, nicht an der Fassade nach unten zu blicken.

Mit einer Hand hielt sie sich an der Mauer fest und hob mit der anderen das Fernglas. Sie schwankte etwas und spürte, wie sich ihre Füße verkrampften. Dass sie nicht sehen konnte, ob hinter ihr jemand das Zimmer betrat, machte die Sache nicht besser.

In der Nähe des Tors stieg noch immer eine dünne Rauchsäule empor. Die Flügel standen offen. Drei Wachleute in schwarzen Overalls diskutierten mit den aufgebrachten Paparazzi.

Bewegte sich etwas in ihrem Rücken? Sie ließ das Fernglas sinken und musste sich zusammenreißen, um nicht herumzuwirbeln und dabei womöglich das Gleichgewicht zu verlieren. Stattdessen schob sie langsam das Kinn über die Schulter, stützte sich fester an der Wand ab und wappnete sich für den Anblick eines Menschen, der unmittelbar hinter ihr stand.

Nichts als das leere Zimmer. Auch draußen auf dem Flur war niemand zu sehen. Noch angespannter als zuvor wandte sie sich wieder dem Tal zu.

Einer der Securityleute hatte sich aus der Gruppe gelöst und ging zurück zum Haus. Er schien zu telefonieren, wahrscheinlich mit seinem Boss in der Villa. Ash hatte für einen Moment gehofft, Parker wäre am Tor, aber er war nirgends zu sehen.

Jetzt bezweifelte sie erst recht, dass jemand die Polizei gerufen hatte. Um sicherzugehen, folgte sie mit dem Fernglas dem Weg, der durch den Wald zur Serpentinenstraße führte. Sie konnte nur einzelne Abschnitte erkennen, hier eine Kurve, dort das Stück einer Geraden.

An der Mündung zur Straße bewegte sich eine Staubwolke auf die Villa zu. Noch verbargen mehrere Biegungen sie vor den Blicken der Männer am Tor. Ash ließ das Fernglas sinken. Selbst mit bloßem Auge war die Wolke nicht zu übersehen. Ein Fahrzeug näherte sich dem Anwesen der Cales.

Noch ein Blick nach hinten. Atemloses Schwanken. Sie war nach wie vor allein im Raum.

Mit dem Feldstecher hielt sie nach Blaulicht Ausschau.

Nichts. Erst als der Wald sich auf einem längeren Stück lichtete, konnte sie überhaupt einen Wagen ausmachen. Er war weiß und zu groß für ein Polizeifahrzeug. Doch ehe sie Details erkennen konnte, war er schon wieder hinter Bäumen verschwunden.

Kurz schwenkte sie wieder zur Villa. Der Streit am Tor ging weiter. Hundert Meter entfernt war der dritte Wachmann noch immer zum Haus unterwegs und telefonierte.

Ashs Blick glitt zurück zu der Staubwolke und dem weißen Wagen. Jetzt konnte sie erkennen, dass es sich um eine Limousine handelte, eine dieser besonders großen, protzigen. Ein Rolls-Royce vielleicht.

Am Tor hatte man inzwischen bemerkt, dass ein Wagen näher kam. Einer der Wachleute löste sich aus der Gruppe und ging über die Lichtung auf die Mündung des Waldweges zu.

Die weiße Limousine bog um die letzte Kurve.

Die Hunde bellten wie tollwütig.

Der Wachmann hob eine Hand, damit der Fahrer abbremste. Einen Moment sah es aus, als würde die Anweisung befolgt. Die Limousine wurde langsamer und die Staubwolke sackte in sich zusammen – um sich schlagartig aufzublähen, als der Wagen wieder beschleunigte.

Ash stand der Mund offen, als sie mitansah, wie der Wagen den Wachmann rammte. Er wurde nach hinten geschleudert, prallte der Länge nach auf den Rücken, hob den Kopf und wurde in der nächsten Sekunde überrollt. Er verschwand wie eine Fliege, die am Kühler zerquetscht wurde.

Das Fahrzeug hielt auf die Gruppe am Tor zu. Die Paparazzi und der zweite Wachmann erstarrten.

»Lauft schon weg!«, flüsterte Ash.

Zwei Fotografen wurden erfasst und über die Lichtung geschleudert. Der dritte konnte zur Seite springen, während der Wachmann versuchte, sich jenseits des Tors in Sicherheit zu bringen. Die Limousine überfuhr ihn von hinten.

Der Wagen bremste und blieb zwischen den offenen Torflügeln stehen. Die Fahrertür flog auf und eine Gestalt sprang heraus, groß und dürr und ungeheuer schnell. Ash hätte Guignol auch im Schatten der Bäume erkannt, aber in der Nachmittagssonne gab es keinen Zweifel. Eine Klinge glänzte in seiner Hand.

Mit insektenhaften Schritten tänzelte er von einem Verletzten zum nächsten, beugte sich zu ihnen hinab und zog ihnen das Messer über die Kehlen. Zuletzt holte er den flüchtigen Fotografen ein. Sekunden später war keiner der Männer mehr am Leben.

Ash hockte wie gelähmt im Fenster des Mondhauses und starrte durch das Fernglas. Guignol trug denselben dunklen Anzug wie in Lyon, so eng geschnitten, dass sein dürrer Körperbau noch deutlicher zur Geltung kam. Seine Fratze war kaum zu erahnen, ein totenbleicher Fleck über seinen Schultern.

Der dritte Wachmann musste den Lärm gehört haben und war auf dem Weg zurück zum Tor. Noch lag die letzte Biegung vor ihm. Er konnte nicht sehen, was geschehen war.

Guignol schleifte zwei Paparazzi an den Armen hinter das Tor, als er bemerkte, dass jemand sich näherte. Augenblicklich rannte er los.

Ash ließ den Feldstecher sinken. Ein Schuss peitschte unten im Tal. Sie musste nicht hinsehen, um zu wissen, wer als

Sieger aus dieser Begegnung hervorging. Erst als sie hörte, dass der Motor angelassen wurde, blickte sie noch einmal durch das Fernglas zum Tor. Die Toten waren von der Lichtung verschwunden. Das Einzige, was sich dort bewegte, war die dünne Rauchfahne der schmorenden Handys und Computer.

Die Limousine preschte die Auffahrt entlang. In der Villa hielten sich jetzt noch vier Menschen auf. Zwei Wachleute. Royden Cale. Und Parker.

Ein Windstoß jagte aus dem Tal herauf, fegte am Mondhaus entlang und ließ Ash taumeln. Im letzten Moment hielt sie sich fest und spürte, wie die Briese ihre schweißnasse Haut kühlte.

Die Limousine erreichte den Vorplatz. Vögel stiegen als dunkle Wolken aus den Bäumen auf; es sah aus, als hätten die Schatten die Flucht aus dem Tal ergriffen.

Und noch etwas war anders als zuvor. Ash brauchte einen Moment, ehe sie erkannte, was es war.

Das Hundegebell war verstummt.

32.

Eingesperrt im Konferenzraum hörte Parker den Schuss. Dann schwiegen die Tiere in ihren Zwingern. Ihm war klar, dass die Einsätze bei diesem Spiel schlagartig verfielfacht worden waren.

In Wahrheit hatte sein Vater nie versucht, Libatique von hier fernzuhalten – zumindest nicht während der letzten Tage. Er hatte weder die Security aufgestockt noch die Polizei über seine Befürchtungen informiert. Er hätte hundert Wachleute bezahlen können, um das Tor und die Zäune zu sichern, hätte eine ganze Söldnerarmee auf den Dächern der Villa und hinter jedem Baum im Wald stationieren können. Es hätte ihn nicht mehr als ein Telefonat und einen Bruchteil seines Vermögens gekostet.

Stattdessen hatte er gewartet. Hatte sich in seinem Atelier verkrochen und gemalt, die Haushälterin fortgeschickt und die reguläre Wachmannschaft geopfert.

Und er hatte Parker hergelockt.

Eigentlich ist es Libatique, der dich braucht.

Gleich nach diesem Satz war das Netzsymbol aus dem Display seines Handys verschwunden. Sein Vater musste den Störsender in Gang gesetzt haben, den er früher oft benutzt hatte, um Geschäftspartner während harter Verhandlungen von ihren Beratern abzuschneiden. Es brauchte kaum mehr als einen Knopfdruck, um den Sender auf dem Dach zu aktivieren und alle Handys im Umkreis einer halben Meile unbrauchbar zu machen.

Parker konnte nichts tun, als in diesem gottverdammten Konferenzraum die Wände hinaufzugehen. Er kochte vor Wut, aber alle Versuche, die Tür einzuschlagen oder das Schloss mit Stuhlbeinen aufzubrechen, waren fehlgeschlagen.

Er hatte seine Medikamente zuletzt in London genommen, am Sonntagabend, bevor er sich auf den Weg zur Premiere am Leicester Square gemacht hatte. Jetzt war es Dienstagnachmittag, er war übermüdet von einer Nacht ohne Schlaf und der langen Fahrt. Er selbst nahm kaum wahr, wenn die Symptome zurückkehrten, und davor fürchtete er sich. In London hatte er in Ashs Beisein achtlos eine stark befahrene Straße überquert; so etwas kam auch nach Einnahme der Medikamente gelegentlich vor. Ohne sie konnte es jedoch passieren, dass er in eine seiner selbstzerstörerischen Phasen abrutschte. Dann kam er vielleicht auf die brillante Idee, das Sicherheitsglas der Fenster mit seinem Gesicht einzuschlagen.

Die Untätigkeit, zu der er verdammt war, bot den perfekten Nährboden für seine Anfälle. Die Tatsache, dass er nicht wusste, was aus Ash geworden war, machte ihm außerdem zu schaffen. Er musste *schnell* hier heraus. In seinem Badezimmer befand sich ein Vorrat an Tabletten.

Hoffentlich war Ash längst über alle Berge und in Sicherheit. Falls ihr etwas zugestoßen war, trug sein Vater die

Schuld daran. Er hatte sie hinauswerfen lassen. Er war es, der sie –

Schritte auf dem Korridor. Jemand kam näher.

Jemand, der rannte.

Parker sprang auf und hämmerte gegen die Tür. »Hey! Dad? Bist du das?«

»Mister Cale? Hier ist Craig. Vom Wachdienst.«

»Können Sie mich rauslassen? Haben Sie einen Schlüssel?«

Es rumorte im Schloss. »Deshalb bin ich hier.«

Parker wich ungeduldig einen Schritt zurück. Die Tür wurde geöffnet. Er hatte das Gefühl, wieder durchatmen zu können, so als wäre ihm hier drinnen allmählich der Sauerstoff ausgegangen.

Craig war ein irischstämmiger Amerikaner, einen halben Kopf größer als Parker, mit kurz geschnittenem rotblondem Haar. Aus dem Kragen seines schwarzen Overalls schaute am Hals eine alte Brandnarbe hervor, geformt wie eine Flamme. Parker wusste nicht, woher sie stammte, aber er vermutete, dass kein Unfall beim Barbecue dahintersteckte.

»Waren Sie im Kontrollraum an den Monitoren?« Er drängte an dem Mann vorbei auf den Korridor.

Craig nickte. »Ihr Vater –«

»Ich weiß. Wo ist er jetzt?«

»Keine Ahnung. Vor ein paar Minuten ist im Anbau der Strom ausgefallen. Ich hab gleich nach den Sicherungen geschaut, aber es sieht aus, als hätte jemand mit einem Hammer darauf eingeschlagen.«

»War *er* das? Mein Vater?«

Craig wich seinem Blick aus. »Von uns kennt keiner den

Code des Störsenders. Ich dachte, Sie hätten vielleicht eine Ahnung, was hier vorgeht. Die normalen Telefone sind ebenfalls tot. Und keiner der anderen meldet sich. Steve, Grant und Jackson waren unten am Tor und haben mit den Presseleuten verhandelt, nachdem Ihre Freundin –«

Parker schnitt ihm mit einer Handbewegung das Wort ab. »Jemand hat geschossen, gerade eben erst. Nicht Ash, das klang nach einer von denen.« Er deutete auf die Automatik, die unter Craigs Overall im Schulterholster steckte. Der Mann hatte den Reißverschluss über der Brust ein Stück geöffnet, um schneller hineingreifen zu können.

»Hab's gehört«, sagte Craig. »Ich hätte nachgesehen, aber bei Gefahr muss mindestens einer von uns in der Nähe Ihres Vaters bleiben ... und in Ihrer natürlich. Aber wenn Mister Cale selbst die Sicherungen zerstört hat ...«

»Er war's jedenfalls nicht, der geschossen hat.« Parker lief los. »Kommen Sie mit. Wir suchen ihn, aber erst muss ich was holen.«

Eigentlich hätte der Wachmann ihn ignorieren und sich allein auf die Suche nach seinem Auftraggeber machen müssen. Aber Craig schien einzusehen, dass es klüger war, denjenigen zu beschützen, der *kein* rasender Irrer mit einem Hammer war.

Auch um zu verhindern, dass es bald zwei davon gab, brauchte Parker seine Medikamente. Als er wenig später seine Zimmertür aufstieß, blieb Craig am Eingang zurück.

»Dauert nur eine Sekunde!« Parker lief ins Bad und riss das Schränkchen neben dem Waschbecken auf. Sein Reservevorrat befand sich ganz hinten im unteren Fach. Achtlos schob er alles andere beiseite. Plastikfläschchen fielen zu

Boden, aus einer ergoss sich eine Flut von Paracetamol-Tabletten.

Kurz darauf fand er die drei Schachteln. Er drückte je eine Tablette heraus, warf sie sich in den Mund und schob die übrigen in seine Hosentasche. Er trank direkt aus dem Wasserhahn, wischte sich mit dem Ärmel den Mund ab und kehrte zu Craig zurück. Der hatte derweil seine Waffe gezogen.

»Da ist ein Auto angekommen, unten vorm Haus. Ich hab die Türen gehört.«

»Sehen wir nach!«

Sie liefen in eines der Gästezimmer an der Vorderseite und blickten aus dem Fenster. Ein weißer Rolls-Royce parkte ein Stockwerk tiefer auf dem Vorplatz. Die Reifen des gemieteten BMW waren aufgeschlitzt worden. Im nächsten Moment ertönte ein ohrenbetäubendes Krachen.

»Da tritt einer die Tür ein.« Jetzt, da Craig wusste, wo sein Gegner war, kehrte seine antrainierte Ruhe zurück. »Ich sehe nach. Sie bleiben hier und verstecken sich.«

Parker hörte nicht auf ihn.

Draußen auf dem Gang hielt Craig ihn an der Schulter zurück. »*Ich* werde Sie nicht einsperren. Aber wenn Sie uns nicht beide in Schwierigkeiten bringen wollen, seien Sie leise! Nicht rennen! Nicht sprechen! Und auf keinen Fall etwas tun, das ich nicht zuerst tue! Verstanden?«

Parker nickte verbissen. Der Wachmann war ein Profi. Und er trug eine Waffe.

Mit einem Bersten gab die Haustür den Tritten von außen nach. Parker und Craig befanden sich noch im ersten Stock, die Treppe ins Erdgeschoss lag ein gutes Stück weiter am Ende des Korridors.

Der Wachmann gab ihm ein Zeichen, stehen zu bleiben. Er legte einen Finger an die Lippen und lauschte. Parker vernahm von unten eine Stimme, nicht mehr als ein Flüstern. Craig signalisierte ihm mit den Fingern, dass sie es mit mindestens zwei Eindringlingen zu tun hatten.

Der Flur wurde von deckenhohen Fenstern erhellt, die auf einen der kleinen Innenhöfe zwischen den Quaderelementen wiesen. Draußen schien noch immer die Sonne. Der blaue Himmel stand in einem unwirklichen Gegensatz zum Geschehen im Haus.

Noch einmal deutete Craig auf eine offene Zimmertür, aber Parker schüttelte den Kopf. Zum ersten Mal in seinem Leben war die Gefahr, in die er sich begab, kein willkürlicher Zeitvertreib. Er hatte sich selten zuvor so körperlich vorhanden gefühlt, so *anwesend*, und er dachte gar nicht daran, sich zu verstecken.

Craig sah nicht glücklich über Parkers Weigerung aus, eilte aber ohne Widerspruch zur Treppe. Breite Holzstufen führten hinunter ins Erdgeschoss.

Auf dem oberen Absatz ging der Wachmann langsam in die Hocke. Er hielt die Pistole mit beiden Händen vor sich und versuchte, unter der Decke hindurch so weit wie möglich in den Korridor zu blicken. Er legte den Kopf ein wenig schräg und kniff die Augen zusammen. Schließlich richtete er sich wieder auf und gab Parker mit einer Geste zu verstehen, er solle hier warten. Vorsichtig setzte er einen Fuß auf die oberste Stufe. Falls jemand vom Foyer aus durch den Gang zurückschaute, musste er ihn entdecken.

Nach den ersten Stufen duckte Craig sich erneut. Dann gab er Parker ein Zeichen. Alles in Ordnung. Die Eindringlinge mussten das Foyer verlassen haben. Parker fragte sich, ob Libatique schon einmal hier gewesen war. Kannte er das Haus und seine verschachtelte Geografie?

Der Wachmann erreichte das Erdgeschoss nur einen Augenblick vor Parker. Wieder bestand er darauf, vorauszugehen. Was war mit den anderen Securityleuten geschehen? Drei waren am Tor gewesen, hatte Craig gesagt. Hatte Guignol sie alle getötet? Dann blieb noch ein vierter. War es der Mann aus dem Zwinger? Parker versuchte, sich an seinen Namen zu erinnern. Rob oder Bob oder ... Tom. Ja, natürlich.

Als Craig und Parker im Foyer ankamen, sahen sie, dass die Haustür mit ungeheurer Gewalt aus ihrer Verankerung gesprengt worden war. Splitter und abgeplatzter Verputz bedeckten den Boden, die Tür lag flach auf den Fliesen. Der weiße Rolls Royce stand nur wenige Meter vom Eingang entfernt und glänzte in der Sonne wie ein Eisblock.

Erst jetzt nahm Parker den Geruch wahr. Süßlich, nach Vanille, genau wie in Lyon. Craig stieß ihn an und deutete durch den kurzen Gang zum Wohnzimmer. Die Doppeltür stand offen, niemand war zu sehen.

Aber es war nicht die Tür, auf die Craig zeigte. Es waren die Wände des Flurs. Jemand hatte die Holztäfelungen mit bizarren Kreidezeichnungen bedeckt, einem Gewimmel aus Ornamenten, die sich vor Parkers Augen zu Gesichtern formten. Die Windungen und Spiralen, Linien und Haken schienen Strichzeichnungen zu bilden, zwei schmale Augen und einen Mund wie ein waagrechter Strich.

»Wann haben die das gemacht?«, raunte Parker. »Doch nicht in so kurzer Zeit!«

»Ich gehe allein«, wisperte Craig. »Verschwinden Sie von hier!« Er zeigte zur Haustür.

»Ich weiß, wer diese Leute sind. Mit der Pistole können Sie die wahrscheinlich nicht aufhalten.«

Craig warf ihm einen Blick zu, als hätte er ihm stattdessen Holzpflock und Knoblauch empfohlen. »Lassen Sie das mal meine Sorge sein.«

»Ich hab gesehen, was –«

Aber Craig durchquerte bereits das Foyer und betrat den Gang mit den Kreidekritzeleien. Einen Moment lang stand Parker unschlüssig da. Die offene Haustür war nur wenige Schritte entfernt, vermutlich würde er es bis zum Mietwagen in der Garage schaffen.

Als er sich wieder zu Craig umsah, war der bereits auf halbem Weg zur Wohnzimmertür. Parker gab sich einen Ruck und wollte ihm folgen. Täuschte er sich oder verblassten die Muster an den Wänden?

Ein neuer Geruch wehte heran. Metallisch wie ein Stück rostiges Eisen. Nicht aus Craigs Richtung, auch nicht von draußen. Von *hinten*. Parker fuhr herum und sah in den Gang, aus dem sie gekommen waren.

Am Ende einer langen Blutspur stand Tom, der Mann aus dem Hundezwinger. Seine Arme hingen kraftlos von den Schultern. Er stand mitten im Flur, hatte sich von hinten an der Treppe vorbeigeschleppt, aus der Richtung des Anbaus mit den Käfigen. Blut war aus seinen Hosenbeinen gelaufen und hatte auf den Fliesen dunkelrote Flecken hinterlassen.

Auch sein Gesicht war klebrigrot, das Haar, der muskulöse Hals. Parker konnte seine Wunden nicht sehen, aber er erkannte auch so, dass Tom gerade starb. Der Mann starrte ihn mit aufgerissenen Augen an. Mit einem Röcheln versuchte er, einen Arm zu heben, während seine Finger zu zucken begannen.

Aus dem Wohnzimmer erklang ein sanftes Wispern.

Parker sah über die Schulter zur offenen Doppeltür. Die Kreideornamente waren verschwunden.

Ein zweiter Laut übertönte das Flüstern.

Dort drinnen brüllte Craig wie am Spieß.

33.

Ash folgte dem alten Pfad, der die Rückseite des Cale-Anwesens begrenzte. Auf halber Strecke ins Tal hinab hatte sie das Motorrad zurücklassen müssen, weil sie die Maschine auf dem holprigen Untergrund nicht mehr unter Kontrolle gehabt hatte. Ohnehin war es besser, sich der Umzäunung leise zu nähern.

Sie brauchte länger, als sie erwartet hatte. Als sie diesen Weg von der Dachterrasse aus entdeckt hatte, war er ihr nicht länger als eine Meile erschienen, aber nun kam es ihr vor wie eine Ewigkeit, ehe endlich der hohe Zaun vor ihr auftauchte.

In ihrem Rucksack steckte neben der Polaroidkamera auch die abgesägte Schrotflinte. Sicherheitshalber hatte sie die Patronen herausgenommen, damit das altersschwache Ding nicht in ihrem Rücken losging.

Sie hätte den Zaun überklettern können, aber der Stacheldraht oben auf dem Rand machte ihr Sorgen. Wenn sie sich in drei Meter Höhe darin verfing, blieb wenig Hoffnung, dass sie die Villa jemals erreichte.

Von weitem hatte sie gesehen, dass das Haupttor offen stand, also machte sie sich am Zaun entlang auf den Weg dorthin. Hier gab es nicht einmal einen Trampelpfad, und so schlug sie sich durch das knochentrockene Unterholz.

Als Ash die Lichtung vor dem Tor erreichte, versuchte sie, nicht nach dunklen Flecken auf dem Boden Ausschau zu halten. Aber der Gestank allein schnürte ihr die Kehle zu. Guignol hatte die Toten hinter die offenen Torflügel gezogen. Ohne sich nach ihnen umzusehen, lief sie über die Schwelle. Nach wenigen Metern bog sie in den Wald ab und bewegte sich parallel zur Auffahrt auf die Villa zu.

Die Hunde schwiegen noch immer. Der Quader, in dem sich ihre Zwinger befanden, lag weit entfernt vom Rest des Hauses. Sie wusste, dass es dort einen Nebeneingang gab. Erst einmal aber musste sie die offene Rasenfläche überqueren.

Während sie im Unterholz kauerte und zur Villa hinübersah, hatte sie mehrfach das Gefühl, dass sich etwas veränderte, ohne dass sie hätte sagen können, was genau. Vielleicht nur Lichtreflexe in den Scheiben, während die Nachmittagssonne allmählich tiefer sank. Das Haus kam ihr vor wie ein Schauspieler, der einen Leichnam darstellt, während man darauf wartet, dass er sich durch einen Atemzug verrät.

Sie löste sich aus dem Unterholz und rannte so schnell sie konnte über den Rasen zum Eingang des Zwingeranbaus. Sie hoffte, dass sie nicht beobachtet wurde und Guignol sich nicht gerade auf den Weg machte, um sie abzufangen.

Die schwere Außentür war nicht verschlossen. Ash öffnete sie einen Spaltbreit. Gestank drang heraus und mit ihm diese schreckliche Stille. Sie wappnete sich für das Schlimmste. Die geladene Schrotflinte fühlte sich eiskalt in ihren Händen an.

Sie zog die Tür auf und hörte ein erbärmliches Wimmern. Mit bebenden Knien trat sie ein.

Die sechs Biester – halb Bullmastiff, halb Balrog – kauerten in den hintersten Ecken ihrer Zwinger, eingezwängt zwischen Gittern und Hundehütten, Panik in den blutunterlaufenen Augen, Schaum vor den Schnauzen.

Vor dem letzten der drei Zwinger ging Ash in die Hocke und suchte Blickkontakt mit einem der Tiere, aber es sah durch sie hindurch. Sie hatte Mitleid, machte sich aber widerstrebend auf den Weg zum Haus. Nachdem sie die Verbindungstür vorsichtig geöffnet hatte, konnte sie in den Korridor blicken, der den Zwingeranbau mit dem Haupttrakt verband. Dreißig Meter, vorbei an hohen Fenstern.

Mit jagendem Herzschlag erreichte sie die Tür zum Haupthaus. Auf der anderen Seite war der Boden voller Blutflecken, dazwischen verschmierte Fußabdrücke. Unmöglich zu sagen, wie viele Menschen hier gegeneinander gekämpft hatten. Der Gestank nach Eisen war nur schwer zu ertragen.

Trotzdem ging sie in die Hocke, legte die Flinte beiseite und zog die Kamera aus ihrem Rucksack. Ohne Blitzlicht machte sie ein Foto des roten Musters am Boden. Der Mechanismus, der das Bild aus dem Schlitz der Kamera transportierte, war ihr noch nie so laut vorgekommen. Ohne abzuwarten, bis etwas sichtbar wurde, warf sie es in den Rucksack und hängte sich die Kamera an ihrem Riemen vor die Brust.

Wieder mit der Flinte in beiden Händen bog sie um eine Ecke, folgte der klebrigen Spur und ging an einer Treppe vorbei, die in den ersten Stock führte. Sie konnte von hinten zwischen den Stufen hindurchsehen und entdeckte, dass weiter vorne jemand im Korridor stand. Aufrecht, mit dem Rücken zu ihr. Ein Mann im schwarzen Overall, reglos, mit hängenden Armen.

Kurz erwog sie, die Treppe hinaufzugehen, entschied sich aber dagegen. Fast lautlos schlich sie weiter, an den Stufen vorbei und auf den Mann im Korridor zu. Rechts und links von ihm war nicht viel Platz bis zu den Wänden.

Schwer zu schätzen, wie viel Blut er verloren hatte, aber allein die riesige Lache zu seinen Füßen ließ kaum Zweifel daran, dass er so gut wie tot war. Dass er noch stand, grenzte an ein Wunder. Seine Finger waren unnatürlich abgewinkelt, als hätten sich seine Hände überlegt, in Zukunft lieber Spinnen zu sein.

Vier Meter hinter ihm blieb sie stehen. Hielt mit einer Hand das Gewehr und hob mit der anderen die Kamera von der Brust. Es war wie ein Zwang, gegen den sie nicht ankam.

Der Auslöser klickte. Das fertige Foto schob sich knirschend aus dem Schlitz an der Vorderseite und fiel hinunter in die Blutspur am Boden.

Der Mann rührte sich noch immer nicht, als Ash die Schrotflinte wieder mit beiden Händen ergriff und die Mündung auf seinen Rücken richtete.

Ohne länger zu zaudern, lief sie auf Zehenspitzen an ihm vorbei, bereit, unter seinen Händen hinwegzutauchen. Aber sie wurde weder von ihm noch von sonst wem aufgehalten. Nach drei, vier Schritten wirbelte sie herum. Jetzt konnte sie in sein Gesicht sehen, in seine blicklosen Augen, den offenen Mund. Blutfäden hingen von seiner Unterlippe bis auf die Brust.

Es war der Mann aus dem Zwinger und sein Anblick erschütterte sie zutiefst. Sie kannte nicht einmal seinen Namen. Er stand da wie eine halb geschmolzene Wachsfigur, und was immer ihn auf den Beinen hielt, hatte nichts mehr mit Leben zu tun.

Sie wollte sich abwenden und weiterlaufen, als ihr Blick auf das Foto hinter ihm am Boden fiel. Sie hatte vergessen es aufzuheben. Leicht geduckt lief sie noch einmal an ihm vorüber, enger an der Wand als vorhin. Sie pflückte das Bild von den Fliesen, wischte es an der Holztäfelung ab und steckte es zusammen mit der Kamera in ihren Rucksack. Dann schlich sie erneut los, diesmal an seiner anderen Seite vorbei.

Als sie über die Schulter blickte, brach er in die Knie. Seine Stirn krachte auf die Fliesen, das Geräusch war laut wie ein Schuss.

Mit einem scharfen Ausatmen lief sie ins Foyer, sah kurz zur offenen Haustür und dem weißen Rolls Royce, wandte sich aber nach links, den Gang hinunter, der ins Wohnzimmer führte.

Dort stieß sie auf den nächsten Toten. Der Wächter lag übel zugerichtet auf dem Glasboden, unter dem die Krebse vom Grund ihres Beckens lethargisch zu ihm emporstarrten.

Rote Fußspuren führten zu einer Tür.

Ash horchte daran.

Langsam drückte sie die Klinke nach unten.

34.

Das Atelier war voller Monde.

Royden Cale hatte Sicheln auf alle Wände gemalt, auf den Parkettboden, die Tür und sogar die Fenster. Zum ersten Mal stellte Parker fest, dass man von hier aus das Mondhaus oben auf dem Berg erkennen konnte. Selbst nach Jahrzehnten hatte die Vegetation es noch nicht gänzlich verschlungen.

In der Mitte des Ateliers standen zwei Stühle nebeneinander. Parker saß auf dem einen, sein Vater auf dem anderen. Sie waren mit schwarzem Klebeband an die Lehnen und Stuhlbeine gefesselt.

Guignol wartete reglos zwischen den Leinwänden voller Monde, die an den Wänden und Möbeln lehnten. Im Profil sah auch sein Gesicht mit dem langen Kinn und der gekrümmten Nase wie eine Sichel aus. Er starrte zum Fenster hinaus, als wollte er die Ruine auf dem Berg anheulen. Luciens Schrotschuss hatte ihm Teile der Haut vom Gesicht gerissen, aber die Wunden waren weder blutig noch verkrustet. Stattdessen sah es aus wie ein schlimmer Fall von Pockennarben.

Es war noch ein vierter Mann im Raum – auch wenn er in Wahrheit womöglich noch weniger Mann war als Guignol.

»Hast du wirklich geglaubt«, fragte Libatique, »dass es so einfach sein könnte?«

Als Parker ihn zum ersten Mal in dem Film gesehen hatte, den sein Vater ihm vorgespielt hatte, war Libatique nicht viel mehr als eine verschwommene Gestalt inmitten des Chaos von Altamont gewesen. Die Filmcrew von *Gimme Shelter* hatte nichts in ihm gesehen, das sie dazu gebracht hätte, auf seinem Gesicht zu verweilen oder es heranzuzoomen. Unscheinbar und nichtssagend war er in der Menschenmasse untergegangen, und nun begriff Parker, dass es genau jene Bedeutungslosigkeit, dieses absolut Farblose war, das Libatique die Zeitalter hatte überdauern lassen.

Parker hatte immer angenommen, dass es Ruhm und Aufsehen waren, die einen Menschen unsterblich machten. Doch vor ihm stand der lebende Gegenbeweis. Libatique war die fleischgewordene Nichtigkeit, das belangloseste aller belanglosen Gesichter in der Menge. Er war Grau auf Grau, war Glas auf Glas, und weit vom Glanz all jener entfernt, mit denen er seine Geschäfte machte.

Er war weder klein noch groß, weder hässlich noch schön, war nicht anziehend oder abstoßend. Wenn man ihn ansah, wollte man gleich woandershin blicken, weil es nichts gab, woran der Blick sich hätte festhalten können. Ihn zu betrachten war, als versuchte man ein Stück Seife aus einem Wasserfass zu fischen: Kaum hatte man es gepackt, war es einem schon wieder entglitten.

Libatique trug einen weißen Anzug, makellos bis auf einen Blutstropfen, der wie eine winzige Blüte auf seinem Revers leuchtete. Auch Hemd und Krawatte waren weiß. Einzig der Schal, den er sich wie ein alternder Intellektueller um den Hals gelegt hatte, war aus bordeauxroter Seide, durchwirkt mit Silberfäden. Er hatte graues Haar, das eine hohe Stirn umrahmte, und sehr schmale, fast unsichtbare Augenbrauen. Zudem war er barfuß.

»Dachtest du wirklich«, fragte er Parkers Vater, »dass ein paar Schmierereien mich davon abhalten würden, den Preis einzufordern, den du mir so lange vorenthalten hast?« Sein Englisch klang sehr britisch, obwohl Parker bezweifelte, dass dies etwas mit seiner Herkunft zu tun hatte. Wohl eher mit seinem Gegenüber: Libatique mochte alle Sprachen dieser Welt beherrschen, je nachdem, mit wem er redete.

Royden Cale saß zusammengesunken auf dem Stuhl, das Kinn lag auf seiner Brust. Er hatte nur einmal hochgeblickt, als Parker von Guignol hereingebracht worden war, mit einer Klinge an der Kehle. Parker hatte mitangesehen, was Guignol dem Wachmann Craig angetan hatte. Das Grauen hatte ihn zum Standbild eingefroren, während Guignol über dem Mann am Boden gekauert hatte und seiner schmutzigen Arbeit nachgegangen war.

Und nun saßen sie Seite an Seite, Vater und Sohn, umgeben von Mondsicheln in allen Farben des Regenbogens, während Leichengestank durch die Villa wehte.

Langsam hob Parkers Vater den Kopf. »Ich habe gemalt. Das wolltest du doch. Dass ich male, so wie damals.«

»Dazu ist es zu spät«, sagte Libatique mit einem Kopfschütteln. Er hob einen Gehstock mit silbernem Knauf, auf den er sich nie zu stützen schien, und deutete in einem Halbkreis auf all die Monde im Atelier. Royden Cale hatte sogar die Decke damit bemalt.

Drüben zwischen den Leinwänden legte Guignol ganz

langsam seinen Kopf in den Nacken und schloss die Augen. Er streckte den rechten Arm aus, als wollte er durch das Fenster nach dem Mondhaus greifen, und so blieb er reglos stehen.

»Wir hatten eine Abmachung«, sagte Libatique. Bislang hatte er Parker noch keines Blickes gewürdigt. »Aber du hast dich vor langer Zeit entschieden, dich nicht daran zu halten, Royden. Ich habe dir Erfolg geschenkt, und das Einzige, was ich dafür verlangt habe, war deine Kunst. Dass du weitermalst und dein Talent zu neuen Höhen führst. Sonst nichts. Nur diese eine Sache!«

»Mein wahres Talent war ein anderes«, entgegnete Cale, »und es hat mir all den Erfolg eingebracht, den du mir versprochen hast. Was ist so falsch daran? Du kannst an allem teilhaben. Du wirst alles bekommen, was du willst.«

Parker stellte verwundert fest, dass sein Vater deutlicher sprach als bei ihrer Ankunft. Die Drogen mussten noch in seinem Blut sein, aber nun gelang es ihm, sich nichts anmerken zu lassen.

Libatique trat an eine der Wände, augenscheinlich, um die Mondmalereien zu betrachten. Und da wiederholte sich die Erscheinung aus dem Flur: Auf der hellen Holztäfelung erschienen wimmelnde Ornamente aus Kreide, fügten sich zu primitiven Gesichtern zusammen, die nur aus Punkten und Strichen bestanden. Als Libatique sich langsam an der Wand entlangbewegte, von einem Mond zum nächsten, folgten ihm auch die Kreidemuster wie ein Schweif. Erst nach einer Minute begannen die Ornamente sich wieder aufzulösen.

»Was willst du von uns?«, fragte Parker.

Libatique streckte die Hand aus und berührte eine der Leinwände. Fast liebevoll strich er über die Oberfläche aus dick aufgetragenen Acrylfarben. »Ich wünschte ...«, begann er, ohne den Satz zu beenden. Die Berührung seiner Fingerspitzen hinterließ Kreidemuster auf der Leinwand, wie Spinnweben.

Schließlich drehte er sich zu seinen Gefangenen um. »Dein Vater schuldet mir etwas«, sagte er mit ernster Miene. Der Graustich seiner Haut erinnerte Parker an ein rohes Stück Fleisch, das zu lange in der Sonne gelegen hatte. »Das war unser Deal. Erfolg gegen ein Stück vom Ruhm. Aber statt weiterhin große Kunst zu schaffen, Bilder zu malen, immer besser zu werden, hat er alles einfach fortgeworfen und ist zu *dem* hier geworden.« Er deutete mit seinem Stock auf Royden Cale. »Ein Unternehmer. Ein Manager. Jemand, dem es um nichts als Umsatzzuwächse, Renditen und Gewinnmargen geht.«

»Und was bist du?«, fragte Parker. »Kommunist?«

Ein überraschendes Lächeln huschte über Libatiques Gesicht. »Ich bin derjenige, der dich größer machen wird, als du dir es je hast träumen lassen.«

Parker starrte ihn an und lachte. »Größer als Phoenix Hawthorne?« Er spie den Namen aus wie eine Obszönität. »Größer als all das, was ich schon habe und nicht mehr loswerde? Glaubst du wirklich, ich will noch mehr davon? Du kannst es dir nehmen und daran ersticken, wenn du willst.«

Eine Zornesfalte erschien zwischen Libatiques Augen, aber wie alle seine Regungen wirkte sie unecht und forciert. »Es wurden Schulden gemacht. Ich fordere meinen Lohn ein. Das ist alles. Und der Sohn bürgt für den Vater.«

Das Klebeband um Royden Cales Oberkörper knisterte, als er versuchte, sich Parker zuzuwenden. »Libatique ernährt sich vom Ruhm anderer. Er ist wie ein Vampir, nur dass er kein Blut trinkt, sondern Popularität. Er hat die Macht, aus einem Niemand einen Star zu machen. Menschen wie wir können uns Erfolg vielleicht *kaufen*, durch Werbung, durch Manipulation der Medien. Aber Libatique *vergibt* Erfolg. Und er will im Austausch dafür etwas von uns.«

»Dein Vater«, sagte Libatique, »hat sich wie alle anderen vor ihm verpflichtet, seinen Ruhm zu vergrößern. Jahr für Jahr ein wenig mehr. Niemals nachzulassen, immer nach Größerem zu streben.«

»Damit du ihn abzapfen kannst wie ein Parasit!«, entgegnete Royden Cale.

Libatique holte mit seinem Stock aus und bohrte ihn mit einem dumpfen Knall durch eines der Gemälde. »Du hast das von Anfang an gewusst, mein Freund. Deine Empörung ist fehl am Platz.«

»Ich habe mich daran gehalten, verdammt!«

Libatique zog den Stock aus der Leinwand wie einen Degen aus dem Leichnam eines Gegners. »Es ist etwas anderes, ob man Berühmtheit erlangt, indem man unsterbliche Kunstwerke erschafft – oder ob man als schwerreicher Medienboss mit einem Kamerateam auf Berge steigt oder im Heißluftballon um die Welt fliegt.« Libatique kam herüber und setzte die Spitze des Stocks auf Cales Herz. »Du verstehst das nicht, aber der Geschmack solchen Ruhmes ist ein anderer. Ein trockenes Stück Brot mag ebenso satt machen wie das beste Fünf-Gänge-Menü, aber wer tauscht schon freiwillig Dinner gegen Zwieback?« Er drückte den Stock fester gegen Cales Brustkorb. »Du vielleicht? Wenn ich mich hier so umsehe, dann kann ich das kaum glauben. Ein Genussmensch wie du, Royden, vom Schicksal verwöhnt – wenn wir von dieser einen dummen Sache absehen.« Er warf Parker einen Seitenblick zu. »Eine wirklich dumme Sache.« Damit zog er den Stock zurück und blieb zwischen seinen beiden Gefangenen stehen.

Cale senkte den Kopf, als er bemerkte, dass Parker ihn ansah. »Berühmtheit war nur der *eine* Teil des Deals ...«

»Und der andere?« Parker wollte sarkastisch klingen, aber als ihm die Worte über die Lippen kamen, hörte er sich sehr ernst an: »Deine Seele?«

Libatique schüttelte den Kopf. »Was soll das sein, eine Seele? Zeig sie mir und ich sage dir, ob sie meine Mühe wert ist.«

Parker blickte von ihm zu Guignol, aber die Kreatur stand immer noch da, jetzt wieder mit offenen Augen, und blickte durchs Fenster den Berg hinauf. Sonnenlicht beschien sein Gesicht und brachte eine Träne auf seiner Wange zum Glitzern.

»Nein«, sagte Libatique, »dein Vater hat etwas besessen, das ihn viel wertvoller machte. Er hatte *Talent*! Aus ihm hätte der größte Maler des zwanzigsten Jahrhunderts werden können. Seine Werke waren exquisit! Nicht so etwas wie das hier.« Er führte einen blitzschnellen Schlag mit dem Stock und schlitzte eine weitere Leinwand auf. »Nicht diese verzweifelten Hilferufe, nicht dieses würdelose Betteln! Sondern große, wahrhaftige, alles umfassende Kunst!«

Hilferufe?, dachte Parker und ließ seinen Blick über die zahllosen Mondsicheln wandern. Dann sah er durchs Fenster zum Berg hinauf. Die Sonne verschwand hinter den Erhebungen im Westen, weite Teile der Hänge lagen schon im Schatten, aber die Ruine auf dem Gipfel wurde noch immer beschienen. Sie leuchtete hinter den Bäumen wie ein Goldbarren.

Guignols Träne war an seinem krummsäbelartigen Kinn entlanggeronnen und hing als Tropfen vorn an der knochigen Spitze. Eine Bewegung, und sie würde auf seine blutbefleckte Brust fallen. Aber er wirkte noch immer abwesend, wie hypnotisiert.

Parker verstand nicht, worauf Libatique hinauswollte. Zu viele Andeutungen, zu viel unklares Gerede. Dieses Ding, das sich als grauhaariger Mann tarnte, mit seinem weißen Anzug und seinem Gehstock, machte Menschen wie seinen Vater erfolgreich, um sich von ihrer Berühmtheit zu ernähren. So etwas zu akzeptieren fiel nur noch halb so schwer, hatte man erst einmal einem Wesen wie Guignol gegenübergestanden. Doch was hatte es mit den Monden auf sich? Mit dem Haus auf dem Berg? Und welche Rolle hatte Chimena bei alldem gespielt?

Und dann dieses Gefasel über Kunst und Talent.

Aber vielleicht war es auch gar nicht mehr wichtig, dass Parker alles durchschaute. Sie beide würden die Nächsten sein, die Guignol in Libatiques Auftrag ermordete. Er verspürte keine Furcht vor dem Tod, er hatte zu oft mit einer Rasierklinge vor dem Spiegel gestanden und gedacht, wie einfach es wäre, beim nächsten Schnitt in die Haut noch tiefer einzudringen, diesmal am Handgelenk. Bis vor anderthalb Jahren hatte er fast täglich mit dem Gedanken gespielt. Er würde auch heute nicht um sein Leben betteln.

»Wenn ich sterbe«, sagte sein Vater, »dann geht mein Talent auf Libatique über. Was davon noch übrig ist. Und *erst* dann! Das ist der wahre Pakt, Parker. Und vielleicht ist Talent ja gar nichts anderes als das, was die Menschen früher ihre Seele genannt haben. Ihre Fähigkeit, etwas aus dem Nichts zu erschaffen. Ihre Schöpfungskraft.«

Libatiques Züge waren eine leere Oberfläche, die nicht verriet, was darunter vorging.

»Er bindet junge Künstler an sich«, fuhr Cale fort, als wäre er Parker diese Erklärungen schuldig, »lockt sie mit Erfolg und nährt sich von ihrem Ruhm. Vor allem aber verschlingt er nach unserem Tod unser künstlerisches Potenzial, er absorbiert unsere Talente und nimmt sie in sich auf. Warum? Weil er selbst davon träumt, bedeutende Werke zu erschaffen. Er vereint in sich die Fähigkeiten von einigen der größten Künstler der Menschheitsgeschichte und sein Traum ist es, selbst zu sein wie sie.« Er musterte das Wesen vor ihnen mit einem Trotz, wie ihn nur Verzweiflung oder Wahnsinn hervorbringen konnten. »Aber Libatique ist kein Mensch, und einer wie er kann nichts Eigenes erschaffen, sondern immer nur wieder sich selbst reproduzieren. Sieh dir an, was er diesem armen Kerl angetan hat.« Er wies mit dem Kopf auf Guignol. »Diese Fratze ist *sein* Gesicht, eine groteske Parodie seiner selbst!«

»Sei still!«, sagte Libatique.

Parker blickte zu Guignol und erkannte, dass sein Vater Recht hatte: Guignols Grimmasse hatte in der Tat gewisse Ähnlichkeit mit Libatique. Doch war sie dessen Abbild in einem Zerrspiegel, eine boshafte Karikatur aus gehässigen Überzeichnungen. Die scharfe Nase, das zu spitze Kinn, die kleinen, tückischen Augen. Nichts davon fiel einem an Libatique auf Anhieb auf, doch hatte man Guignol erst einmal genauer betrachtet, erkannte man das Gesicht seines Herren als Schablone seiner Scheußlichkeit.

Cale redete weiter, ohne sich um Libatiques Warnung zu kümmern. Vielleicht weil es die letzte Möglichkeit war. »Er kann nur sein eigenes Bild in tausend Varianten erschaffen, selbst die Kreidegesichter an den Wänden sehen aus wie er. Ob Malereien, Skulpturen, Symphonien oder sogar erbärmliche Kreaturen wie Guignol – am Ende sind sie alle immer nur sein Spiegelbild!«

»Genug!«, befahl Libatique.

»Und trotzdem kann er nicht aufhören, hortet immer mehr und noch mehr Talent. Dabei sind es doch gar nicht unsere Fertigkeiten, die ihm fehlen, sondern unsere *Menschlichkeit.*« Cale warf Libatique einen Blick voller Angst und Abneigung zu. »Und nun glaubt er, dass ich ihn betrogen habe. Dass ich mein Talent verschenkt habe, als ich aufhörte zu malen und stattdessen Unternehmer wurde. Dass ich das, was die Bezahlung für meinen Erfolg gewesen wäre, einfach vergeudet habe.«

Libatique ließ den Stock emporzucken, bis die Spitze unmittelbar vor Cales rechtem Auge schwebte. »Du hast mir deine künstlerische Gabe versprochen, und jetzt ist nichts mehr übrig. Alles ist fort. Sieh dir doch die Bilder hier an! Kindliches Gepinsel!« Der Stock berührte nun Cales Auge. Parkers Vater wollte zurückweichen, aber Libatique ließ das nicht zu. Noch ein wenig mehr Druck und der Augapfel würde platzen wie eine Weintraube. »Statt dein Potenzial zu nutzen, hast du all deine Kraft auf zwei Dinge verwendet.

Zum einen: dein lächerliches Imperium aufzubauen. Und zum anderen: mich von dir fernzuhalten.« Sein Lächeln sah zum ersten Mal durch und durch bösartig aus. »Ich habe mich gefragt, wofür du wohl den höheren Preis gezahlt hast. Aber vielleicht liegt das ja ganz im Auge des Betrachters?«

Der Stock bohrte sich in Cales Augenwinkel. Parkers Vater versuchte seinen Kopf wegzudrehen, doch da huschte Guignol heran, bezog hinter ihm Stellung und hielt seinen Schädel mit den riesigen Klauen fest. Mit ihm wehte auch der Vanillegeruch wieder heran.

»Nein!«, schrie Parker.

Auch sein Vater brüllte und brachte zwischen Schmerzenslauten Worte hervor: »Ich habe ihn *für dich* herkommen lassen, Libatique! Er ist dein! Parker ist berühmter, als ich es je hätte sein können ... Er wird dich *satt* machen wie kein anderer zuvor!«

Parker verschlug es den Atem.

Libatique lachte wie jemand, dem ein besonders perfider Streich gelungen war. Hatte er erreicht, was er wollte? Ein Geständnis?

Der Stock löste sich von Cales Auge. Es war feuerrot, aber der Augapfel schien intakt zu sein. Wortlos trat Guignol einen Schritt zurück.

»Hast du das gehört?« Libatiques lauernder Tonfall galt Parker. »Mein Pakt mit deinem Vater mag ihn süchtig nach Ruhm gemacht haben, aber dass auch du die Symptome manchmal spürst, das ist nicht meine Schuld. Das hast du von ihm geerbt. Und jetzt ist er bereit, dir weit Schlimmeres anzutun!«

Parker sah nur seinen Vater an. »Dad, ist das wahr? Bin ich hier, damit du mich ihm ausliefern kannst? Und im Austausch für was? Noch mehr Erfolg?«

»Für ein Leben ohne Angst«, sagte sein Vater leise. »Dir wird er nichts tun, wenn du dich an die Vereinbarung hältst.«

»Sein Plan«, sagte Libatique mit dem triumphalen Gestus eines Showmasters, »war es, dich mir an seiner statt anzubieten – als Wiedergutmachung für die letzten vier Jahrzehnte! Vierzig Jahre, in denen er sich erst hinter Lügen versteckt hat, dann hinter *dir*, mein Junge!«

»Hinter mir? Wie –«

»Er hat dich ein Leben lang ausgenutzt und belogen, Parker. Und jetzt will er, dass wir beide einen Pakt schließen. Dafür soll ich auf meine Forderungen verzichten und ihm vergeben.« Libatiques Blick fixierte abermals Cale. »Als ob es so einfach wäre.«

»Dad?« Parkers Stimme war jetzt ganz ruhig. Vor diesem unfassbaren Ausmaß an Egoismus kapitulierte sogar seine Wut.

»Sag es ihm, Royden!«, forderte Libatique. »Und wenn du einmal dabei bist, warum erzählst du ihm dann nicht die *ganze* Geschichte?«

»Nein«, flüsterte Cale.

»Was meint er?«

Libatique beugte sich vor, bis sein Gesicht fast das von Cale berührte. Sein Grinsen unterschied sich kaum mehr von der Fratze seines Dieners. »Wollen wir es ihm verraten, Royden? Wollen wir ihm nicht *alles* verraten?«

Bevor Libatique eine Antwort erzwingen konnte, ruckte

im Hintergrund Guignols entstelltes Gesicht herum. Er horchte auf etwas, ergriff sein Schlachtermesser und hastete wortlos aus dem Raum.

35.

Ash hörte ein Ticken wie von einem Zeitzünder in ihren Ohren. Es schien lauter und schneller zu werden. Mit jedem Schritt, den sie in das Dämmerlicht jenseits der Tür machte, hämmerte ihr Pulsschlag heftiger hinter ihren Schläfen.

Dies also war die Sammlung seines Vaters, von der Parker gesprochen hatte. Und weil Royden Cale nun einmal Royden Cale war, hatte sie mit restaurierten Oldtimern gerechnet, mit antiken Standuhren oder abstrakten Skulpturen.

Nicht mit Karussells.

Kinderkarussells.

Die Halle war zwei Stockwerke hoch und erstaunlich weitläufig. Von außen fügte sie sich nahtlos in das Konstrukt aus Holzwürfeln ein; nicht einmal beim Blick aus dem Mondhaus hatte Ash sie bemerkt. Die Wände waren mit gerafftem rotem Samt verhängt wie in einem alten Kinopalast. Es gab kein Tageslicht, stattdessen ein kompliziertes System aus Lampen und Scheinwerfern an einem Stahlgitter unter der Decke. Bis auf eine Notbeleuchtung aus kleinen Glühbirnen waren sie ausgeschaltet.

Die Karussells standen so eng beieinander, dass Ash nicht erkennen konnte, um wie viele es sich handelte. Acht, vielleicht neun. Alle waren zweistöckig und reichten hinauf bis zur Beleuchtungsanlage. Kunstvoll geschnitzte Holzpferde waren zu einem starren Reigen auf Eisenstangen montiert, aber es gab auch andere Reittiere, auf denen sich einst Kinder im Kreis gedreht hatten: Drachen, die ihre Fangzähne zeigten; Elefanten, glitzernd geschminkt wie in Tausendundeiner Nacht; Königstiger, die gesattelten Pfauen nachjagten; sogar Bienen, groß wie Ponys.

Die Karussells waren aufwendig bemalt, ihre Balustraden fein ziseliert und alle Metallteile poliert, als würden jeden Augenblick wieder Besucherscharen einfallen und diesen Ort zum Leben erwecken.

Neben dem Eingang befand sich ein handgroßer Kippschalter an der Wand, der wohl die Strahler an der Decke aktivieren würde. Ash schloss leise die Tür hinter sich und machte sich daran, die düstere Halle zu durchqueren. Eilig huschte sie zwischen den Karussells hindurch und kämpfte gegen den Wunsch an, weitere Fotos zu machen. Bizarre Schatten lagen über den Aufbauten. Aufgemalte Augen starrten ihr nach, hölzerne Schädel überragten sie.

Sie hatte zwei Drittel der Halle durchquert, als vor ihr eine Tür aufgestoßen wurde. Helligkeit fächerte über den Boden jenseits des letzten Karussells. Von ihrer Position aus konnte sie den Eingang nicht sehen, und darüber war sie heilfroh, weil sie damit auch für denjenigen, der die Tür geöffnet hatte, unsichtbar sein musste. Leise stieg sie auf das Karussell zu ihrer Rechten und ging hinter einem Einhorn in Deckung.

Die Schritte, die sich ihr näherten, klangen zu schnell, fast wie Sprünge – Guignols Insektengang. Schon huschte er an ihr vorüber, blieb nach wenigen Metern stehen und schaute sich um. Sie konnte nur seinen Kopf erkennen, der Rest war verdeckt, aber der Anblick seiner Fratze im Profil ließ sie frösteln.

Sie beugte sich ein wenig zur Seite. Jetzt konnte sie das Messer in seiner Hand erkennen, dieselbe riesige Klinge, mit der er die Männer am Tor getötet hatte.

Er wusste, dass sie hier war. Vielleicht konnte er sie wittern. Oder war da noch etwas anderes, das ihn anlockte? Ihr Herzschlag? Ihr Atmen?

Einen Moment später setzte er sich wieder in Bewegung, jetzt langsamer, und ließ dabei seinen Blick über den Figurenreigen auf den Karussells wandern. Vanillegeruch breitete sich in der Halle aus. Dann verließ er Ashs Sichtfeld und näherte sich der Tür zum Wohnzimmer.

Vorsichtig löste sie sich von der Einhornfigur und bewegte sich rückwärts. Auf dem Holzboden des Karussells verursachten ihre Schuhsohlen gedämpfte Laute, aber da Guignol nach ihren ersten beiden Schritten nicht zurückkehrte, wurde sie mutiger und schlich zum Rand der Plattform. Als sie stehen blieb, bemerkte sie, dass sie ihn nicht mehr hören konnte. Vielleicht hatte er innegehalten.

Sie musste an einem weiteren Karussell vorbei, um die hintere Tür zu erreichen, durch die er den Raum betreten hatte. Es war nicht weit, nur ein paar Meter.

Behutsam setzte sie erst einen Fuß vom Karussell auf den Steinboden, dann den anderen. Sie hatte den Durchgang zum Wohnzimmer vorhin hinter sich geschlossen; sie hätte hören müssen, wenn er ihn wieder geöffnet hätte. Er war noch immer in der Halle. Nur wo?

Mit einem lauten Schnappen wurde der Kippschalter an der Tür umgelegt und der Raum erwachte zum Leben. Punktstrahler an der Decke warfen gleißende Flecken auf die Gänge. Zugleich flammten Glühbirnen und Lichterketten an den Karussells auf. Aus Lautsprechern ertönte Jahrmarktsmusik. Ash stand inmitten eines der Lichtkreise, in strahlende Helligkeit gebadet. Über den Lärm hinweg konnte sie nicht hören, ob Guignol schon auf dem Weg zu ihr war.

Zwei Meter bis zum letzten Karussell. Acht, vielleicht zehn bis zur Tür. Gehetzt blickte sie über die Schulter, riss sich den Rucksack herunter und glitt auf dem Bauch unter die Bodenscheibe des Karussels. Zwischen Plattform und Fliesen war gerade genug Platz für sie. Staub wirbelte auf und kratzte in ihrer Nase. Sie robbte vorwärts, schob Rucksack und Gewehr vor sich her und stieß immer wieder gegen das Holz über ihr. Vom anderen Ende des Karussells bis zur Tür waren es nur noch wenige Schritte.

Röhrend sprang ein Motor an, dann ertönte ein Knirschen. Über ihr begann sich die Plattform zu drehen, die raue Holzunterseite schmirgelte über ihre Schulter. Ash musste sich noch flacher an den Boden pressen, damit ihr nicht die Haut von den Knochen geschürft wurde. Sehr langsam schob sie sich weiter, den Kopf seitlich gedreht und die Wange auf den Boden gedrückt.

Die Vorstellung, dass er gerade hinter ihr war, vielleicht unter das Karussell blickte, ließ Panik in ihr aufsteigen. Um ein Haar hätte sie sich blindlings unter der Plattform hervorgerollt und wäre auf gut Glück zur Tür gerannt.

Dass sie es nicht tat, rettete ihr das Leben.

Seine Füße und Unterschenkel tauchten vor ihr auf, sie sah ihn durch den Spalt zwischen Karussell und Boden. Er ging keine drei Meter neben ihr, blieb stehen, drehte sich um. Er schien zu wissen, dass sie sich in der Halle aufhielt. Ahnte er, wie nah er ihr war?

Das Drehorgelgetöse übertönte alle Geräusche, als Ash den Rucksack beiseiteschob und die Schrotflinte auf seine Beine richtete. In der Enge unter dem rotierenden Karussell, auf den Bauch gepresst und mit verdrehtem Kopf spannte sie die beiden Hähne. Falls sie ihn nicht mit mindestens einem Schuss erwischte, würde er ihr keine Gelegenheit geben, die Waffe nachzuladen.

Sie zielte, legte den Finger an den Abzug – und er ging weiter, entfernte sich vom Karussell. Aber sie musste ihn aus nächster Nähe treffen. Luciens Schuss vom Fenster aus in den Hof hinab hatte ihn nur verletzt, aber nicht aufgehalten. Dazu kam die Streuung des Schrots. Wenn sie die Flinte in dem schmalen Spalt unter dem Karussell abfeuerte, würde ein Teil der Ladung durch die Fliesen und die Plattform darüber abgelenkt werden.

Zu spät. Jetzt konnte sie ihn nicht mal mehr sehen. Also weiter, vorwärts, Richtung Ausgang.

Sie hatte den Rand der Plattform erreicht und wollte sich gerade darunter hervorschieben, als er wieder auftauchte. Diesmal trat er von der anderen Seite in ihr Blickfeld, kaum mehr als eine Armlänge entfernt.

Sie zielte auf seine Beine und drückte ab.

Der erste Schuss zerfetzte seinen Unterschenkel und riss ihn zu Boden. Der zweite explodierte nur eine Sekunde später, aber Ash hörte ihn kaum, weil sie schon vom ersten fast taub war. Auch diese Ladung traf ihn, aber sie war nicht sicher, wo, weil der aufgewühlte Staub ihr die Sicht raubte.

Sie gab dem Rucksack einen heftigen Stoß und zwängte sich ins Freie.

Guignol lag auf der Seite und starrte sie durch den Pulverdampf an, als wollte er sich ihr Gesicht einprägen. Gelbe Duftkissen mit Vanillegeruch waren aus seinen Anzugtaschen gefallen und hatten sich über den Boden verstreut.

Sein linker Unterschenkel lag ein Stück entfernt auf den Fliesen. Die Schrotladung hatte ihn unterhalb des Knies abgerissen, aber die Wunde blutete nicht. Das Körperglied lag da, als wäre es einer der Karussellfiguren abgefallen.

Schwankend sprang sie auf die Füße. Die Flinte lag noch unter der Bodenplatte, aber sie konnte sie nicht mehr hervorziehen, weil sie damit in seine Reichweite geraten wäre. Zumindest den Rucksack hatte sie retten können und schwang ihn sich über die Schulter. Die Jahrmarktsmelodie erschien ihr noch unwirklicher, während dieses Ding vor ihr am Boden lag, sich wand und verbog – und die Finger nach seinem abgetrennten Bein ausstreckte.

Sie musste hier raus. Wenn ihn der Schmerz einer solchen Verstümmelung nicht besiegte, wenn er nicht einmal blutete, was konnte sie da schon gegen ihn ausrichten?

Aus dem Augenwinkel sah sie, wie er den Unterschenkel heranzog, auf den Beinstumpf zu, der weißlich aus der zerrissenen Anzughose ragte. Sie beschloss, doch nicht zu der nahen Tür zu fliehen, sondern lief um das Karussell herum, zurück durch die Halle in Richtung Wohnzimmer.

Guignol war nicht allein hergekommen und derjenige, dem er diente, musste durch die Schüsse und das Getöse längst alarmiert worden sein. Sie brauchte schleunigst eine neue Waffe.

Sie riss die Wohnzimmertür auf. Vor der Glaswand zum Innenhof war es dämmerig geworden, im Zimmer war die Beleuchtung eingeschaltet. Neben der Leiche des Wachmanns auf der Glasscheibe blieb sie stehen. Guignol war mit großem Eifer vorgegangen und vermutlich war die Pistole noch da, irgendwo unter all dem Rot. Aber sie brachte es nicht über sich, die Reste zu durchsuchen. Notgedrungen entschied sie, sich den zweiten Toten draußen auf dem Gang vorzunehmen. Auch er war bewaffnet gewesen.

Sie lief den kurzen Flur hinunter zum Foyer und bog in den Seitengang. Der Leichnam lag unverändert am Boden und, ja, da steckte seine Waffe im Schulterholster, weil ihm nicht genug Zeit geblieben war, sie zu ziehen.

Sie zerrte die Automatik hervor und entsicherte sie. Kein Gefühl von Sicherheit, nicht mal Erleichterung. Die Pistole hatte auch den Wachmann nicht retten können.

Schlurfende Schritte erklangen aus dem Flur zwischen Wohnzimmer und Foyer. Sie konnte den Gang von hier aus nicht einsehen, aber sie wusste, was ihr da folgte.

Mitten im Korridor blieb sie stehen und hob beidhändig die Waffe.

36.

Parker stemmte sich mit aller Kraft gegen seine Fesseln. Vergebens. Das Klebeband, das ihn am Stuhl festhielt, gab keinen Fingerbreit nach.

Vor einer Minute war Guignol verschwunden und hatte seinen Meister mit den beiden Gefangenen zurückgelassen.

»Ist sie hier?«, fragte Libatique. Um seine nackten Füße verästelten sich feine Kreidemuster am Boden, wenn auch nicht so weitflächig wie an den Wänden.

»Sie?« Parker versuchte, sich nicht anmerken zu lassen, wie sehr ihn die Vorstellung erschreckte.

»Das Mädchen, das in Lyon bei dir war.«

Ehe er sich eine Antwort darauf einfallen lassen konnte, stieß sein Vater ein verächtliches Lachen aus. »Sie ist nicht mehr hier. Hat eines der Motorräder am Tor gestohlen und ist auf und davon.«

Libatique sah Cale nicht an, sein Blick blieb fest auf Parker gerichtet. »Besser wäre es für sie.«

»Sie hat nichts mit alldem hier zu tun.«

»Falls sie noch in der Nähe ist, wird Guignol sie finden.«

Vielleicht hatte Guignol nur einen der Wachleute gehört. Womöglich war es ihm draußen nicht gelungen, sie alle zu töten, und einer war ins Haus geschlichen, um den Störsender auszuschalten und Hilfe herbeizurufen.

Immerhin verstand Parker jetzt, warum der Sender überhaupt aktiviert worden war. Sein Vater hatte geglaubt, mit Libatique verhandeln und ihm Parker ausliefern zu können, um sich so seine Vergebung zu erkaufen. Dabei hätte gerade er es besser wissen müssen.

»Du bist ein solcher Narr, Royden«, sagte Libatique. »Du hättest deinem Sohn die Wahrheit sagen müssen. Wer weiß, vielleicht hätte er dich sogar verstanden.«

Anderswo im Haus erklang Musik, eine klimpernde Drehorgelmelodie. Jemand hatte die Karussells in Gang gesetzt.

»Du brauchst mich«, sagte Parker zu Libatique. »Es gibt heutzutage nicht mehr viele Maler, die es in Sachen Berühmtheit mit uns Schauspielern aufnehmen könnten. Du kannst ihnen Erfolg geben, aber was bedeutet das heute noch? Vielleicht Millionenpreise für ihre Bilder. Aber echten *Ruhm*? Die meisten Menschen interessieren sich einen Scheiß für Malerei, und du weißt das! Jeder Fernsehkoch ist berühmter als jemand, der wahre Kunst erschafft.«

Ein Blick auf Libatique genügte, um zu erkennen, dass Parker den Finger in eine offene Wunde gelegt hatte. Der Drittplatzierte einer Castingshow würde seinen Hunger nach Ruhm eher stillen als ein genialer Maler, dessen Name nur einem elitären Zirkel bekannt war. Libatique hatte seinen Zenit schon vor langer Zeit überschritten und gehorchte jetzt allein seinem Überlebensinstinkt.

»Dein Sohn«, sagte Libatique zu Cale, »ist ein kluger Junge. Ich frage mich nur, was er vorhat. Will er mich herausfordern?« Er näherte sich Parker, als müsste er an ihm riechen, um ihn zu durchschauen. »Ist es das, Parker Cale? Suchst du nach meinen Schwächen? Dann gebe ich dir einen Rat: Lass es nicht darauf ankommen, denn ich kenne *deine*!«

Ein Schuss krachte irgendwo im Haus, gleich darauf ein zweiter.

Libatiques Gesicht schwebte unmittelbar vor Parker. Ein feines Lächeln machte die blutleeren Lippen noch schmaler. »Du und ich, Parker Cale, wir werden ein Abkommen schließen.«

Es *konnte* nicht Ash sein. Unmöglich.

»Ich kann dich nicht mit Gewalt dazu zwingen, denn das wäre kein Pakt«, fuhr Libatique fort, und Parker fragte sich, ob er wohl durch Guignols Augen sehen konnte. Wusste er, was anderswo in der Villa vor sich ging? »Du wirst mir freiwillig alles geben, was ich von dir haben will. Denn tust du es nicht, wird Guignol deine kleine Freundin vor unseren Augen in Streifen schneiden.«

Parkers Vater hatte zuletzt kein Wort mehr gesprochen, aber jetzt rührte er sich wieder unter seinen Bandagen aus Klebeband. »Bring es zu Ende, Libatique. Schließ deinen Pakt mit ihm und verschwinde von hier.«

Die Bewegung, mit der Libatique ausholte, kam so schnell, dass Parker sie kaum bemerkte. Der Gehstock krachte ins Gesicht seines Vaters. Blut schoss aus den Nasenlöchern, die Oberlippe riss auf. Cales Kopf flog in den Nacken, federte wieder nach vorn und blieb sekundenlang auf seiner Brust liegen.

In der Ferne begann eine neue Karussellmelodie.

Royden Cale hob langsam das Gesicht, sah Parker an und brachte mit Blutblasen in den Mundwinkeln Worte hervor:

»Er wird sie töten, Parker ... Wenn du nicht ... tust, was er verlangt ... dann wird sie sterben ...«

Libatique trat einen Schritt von den beiden zurück. »Ja, Parker, hör auf deinen Vater. Wie wir alle wissen, meint er es gut mit dir.«

»Wenn du Ash auch nur ein Haar krümmst, werde ich niemals freiwillig etwas für dich tun!«

Ein Seufzen kam über Libatiques Lippen. »Ich weiß, ich weiß ... Es ist eine dumme Regel, aber ich habe sie nicht gemacht. Freiwilligkeit ist eine lästige Angelegenheit. Und, um ehrlich zu sein, wie freiwillig ist das alles, wenn im Gegenzug der Mensch bedroht wird, den man ... nun, gernhat, vielleicht? Begehrt? Liebt, sogar?« Seine Augen blitzten, sonst regte sich nichts in diesem Gesicht. »Doch so lautet die Regel und daran haben wir uns zu halten. Eigentlich sollte ich dich mit Erfolg locken und davon überzeugen, dass alles nur zu deinem Besten ist. Aber die Dinge sind wohl ein wenig zu kompliziert geworden. Dennoch ist es letztlich ganz einfach: Das Mädchen stirbt, wenn du nicht einwilligst. Du und ich, wir werden einen Blutpakt schließen, ganz wie in den alten Zeiten. *Jemand* wird sterben müssen, aber das wird nicht die Kleine sein. Was hältst du davon?«

Cale starrte Libatique aus seinem zerstörten Gesicht an, sagte aber nichts mehr. Er hatte verstanden. Genau wie Parker.

Doch Libatique war noch nicht fertig damit, seinen Widersacher zu demütigen. Erneut trat er vor Cale, setzte ihm die Spitze des Gehstocks auf die Brust und sagte: »*Ich* bin nicht das Böse. Aber du hast es dir ins Haus geholt, als du dich an *diese Andere* gewandt hast. Wir beide hatten eine klare Abmachung, aber du musstest ja zu *ihr* gehen! Herrje, das ist, als würdest du dir Geld von einer seriösen Bank leihen, um danach den schäbigsten Pfandleiher der Stadt um einen Kredit anzubetteln, damit du es wieder zurückzahlen kannst. Das ist so« – er rümpfte die Nase – »so stillos.«

Parker versuchte zu verstehen, wovon Libatique da redete, aber er konnte nur an Ash denken. Daran, ob wirklich sie es war, die von Guignol durchs Haus gehetzt wurde.

Libatique berauschte sich am Klang seiner eigenen Stimme. »Was waren das für große Zeiten, damals in Paris, als die Kunst noch gewertschätzt wurde. Damals war ich satt, auf eine gute Weise. Und ich dachte, irgendwann komme ich doch noch ans Ziel, erschaffe selbst etwas Neues, nicht aus totem Fleisch wie Guignol und seinesgleichen, sondern eine eigene, wunderbare Schöpfung! Aber dann ging es mit Europa bergab und eine Weile sah es so aus, als entstünde drüben in Amerika eine neue Bewegung, etwas, von dem zu kosten sich lohnte.« Mit der Stockspitze hob er Cales Kinn, bis er ihm in die Augen blicken konnte. »Als wir uns dort begegnet sind, habe ich an dich geglaubt, Royden. Wirklich *geglaubt*, dass du größer sein könntest als all die anderen in den Generationen zuvor. Größer als Monet und Magritte und Max Ernst und der Rest. Aber du hast mich verraten, so wie du jetzt deinen Sohn verrätst. Du hättest nicht zu ihr gehen dürfen, Royden. Nicht zu Hekate!«

»Sie war die Einzige, die mich vor dir schützen konnte.«

»Sie?« Libatique fuhr herum und zeigte mit dem Stock auf Parker. »Nein, das hat *er* getan! Ohne es zu ahnen, hat er jahrelang dein elendes Leben gerettet.«

Parker schüttelte verständnislos den Kopf, sah an Libatique vorbei und bemerkte, dass das Mondhaus vom anbrechenden Abend verschlungen worden war. Die letzten Strahlen, die eben noch das Gebäude beschienen hatten, waren mit der Sonne im Westen verschwunden.

»Er hat es dir nie gesagt, nicht wahr?« Libatique trat wieder vor Parker und beugte sich herab, bis sie auf einer Augenhöhe waren. »Du bist so viel mehr als nur der Sohn deines Vaters. All die Jahre warst du der Schlüssel zu seinem Überleben – bis du dich vor zwei Tagen von ihm losgesagt hast.«

»Fick dich«, sagte Parker.

Was auch immer Libatique war – Dämon, Teufel oder Gott –, Beleidigungen gehörten nicht zu den Waffen, mit denen man ihm beikommen konnte. »Du bist sein Talisman gewesen, solange du auf seiner Seite warst«, sagte er. »Aber du hast den Bann gebrochen, als du vor die Welt getreten bist und verkündet hast, was du wirklich von deinem Vater hältst.« Er zuckte die Achseln, wieder eine dieser menschlichen Gesten, die an ihm falsch und widernatürlich wirkten. »Du musst es nicht verstehen. Aber vielleicht wirst du mir glauben, wenn ich dir erzähle, was deiner Mutter zugestoßen ist.«

Cale spuckte Blut in Libatiques Richtung und verfehlte ihn kläglich.

»Willst du wissen, was damals geschehen ist, kurz nach deiner Geburt?«

Parker presste die Lippen aufeinander.

»Willst du wissen, was Royden ihr angetan hat?«

37.

Die schlurfenden Schritte näherten sich aus dem Foyer, und mit ihnen wehte Gestank heran. Jetzt war es nicht mehr Vanille, sondern etwas anderes. Guignol stank erbärmlich nach Fäulnis und Schmutz und dem Blut seiner Opfer.

Ash hielt die Pistole mit ausgestreckten Armen, während sie ihn neben dem Leichnam des Wachmanns erwartete. Sie würde das Feuer auf ihren Gegner eröffnen, sobald er in den Korridor bog. Doch er blieb hinter der Ecke stehen, und sie konnte ihn riechen und hören und meinte sogar, ihn zu spüren wie ein heraufziehendes Unwetter.

Und so standen sie da, Ash mit pochendem Herzschlag und Schweißperlen auf der Stirn, die schwere Waffe im Anschlag – und Guignol hinter seiner Deckung, lauernd, wartend, aber auf was?

Sie hatte ihm ein Bein abgeschossen und er hätte kriechen müssen, nicht humpeln, doch vor ihrem inneren Auge sah sie ihn wieder vor sich, wie er dagelegen und nach dem abgerissenen Unterschenkel getastet, ihn gepackt und näher herangezogen hatte.

Womöglich *heilte* er gerade. Wartete nur darauf, dass das

Bein ihn vollends tragen würde und seine alte Schnelligkeit zurückkehrte.

Ash warf sich herum und rannte los. Wenn ihn Schrotladungen nicht aufhalten konnte, dann auch nicht die Kugeln der Automatik. Vielleicht konnte sie ihn stattdessen abhängen.

Sie lief den Gang hinunter bis zu der Treppe, die in den ersten Stock hinaufführte. Wahrscheinlich wäre es jetzt möglich gewesen, durch die Nebentür im Zwingeranbau hinaus ins Freie zu rennen, dann zu den Garagen, in der Hoffnung, dort ein Fahrzeug zu finden, in dessen Zündschloss der Schlüssel steckte, oder eben doch zu Fuß durch den Wald, weil es Libatique und Guignol ja eigentlich gar nicht um sie ging, sondern um Royden Cale.

Aber auch um Parker.

Kurz entschlossen sprang sie die Stufen hinauf und blickte über die Schulter zurück zum Foyer. Ein dunkler Umriss war im Korridor erschienen, dürr und verschoben, zur Seite gebeugt, aber mit zwei vollständigen Beinen. Noch während sie hinsah, streckte er das eine Bein mit einem lauten Knacken und Knirschen, richtete sich auf und folgte ihr mit dem furchtbaren Messer in der Hand.

Er war nicht mehr so unmenschlich schnell wie zuvor und humpelte noch immer, aber nun lief er schon wieder, und dann war Ash die Treppe hinauf und verlor ihn aus dem Blick. Trotzdem hörte sie noch seine Schritte, hörte ganz deutlich, wie sie immer sicherer und fester klangen und er an Geschwindigkeit gewann.

Einen Moment lang stand sie da und suchte nach dem besten Fluchtweg, einem Versteck, vielleicht in einem der

Räume. Aber wenn er sie dort entdeckte, saß sie in der Falle. Dann konnte sie höchstens noch versuchen, ein Fenster einzuschlagen und zu springen, auf die Gefahr hin, sich die Knochen zu brechen und liegenzubleiben, bis er bei ihr war.

Im Erdgeschoss näherten sich Schritte. Guignol hatte die Treppe fast erreicht.

Ash drehte sich um, nahm all ihren Mut zusammen und rannte die Stufen wieder hinunter.

38.

»Damals, Ende der Sechzigerjahre, gab es viele Sekten und Kulte in Kalifornien«, sagte Libatique und entfernte sich einige Schritte von den Gefangenen. Erstmals sah auch er aus dem Fenster, hinauf zum Mondhaus, das in der Dämmerung nur noch derjenige erahnen konnte, der wusste, dass es sich dort oben verbarg.

»Tu das nicht …«, stöhnte Cale, aber seine Worte waren kaum zu verstehen. Sein Mund war fast zugeschwollen, seine Nase ein Trümmerfeld.

Libatique begann auf und ab zu gehen wie ein Dozent, der sein Lieblingsthema anschneidet. »Die meisten dieser Leute waren Verrückte, die sich im Drogenrausch einbildeten, Kontakt mit Toten und der Hölle selbst aufnehmen zu können. Eine Menge von ihnen hatte zu viele Tage in der *Eye-Of-Horus*-Buchhandlung auf dem West-Jefferson-Boulevard verbracht, gleich gegenüber der Universität von Los Angeles. Anton LaVey mit seiner *Church of Satan*, Schauspieler wie Jayne Mansfield und Richard Harris, Musiker … Jim Morrison und Dennis Wilson … Charles Manson, nicht zu vergessen … Ich bin ihnen allen irgendwann dort begegnet, aber die meisten waren viel zu arrogant und dumm, um mir nützlich zu sein. Freaks und Hippies und eine ganze Menge verkappte Faschisten, die sich für Esoteriker hielten ... die *Process Church of the Final Judgement* ...« Kopfschüttelnd blieb er stehen, hob den Stock und deutete durch das Fenster den Berg hinauf. »Und dann natürlich der *Ordo Templi Hecate* und dieser verfluchte Narr, der sich Frater Iblis Nineangel nannte.«

Parker konnte nicht anders, als gleichfalls zum Mondhaus hinaufzusehen. »Hekate, die Mondgöttin«, murmelte er.

»Oh ja!« Libatique wirbelte herum. »Das war sie einmal und noch vieles mehr. Und Nineangel war ihr treuer Diener, der Hohepriester ihres Kults – jedenfalls wenn er nicht gerade auf seinem Surfbrett stand oder LSD aus Mexiko über die Grenze schmuggelte.«

Cale hustete und stöhnte, spie Blut und Speichel über seine Brust und versuchte, die geschwollene Oberlippe mit der Zungenspitze anzuheben. Parker verzog das Gesicht, weil er nicht mehr wusste, ob er Mitleid oder Abscheu empfinden sollte. Und er fürchtete sich vor dem, was Libatique als Nächstes sagen würde.

»Der Orden der Hekate hatte nur wenige Jahre Bestand, aber Nineangel blieb noch eine Weile in Los Angeles. Oder war es San Francisco?« Die Frage war an Cale gerichtet, der aber keine Antwort gab, weil er genug damit zu tun hatte, nicht zu ersticken. »Egal. Dein Vater wurde damals ein erfolgreicher Geschäftsmann und eine Zeit lang ließ ich ihn gewähren. Ich hatte anderswo auf der Welt zu tun und, um ehrlich zu sein, Kalifornien langweilte mich zu Tode. Dein Vater war schlau genug, sein Gesicht in die Kameras zu halten, bis er selbst berühmter war als die Autoren, die er verlegte. Auf seinen Sendern wurde bald mehr über ihn berichtet als über irgendwen sonst ... Er hat es geschickt angestellt, denn solange sein Name in aller Munde war, hatte ich aus der Ferne teil an seinem Ruhm, ohne zu ahnen, dass er ihn nicht durch seine Malerei gewonnen hatte, sondern auf die falsche Weise – mit Hilfe seines Geldes. Erst als mir klar wurde, dass er unser Abkommen gebrochen hatte, suchte ich ihn auf und stellte ihn zur Rede.«

Er kehrte zu Cale zurück und klopfte ihm mit dem Stock aufs Knie.

Parkers Vater ächzte und schien nahe daran, das Bewusstsein zu verlieren.

»Royden hatte natürlich längst begriffen, dass sein Verrat irgendwann Konsequenzen haben würde, und so hat er versucht, für diesen Fall vorzusorgen. Schon Mitte der Siebzigerjahre hatte er durch seine alten Kontakte zu den okkulten Kreisen an der Westküste Verbindung zu Nineangel und seinem Orden aufgenommen, einem der wenigen ernst zu nehmenden Kulte jener Zeit. Nineangel besaß ganz erstaunliches Wissen, und damit einher ging eine gewisse Macht. Wahrscheinlich war deinem Vater nicht bewusst, mit wem er sich da einließ. Ich neige unglücklicherweise dazu, die Dinge manchmal ein wenig schleifenzulassen, sonst hätte dein Vater nicht mal die Siebziger überlebt. Hekate dagegen ... nun, sie ist anders.« Er beugte sich vor, streckte die Zunge aus dem Mund und leckte Blut von Cales zerstörtem Nasenrücken. »Vergiftet bist du«, fauchte er, als er sich wieder aufrichtete. »Selbst dein Blut schmeckt nach dieser Hure!«

Es war nicht das erste Mal, dass Libatiques Laune derart unvermittelt umschlug. Im einen Moment betrieb er gepflegte Konversation, im nächsten stand in seinen Augen der Wahnsinn eines Massenmörders.

Doch auch diesmal beruhigte er sich wieder. »Parker, dein Vater könnte dir mehr darüber erzählen, wie er Nineangel ausfindig gemacht hat. War es im Chateau Marmont in Hollywood, Royden?«

Cale schien jetzt endgültig bewusstlos zu sein und Parker vermutete, dass er starb. Warum berührte ihn diese Vorstellung nicht stärker? Dieses blutende Wrack war immer noch sein Vater. Und zugleich der Mann, der ihn ans Messer geliefert hatte. Ihn – und womöglich auch Ash, irgendwo in diesem Haus.

»Was ist mit meiner Mutter passiert?«, fragte er.

Libatique trat hinter Cale, hielt den Stock quer über dessen Kehle und hob damit sein Kinn an. Ein leises Stöhnen drang aus dem verquollenen Mund, doch die Augen blieben geschlossen. »Hekate verlangte ein Opfer. Sie gab deinem Vater etwas, das ihn vor mir beschützen würde – dich, mein Junge –, aber dafür forderte sie auch etwas.«

Parkers trockene Lippen fühlten sich an, als rissen sie gleichzeitig an mehreren Stellen auf. Er brachte keinen Ton hervor. Sein Blick wanderte erneut zum Gesicht seines Vaters und er versuchte sich an früher zu erinnern, an die wenigen wirklich guten Momente zwischen ihnen. Aber die Bilder, die ihm dazu einfielen, färbten sich in seinen Gedanken schwarz wie Fotos, die zu nah an ein Feuer gerieten.

Noch immer dröhnte die Drehorgelmusik durch die Villa.

»Sieh mal, Parker«, sagte Libatique in gönnerhaftem Tonfall, »im Grunde bin ich bin kein schlechter Geschäftspartner. Was ich für meine Dienste nehme, ist ganz und gar immaterieller Natur. Ein wenig von deinem Ruhm, während du lebst – und das spürst du nicht einmal, er kommt auch über weite Entfernungen zu mir –, und erst später, wenn du stirbst, all dein Talent. Nicht, dass mir *deines* etwas bedeuten würde. Ich habe Schauspieler noch nie gemocht, aber so lautet der Deal. Etwas von der ... nennen wir es *Energie* deiner Berühmtheit. Wohlgemerkt, nach deinem Tod, wenn du keine Verwendung mehr für sie hast. Klingt das für dich nach einem schlechten Handel? Es gibt nur eine einzige Bedingung, und auf ihre Einhaltung muss ich bestehen: Du darfst dich nicht von deiner wahren Berufung abwenden. Das Kapital, das du mit in unser Geschäft bringst, ist deine Kunst. Das, wovon du etwas verstehst. Malerei im Falle deines Vaters, bei dir die Schauspielerei. Ihr musst du treu bleiben, koste es, was es wolle. Und ausgerechnet diesen einen Punkt konnte Royden nicht respektieren.«

Parker war Libatiques Gerede leid und ohnehin interessierte ihn nur noch eine einzige Sache. »Was hat er meiner Mutter angetan?«

»Anfang der Neunziger habe ich deinem Vater einen Besuch abgestattet, in seinem Anwesen in Oxfordshire. Damals ließ er gerade dieses Haus hier bauen. Ich hätte ihn gleich töten können, aber stattdessen stellte ich ihm ein Ultimatum. Ich habe ihm ein Jahr Zeit gegeben, um die Uhr zurückzudrehen, seine Firmen aufzugeben und wieder mit dem Malen zu beginnen. Es hätte alles so einfach sein können. Für ihn, für mich, für deine Mutter. Aber er war nicht bereit dazu. Natürlich sagte er mir das nicht ins Gesicht, aber ich konnte es ihm ansehen. Trotzdem gab ich ihm seine Chance. Doch dein Vater ging gleich daran, das in die Tat umzusetzen, was Nineangel ihm Jahre zuvor geraten hatte. Royden zeugte ein Kind, und während deine Mutter dich austrug, ließ er die Villa fertigstellen. Du bist hier geboren worden, Parker. Und Hekate hat Wort gehalten. Deine Mutter und Royden bekamen einen Sohn, dessen Existenz mich von deinem Vater fernhielt. Einen Sohn, der noch vor seiner Geburt von Hekate berührt und gesegnet worden war. Zugleich sandte sie euch Chimena als deine Wächterin. Du hast gewusst, dass sie keine gewöhnliche Frau war, oder?«

Parker nickte wie betäubt.

»Du warst für deinen Vater etwas wie ein ... nun, benutzen wir die Sprache deiner scheußlichen Filme: wie ein Schutzzauber. Ein Bann, der mich fortgestoßen hat, sobald ich einem von euch zu nahe gekommen bin. Und solange du sein Sohn warst, blieb dieser Schutz bestehen. Erst als du dich vor zwei Tagen von ihm losgesagt hast, als du verkündet hast, du wolltest *nicht länger der Sohn von Royden Cale sein*, da verlor Hekates Bann seine Wirkung. Und hier bin ich!«

Parker versuchte, den ganzen Irrsinn dieser Behauptungen nicht an sich heranzulassen. Es wäre lächerlich gewesen, so absurd wie die Einfälle der *Glamour*-Autoren, hätte ihm nicht ausgerechnet Libatique all das erzählt. Libatique, der augenscheinlich kein Mensch war.

»Deine Mutter war der Preis, den Hekate verlangt hat. Für ihre Hilfe forderte sie von deinem Vater, dass er ihr den Menschen opfert, den er mehr liebt als irgendjemanden sonst. Und er *hat* sie geliebt, abgöttisch sogar.« Mit einem Nicken deutete er auf den leblosen Cale. »Nur sich selbst liebte er leider noch ein wenig mehr.«

Für Parker klang seine eigene Stimme, als spräche ein anderer. »Er hat sie ermordet?«

»Oben auf dem Berg.« Libatique zeigte wieder hinaus in die Abenddämmerung. »Diese Ruine war einmal ein Versammlungsort des Ordens der Hekate. Vermutlich hat Nineangel deinem Vater geraten, es dort zu tun. Royden hat versucht, den ganzen Berg zu kaufen, aber den hat man ihm nicht gegeben. Also erwarb er dieses Stück Land hier unten im Tal, so nah wie möglich bei der Ruine und Hekates Macht. Um ehrlich zu sein, ich weiß nicht, ob heute noch etwas übrig ist von ihrer Präsenz in diesem Gemäuer. Orte wie dieser sind irgendwann ausgesaugt und leer. Aber Royden hatte den Auftrag erhalten, sein Opfer dort darzubringen, gleich in den ersten Wochen nach deiner Geburt. Möglicherweise hat er deine Mutter betäubt oder sie unter einem Vorwand dort hinaufgelockt.«

Parker starrte seinen Vater an, selbst eine Ruine, blutend, schmerzend, ohne Bewusstsein. Er wünschte sich, er hätte aufstehen und ihn mit eigenen Händen töten können.

»Doch wie er es auch angestellt hat«, sagte Libatique, »am Ende lag sie auf Hekates Altar und die Opferung wurde vollzogen.«

39.

Ash feuerte zweimal, während sie die Stufen hinunterrannte.

Guignol war keine drei Meter vor der Treppe, als die erste Kugel in seinen Bauch schlug. Er taumelte einen halben Schritt zurück, straffte sich und wollte wieder nach vorn stürmen. Da traf ihn die zweite Kugel und zerschmetterte sein Brustbein. Er stieß einen Schrei aus, vielleicht weniger vor Schmerz als vor Wut, weil ihn der Einschlag erneut nach hinten stieß, diesmal fast zwei Schritte.

Ash genügte das. Während er die Arme nach ihr ausstreckte, lief sie den Gang hinab in Richtung der Anbauten. Über die Schulter sah sie durch die Zwischenräume der Stufen, wie er taumelte, fast stürzte, sich abermals fing und ihr folgte.

Sie erreichte das Ende des Flurs und riss die Tür auf, die in den Verbindungsgang zu den Zwingern führte. Der lange Korridor lag im Halbdunkel. Vor den Fenstern hing die Dämmerung wie grauer Filz.

Ash hörte Guignol hinter sich. Sein Gestank raubte ihr den Atem. Die Schüsse hatten ihn kurz aufgehalten, zeigten sonst aber keine Wirkung.

Dreißig Meter waren ihr noch nie so lang vorgekommen. Sie hatte diesen Gang heute schon mehrere Male durchquert, aber diesmal schien es ihr, als zöge er sich vor ihr wie ein Gummischlauch, als kämen für jeden Meter, den sie zurücklegte, am anderen Ende zwei weitere hinzu.

Nur einmal noch schaute sie nach hinten und sah Guignol im Schatten zwischen den Fenstern. Sein Bein drehte sich bei jedem Schritt nach außen und drohte wegzuknicken. Aber da war auch das Schlachtermesser als schimmernder Spalt inmitten seiner Silhouette.

Der Gummibandeffekt des Korridors ließ nach, das Ende sprang abrupt auf sie zu. Dann stieß sie die Tür zum Anbau auf und schlitterte in den weißen Kachelgang dahinter. Nur wenige Schritte, und sie erreichte die Metalltür der Zwinger.

Die Hunde kauerten nicht mehr zitternd in den hintersten Winkeln ihrer Käfige, sondern saßen mit gespitzten Ohren da. Hechelnd blickten sie Ash aus ihren schwarzen Augen entgegen. Irgendetwas hatte sich verändert, aber sie verstand nicht, was es war. Die Präsenz, die die Hunde zuvor in solche Panik versetzt hatte, war doch noch immer im Haus.

Sie hörte ihren Verfolger draußen auf dem Gang. Dann fiel die Tür hinter ihr zu und für einen Moment verstummten Guignols Schritte.

Weiter, an den Käfigen vorbei zur Tür nach draußen. Am Waldrand konnte sie ihn vielleicht abhängen. Das Unterholz würde sie beide behindern, aber ihn mit seinem steifen Bein vielleicht mehr als sie.

Die Blicke der Hunde folgten ihr, während sie die Tür erreichte. Ihre Hand lag schon auf der Klinke, als sie stehen blieb und noch einmal in die Zwinger schaute.

Die Hunde sahen sie erwartungsvoll an, als sollte nun ein Befehl von ihr kommen. Spürten sie, dass ihrem Herrn eine tödliche Gefahr drohte? Überwog ihr Pflichtgefühl die Furcht, die sie nach ihrer ersten Raserei zum Verstummen gebracht hatte? Es stand außer Zweifel, dass die Tiere Libatiques Anwesenheit auf andere Weise wahrnahmen als Ash.

Draußen kamen Guignols Schritte näher, merklich verlangsamt, als spürte auch er, dass hinter der nächsten Ecke mehr auf ihn wartete als nur ein Mädchen mit einer Waffe, die ihm kaum etwas anhaben konnte.

Ash löste sich vom Ausgang und lief zurück zum vorderen der drei Zwinger. Die Hunde saßen ganz still, nur ihre Köpfe drehten sich. Ihre Blicke folgten jeder von Ashs Bewegungen. Sie zögerte ein letztes Mal, schloss kurz die Augen und drehte den Eisenknauf am Gitter. Das Schloss schnappte zurück. Sie zog die Tür einen Fingerbreit nach außen und eilte zur nächsten. Noch immer rührte sich keines der Tiere. Alle sechs saßen da und starrten sie an. Mit schweißfeuchter Hand betätigte sie den zweiten Knauf.

Hinter ihr erschien Guignols Schatten im Eingang.

Mit zwei raschen Sätzen erreichte sie die dritte Gittertür. Die letzte vor dem Ausgang ins Freie.

Zischend wie ein Reptil betrat Guignol den Raum.

Die Hunde begannen zu knurren. Der Blutgestank musste für sie hundertmal intensiver sein als für Ash, aber sie war sicher, dass er nicht der einzige Grund für ihre Aggression war.

Sie öffnete den dritten Zwinger, nur einen Spaltbreit. Dann zwang sie sich, die Schritte bis zum Ausgang sehr langsam zu gehen, trotz der Kreatur in ihrem Rücken.

Und auch Guignol bewegte sich wie in Zeitlupe. Falls er Furcht vor den Tieren verspürte, so zeigte sich nichts davon in seiner Fratze. Einzig die Tatsache, dass er sich nicht gleich auf Ash stürzte, verriet, dass ihm die Gefahr bewusst war.

Sein linkes Hosenbein war über dem Knie zerrissen. Darunter war eine speckige Wulst zu sehen, wo der abgetrennte Unterschenkel wieder mit dem Körper verwachsen war. Das graue Fleisch war noch nicht erstarrt, es sah aus, als wälzten sich die Hautschichten fortwährend umeinander, während darunter Knochen und Muskelfasern heilten.

Einer der Hunde stieß einen schnappenden Laut aus. Seine Kiefer öffneten sich bis zu den Ohren und entblößten das Gebiss.

Ash presste sich mit dem Rucksack gegen die Wand. In der rechten Hand hielt sie noch immer die Pistole, mit der linken drückte sie sachte die Türklinke nach unten.

Guignol spannte sich zum Angriff. Er war nur noch wenige Schritte von ihr entfernt, auf Höhe des mittleren Zwingers.

Alle sechs Hunde setzten sich gleichzeitig in Bewegung. Sie warfen sich gegen die Gittertüren und rammten sie nach außen. Die mittlere traf Guignol und stieß ihn fast zu Boden.

Ash öffnete die Tür ins Freie, gerade weit genug, dass sie hindurchpasste. Klare Abendluft drang ihr entgegen.

Guignol schrie und holte mit dem Messer aus, als der erste Hund sich auf ihn warf. Jaulen und Knurren wurden eins, ein ungeheuerliches Getöse. Schmerzenslaute auf beiden Seiten, dann ein gellendes Kreischen, so fern von allem Menschlichen, dass Ash sich fast in die Hose machte.

Sie stolperte aus dem Raum und zog die Metalltür hinter sich zu.

Der Lärm drang gedämpft zu ihr heraus. Guignol wehrte sich noch immer, Tiere heulten schmerzerfüllt auf, aber die Laute gingen sofort in noch wütenderem Bellen und Knurren unter.

Ash entfernte sich rückwärts von der Tür und hielt dabei die Pistole mit beiden Händen im Anschlag. Sobald jemand ins Freie käme, würde sie feuern. Guignol, die Hunde, sogar Libatique – sie rechnete mit allem. Sie hätte ihren Vorsprung nutzen müssen, um davonzulaufen, aber etwas hinderte sie daran.

Parker war noch da drinnen. Und sie wusste verdammt noch mal nicht, ob er lebte und ob es überhaupt eine Möglichkeit gab, ihn zu retten.

Der Himmel hatte sich noch nicht völlig verdunkelt, aber die Gipfel über dem Tal waren finster und flach geworden, als hätte man ihre Umrisse aus graublauer Pappe ausgeschnitten. Ein Lichtpunkt glühte über der Bergkuppe, dort, wo das Mondhaus stehen musste. Ein erleuchtetes Fenster.

Oder ein Stern. Der erste an diesem Abend.

Die Raserei hinter der Eisentür hielt an, aber jetzt hörte Ash nur das Knurren und Schnappen der Hunde, und bald ging es in reißende, schmatzende Laute über.

Sie wartete minutenlang. Und während der ganzen Zeit rührte sie sich nicht, hielt die Automatik mit ausgestreckten Armen, bis sich ihre Muskeln verkrampften und sie den Schmerz nicht mehr aushielt. Erst dann ließ sie die Waffe sinken und setzte sich in Bewegung, langsam, weil sie nicht sehen wollte, was sie dort drinnen erwartete.

Behutsam öffnete sie die Tür einen Fingerbreit. Der Gestank war jetzt noch schlimmer. Sie hörte leises Hecheln, sonst nichts. Bitte, dachte sie, nicht alle sechs.

Es war nur einer. Er lag auf der Seite, schlimm zugerichtet, und Guignols Messer steckte in seinem Leib. Die fünf anderen waren fort, aber ein Strom aus roten Pfotenabdrücken führte hinaus aus dem Zwingerraum.

Der Hund lebte noch. Ash konnte nicht mitansehen, wie er litt, aber es fiel ihr schwer, die Mündung der Waffe an seinen Kopf zu setzen. Sie musste sich zwingen, den Finger um den Abzug zu krümmen, doch als sie gerade abdrücken wollte, hörte das Tier auf zu atmen. Mit Tränen in den Augen zog sie die Waffe zurück und streichelte sein nasses Fell.

Was von Guignol übrig war, hatten die Hunde über den vorderen Teil des Raumes verteilt. Manches zuckte noch, weil das, was ihn am Leben gehalten hatte, ihn auch jetzt noch nicht vollends verlassen hatte. Ash hatte genug Filme gesehen, um zu wissen, was sie tun musste. Schaudernd verteilte sie die Körperteile auf die drei Zwinger und zog die Gittertüren ins Schloss. Manches war klein genug, um zwischen den Stangen wie nässende Nacktschnecken zueinanderzukriechen, aber das meiste – die wichtigen Teile – passte nicht hindurch.

Zuletzt musste sie den Atem anhalten, um den Gestank zu ertragen, und sie holte erst wieder Luft, nachdem sie der Spur des Hunderudels hinaus auf den Gang gefolgt war.

In der Ferne meinte sie die Tiere zu hören, das Scharren ihrer Krallen auf den Fliesen, irgendwo in den Tiefen des Hauses. Ihrem Herrn treu ergeben suchten sie nach Royden Cale.

40.

Parker saß da und blickte seinen Vater an. Er hatte immer mit Lügen gerechnet, mit Geheimnissen um das Verschwinden seiner Mutter. Nur nicht damit.

»Ist das wahr?«, fragte er.

Royden Cale hing vornübergebeugt im Klebeband und keuchte leise. Fluchend stemmte Parker sich gegen seine Fesselung und brachte dabei fast den Stuhl zum Umkippen.

»Dad, verdammt!«

Libatique lächelte, während er im Kreis um seine Gefangenen wanderte, den Stock über die Schulter gelegt, und dabei leise summte. »Sieht aus, als hätte ich ein kleines Familiendrama im Hause Cale ausgelöst.«

»Schneid mich los und ich werde tun, was du verlangst«, sagte Parker.

»Du stimmst dem Pakt zu?«

»Wenn du mich losmachst. Und ihn.«

»Es wird Blut erforderlich sein. Ein wenig von deinem und von meinem, aber vor allem das eines Opfers. Und ich nehme an, du möchtest nicht, dass es das Mädchen trifft.« Libatique sah von Parker zu Cale. »Dein Vater stirbt ohnehin, du wirst ihn nicht retten können. Wenn wir uns beeilen, wird sein Tod ausreichen. Wenn nicht ... nun, dann bleibt uns keine andere Wahl, als –«

»Niemand wird Ash ein Haar krümmen!«, fiel Parker ihm ins Wort. »Das ist meine Bedingung. Halte dich daran und wir schließen den Pakt.«

Libatique musterte Parker eindringlich. »Bist du wirklich bereit, deinen Vater sterben zu sehen?«

Widerstrebend schaute Parker zur Seite. Der Mann neben ihm war der Mörder seiner Mutter. Vorausgesetzt, Libatique hatte die Wahrheit gesagt. Aber warum zweifelte er nicht daran? Weshalb vertraute er einer Kreatur, die gerade erst den Tod von acht Menschen veranlasst hatte?

Sein Vater hob langsam den Kopf, sah aus blutunterlaufenen Augen Libatique an und versuchte etwas zu sagen. Es wurde kaum mehr als ein Stöhnen daraus: »Nicht mich ...«

Parker senkte den Blick. Sein Entschluss stand fest.

»Ich –«, begann er, als abermals Schüsse erklangen.

Jemand feuerte zweimal, unmittelbar hintereinander.

Parkers Miene verhärtete sich. »Erst rufst du Guignol zurück! Wenn er Ash etwas antut, wird es keinen Pakt geben!«

Libatique verzog das Gesicht. Emotionen schienen ihm ungeheuer lästig zu sein und er machte keinen Hehl daraus, dass er diese Sache so schnell wie möglich hinter sich bringen wollte.

»Du hast Glück, Junge. Noch vor fünfzig Jahren hätte ich mich mit einem wie dir nicht abgegeben. Filmschauspieler, Rockmusiker ... Euer Ruhm macht satt, aber das ist auch schon alles. Eure Berühmtheit ist ein Vakuum, das früher oder später in sich zusammenfällt.«

»Niemand hat dich darum gebeten, hier aufzutauchen!«

»Es ist so erniedrigend, sich von größenwahnsinnigen Wichtigtuern wie deinem Vater ernähren zu müssen oder von leeren Hüllen wie dir, Parker Cale! Aber was bleibt mir übrig? Die Zeiten ändern sich, und die Energie, die du mir geben wirst, ist jung und stark. Du bist für mich nichts als Nahrung. Aber dein Geschmack ist mir zuwider.«

»Pfeif diesen Irren zurück!«

Die Hunde bellten wieder, zum ersten Mal, seit Libatique und Guignol in der Villa aufgetaucht waren. Aber sie klangen anders als zuvor und in ihre Raserei mischte sich Jaulen und helles Kläffen.

Ein Schatten huschte über Libatiques Gesicht. Er trat an einen Tisch, auf dem Cale die Werkzeuge ausgebreitet hatte, mit denen er seine Leinwände bearbeitete. Pinsel, Spachteln, Schwämme und Rollen.

Dazwischen lag ein Teppichmesser. Libatique ergriff es und schob die Klinge aus dem silbernen Gehäuse.

Parkers Vater stieß ein Röcheln aus. Seine Zunge schaute ein Stück zwischen den geschwollenen Lippen hervor. Er hatte die Augen weit aufgerissen, aber sie starrten ins Leere.

Weit entfernt erklang ein grauenvolles Kreischen.

Nicht Ash.

»Was zum ...«, flüsterte Parker.

Für einen Moment blieb Libatique stehen, als horche er in sich hinein. Dann stieß er einen langen, grollenden Laut aus, der in einem zornigen Aufschrei gipfelte. Als er die Augen wieder öffnete, waren seine Pupillen größer und dunkler als zuvor.

»Deine Freundin ist Guignol entkommen. Gib mir jetzt deine Hand!«

»Erst wenn ich weiß, dass sie in Sicherheit ist!«

Libatiques Miene brodelte vor Ungeduld. »Dein Vater ist so gut wie tot! Wenn er stirbt, bevor der Pakt vollzogen ist, werden wir ein anderes Opfer benötigen! Willst du das riskieren?«

Bluffte er? Wieder sah Parker zu seinem Vater hinüber. Der atmete kaum noch, seine Augen waren blutrot.

»Er hat deine Mutter ermordet«, sagte Libatique fast beschwörend. »Hat er den Tod denn nicht verdient?«

»Vielleicht nicht diesen Tod«, flüsterte Parker.

»Du glaubst, dass ich lüge.«

»Ja.« Aber Parker dachte: Nein. Ich glaube dir.

Tief im Inneren hatte er es vielleicht schon lange geahnt. Nicht *das*, aber etwas Schlimmes. Vielleicht Verrat. Vielleicht ein Verbrechen.

Libatique ließ den Stock fallen und streckte Parker den linken Arm entgegen. Mit dem Teppichmesser zog er sich einen tiefen Schnitt über den Handballen. Aus der Wunde quoll Blut, zu zähflüssig, aber dunkelrot.

»Gib mir deine Hand!«

Parkers Arm war an seinen Oberkörper und den Stuhl gefesselt. »Und wie soll ich das anstellen?«

Maßlose Gier stand in Libatiques Augen. Das Messer zuckte auf Parker zu und schnitt durch das Klebeband unter seiner Achsel bis zum Handgelenk. Die Klinge ritzte seine Haut, aber das spürte Parker kaum. Mit einem Mal war sein linker Arm frei.

»Dein Hand!«, befahl Libatique.

Die Hunde bellten nicht mehr.

Parkers Arm pochte und kribbelte, als er ihn bewegte und

langsam ausstreckte. Wenn er mehr Zeit gehabt hätte, hätte er sich befreien können, aber noch hielten ihn die Reste des Bandes an der Stuhllehne fest.

Libatiques Mundwinkel zuckten. Er konnte nur abwarten, bis Parker ihm die Hand aus freien Stücken reichte. Erregt streckte er ihm seine blutigen Finger entgegen. Parker legte seinen Handrücken darauf. Die Innenfläche wies nach oben, als bäte er um ein Almosen.

»Nur ein kleiner Schnitt«, sagte Libatique und setzte die Messerspitze zwischen Parkers Daumen und Zeigefinger an. Das fremde Blut war eiskalt, als es zwischen seinen Fingern heraufquoll, um wie ein amöbenhaftes Ding dorthin zu kriechen, wo Libatique ihm die Wunde zufügen wollte.

Draußen vor der Tür ertönte ein Scharren und Rascheln. Royden Cale brachte erneut ein Krächzen hervor.

Parker riss sich los und stieß sich mit seinem Stuhl nach hinten, fort von Libatique. Das Klebeband platzte beim Aufprall an der Schnittkante auseinander. Sein Hinterkopf knallte auf den Boden, zugleich kam sein Oberkörper frei.

Libatique fuhr mit einem wütenden Schrei herum.

Die Hunde strömten zur Tür herein.

Parker hob den Kopf und rief:

41.

»Fass!«

Ash hörte Parkers Ruf, als sie erneut die Karussellhalle durchquerte. Seine Stimme war weit entfernt und doch laut genug, um sie bis ins Herz zu treffen.

Gleich darauf erklang Hundeknurren und wütendes Bellen.

So schnell sie konnte, folgte sie den klebrigen Spuren der Tiere hinaus auf einen weiteren Korridor. Hier bedeckten dicke Teppiche den Boden. An den Wänden hingen gerahmte Fotos von Parker als Kind und Teenager – keines aus seinen Filmen –, dazwischen Bilder, die sie an alte Plattencover erinnerten. Langhaarige Frauen und Männer mit Blumenkränzen und weiten Gewändern.

Jemand schrie. Zugleich jaulte einer der Hunde auf. Das Knurren der anderen wurde noch aggressiver.

Ash passierte ein opulentes Schlafzimmer. Gleich daneben stand die Tür zu einem Bad mit Whirlpool und Sauna offen. Die Pfotenabdrücke des Hunderudels führten daran vorbei und weiter hinten um eine Ecke.

Das Lärmen der Tiere klang jetzt näher. Mit der Pistole in der Hand stürmte Ash auf die Biegung zu.

Schritte kamen in ihre Richtung.

Sie blieb stehen und hob ihre Waffe.

»Ash!«

»Oh, shit!« Sie hätte beinahe abgedrückt. Im letzten Augenblick ließ sie die Pistole sinken.

Parkers Sweater war zerfetzt, sein Oberkörper blutig. Ein Schnitt führte von der Achsel seitlich an seiner Brust hinunter.

»Ich hab dich gesucht«, stieß er aus. »Ich dachte schon, Guignol hätte –«

»Guignol ist tot.« Aber war er das nicht die ganze Zeit über gewesen?

Parker nahm sie in die Arme und drückte sie an sich. Einen Moment lang stand sie stocksteif da, ohne die Umarmung zu erwidern, zu überrascht, zu erleichtert, und als sie gerade die Arme heben wollte, um es ihm gleichzutun, da ließ er sie schon wieder los.

»Komm!« Er packte sie an der Hand und zog sie mit sich. »Wir müssen hier weg!«

»Was ist passiert?«

»Die Hunde ... Hast du die freigelassen?«

Sie nickte.

»Gut gemacht! Sie haben sich auf Libatique gestürzt. Ich weiß nicht, wie lange sie ihn aufhalten werden, aber –«

»Guignol haben sie in Fetzen gerissen.«

»Umso besser. Aber Libatique ist nicht Guignol.«

Sie liefen in die Halle und vorbei an den Karussells. Die Drehorgelmusik war verstummt, aber alle Lampen brannten noch immer. Lichter in hundert Farben huschten über die beiden hinweg.

»Was ist mit der Verletzung?«, fragte sie.

»Nur ein Kratzer.«

Ash hielt ihn an der Hand zurück. »Und dein Vater?«

Er wich ihrem Blick aus. »Vergiss ihn.«

Sie wollte nachhaken, aber da stürmte er schon wieder los. Im Hintergrund erklang neuerliches Hundeheulen. Ash schloss zu ihm auf. »Ist er ... ich meine ...«

»Ich hab ihn nicht retten können.«

Etwas in seinem Tonfall sagte ihr, dass das nicht alles war. Aber sie gab sich damit zufrieden, lief an seiner Seite hinaus ins Wohnzimmer und in einem Bogen um die Leiche des Wachmanns auf dem gläsernen Boden. Die Krebse darunter kletterten übereinander und türmten sich zu einem Haufen auf, als versuchten sie, das Festmahl durch eine gemeinsame Anstrengung zu erreichen.

Ein zorniger Schrei war zu hören, als die beiden das Foyer erreichten. Parker hielt kurz an und öffnete eine Schublade, die in die Holzwand eingelassen war. Er zog mehrere Autoschlüssel hervor und stopfte sie in seine Hosentaschen, außerdem ein paar Fünfzig- und Hundert-Euro-Scheine.

Sekunden später rannten sie aus der Haustür. Der weiße Rolls-Royce glänzte im Schein der Strahler rund um den Vorplatz. Das Blut der Männer, die Guignol am Tor überfahren hatte, war über Kühler und Motorhaube gespritzt.

Parker deutete nach rechts. Tiefer im Dunkeln befand sich die Garage mit der Wagenflotte seines Vaters.

Stolpernd liefen sie an dem riesigen Rolltor vorüber, bogen um die Ecke und kamen vor einem Seiteneingang zum Stehen. Parker tippte eine Zahlenkombination in ein Tastenfeld unter einer Schutzklappe. Mit einem Schnappen lösten sich unsichtbare Sicherheitsriegel. Als er gegen die Tür drückte, erwachten im Inneren Neonröhren zum Leben.

Ash hielt einen Augenblick inne und schaute zurück zum Haupthaus.

»Die Hunde«, flüsterte sie. »Ich kann sie nicht mehr hören.«

»Sie sind zu weit weg.«

Und vielleicht hatte er Recht. Vielleicht auch nicht.

Er hielt ihr noch immer die Tür auf. Sie lief hinein und blickte auf eine Reihe von acht oder zehn Wagen, alle blitzblank im weißen Neonschein. Ein zitronengelber Lamborghini. Ein roter Ferrari. Ein weißer Ultimate Aero. Ein schwarzer Agera. Daneben ein Bugatti, der mehr Ähnlichkeit mit einem Formel-1-Fahrzeug hatte als mit einem gewöhnlichen Sportwagen.

»Auf den Straßen hier unten taugen die alle nichts.« Parker hastete ungerührt an den teuersten Autos der Welt vorüber. »Da drüben, den nehmen wir.« Er zeigte auf einen silbernen Mercedes AMG und begann, die Schlüssel aus seinen Hosentaschen zu sortieren. Jene, die er nicht brauchte, ließ er achtlos zu Boden fallen. Schließlich blieb nur eine kleine Fernbedienung übrig.

Als Ash auf der Beifahrerseite einstieg, überkam sie für einen Moment ein Gefühl der Sicherheit. Der weiche Sitz, die sanft geschwungenen Armaturen, der reinliche Geruch nach Kunststoff und Leder – als befände sie sich plötzlich an einem Ort, an dem Libatique sie nicht erreichen konnte.

Parker nahm hinter dem Steuer Platz. Einige Sekunden lang saß er einfach nur da und atmete tief ein und aus. Ash legte eine Hand auf seine und hielt sie fest, bis seine Anspannung ein wenig nachließ. Dankbar nickte er ihr zu, flüsterte: »Es geht wieder«, und drückte einen Knopf. Vor ihnen öffnete sich das breite Rolltor und gab den Blick frei auf den erleuchteten Haupttrakt der Villa. Das absurde Geborgenheitsgefühl verschwand. Von hier aus konnte Ash auf dem Vorplatz das Heck des Rolls-Royce und den Mietwagen erkennen, aber nicht die Haustür.

Parker startete den Motor. Noch immer war niemand zu sehen.

»Okay«, sagte er, »das wird holprig.«

Ash ließ den Sicherheitsgurt einrasten. Parker gab Gas. Der Geländewagen schoss mit enormer Beschleunigung vorwärts. Parker nahm nicht den asphaltierten Weg, der vom Garagentor zum Vorplatz führte, sondern raste in gerader Linie über die Wiese, genau auf den Rolls-Royce zu.

Jetzt kam der Eingang in Sicht. Die Tür stand offen. Keine Spur von Libatique.

Kurz vor der Limousine bremste Parker ab und blickte aus dem Seitenfenster, als wollte er Abschied nehmen. Falls er nicht von sich aus über das Schicksal seines Vaters sprechen wollte, würde Ash ihn nicht danach fragen. Dann lenkte er den Wagen in einer engen Kurve zur Auffahrt und beschleunigte wieder. Erst jetzt schaltete er die Scheinwerfer ein. Ash wartete darauf, dass eine Gestalt vor ihnen aus der Dunkelheit auftauchte, ein kriechendes Ding, das sich aus zu wenigen Körperteilen zusammengesetzt hatte und doch noch lebte und hasste und ihren Tod wollte.

Aber das Licht riss nur die vorderen Bäume aus der Finsternis. Hinter den Stämmen schien sich der Waldboden zu bewegen, als erwachte das ganze Tal zum Leben – nur die

Schatten der Stämme und Sträucher, die sich über den unebenen Untergrund schlängelten und hinter dem Wagen zurückblieben.

Der Mercedes raste um Kurven und preschte durch Schlaglöcher. Jeden Augenblick musste das Tor vor ihnen auftauchen.

Parker trat so fest auf die Bremse, dass er fast die Kontrolle über den Wagen verlor. Das Fahrzeug schlitterte ein Stück, stellte sich schräg und verfehlte mit dem Heck nur knapp einen der Bäume.

Ash blickte über die Motorhaube. Um Haaresbreite hätten sie den Leichnam des Wachmanns überfahren, den Guignol dort zurückgelassen hatte.

»Ryan«, sagte Parker leise. »Er hat die Hunde gemocht.«

»Sie haben es Guignol heimgezahlt.«

Mit zusammengepressten Lippen fuhr er wieder los, machte einen Bogen um den Toten und raste Augenblicke später über die Torschwelle hinweg, weiter den Waldweg entlang Richtung Hauptstraße.

»Was jetzt?«, fragte Ash. »Zur Polizei?«

Er schüttelte den Kopf. »Was sollten die tun? Schlimmstenfalls werden sie versuchen, uns das alles anzuhängen.«

»*Uns?*«

»Liest du nie diese Geschichten über Kinder, die ihre reichen Eltern abschlachten, um schneller ans Erbe ranzukommen? Bis irgendwer alle Spuren gesichert und den Ablauf rekonstruiert hat, können Tage vergehen. Und bis dahin wird Libatique herausgefunden haben, wo wir sind. Ein paar Mauern oder Gitter werden ihn kaum aufhalten. Ich habe was, das er um jeden Preis will.«

»Du kannst nicht ewig vor ihm davonlaufen.«

»Erst mal brauchen wir ein Versteck. Eines, das nicht mal er findet. Ich kenne so einen Ort.«

Sie musterte ihn von der Seite. »Du hast da drinnen keinen Pakt mit ihm geschlossen, oder?«

»Die Hunde sind noch rechtzeitig aufgetaucht. Das hab ich dir zu verdanken.« Im blauen Licht der Armaturen blickte er zu ihr hinüber. »Ich setze dich irgendwo ab, wenn du willst. Aber wenn ich ehrlich bin –«

»Was?«

»Es war nicht besonders clever, zur Villa zurückzukommen. Diese Sache mit den Paparazzi und dem Motorrad ...«

»Die Schrotflinte nicht zu vergessen ...«

»Die auch.«

»Und weil du mich jetzt für eine gefährliche Psychopathin hältst –«

»– wünsch ich mir, dass du bei mir bleibst. Falls du nicht gerade was Besseres zu tun hast.«

Sie grinste. »Als neue Leibwächterin?«

»So ähnlich.«

»Ich hätte mit dem Ding wahrscheinlich nicht mal das Tor getroffen, geschweige denn einen von denen.«

Er bremste, ließ den Wagen auf dem Waldweg ausrollen, blickte sichernd in den Rückspiegel und zurück durch die Heckscheibe. Dann beugte er sich mit dunklen Augen zu Ash hinüber.

»*Nicht* als Leibwächterin«, sagte er.

Ihre Lippen trafen sich auf halbem Weg.

Ash lächelte noch immer, als Parker wieder losfuhr. »Wo ist dieser Ort, den keiner findet?«

Das Scheinwerferlicht erhellte vor ihnen ein Band aus grauem Asphalt. Die Landstraße nach Plan-de-la-Tour.

Parker sah noch einmal in den Rückspiegel.

»Am Meer.«

42.

Libatique ist das Kämpfen nicht gewöhnt.

Er tötet nur, wenn es sein muss. Er macht sich ungern die Finger schmutzig und er verabscheut den Gestank von Blut. Heute ist er zur falschen Zeit am falschen Ort, und das macht ihn wütend. Wütend auf Parker Cale und seine kleine Schlampe. Wütend auf Royden, diesen Narr. Wütend vor allem auf diese Hunde, die nur Instinkte haben, keine Talente.

Mühelos tötet er die beiden schwächsten zuerst. Und während die drei übrigen mit neu erwachter Achtung vor ihm zurückweichen und den nächsten Angriff vorbereiten, macht er die Toten zu seinen Waffen. Er stülpt sich ihre Leiber über die Arme bis hinauf zur Schulter und schiebt seine Hände von innen in ihre Schädel, bis seine Fingerspitzen die Augenhöhlen berühren. Ihre leblosen Beine hängen schlenkernd von ihm herab, aber sie stören ihn nicht. Er erweckt nur ihre Köpfe zum Leben, auch das kostet Kraft, und dann erwachen sie, zwei untote Handpuppen, und sie verstehen nichts und schreien und werden auf der Stelle wahnsinnig vor Schmerz und Hass auf die Welt.

Mit ihnen erledigt er den Rest, einen nach dem anderen. Er lässt die Kiefer an seinen Fingern zuschnappen, lässt Zähne beißen und zerreißen, und als er fertig ist und inmitten seiner toten Gegner steht, zieht er sich die beiden Kadaver von den Armen wie ein

Chirurg seine Operationshandschuhe und lässt sie bei den anderen liegen. Er hat sie bereits vergessen, als der letzte Lebensfunken sie verlässt.

Sein Anzug ist nicht länger weiß, und das gefällt ihm nicht. Aber bevor er sich auf die Suche nach etwas Passendem machen wird, tritt er vor Royden Cale, der kaum noch atmet, aber alles mitangesehen hat. Mittlerweile ist er so verrückt wie die beiden Hunde: der mangelnde Sauerstoff, der Anblick, vielleicht die Gewissheit, dass am Ende alles umsonst war. Der Mord an seiner Frau. Der Verrat an seinem Sohn. Alles zwecklos. Denn nun gehört er Libatique, gehört ihm ganz mit Haut und Haaren.

Das Teppichmesser beendet sein Leben schnell und effizient. Libatique packt ihn am Kinn und sieht in seine Augen, wartet, bis er tot ist – und dann erweckt er ihn wieder. Damit macht er ihn zu seinem Sklaven. Macht ihn zu seinem neuen Guignol.

Er befreit Royden von den Fesseln und sieht zu, wie er sich vom Stuhl erhebt. Er ist nicht so unbeholfen, wie Libatique befürchtet hat. Es scheint, als hätte er kaum Schmerzen. Und er bewegt sich nicht steif, wie man es erwarten könnte. Bald wird er noch agiler und kräftiger werden, es dauert immer eine Weile, aber nicht sehr lange. Libatique ist zufrieden mit seinem neuen Knecht.

Er gibt Befehle, und weil er die Gedanken des Toten lesen kann, weiß er, dass Royden sie alle versteht und getreulich befolgen wird. Auch das besänftigt ihn, macht ihn für einen Moment fast gut gelaunt.

Libatique geht hinüber ins Bad und zieht sich die stinkende Kleidung aus. Er duscht und trocknet sich mit frischen Handtüchern ab. Im Ankleidezimmer probiert er einen neuen Anzug, diesmal schwarz, wegen der Flecken, die er bald haben könnte. Er sitzt nicht wie maßgeschneidert, aber gut genug. So endet ein elender Tag auf angenehme Weise. Zuletzt sucht er saubere Sachen für Royden zusammen, für den Fall, dass jemand einen Blick in den Wagen und auf seinen Fahrer wirft. Hysterie bei Passanten ist ein Ärgernis, und Libatique möchte sie gerne vermeiden. Zudem wird Royden bald nach Verwesung riechen. Duftstoffe helfen dann, aber nicht ewig. Auch Guignol hatte sein Verfallsdatum überschritten.

Als Libatique hinaus auf den Vorplatz tritt, hat Royden seine ersten Aufgaben schon erfüllt. Jetzt schleppt er Benzinkanister ins Haus und zum Waldrand. Die meisten sind Ersatzkanister aus der Garage, elf Stück insgesamt. Aber es wird wohl reichen, denkt Libatique, denn große Teile des Hauses sind aus Holz und die Wälder so trocken wie Pergament.

Er lehnt sich gegen die Limousine – Royden hat das Blut von der Haube gewaschen – und reimt ein kurzes Gedicht, das er mit einer hübschen Melodie vertont. Die Verse drehen sich um ihn selbst, so wie alles, das er erschaffen kann. Derweil holt Royden mit einem der Wagen aus der Garage alle Toten vom Tor und schafft sie zusammen mit den Leichen aus dem Haus hinab in den Keller. Etwas Benzin hat er aufgehoben, um sie damit zu tränken. Libatique bedauert, dass er nur jene wiederbeleben kann, die einen Pakt mit ihm geschlossen haben, abgesehen von niederen Kreaturen wie Tieren. Dummerweise zählen dazu nicht die Wachleute; sie hätten eine schlagkräftige Truppe abgegeben. So aber muss er sich mit Royden Cale zufrieden geben.

Die Toten im Keller brennen zuerst, dann Teile des Hauses. Zuletzt steckt Royden den Wald in Brand. Das wird ein Durchkommen zur Villa lange unmöglich machen und die meisten Spuren zerstören. Mit ein wenig Glück steht bald das ganze Tal in Flammen, vielleicht tagelang, und niemand wird erfahren, was hier geschehen ist.

Er macht es sich auf der Rückbank bequem, als Royden die Limousine zum Tor lenkt. Rauch und Funkenflug folgen ihnen durchs Tal. Ein loderndes Fanal erhellt bald den Himmel, der Wald brennt wie Zunder und der weiße Rolls-Royce fährt vorneweg und lässt das Feuer hinter sich.

Libatique komponiert ein kurzes Requiem, das ihn an sich selbst erinnert, und beobachtet seinen neuen Chauffeur im Spiegel. Schon bald wird er auch ihn zu einem Kunstwerk formen, wird ihn zu einem Abbild seiner selbst machen, so wie er es mit Guignol und dessen Vorgängern getan hat. Libatique kann nicht anders, das ist sein Schicksal, und jedes neue Werk zehrt von seiner Kraft. Auch deshalb muss er den Jungen finden und den Pakt vollziehen. Er braucht ihn, um weiterzuleben, um Schöpfer großer Kunst zu werden, um sich zu erheben über die Talente all jener, die er an sich gebunden hat.

Die Nacht erglüht, als der Rolls-Royce über die Bergstraße gleitet, das Requiem ist vollbracht und Libatique genießt die Gegenwart.

Dritter Akt
STARS

43.

Die Küstenstraße schlängelte sich in engen Kurven durch die Nacht. Ash und Parker fuhren nach Osten, durch eine Felslandschaft aus zerklüfteten Steinformationen. Auf diesem Stück der Côte d'Azur, zwischen Fréjus und Cannes, fielen die Hänge des Esterelgebirges steil zum Meer hin ab. Die offene See lag rechts der Straße, schimmernd im Schein des Halbmonds. Weit draußen glitten einsame Lichter über den schwarzen Horizont.

»Das Haus heißt Le Mépris«, sagte Parker.

»Klingt hübsch.«

»Mépris heißt Verachtung.«

»Cool.« Schulterzuckend kratzte sie sich eine Blutschuppe vom Unterarm. »Kann ja jeder sein Haus nennen, wie er mag.«

»*Le Mépris* ist ein Film mit Brigitte Bardot aus den Sechzigern.«

»Kein 3-D, schätze ich.«

»Ein Beziehungsdrama. Ein Teil davon spielt in einem merkwürdigen Haus am Mittelmeer. Und weil ich den Film so liebe und mein Haus am Meer liegt – Le Mépris.«

Sie nahm an, dass der Name ebenso viel mit seiner Borderline-Erkrankung zu tun hatte, mit seinem Selbsthass, mit Schnitten, die er sich früher zugefügt hatte, und dem Medikamentencocktail in seinem Badezimmer. Aber nach allem, was geschehen war, sprach sie ihn nicht darauf an. Und der Gedanke an sein geheimes Haus an der Küste schien ihn während der letzten Stunden tatsächlich ein wenig aufzuheitern. Darüber war sie froh.

Zu Beginn ihrer Fahrt durch die Nacht hatten sie kaum gesprochen. Die Ereignisse hatten sie durch das Massif des Maures verfolgt, und als sie schließlich in Sainte-Maxime die Küste erreicht hatten, war Ash die endlose Reihe der Leuchtreklamen an den Bars und Hotels deprimierend und trist vorgekommen. Ihren ersten Blick auf das Mittelmeer hatte sie sich anders vorgestellt.

Die Kette der Hotels und Bars riss nicht ab und Ash wagte kaum sich auszumalen, wie laut und voll es hier tagsüber sein musste. Selbst nachts waren eine Menge Autos unterwegs, und Parker hatte immer wieder sorgenvoll in den Rückspiegel gesehen, ohne je erkennen zu können, ob eines der Scheinwerferpaare hinter ihnen zu Libatique gehörte.

Nachdem sie das Marschland an der Mündung des Argens durchquert und zahllose Kreisverkehre im Zentrum von Saint-Raphaël hinter sich gelassen hatten, war der Trubel allmählich abgeflaut. Zu ihrer Linken erhoben sich jetzt die Esterelberge, rechts lag das Mittelmeer. Oft versperrten hohe Mauern die Sicht auf die See. Dann und wann erhaschte Ash einen Blick auf Ferienvillen im provenzalischen Stil, mit hellen Fassaden und rotbraunen Ziegeldächern, tollkühn auf Steilwände und in versteckte Buchten gebaut.

In vielen Gebäuden brannten Lichter hinter zugezogenen

Vorhängen. Einfahrten waren mit Kameras und Sprechanlagen gesichert. Einige dieser Grundstücke gehörten laut Parker zu den teuersten der Welt, seit Millionäre aus Showbiz und Großindustrie die Côte d'Azur im frühen zwanzigsten Jahrhundert als Urlaubsparadies entdeckt hatten. Mittlerweile war längst der Massentourismus eingefallen, außerdem eine Flut reicher Russen, die ihre Gasmilliarden zwischen Saint-Tropez und Nizza durchbrachten. Trotzdem schien die Küste ihre mondäne Eleganz nicht gänzlich verloren zu haben, noch wehte der Stil des alten Europa um prunkvolle Villen und Palmenhaine.

Auf den letzten Meilen waren die Felshänge steiler, die Bebauung spärlicher geworden. In einer Kurve deutete Parker mit einem Nicken auf eine Bucht, die sich im silbrigen Mondschein vor ihnen ausbreitete wie die schwarz-weiße Fotokopie einer Landschaftsmalerei.

»Da vorn ist es.«

Ashs Blick folgte dem Verlauf einer zerklüfteten Landzunge, die sich unter Maccia-Buschwerk ins Meer hinausschob. Zweihundert Meter von der Straße entfernt stand ein kleines Haus, das sich kaum von der dunklen See abhob. Das Gebäude selbst erschien denkbar schlicht, man hätte es für eine Fischerhütte halten können, ein Relikt aus der Zeit, als die Grundstückspreise hier noch nicht in astronomische Höhen geschnellt waren. Spektakulär war allerdings die isolierte Lage dort draußen am Meer. Wahrscheinlich passierten Tag für Tag tausende Autofahrer diesen Abschnitt der Küste, ohne einen zweiten Blick auf das unscheinbare Haus zu werfen. Kein Wunder, dass Parker sich in diesen Ort verliebt hatte.

»Ich hab's mir zum achtzehnten Geburtstag geschenkt«, sagte er. »Und, ja, ich weiß, wie das klingt.«

»Wenn man morgens die Suiten von Luxushotels ausmistet, ist man allerhand gewohnt.«

Der Mercedes bog von der Küstenstraße auf einen unasphaltierten Schotterweg. Nach zwanzig Metern erreichten sie ein Tor in einer Mauer, die sich über die gesamte Breite der Landzunge zog. Parker stieg aus und drückte auf einen Klingelknopf.

»Ich bin's«, sagte er in die Sprechanlage. »Tut mir leid, wenn ich Sie geweckt habe.«

Sekunden später sprang das Tor einen Spalt weit auf. Parker musste es nach innen schieben und von Hand wieder schließen, nachdem sie hindurchgefahren waren.

»Wer ist da im Haus?«, fragte Ash.

»Godfrey. Er ist der Verwalter. Du wirst ihn mögen.«

»Lebt er immer hier?«

»An der Côte d'Azur seit fast dreißig Jahren, in Le Mépris über zehn. Er hat schon für die Vorbesitzer gearbeitet. Wenn du ihn kennenlernst, wirst du verstehen, wie außergewöhnlich er ist. Godfrey ist Engländer, aber er weiß alles über diese Küste. Und er kennt das Haus wie kein anderer.«

Sie verstand nicht, was daran bei einem Gebäude, das kleiner war als die Garage der Villa im Massif des Maures, so bemerkenswert sein sollte.

»Godfrey ist blind«, sagte Parker. »Aber das scheint ihm nicht viel auszumachen. Es ist bei einem Unfall passiert, vor zwanzig, fünfundzwanzig Jahren. Er sagt, er habe vorher genug von der Welt gesehen.«

Er steuerte den Wagen im Schritttempo über den holprigen Weg. Hinter den Fenstern von Le Mépris wurden Lichter eingeschaltet. Eine Außenlampe beschien einen kleinen Platz vor der Haustür.

»Und er lebt ganz allein hier?«

»Abgesehen von den paar Wochen im Jahr, in denen er mich ertragen muss. Er hat seine Tricks, wie er die Putzfrau überwacht und sich nicht von den Lieferanten der Supermärkte übers Ohr hauen lässt. Und er kennt jeden Fußbreit des Geländes, jeden Stein, jede Stufe. Er hat mich mal meine Augen verbinden lassen und mich durchs ganze Haus manövriert, nur mit seiner Stimme. Ich bin nirgends angeeckt, kein einziges Mal.«

Ash war froh, dass Parker mit so großer Zuneigung über diesen Godfrey sprach. Vielleicht lenkte ihn das ein wenig von dem ab, was mit seinem Vater geschehen war. Während der Fahrt hatte er ihr erzählt, was er über den Tod seiner Mutter erfahren hatte. Im Gegenzug hatte sie ihm das Innere des Mondhauses beschrieben und die merkwürdige Unruhe, die sie dort gepackt hatte. Sie hatten über den Orden der Hekate gesprochen, über Nineangel und sein Verschwinden in Südeuropa. Aber mit keinem Wort hatte er erwähnt, was im Atelier geschehen war.

»Ich hab das Haus über Mittelsmänner gekauft. Niemand weiß davon, die Zahlung taucht in keinen Unterlagen auf, alles ist unter der Hand abgelaufen. Ich wollte nicht, dass die Presse Wind davon bekommt.«

Oder dein Vater, dachte sie.

»Oder mein Vater«, sagte er.

Sie schenkte ihm ein Lächeln.

»Ich hab noch nie jemanden mit hergenommen.« Er

stoppte den Wagen vor dem Haus und wandte sich ihr zu. »Ich schätze, dass es dir besser gefallen wird als die verdammte Villa.« Damit nahm er ihr Gesicht in beide Hände und küsste sie so heftig, dass sie Sterne sah und trotzdem nicht damit aufhören wollte.

Licht fiel durch die Windschutzscheibe in den Wagen. Als sie sich voneinander lösten, wurde die offene Haustür von der Silhouette eines Riesen eingenommen, so groß und breit, dass sie auf allen Seiten an den Rahmen anzustoßen schien.

Sie stiegen aus und der Mann trat ihnen entgegen. Seine Sonnenbrille machte es schwer, sein Alter zu schätzen; Ash tippte auf Mitte fünfzig. Er hatte keinen Blindenstock und bewegte sich mit bemerkenswerter Sicherheit. Seine Statur, sein dunkler Vollbart und das volle, lockige Haar ließen ihn wie jemanden erscheinen, der nebenbei Werbespots für Single-Malt-Whiskey drehte.

»Willkommen in Le Mépris«, sagte er mit angenehm tiefer Stimme. »Und Gott sei Dank, dass Sie da sind. Ich habe mir große Sorgen gemacht.«

»Hallo, Godfrey.«

»Im Fernsehen und im Radio reden die nur noch über Sie und Ihren Vater.«

Sie hatten das Radio während der Fahrt nicht eingeschaltet, weil die Ruhe im Wagen nach all dem Chaos das beste Heilmittel zu sein schien.

Parker fluchte leise. »Das ging ja schnell.« Er war ein wenig blass geworden, aber er hatte seine Stimme gut unter Kontrolle. Ash fragte sich, was wirklich in ihm vorging. »Haben die ... ich meine, was haben die gefunden?«

»Noch sind alle mit dem Feuer beschäftigt.«

Ash und Parker wechselten einen Blick. »Feuer?«

»Ein Waldbrand, der das Haus Ihres Vaters von der Außenwelt abgeschnitten hat. Sie sagen, das Gebäude stehe in Flammen und in weitem Umkreis brenne der Wald. Im Moment weiß noch keiner, wann sie überhaupt dorthin durchkommen werden. Ich habe gehofft, dass Sie nicht dort waren, als es passiert ist.«

»Wir sind gerade noch rechtzeitig rausgekommen.«

Godfrey wandte sich Ash zu. Hinter den schwarzen Brillengläsern konnte sie seine Augen nicht mal erahnen. »Sie haben Besuch mitgebracht«, stellte er fest. Er musste längst an ihren Schritten und dem Schlagen beider Autotüren erkannt haben, dass sie zu zweit waren.

»Guten Abend.« Ash trat auf ihn zu und nahm die Hand, die er ihr zur Begrüßung entgegenstreckte.

»Godfrey, das ist Ash«, sagte Parker.

»Freut mich. Sind Sie hungrig? Ich könnte noch was kochen.«

»Machen Sie sich so spät keine Umstände«, entgegnete Parker. »Wichtiger ist erst mal eine Dusche.«

Godfrey führte sie ins Haus. Gleich hinter dem Eingang lag ein großer Wohnraum, dessen Panoramafenster auf das dunkle Meer hinauswies. Ash sah ihre Spiegelbilder wie Seeungeheuer über das Wasser wandern.

Links führte eine breite Wendeltreppe in ein tiefer gelegenes Stockwerk. Demnach war Le Mépris größer, als sie erwartet hatte. Die Wände bestanden aus grobem Bruchstein, die Möbel waren schlicht und antik. Hätte man Ash vor einer Woche gefragt, wie sie sich ein Anwesen des Hollywoodstars

Parker Cale vorstellte, so wären ihr als Erstes Flatscreen, Spielkonsolen und allerlei technischer Firlefanz eingefallen. Doch hier gab es nichts dergleichen, sie entdeckte nicht mal ein Festnetztelefon. Parker hatte den ursprünglichen Charme des Hauses erhalten, vielleicht auch, um einen Kontrapunkt zu der modernen Monstrosität zu setzen, die sein Vater in den Bergen errichtet hatte.

Die einzige Abweichung vom rustikalen Stil war das gerahmte Filmplakat an der Wand neben dem offenen Kamin, ein großes Querformat. Unter dem Schriftzug *Le Mépris* streckte sich die blonde Brigitte Bardot bäuchlings auf einem Sandstrand aus. Auf dem Hinterteil ihres roten Bikinihöschens lag ein aufgeschlagenes Buch mit den Seiten nach unten.

Godfrey bestand darauf, ihnen zumindest eine Kleinigkeit zuzubereiten, und Parker gab seinen Widerspruch auf. Während der Verwalter in der Küche verschwand, nahm Parker Ash bei der Hand und führte sie die Treppe hinab ins Untergeschoss.

Hier betraten sie einen Raum mit prall gefüllten Bücherregalen. Es gab einen urgemütlich aussehenden Großvatersessel, eine Ledercouch und einen runden Sitzsack, der groß genug war, um mehreren Menschen Platz zu bieten. Jenseits einer Fensterwand lag eine beleuchtete Terrasse, größer als das Haus. An ihrem Rand stand ein weiteres Gebäude, tief genug in die Felsen eingelassen, um von der Straße aus unsichtbar zu bleiben.

»Ursprünglich sollte das mal ein Gästehaus sein«, sagte Parker, als er ihren Blick bemerkte, »aber es hat noch nie irgendwer anders darin übernachtet als Godfrey. Es ist winzig, nur ein Zimmer mit Bad. Er schläft dort, tagsüber hält er sich meist im Haupthaus auf. Er kann hier tun und lassen, was er will. Sogar die meisten Bücher gehören ihm.«

Ash trat an eines der Regale und sah erst jetzt, dass die Buchrücken mit Blindenschrift bedruckt waren.

»Wenn ich nicht da bin, sitzt er abends hier im Dunkeln und liest.« Parker deutete auf drei Türen in der Rückwand des Raumes. »Das linke ist mein Zimmer, das in der Mitte das Bad und rechts ist das Gästezimmer.«

Sie blickte wieder zur Terrasse. »Darf ich?«

»Sicher. Ich fahr nur gerade den Wagen auf die andere Seite des Hauses, damit ihn von der Straße aus keiner sieht.«

»Bringst du mir meinen Rucksack mit? Ich hab ihn im Auto liegenlassen.«

Er nickte und lief die Wendeltreppe hinauf. Weder seine Schnittwunde noch die Müdigkeit schien ihm etwas auszumachen. Ohnehin bewegte er sich hier ungezwungener als in der Villa seines Vaters. Auf Ash wirkte er wie jemand, der nach langer Lungenkrankheit endlich tief durchatmen konnte.

Sie hörte oben die Haustür schlagen und das Geklapper von Geschirr in der Küche. Die Behaglichkeit von Le Mépris umfing auch sie, sie wurde ruhiger, das Durcheinander in ihrem Kopf steuerte allmählich in geordnete Bahnen.

Sie öffnete die Glasschiebetür und trat ins Freie. Die Tür zu Godfreys Unterkunft war nur angelehnt, drinnen brannte kein Licht. Ash ging daran vorbei zum äußeren Rand der Terrasse. Dort führten ein paar gehauene Stufen im Fels hinab zu einem Bootssteg, der in eine kleine Bucht ragte.

Ein kleines Motorboot und ein Jet-Ski waren unter Plastikabdeckungen festgemacht. Ash ging zum Ende des Stegs. Dort konnte man über eine Metallleiter ins Wasser steigen, um in der Bucht zu schwimmen.

Obwohl sie noch immer ihre fleckige, stinkende Kleidung trug, setzte sie sich mit angezogenen Knien an die Kante und blickte hinaus auf das nächtliche Meer. Zwei Schiffe fuhren in der Dunkelheit aufeinander zu, Lichtpunkte an der Grenze von Wasser und Himmel, wie ein glühendes Augenpaar, das immer enger zusammenrückte. Der Wind roch nach feuchtem Gestein, nach Algen und der See.

Sie konnte noch nicht lange so dagesessen haben, als Parker den Steg betrat. Wortlos nahm er neben ihr Platz.

»Ich hab mir auch was zum achtzehnten Geburtstag geschenkt«, sagte sie, ohne den Blick vom Horizont zu nehmen. »Einen lila Lippenstift.«

»Wahrscheinlich hast du den öfter benutzt als ich dieses Haus.«

»Ist so 'ne Art Glücksbringer.«

»Einen Glücksbringer hab ich auch.«

»So?«

»Ohne dich hätte ich es nie bis hierher geschafft.«

Sie lachte leise. »Ich bringe niemandem Glück, glaub mir. Mein Vater sitzt im Gefängnis, meine Mutter will nichts von mir wissen, und diese Leute, die meine Pflegeeltern sein sollten, haben wahrscheinlich Knoblauchkränze und Kruzifixe über ihre Türen genagelt, aus Angst, ich könnte wieder bei ihnen auftauchen.«

»Ohne dich –«

»Das waren die Hunde, Parker, nicht ich. Die armen Viecher.«

Nach kurzem Schweigen sagte er: »Libatique wird keine Ruhe geben, bis er mich gefunden hat. Vielleicht sollte ich weiterfahren und du bleibst hier bei Godfrey.«

»Ganz bestimmt.«

»Aber hier bist du in Sicherheit.«

Erstmals, seit er sich zu ihr gesetzt hatte, sah sie ihn an. »Glaubst du wirklich, ich bin hier, weil es hier so sicher ist?« Plötzlich war es ganz leicht, die Wahrheit in Worte zu fassen. »Ich bin wegen dir hier, Parker. Und wenn du weiterfahren willst, dann komme ich mit.«

Lächelnd legte er eine Hand in ihren Nacken und zog sie sanft zu sich heran.

»Meine Haare kleben«, flüsterte sie.

»Und wie.«

»Wir sehen beide echt übel aus.«

Dann berührten sich ihre Lippen und ihre Zungenspitzen tasteten verspielt umeinander. Er küsste, wie man das von einem Filmstar erwarten durfte; nicht alles war ein Spezialeffekt. Ash schob langsam eine Hand durch den Schnitt in seinem Sweater und strich über seinen nackten Rücken. Sie konnte seine Wirbel, die Schulterblätter, jeden einzelnen Muskel spüren. Kurz lösten sich ihre Lippen voneinander, aber sie ließ ihre Hand, wo sie war, und seine Finger streichelten ihre Wange.

»Es ist noch lange nicht vorbei«, sagte er. »Das weißt du, oder?«

»Ich hoffe, es fängt gerade erst an.«

Ihre Küsse wurden heftiger. Als sie die Augen öffnete, blickte sie in seine und sah, dass sich das Dunkel der letzten Stunden zurückgezogen hatte.

Draußen auf dem Meer begrüßten sich die Schiffe mit einem Signal und entfernten sich wieder voneinander.

»Ich geh duschen«, sagte sie und stand auf. Lächelnd streckte sie ihm die Hand entgegen. »Und du?«

Er umschloss ihre Finger mit festem Griff und erhob sich. Auf halbem Weg über die Terrasse fiel sein Sweater zu Boden, gleich darauf ihre Bluse. Seine Fingerspitzen strichen um ihre Brustwarzen, wanderten weiter über die Gänsehaut an ihrer Taille hinab zum Bund der Jeans.

Sie waren nackt, ehe sie das Haus erreichten, glitten unter den heißen Strahl der Dusche und rieben sich gegenseitig das Blut vom Körper. Als das Wasser um ihre Füße klar wurde, drehte Parker Ash um, presste sich sanft gegen ihren Rücken, küsste ihren Nacken und legte die Hände auf ihre Hüften. Sie lehnte sich mit ausgestreckten Armen gegen das Glas und sah mit einem Lächeln zu, wie ihre bebenden Finger Streifen durch den Wasserdampf auf den Scheiben zogen.

44.

Stunden später, um zwei Uhr nachts, saßen sie noch immer mit Godfrey am Tisch.

Sie hatten eine halbe Ewigkeit nicht mehr geschlafen, aber Parker fand den Gedanken an Schlaf fast ein wenig beängstigend. Als könnte er morgen früh aufwachen, und alles wäre nur ein Traum gewesen, all das Schlimme, aber auch das Gute. Er konnte die Augen nicht von Ash abwenden, nicht nachdem sie sich angezogen hatten, nicht beim Essen und auch jetzt noch nicht. Sie trug einen seiner Pullover, der ihr viel zu groß war. In der Kammer neben der Küche rumorte die Waschmaschine.

»Ich hab so was zum ersten Mal gegessen«, sagte sie zu Godfrey und liebäugelte mit einer weiteren Portion des Eintopfs, den er aus Auberginen, Artischocken, Zucchini, Tomaten und Kartoffeln gezaubert hatte. Die Unmengen Knoblauch musste man bis zur Küstenstraße riechen können.

»Ich fürchte, mir ist der Rosmarin ausgegangen«, sagte er, freute sich aber merklich über ihr Kompliment.

»Ich esse sonst nur andere Sachen.«

»Schokoriegel«, sagte Parker.

»Nicht *nur*!«

»Oh doch.«

Godfrey lachte. »Hier gibt es eine Menge hervorragenden Fisch. Den müssen Sie probieren.«

Ash sah aus, als wäre sie im Augenblick für jedes Abenteuer zu haben. Sie hob ihren Rucksack vom Boden – sie hatte ihn so gut es ging gesäubert, auf dem dunklen Stoff fielen die Flecken nicht auf – und zog die unförmige Polaroidkamera heraus, an der sie so hing. Parker mochte auch das an ihr, diese Begeisterung für ein antiquiertes Ding, das die meisten anderen nicht mal eines Blickes gewürdigt hätten.

»Darf ich davon ein Foto machen?«, fragte sie Godfrey.

»Vom Essen? Es kann doch kaum noch was übrig sein.«

»Eben deshalb.«

Er fragte nicht weiter, als Parker ihn unter dem Tisch mit dem Fuß anstieß. Ash machte drei Fotos von ihrem leeren Teller, dem Rest des Eintopfs in der Schüssel und zuletzt von dem Filmplakat an der Wand. Schließlich wandte sie sich wieder an Godfrey: »Macht es Ihnen was aus, wenn ich Sie auch fotografiere?«

»Ich hätte es gar nicht bemerkt, wenn Sie es schon getan hätten. Nett, dass Sie fragen.« Er hob die Schultern. »Nur zu.«

Sie drückte einmal ab und legte das fertige Foto neben die anderen auf den Tisch. Bald wurden erste Farben und Formen sichtbar. Parker glaubte, dass es dieser Moment war, der sie stets aufs Neue faszinierte.

»Darf ich fragen, warum Sie das tun?«, erkundigte sich Godfrey.

»Fotos schießen?«

»Ja. Von so unbedeutenden Dingen. Von Tellern. Und von mir.«

»Die hier hab ich gemacht, um mich zu erinnern. Um alldem hier noch näher zu sein. Normalerweise ist es eher umgekehrt.«

»Sie halten die Welt auf Abstand«, stellte er mit seiner sanften Stimme fest. »Indem Sie kleine Portionen daraus machen und sie in Rahmen sperren.«

Parker horchte auf. Godfrey war Ash vor wenigen Stunden zum ersten Mal begegnet und konnte nicht einmal ihre Mimik lesen. Trotzdem durchschaute er sie auf Anhieb.

Er erwartete, dass sie einen Rückzieher machen, vielleicht das Thema wechseln würde. Aber die gleiche Zuneigung, die er für Godfrey empfand, schien auch Ash zu empfinden. Vielleicht war sie froh, jemandem begegnet zu sein, dem sie ohne Scheu ihr Vertrauen schenken konnte. Sie öffnete sich, und er fragte sich, ob ihr diese Wandlung bewusst war.

Als Parker zum ersten Mal das Haus besichtigt hatte, hatte der Verwalter ihm auf der Stelle das Gefühl gegeben, willkommen zu sein. Dass er als Blinder alle anfallenden Aufgaben bewältigte, machte ihn außergewöhnlich; dass er ein fantastischer Koch war, schadete ebenfalls nicht; aber das Faszinierendste an ihm war, dass er jedermann Vertrauen einflößte. Wahrscheinlich wäre selbst Chimena ihm verfallen, hätte sie je erfahren, wohin Parker verschwand, wenn es ihm wieder einmal gelungen war, sich ein paar Tage ihrer Obhut zu entziehen.

Nachdenklich sagte Ash: »Am meisten mag ich, dass auf den Bildern alles zum Stillleben wird. Nichts bewegt sich mehr, die Zeit bleibt stehen. Früher habe ich mir oft gewünscht, ich könnte in den Fotos leben, nicht in der wirklichen Welt.«

»Aber die Fotos zeigen nur, was Sie sehen«, sagte Godfrey. »Und Sehen ist nicht alles. Natürlich, ich muss das sagen ... Aber was ist mit Gerüchen, mit Geschmack, mit allem, was Sie ertasten und fühlen können? Nichts davon können Sie einfach zum Stillstand bringen.«

»Ich weiß. Deshalb behalte ich die meisten Bilder nicht, sondern hab irgendwann damit begonnen, sie an Mauern zu kleben. In der U-Bahn, in Unterführungen, in den Parks. Ich dachte mir, wenn ich die Welt nicht beeinflussen kann, dann zeige ich ihr, dass ich sie im Auge behalte.« Sie grinste ein wenig verschämt, was Parker zum ersten Mal bei ihr sah. Ein warmes Gefühl strahlte vom Bauch in seinen ganzen Körper aus.

»Godfrey«, sagte er, »da ist noch was, das ich Sie fragen wollte.«

Ash schob die Fotos von der Tischkante in ihren Rucksack und steckte auch die Kamera ein.

»Gern.«

»Sie leben schon so lange hier in Südfrankreich. Haben Sie je den Namen Frater Iblis Nineangel gehört?«

Godfrey schwieg einen Moment. »Ziemlich ungewöhnlicher Name.«

»Sicher nicht sein echter. Er hat sich Ende der Sechziger-, Anfang der Siebzigerjahre so genannt. Heute heißt er wahrscheinlich ganz anders.«

»Frater Nineangel ... Was ist er? So eine Art Guru?«

»So was in der Art, ja. Könnte auch sein, dass er schon

lange tot ist. Er ist anscheinend vor Jahren nach Europa gegangen und irgendwo im Süden untergetaucht.«

»Eine Menge ehemalige Sektenanhänger und Heilsbringer sind in Südfrankreich gelandet«, sagte Godfrey. »Aber nicht nur hier. Ibiza ist noch heute voll von ihnen, heißt es, und auch einige der anderen spanischen Inseln. In Frankreich dürften vor allem diejenigen geblieben sein, die genug Geld hatten, um sich das Leben hier unten leisten zu können.«

»Geld ist für ihn wahrscheinlich kein Problem gewesen.«

Ash runzelte die Stirn. »Wie kommst du darauf?«

»Der Orden der Hekate war eine Art Sekte. Und Sekten werden in der Regel gegründet, um die Leute auszunehmen. Nineangel wird da keine Ausnahme gewesen sein.«

»Aber das gilt für die Sekten, die von Betrügern geleitet werden«, wandte sie ein. »Wenn Libatique die Wahrheit gesagt hat, dann war es diesem Nineangel sehr ernst damit.«

Godfrey legte beide Hände auf die Tischkante. »Darf ich fragen, was Sie mit so jemandem zu tun haben, Parker?«

»Mein Vater kannte Nineangel, das ist alles. Sind Sie sicher, dass Sie nie von ihm gehört haben?«

Der Verwalter schüttelte langsam den Kopf. »Aber das heißt nicht, dass er nicht trotzdem hier leben könnte. Unter einem anderen Namen, wer weiß.«

Ash sah Parker ernst an. »Was willst du denn tun, wenn du ihn findest? Dich rächen? Ihn der Polizei ausliefern? Wahrscheinlich hat er sich nicht mal strafbar gemacht, wenn er nicht selbst an ... dieser Sache beteiligt war. Und was willst du ihm nachweisen? Dass er deinen Vater vor über dreißig Jahren zu einem Verbrechen angestiftet hat?«

Er schüttelte den Kopf. Es ging ihm nicht um Rache. An

seine Mutter konnte er sich nicht erinnern und sein Vater war vermutlich beim Brand der Villa ums Leben gekommen, falls Libatique ihn nicht schon vorher getötet hatte. »Wenn Nineangel meinem Vater wirklich geraten hat, ein Opfer darzubringen« – es kam ihm noch immer sehr unwirklich vor, das auszusprechen –, »dann weiß er mehr über Libatique als wir. Was immer damals auch passiert ist, es hat Libatique jahrzehntelang von meinem Vater und mir ferngehalten. Ich weiß nicht, wie viel von alldem wahr ist – aber Chimena immerhin war real. Libatique hat gesagt, sie sei uns gesandt worden. Das ist das Wort, das er benutzt hat. Gesandt. Und wenn Nineangel Bescheid gewusst hat, dann –«

»Dann kennt er vielleicht noch andere Wege, Libatique loszuwerden«, unterbrach ihn Ash. »Aber zu welchem Preis?«

Sie blickten einander über den Tisch hinweg an, und Parker war nicht sicher, was er da in ihren Augen sah. Zweifel? Besorgnis, dass sie als Menschenopfer auf einem Altar enden könnte wie seine Mutter? Oder Angst um ihn?

»Libatique wird nicht lockerlassen«, sagte er. »Und ich kann nicht mein Leben lang vor ihm davonlaufen. Falls Nineangel mir Antworten gibt, dann ist das vielleicht ein erster Schritt.«

Godfrey hörte zu und sagte kein Wort. Seiner Miene war nicht anzusehen, was ihm durch den Kopf ging.

Ash brauste auf. »Nineangel hat deinem Vater geraten, deine Mutter zu ermorden! Was, glaubst du, wird er dir wohl für *Antworten* geben? Der Typ ist ein Psychopath!«

Natürlich hatte sie Recht. Aber was blieb ihm denn für eine Wahl? »Nineangel zu finden ist zumindest etwas, das ich *tun* kann. Die Alternative wäre doch, mich hier zu verkriechen, bis mich die Paparazzi aufstöbern. Und ich wette, dass Libatique gleich nach ihnen vor der Tür stehen wird.«

Godfrey räusperte sich. »Ich darf wohl davon ausgehen, dass das Feuer in der Villa nicht durch einen defekten Toaster verursacht wurde?«

»Nein«, sagte Parker. »Wurde es nicht.«

»Wenn dieser Libatique, von dem Sie gerade sprachen, seine Finger im Spiel hatte ... wenn er das Feuer gelegt hat, um Spuren zu verwischen ... Das tut man doch erst, kurz bevor man sich auf den Weg macht. Und dann muss für Sie die wichtigste Frage lauten: Wohin?«

Parker und Ash sahen einander an.

»Mit anderen Worten«, fuhr Godfrey fort, »wo wird er nach Ihnen beiden suchen?«

»Von Le Mépris kann niemand wissen«, sagte Parker. »Sonst wären schon viel früher Reporter und Fotografen hier aufgetaucht.«

»Zumindest haben wir keine gesehen.« Godfrey musste das letzte Wort nicht betonen, damit sie verstanden, was er meinte. »Und auch sonst niemanden. Aber hundertprozentige Sicherheit gibt uns das nicht.«

»Shit«, flüsterte Ash.

Parker blieb beharrlich: »Es gibt keine Papiere, die zu mir führen.«

»Ich wollte auch gar nicht auf Le Mépris hinaus«, sagte Godfrey. »Aber was, wenn er Ihnen einen Schritt voraus ist? Wenn er genau weiß, was Sie als Nächstes tun? Wenn er dieselben Überlegungen bezüglich dieses Nineangel anstellt wie Sie?«

Ash zog auf dem Stuhl die Knie an und schlug ihre Arme

darum. »Dann können wir nur hoffen, dass er nicht weiß, wo Nineangel untergetaucht ist.«

»*Und* Sie dort erwartet«, ergänzte Godfrey.

Parker nickte. »Dann muss ich Nineangel vor ihm finden.«

»Wir«, sagte Ash. »*Wir* müssen ihn finden.«

Er warf ihr ein Lächeln zu und war froh, als sie es erwiderte. Auch das mochte er an ihr: Nicht jede Auseinandersetzung musste gleich zu einem Gemetzel werden. Sie ähnelte so gar nicht den Mädchen, mit denen er bislang zusammen gewesen war. Sobald die ihn erst einmal für sich gehabt hatten, hatten sie ihn festhalten und formen wollen. Genau wie sein Vater.

»Noch was«, sagte sie. »Wenn dieser Nineangel wirklich einen Weg kennt, um mit Libatique fertig zu werden, warum hat er ihn dann nicht deinem Vater verraten?«

»Vielleicht hätte er das. Aber mein Vater wollte Libatique nie wirklich loswerden. Er hatte viel zu große Angst davor, dass mit Libatique auch sein Erfolg enden würde. Mir ist das scheißegal. Wenn mich morgen kein Mensch mehr kennt, bin ich glücklicher als jemals zuvor.«

Godfrey trank einen Schluck Wasser und sagte: »Nineangel war doch der Anführer eines Kults, richtig?«

»Ja.«

»Nun, *falls* er nach Südfrankreich gekommen und hier nicht auf der Stelle ein neuer Mensch geworden ist ... wenn er noch eine Zeit lang weitergemacht hat ... dann wüsste ich jemanden, der ihm begegnet sein könnte.«

Die beiden sahen ihn erwartungsvoll an. Ash setzte ein Bein wieder auf den Boden, zog das andere aber noch fester an ihren Oberkörper und legte ihr Kinn aufs Knie.

»Eine gewisse Elodie war bis in die Siebzigerjahre berühmt-berüchtigt dafür, sich mit all den Sektierern und Kultisten an der Küste abzugeben. Eine Art Okkultismus-Groupie, könnte man sagen. Keine schwarze Messe, keine Sonnwendfeier auf irgendeinem Hügel, die sie ausgelassen hätte. Ich kannte früher eine Menge alternder Hippies und gestrandeter Sinnsucher, und viele dieser Leute ... nun, sie alle redeten gern von den alten Zeiten. Und von Elodie.«

Parker musterte ihn mit gerunzelter Stirn. »Und wo finden wir sie?«

»Ich kann Ihnen nur sagen, wo Sie es versuchen könnten. Mit etwas Glück ist sie noch dort. Wahrscheinlich ist sie ein wenig gesetzter geworden und hat sich auf andere Aktivitäten verlegt.« Ein Lächeln spielte um seine Mundwinkel. »Wir werden alle nicht jünger.«

»Wo, Godfrey?«, fragte Parker ungeduldig.

»Ich werd's Ihnen verraten – aber nicht bevor Sie geschlafen haben. In Ihrem Zustand lasse ich Sie heute Nacht nicht ans Steuer.«

Parker wollte empört widersprechen, doch Ashs Blick verriet, dass sie Godfrey zustimmte. Es würde ihnen kaum weiterhelfen, wenn Parker den Wagen auf der Küstenstraße über die nächstbeste Klippe lenkte. Und er *war* hundemüde, ob er das wahrhaben wollte oder nicht.

»Aber Libatique –«, begann er.

»Falls Libatique weiß, wo Nineangel zu finden ist«, sagte sie, »hat er einen Vorsprung von mehreren Stunden. Dann holen wir ihn ohnehin nicht mehr ein. Und falls nicht, haben wir vielleicht eine Spur, die er noch nicht kennt.«

Alles in Parker sträubte sich dagegen, Zeit mit Ausruhen

zu verschwenden. Aber dann war da wieder Ashs Lächeln. Jedes Mal wenn er sie ansah, war er von neuem überrascht, wie hübsch sie war.

»Okay«, sagte er schließlich. Und an Godfrey gewandt fügte er hinzu: »Gleich morgen früh?«

»Nach dem Frühstück.«

Ash schloss die Augen, während ihr Kopf noch immer auf ihrem Knie ruhte. Sie klang schläfrig, als sie sagte: »Elodie ist ein schöner Name.«

Godfreys Schmunzeln war selbst unter seinem dichten Vollbart zu erkennen. »Sie war ein sehr schönes Mädchen.«

45.

Schaumkronen wanderten über die See landeinwärts. Die Morgensonne brach sich auf tiefblauen Wellenrücken. Einige Segelboote neigten sich gefährlich zum Festland, als die Sturmböen immer stärker wurden. Der Himmel aber blieb wolkenlos, die Sicht glasklar bis zum Horizont.

Parker steuerte den Mercedes über die Uferstraße Richtung Nizza. Bei Tageslicht erkannte Ash, dass die Felsen der Esterelküste eine rote Färbung hatten. Das Gestein erinnerte sie an die Fotografien der Marssonden. Falls es tatsächlich einmal Ozeane auf dem Roten Planeten gegeben hatte, dann musste es an ihren Ufern so ausgesehen haben wie hier.

Das Hotel tauchte abrupt in einer engen Kurve auf, ein mehrstöckiger Klotz, der von einem Moment zum nächsten die Sicht auf das Meer versperrte. Viel Gold, viel Rot, viel Silber. Überhaupt zu viel von allem: orientalische Fensterbögen, viktorianischer Stuck, florale Jugendstilgeländer.

Sie ließen den Wagen in einer Seitenstraße stehen, weil sie im kleinen Parkhaus des Hotels in der Falle sitzen würden, sobald jemand die einzige Ein- und Ausfahrt versperrte. Den Wagen im Freien zu parken war auch nicht ohne Risiko, aber zumindest war die Stelle von der Hauptstraße aus nicht einzusehen.

Vor dem Eingang blieben sie stehen und blickten an der Fassade hinauf, ganz schwindelig von so viel Kitsch. Hinter der Glastür war das schummrige Foyer nur zu erahnen.

»Die Küste ist voll von diesen Hotels«, sagte Parker. »In den Fünfzigerjahren waren sie anscheinend ungeheuer beliebt. Manche sind seit damals renoviert worden. Das hier offenbar nicht.«

Als sie die Eingangshalle betraten, wurden sie schier erschlagen von dunklen Täfelungen, Samtvorhängen und Goldleisten, die im gedämpften Licht in einem ungesunden Gelbbraun schimmerten.

An der Rezeption checkte ein junges Paar mit Hartschalenkoffern ein. Sie trug ein Kleid und einen Sonnenhut mit Fransen, er Sandalen, Shorts und ein Shirt mit *New-York-Knicks*-Aufdruck.

Parker beugte sich an Ashs Ohr. »Die meisten dieser Läden sind auf Flitterwochenpaare spezialisiert. Wellness, All-you-can-eat, Cocktails von morgens bis abends. Sie leben von dem Glanz, den die Côte d'Azur früher mal hatte. Das alte Hollywood, europäischer Adel, die Kennedys ... Ich wette, es gibt hier irgendwo eine Fotogalerie von Stars, die früher mal in diesem Kasten abgestiegen sind.«

Die Neuankömmlinge nahmen ihre Schlüssel in Empfang und zogen ihr Gepäck zum Aufzug. Ash trat an die Rezeption und erkundigte sich nach der Hotelbar. Sie hatte wieder ihre enge Jeans mit Schlag aus Lyon an; der Stoff war noch nass gewesen, als sie am Morgen hineingeschlüpft war, aber die schlimmsten Flecken waren beim Waschen verschwunden. Sogar die Batikbluse wirkte auf den ersten Blick sauber, die übrig gebliebenen Blutränder waren zu einem Teil des Musters geworden.

Ash kehrte zu Parker zurück und führte ihn durch einen Seitengang zu den Aufzügen, bevor ihn eines der jungen Mädchen erkennen konnte, die gerade das Foyer betraten.

Er trug eine Cargohose und ein weißes T-Shirt, dazu eine Sonnenbrille und ein Basecap, das er sich tief in die Stirn gezogen hatte. Seit gestern Abend berichteten die Medien über den Waldbrand im Massif des Maures. Bis zum Morgen war noch immer niemand zur brennenden Villa vorgedrungen; Parker und sein Vater galten als vermisst. Manager des Cale-Konzerns hielten hinter verschlossenen Türen Krisensitzungen ab. In einer Sendung im Radio war heftig darüber diskutiert worden, ob man den weltweiten Kinostart des dritten *Glamour*-Films nicht auf einen späteren Termin verschieben müsse.

Derweil warteten die Redakteure offenbar nur auf den Augenblick, an dem sie endlich die Teenager auf der ganzen Welt mit Nachrufen auf Parker Cale zur Verzweiflung bringen konnten. Die angebliche Autorin der *Glamour*-Bücher, ein sechzehnjähriges Mädchen aus Boston (aber war sie nicht schon vor zwei Jahren sechzehn gewesen?), hatte unter Tränen angekündigt, bald ein »schonungslos offenes« Buch über die wahre Entstehung der Romane zu veröffentlichen. Aus Respekt natürlich erst, wenn die Nachricht vom Tod der Cales bestätigt werden würde.

Mit dem Aufzug mussten die beiden mehrere Etagen nach unten fahren. Das Hotel war direkt an den Felsen gebaut worden, auf Höhe der Küstenstraße oberhalb der Klippen. Der Meeresspiegel befand sich vier Etagen tiefer als das Foyer. Ein kleiner Privatstrand grenzte dort an Bar und Restaurant.

Auch hier war offenbar seit Jahrzehnten alles beim Alten geblieben: Türen in Form von Zwiebeltürmen, Glasperlenvorhänge, Spiegel mit verschnörkelten Goldrahmen und eine nikotingelbe Diskokugel. Es roch nach einer Mischung aus Rasierwasser, Badeöl und feuchten Bierdeckeln.

Am Vormittag war nur eine Handvoll Tische besetzt. Hinter dem Tresen sortierte eine Frau mit grauem Haaransatz Gläser ein. Ash schätzte sie auf Ende fünfzig, vielleicht auch ein paar Jahre älter.

»So also verbringt man seine Flitterwochen«, murmelte Ash, während sie noch am Eingang standen und sich umsahen. »Wie viel Sex kann man haben, damit man zwei Wochen lang das Zimmer nicht verlässt und einem das hier erspart bleibt?«

Parker grinste, als läge ihm eine Bemerkung über gestern Abend auf der Zunge – als er mit einem Mal aschfahl wurde. Ash folgte seinem Blick, sah jedoch nur einsame junge Frauen und Männer am Tresen und in den schmalen Nischen.

»Was ist?«, fragte sie leise.

Aber da packte er sie schon an der Hand und zog sie aus der Bar zurück auf den Gang. Am Ende des Korridors befand sich der Ausgang zur Terrasse. Die Helligkeit blendete sie.

»Hey, was –«

»Draußen«, sagte er knapp und lief mit ihr auf die offene Tür zu. Bevor sie ins Freie traten, zog er sich das Basecap noch tiefer ins Gesicht. Der vordere Teil der Terrasse war überdacht, aus Lautsprechern erklang Calypso-Musik. Hier bot sich ihnen ein ähnliches Bild wie in der Hotelbar: Zwischen den Flitterwochenpaaren saßen vereinzelte Frauen und Männer, allesamt jung, attraktiv und aufreizend gekleidet. Sie schienen die Umgebung über den Rand ihrer Cocktailgläser aufmerksam zu beobachten.

So gelassen wie möglich schlenderten die beiden zum Rand der Terrasse. Ein paar Schritte weiter führte eine Treppe zu einem schmalen Strand hinunter. Rechts und links war das Gelände von rotbraunen Felswänden eingefasst, hinter ihnen erhob sich acht Stockwerke hoch das Hotel. Der einzige Weg zurück zum Wagen führte durch das Gebäude.

Parker blieb stehen, mit dem Rücken zur Terrasse, so dass von dort aus niemand sein Gesicht sehen konnte. Sie waren jetzt weit genug von den übrigen Gästen entfernt, um ungestört reden zu können.

»Was ist los?«

Er antwortete erst nach kurzem Zögern: »Ich muss dich doch nicht mehr davon überzeugen, dass es Wesen gibt, die wie Menschen aussehen, aber keine sind, oder?«

»Noch mehr von Libatiques Sorte? Wie viele?«

»Nicht wie er. Aber auch keine Menschen.«

»Sondern?« Vor ihrem inneren Auge erschienen Gestalten in schwarzen Umhängen mit Stehkragen, weiß geschminkten Gesichtern und schlecht sitzenden Vampirgebissen.

Parker blickte aufs Meer hinaus. Mehrere Pärchen fuhren mit Tretbooten durch die Bucht.

»Sukkubi«, sagte er. »Und Inkubi.«

Sie schwieg.

»Nun sag schon was.« Er wandte ihr wieder das Gesicht zu, aber in seinen dunklen Brillengläsern erkannte sie nur sich selbst. Sie fand, dass sie klein aussah und zu blass für Strand und Sonnenschein.

»Was tun die?«, fragte sie. »Ich meine, ein Sukkubus ... der hat Sex mit Leuten, oder?« Wie klang das wohl, falls sie doch jemand belauschte?

»Ja, davon leben sie. So wie Libatique vom Ruhm abhängig ist, ernähren sich Sukkubi und Inkubi von der Energie, die sie Menschen beim Sex aussaugen.«

»Sex mit Menschen. Immerhin.«

»Das ist kein Witz, Ash. In dem Laden hier wimmelt es nur so von ihnen. Schau dich mal unauffällig um.«

Sie hatte im Leben noch nicht verstanden, wie das gehen sollte: sich unauffällig umschauen. Entweder man sah hin oder man ließ es bleiben.

Ziemlich unverfroren blickte sie zu den Leuten hinüber und überschlug grob die Zahl der Gäste, die einzeln an den Tischen saßen. Acht Frauen und sieben Männer, keiner von ihnen älter als Mitte zwanzig, alle außergewöhnlich gut aussehend. Die Frauen trugen kurze Röcke, Stretchkleider oder Bikinis, die Männer enge T-Shirts, die ihre Brustmuskulatur und Oberarme betonten.

»Die sehen aus wie –«

»Ja«, sagte er missmutig, »wie bekannte Schauspieler und Models. Das machen sie gern. Sie sind ziemlich gut darin, sich dem Geschmack der Zeit anzupassen.«

»Und Godfrey wusste nichts davon?«

Er schüttelte den Kopf. »Sonst hätte er uns gewarnt.«

»Fuck! Der da drüben neben der Palme ... das bist du!« Sie lachte nervös. »Nicht *du*. Aber er sieht aus wie du. Nicht haargenau so, aber man könnte trotzdem meinen –«

»Wahrscheinlich hat er heute noch keine Nachrichten gesehen, sonst würde er sich schleunigst ein neues Gesicht zulegen.«

Ash atmete tief durch, dann hob sie beide Händflächen. »Okay. Was bedeutet das? Und wie hast du sie überhaupt bemerkt?«

»Chimena hat mich vor ihnen gewarnt. Hundert Mal. In jeder verdammten Hotelbar, in der sie wie eine Klette an mir hing. Ihr war klar, dass es überall nur ein paar Minuten dauern würde, bis ein paar Sukkubi in meiner Nähe auftauchen würden. Und sie hatte Recht. Meistens waren sie die Ersten, weil sie keine Scheu kennen, keine Scham, überhaupt keine Hemmschwelle.« Er hob die Schultern. »Mit der Zeit hab ich ein ganz gutes Gespür für sie entwickelt.«

Sie starrte ihn mit offenem Mund an, dann ließ sie ihren Blick wieder über die Terrasse und den Strand wandern. »Kein Wunder, dass sie sich ausgerechnet hier herumtreiben. Diese ganzen Leute, die nichts anderes im Kopf haben als Sex. Das ist ein gefundenes Fressen für sie.«

Parker nickte. »Wahrscheinlich führen eine ganze Menge Flitterwochen in diesem Laden schnurstracks in die Scheidung.«

Grinsend blickte sie zu dem Parkerklon an der Palme hinüber. »Der da ist gar nicht so übel.«

Er zog sie an sich und gab ihr einen langen, tiefen Kuss.

»Machen die das auch so gut wie du?«, fragte sie.

»Besser. Das sind Experten mit sehr, sehr viel Erfahrung.

Die meisten von denen dürften ein paar Hundert Jahre alt sein.«

»Und Elodie?«

»Im ersten Moment dachte ich, sie müsste die Frau hinter der Theke sein. Du auch, oder? Aber jetzt ... Ein hübsches Mädchen, das schon vor vierzig Jahren keine schwarze Messe ausgelassen hat ... Godfrey hat sie eine Art Groupie genannt. Und Sukkubi sind unersättlich.«

Ash seufzte. »Was genau tun sie mit einem?«

»Danach fühlt man sich leer, wie ausgebrannt. Das vergeht wieder. Aber manch einer kann nicht genug davon bekommen. Das sind diejenigen, die in kürzester Zeit an ihnen zu Grunde gehen. Chimena hat behauptet, jede Stunde mit ihnen raube einem Menschen mehrere Lebensjahre. Und zwar buchstäblich. Das Leben verkürzt sich, ohne dass es einem bewusst wird – und ihres wird dafür länger. Sie stehlen ihren Opfern die Lebenszeit.«

»In zwei Wochen kommt da was zusammen.« Mit einem Mal dämmerte es ihr. »*Du* warst schon mit einer von ihnen zusammen!«

Er wich ihrem Blick nicht aus. »Ich hab eine Menge dummes Zeug ausprobiert. Das auch. Ich bin nicht stolz darauf, aber ich kann's auch nicht mehr ändern.«

Sie schüttelte den Kopf. »Nein.« Auch sie wollte nicht an die Typen aus den Gangs erinnert werden, mit denen sie umhergezogen war.

Der Parker-Doppelgänger lächelte herausfordernd zu Ash herüber. Eilig wich sie seinem Blick aus. »Das heißt, sie sind nur gefährlich, wenn man mit ihnen aufs Zimmer geht. Oder sonst wohin. Und da wir das ja nicht vorhaben –«

Parker legte einen Finger auf ihre Lippen. »Wir brauchen einen Plan. Und wenn Elodie eine von ihnen ist, dann können wir sie nicht einfach an der Bar aushorchen wie in einem schlechten Krimi.«

Ash klappte die Kinnlade hinunter. »Du willst das nicht wirklich tun!«

»Einer von uns muss mit ihr allein sein, um mit ihr zu reden. Und ich glaube nicht, dass es funktioniert, wenn du das bist.«

»Vielleicht mag sie Mädchen.«

»Sukkubi hassen Frauen. Und Inkubi verachten Männer.«

»Homophob sind sie auch noch.«

»Sie werden gefährlich, wenn sie ihren Willen nicht bekommen. Ich meine, wirklich gefährlich. Sie fühlen sich uns haushoch überlegen, und wahrscheinlich zu Recht.«

Ash deutete auf den falschen Parker unter der Palme. »Stört's dich, wenn ich in der Zwischenzeit einen Cocktail mit ihm trinke? Ich mag sein Lächeln.«

46.

Eine Viertelstunde später fuhr Parker mit Elodie in den sechsten Stock. Ash war auf der Terrasse zurückgeblieben. Er hoffte nur, dass sie verstanden hatte, was er versuchte. Dabei hatte er das Risiko so weit wie möglich heruntergespielt; er wollte nicht, dass sie sich mehr Sorgen als nötig um ihn machte.

Es hatte ihn nur zwei Minuten gekostet, der älteren Frau hinter der Theke zu entlocken, welches der Mädchen in der Bar Elodie war. Offenbar war es nicht ungewöhnlich, dass sich Männer nach ihr erkundigten. Als er sich zu ihr gesetzt und die Sonnenbrille abgenommen hatte, war ihr erstes geheucheltes Interesse rasch unverhohlener Neugier gewichen. Auch sie erkannte Parker Cale. Er konnte sehen, wie in ihren Augen eine Gier erwachte, die nicht menschlich war.

Ihre Schönheit hatte nichts mit der aufgetakelten Masche der übrigen Sukkubi gemein. Sie hatte glattes blondes Haar, das lang über ihren Rücken fiel, und sah nicht älter aus als zwanzig. Ihre Haut hatte einen rosigen Teint, ihre Augen waren dunkelblau, fast wie Tinte. Er hatte nie zuvor so eine Augenfarbe gesehen, aber er war sicher, dass sie keine getönten Kontaktlinsen trug. Abgesehen von Lippenstift und einem Hauch von Lidschatten war sie ungeschminkt, selbst im gedimmten Licht des Aufzugs gab es daran keinen Zweifel. Falls sie Ähnlichkeit mit einer Schauspielerin oder einem Model besaß, so hätte er nicht zu sagen vermocht, mit wem. Auch das unterschied sie von den meisten anderen ihrer Art; in der Regel wählten Sukkubi immer den einfachsten Weg, um potenzieller Beute aufzufallen.

Sie trug einen engen cremefarbenen Rollkragenpullover und einen kurzen Rock, flache Schuhe und keinen Schmuck bis auf ein paar Lederbändchen an beiden Armen. Auffällig war nur die große Plastikuhr an ihrem Handgelenk, deren Ziffernblatt mit einer psychedelischen Spirale verziert war. Augenscheinlich hatte auch Elodie die Siebziger nie ganz hinter sich gelassen. Vielleicht war das einfach die beste Zeit für sie gewesen, der Höhepunkt jener Bewegung, die freie Liebe und die Ausschweifungen der Blumenkinder an die Côte d'Azur gespült hatte. Für einen Sukkubus musste es ein Trip ins Schlaraffenland gewesen sein. Parker fragte sich, wie alt Elodie wirklich war.

»Und du bist der echte Parker Cale?«

Ihre Stimme gefiel ihm so sehr wie ihre Augen. Sukkubi nutzten Schönheit, Wohlklang und sogar Gerüche mit der Skrupellosigkeit fleischfressender Pflanzen.

»Ich fürchte, ja«, sagte er. Wenn jemand die Wahrheit erfahren durfte, dann sie. Ein Sukkubus würde niemals die Presse oder die Polizei informieren, dafür war Ihresgleichen viel zu sehr auf Tarnung und Verschwiegenheit angewiesen.

»Du hast dich an der Bar nach mir erkundigt«, sagte sie. »Woher kanntest du meinen Namen?«

»Von einem Freund.«

Sie fragte nicht weiter, sondern kräuselte nur die Lippen. Es mochte ihr gleichgültig sein, solange sie nur bekommen würde, worauf sie aus war. Dennoch überraschte es ihn, als sie nach einem Moment sagte: »Ich bin keine Prostituierte.«

Er hoffte, dass sein Lächeln sehr kühl und arrogant wirkte. »Glaubst du, darauf wäre ich angewiesen?«

»Kaum. Aber ich wollte, dass du das weißt. Wir zwei werden unseren Spaß haben, aber ich will dafür nichts von dir. Keine Bezahlung, keine Versprechen, normalerweise nicht mal deinen wirklichen Namen. Was in deinem Fall ein wenig schwierig ist, zugegeben.«

Er spürte einen Stich von schlechtem Gewissen, weil er mit ihr so beiläufig über diese Dinge redete, während Ash unten am Strand auf ihn wartete. Noch vor einem Jahr hätte er Elodies Angebot angenommen, ohne mit der Wimper zu zucken. Aber das hier war Welten entfernt von Ashs ausgestreckter Hand gestern Abend am Bootssteg, von ihrem Lächeln, ihrer Zuneigung. Ein warmer Schauer durchlief ihn. Daran änderte auch Elodies taxierender Blick nichts.

Der Aufzug kam mit einem Klingelsignal im sechsten Stock zum Stehen. Ein kicherndes Paar trat vor der Tür zur Seite, damit Parker und Elodie die Kabine verlassen konnten. Er blickte rasch in eine andere Richtung, aber die beiden waren so miteinander beschäftigt, dass sie ihn gar nicht beachteten.

Elodie führte ihn einen Gang zwischen nummerierten Türen hinunter, als auch der zweite Aufzug hielt. Parker blickte zurück, doch niemand stieg aus. Die Tür glitt zu. Er wandte sich wieder um, blieb aber wachsam.

Als er mit Elodie in der Bar gesessen hatte, war ihm ein junger Mann aufgefallen, der sie beobachtet hatte. Er war ebenfalls attraktiv, aber er ähnelte keinem der großen Stars, sondern einem exzentrischen Charakterdarsteller, dem Parker einmal am Set begegnet war; eine ungewöhnliche Maskerade für einen Inkubus. Eine nachdenkliche Falte war zwischen seinen Brauen erschienen, als er zu ihnen herübergesehen hatte. Parker hatte erst geglaubt, es ginge um ihn, aber dann war ihm aufgefallen, dass der Mann nur Augen für Elodie hatte. Es war ein besorgter Blick gewesen, und das war erstaunlich: Normalerweise verabscheuten Inkubi und Sukkubi einander, auch wenn es sie in dieselben Jagdgründe zog. Und dennoch hatte dieser Inkubus Elodie angesehen, als wollte er sie von dem Menschen fortreißen, mit dem sie sich abgeben musste.

Seither war Parker gleich zweifach auf der Hut: vor Elodies Verführungskünsten und vor dem Inkubus, der vielleicht ihr Beschützer war, vielleicht auch mehr.

Chimena hatte ihn immer wieder auf Gefahren aufmerksam gemacht, die kein gewöhnlicher Mensch bemerkte. Sukkubi und Inkubi waren nicht die einzigen Kreaturen, die wie Spinnen ihre Netze woben, damit sich Sterbliche darin verfingen. Mit der Zeit hatte er eine Antenne dafür entwickelt, und nun sah er sie viel häufiger, als ihm lieb war.

Elodie bog zweimal ab, ehe sie schließlich vor Zimmer 612 stehen blieb. »Da wären wir«, sagte sie, öffnete und ließ ihn eintreten.

Noch einmal schaute er den Gang hinunter, entdeckte aber keinen Verfolger.

»Was ist mit dem Mädchen?«, fragte sie, als sie die Tür hinter ihnen schloss. »Ich hab euch zusammen am Eingang der Bar gesehen.«

»Eine Freundin.«

»Wird sie dich nicht vermissen?«

»Sie ist hier, um Spaß zu haben.« Er versuchte möglichst kaltschnäuzig auszusehen. »Abwechslung kann uns beiden nicht schaden.«

Elodie ließ den Schlüssel von innen stecken. Im Zimmer gab es ein Doppelbett mit weißen Bezügen, einen Fernseher, den obligatorischen Einbauschrank. Dazu eine Kombination aus Schreibtisch, Kommode und Minibar. Nichts besaß eine persönliche Note und er fragte sich, ob sie wohl schon immer hier lebte. Sie war ein Raubtier, und Tiere hatten keinen Sinn für Dekor.

Die Vorhänge waren offen. Es gab einen winzigen Balkon mit Blick aufs Meer, gerade breit genug für zwei Klappstühle.

Elodie legte ihre Hände von hinten an Parkers Hüfte und schob ihn sanft ans Fenster. Dutzende Möwen segelten auf den Winden, ein wildes Durcheinander aus Schwingen und Geschrei.

Ein weißes Kreuzfahrtschiff schob sich von Osten her über die See. »Auf so einem bin ich mal eine Weile mitgefahren«, sagte Elodie, drückte sich von hinten an Parker und brachte ihre Lippen ganz nah an sein Ohr. Er fühlte ihren festen Körper, ihre Brüste, sogar ihre Rippen. Es war, als reagierte jeder Nerv in seiner Haut übersensibel auf ihre Berührung.

»Als Mitglied der Crew?«

Sie kicherte leise. »Als Geliebte des Kapitäns.«

Er drehte sich zu ihr um und nutzte die Bewegung, um sich aus ihrem Griff zu lösen. »Warum bist du zurück an Land gegangen?«

»Alte Gewohnheit.«

»Du lebst schon immer hier an der Küste?«

»Oh ja.« Ihre dunkelblauen Augen leuchteten. Sie öffnete ein wenig die Lippen, fuhr sich mit der Zungenspitze an den Zähnen entlang und kam wieder näher. »Hier gibt es alles, was ich brauche.«

Er durfte nicht zulassen, dass sie ihn küsste. Sukkubi betörten ihre Opfer nicht durch Bisse oder Hypnose, sondern nur mit ihren Küssen – geriet man erst einmal in den Bann ihrer Lippen, gab es kein Zurück mehr.

Ihr hellblondes Haar schimmerte in den Strahlen der Mittagssonne. Elodie war atemberaubend, selbst ohne die Macht ihrer Küsse, und er fragte sich, ob es nicht maßlos überheblich war, sich einzubilden, dem Zauber eines Sukkubus widerstehen zu können.

Sie schob ihre schmalen Hände unter sein T-Shirt. Er spürte jeden einzelnen ihrer Finger; jeder schien seine Haut auf eine andere elektrisierende Weise zu berühren. Sie presste sich an ihn, winkelte das linke Knie leicht an und strich mit der Innenseite ihres nackten Oberschenkels an seinem Bein entlang.

Aus ihren traumblauen Augen musterte sie ihn mit einer Mischung aus Unschuld und Ungeduld, die wahrscheinlich seit Jahrzehnten die Männer um den Verstand brachte.

»Das hier«, flüsterte sie mit einem frechen Lächeln, »wäre eigentlich der Moment, in dem wir uns küssen.«

Es gelang ihm nicht ganz, ein bedauerndes Seufzen zu

unterdrücken. Dann gab er sich einen Ruck, packte sie an den Oberarmen und stieß sie rückwärts aufs Bett.

Im ersten Augenblick wirkte sie verwirrt, dann eine Spur verärgert. Schließlich aber lächelte sie wieder. Der Saum ihres Rollkragenpullovers war nach oben gerutscht. Sogar ihr Bauchnabel war bildhübsch. Sie blieb vor ihm auf der Bettdecke liegen, hob nur den Oberkörper und stützte sich auf die Ellbogen, die Beine über der Bettkante. »Wenn du auf die harte Tour stehst, dann bist du bei mir gar nicht so falsch.«

Das fand er ein wenig unter ihrem Niveau.

Aus seiner Hosentasche zog er den Salzstreuer, den er unten auf der Terrasse hatte mitgehen lassen. Den Deckel hatte er bereits gelockert, nur eine letzte Drehung, dann fiel die Metallkappe ab.

»Nicht schreien«, sagte er.

»Was –«

»Tut mir leid.« Er holte aus, um das Salz in weitem Bogen über sie zu streuen.

47.

»Ich bin Flavien«, sagte er auf Englisch.

Sie hatte sich die Annäherungsversuche eines Inkubus origineller vorgestellt. Und eine gute Portion unwiderstehlicher.

»Ash.«

»Darf ich mich zu dir setzen?«

»Warum nicht?«

Sie saß an einem der äußeren Terrassentische mit Blick auf den Strand und versuchte, sich vom Amoklauf ihrer Gedanken abzulenken. Nie zuvor war sie eifersüchtig gewesen; sie wusste nicht mal, wie sich das anfühlte, Eifersucht. Sie hatte Bauchschmerzen, das war alles. Und spürte eine innere Unruhe. Überhaupt eine gewisse Verspannung am ganzen Körper. Vor allem aber Bauchschmerzen.

»Du bist sehr hübsch, Ash.«

»Schönen Dank. Und das Wetter ist auch nicht schlecht.« Immerhin verschwendete er keine Zeit. War Parker damals *darauf* hereingefallen? Und worüber redete er gerade mit Elodie?

Gott, sie war, verdammt noch mal, *nicht* eifersüchtig.

»Ich kann auch wieder gehen«, sagte Flavien, ohne Anstalten zu machen, tatsächlich aufzustehen.

Er erinnerte sie an irgendeinen Schauspieler aus Hollywoods zweiter oder dritter Reihe. Jemand, der den besten Freund spielte oder den Informanten des Helden; jemand für die schrägeren Nebenrollen.

Über seine Schulter hinweg sah sie, dass sich der Parker-Doppelgänger einem anderen Opfer zugewandt hatte, einer jungen Russin, Schmuck und Make-up nach zu urteilen; sie sah müde aus, wie nach drei durchzechten Nächten. Wahrscheinlich wohnte sie schon ein paar Tage hier im Hotel und nahm alles mit, was der Ort zu bieten hatte. Ihr Bräutigam war vermutlich längst in den Zimmern der Sukkubi verloren gegangen.

»Du siehst aus, als würdest du dir Sorgen machen«, sagte Flavien.

Ashs Blick war nicht zu ihm zurückgekehrt, sondern wanderte über die Fassade des Hotels, von einem Balkon zum nächsten. Irgendwo dort oben waren sie jetzt. Sie hatte noch beobachtet, wie Parker mit Elodie die Bar verlassen hatte und zu den Aufzügen gegangen war.

»Nein, gar nicht.« Sie hatte keine Angst vor ihm. Er würde wohl kaum hier am Tisch über sie herfallen.

»Schon lange in Frankreich?«, fragte er.

»Ein paar Tage.«

»Und? Gefällt's dir?«

Sie konnte nicht den belanglosesten aller Smalltalks führen, während Parker vielleicht von diesem Sukkubus zu etwas gezwungen wurde, das er, nun, gar nicht wollte. Vielleicht.

»Hör zu«, sagte sie zu Flavien. »Du musst dir keine Mühe geben, um mit mir ins Gespräch zu kommen. Wir reden ja schon. Also überspringen wir einfach das Geplänkel und kommen zur Sache.«

Er verband Stirnrunzeln und Lächeln zu einem Ausdruck, der ihn vielschichtiger erscheinen ließ als sein Konversationstalent. »Als Nächstes wäre meine Charmeoffensive an der Reihe.«

»Auf die bin ich wirklich neugierig. Aber ich fürchte, auch dazu ist keine Zeit.«

»Verdammt.«

Ach, scheiß drauf, dachte Ash. Wenn sie schon Zeit totschlagen musste, dann mit einem Gespräch, das sie interessierte. Und ihr fiel nur ein Weg ein, wie sie das hinkriegen konnte.

»Ich weiß, was du bist«, sagte sie frei heraus.

Flavien schmunzelte. »Franzose. Aus der Normandie. Hört man das?«

»Ein Inkubus.«

Wortlos sah er sie an.

»Was nun?«, fragte sie. »Willst du dir lieber eine der anderen am Strand vornehmen? Oder wollen wir das Gespräch noch mal von vorn beginnen?«

Sie hielt es für wahrscheinlich, dass er einfach aufstehen und gehen würde. Schlimmstenfalls würde er ein paar von seinen Artgenossen zusammentrommeln und sie hinauswerfen.

Oder sie in ein Zimmer verschleppen und umbringen.

Aber Flavien blieb sitzen, verschränkte die Arme und starrte sie unverwandt an.

»Ich hoffe mal«, sagte sie, »Offenheit macht dich nicht an.«

»Nicht sehr.«

»Worüber wollen wir nun reden?«

»Woher weißt du Bescheid? Über uns, meine ich.«

»Wie viele Hotels gibt es wohl an der Côte d'Azur, in der die Hälfte der Gäste wie Filmstars aussieht?«

»Einige.«

»Und das wundert niemanden?«

Flavien schüttelte den Kopf. »Die meisten Menschen wollen getäuscht werden. Gerade im Urlaub.«

»Das spricht nicht für uns, schätze ich.«

»Keiner zwingt euch dazu, mit uns ins Bett zu gehen. Aber eine Menge Leute kommen nur deshalb her. Die allermeisten sogar, jedenfalls beim zweiten Mal.«

»Ihr raubt ihnen Lebenszeit.«

Flavien nippte an dem Cocktail, den er mit an den Tisch gebracht hatte. »Nur kümmert das keinen. Jedenfalls nicht, solange man es nicht übertreibt. Wenn ich dir sagen würde, der Sex mit mir würde dich drei Jahre am Ende deines Lebens kosten, würde dir das allzu viel ausmachen? Wenn du statt sechsundachtzig nur dreiundachtzig werden würdest?«

»So alt werde ich eh nicht.«

Er lachte sie aus. »Das sagen die meisten in deinem Alter. Woher kommt das? Warum glaubt jeder zwanzigjährige Mensch, mit dreißig wäre sein Leben vorbei? Ist Gleichgültigkeit für euch dasselbe wie Coolness? Erklär's mir, wenn du schon so viel schlauer bist als der Rest.«

Sie hatte ein interessantes Gespräch gewollt, und nun bekam sie eines. »Vielleicht finden wir es einfach nicht besonders attraktiv, uns vorzustellen, dass wir irgendwann sterbenslangweilig und lethargisch sein könnten.«

In seinen Augen blitzte es triumphierend. »Was also kümmert es dich, für stundenlangen fantastischen Sex auf ein paar Jahre deines grauen, elenden Daseins als alte Frau zu verzichten?«

»Das heißt, ich altere nicht sofort um die Jahre, die ihr mir wegnehmt?«

»Aber nein. Nur wenn es zur Sucht wird, dann sieht man es dir irgendwann an.« Er deutete zu der ausgezehrten Frau neben dem Parker-Doppelgänger. »Ganz sicher nicht, wenn man es richtig dosiert.«

»Aber wenn ich nicht älter als dreißig werde?«

»Dann würdest du nach einer Nacht mit mir mit siebenundzwanzig sterben.«

Kopfschüttelnd winkte sie ab. »Das ergibt keinen Sinn. Das würde voraussetzen, dass unser Sterbedatum irgendwo festgeschrieben ist und jemand am Ende ein paar Jahre wegstreicht.«

»Möglicherweise ist es so.«

»Und wenn ich unerwartet bei einem Unfall ums Leben komme?«

Flavien verzog den Mund. »Derjenige, der die Jahre abstreicht, weiß das vielleicht schon heute.«

Nun wünschte sie sich selbst einen Cocktail, den stärksten auf der Karte. »Was, wenn mir vorherbestimmt wäre, dass ich morgen umgebracht werde?« Von Libatique zum Beispiel. »Wenn das unausweichlich feststünde und ich trotzdem mit dir schlafe. Dann bliebe mir noch ein Tag, und ich hätte gar keine drei Jahre mehr, die du mir wegnehmen könntest.«

»Wäre doch möglich, dass ich das spüren könnte, oder?«

»Dann würdest du sicher nicht versuchen, mich abzuschleppen.«

Sein Grinsen wurde breiter. »Bist du denn sicher, dass ich das gerade versuche?« Flavien rückte den Stuhl zurück und stand auf. »Hat mich gefreut, mit dir zu reden, Ash. Ich wünsche dir noch einen schönen Tag.«

Damit nickte er ihr zu und ging davon.

Sie schaute ihm einen Moment lang hinterher. Ihre Bauchschmerzen waren auf einen Schlag verschwunden, aber es kam ihr vor, als wären die Ränder ihres Blickfeldes unschärfer geworden.

Flavien hatte die Terrasse schon halb in Richtung Hotel überquert, als sie aufsprang und ihm folgte.

»Hey!«

Er ging weiter und betrat das Hotel. Ein Kellner kam Ash entgegen. Die Cocktailgläser auf seinem Tablett schwankten, als sie sich an ihm vorbeidrängte. Eines kippte über den Rand und zerschellte am Boden. Kurz verstummten die Gespräche auf der Terrasse und alle Blicke richteten sich auf sie.

»'tschuldigung. Wirklich, tut mir leid.«

Als sie sich wieder dem Gebäude zuwandte, war Flavien nicht mehr zu sehen. Sie ignorierte den Einwand des Kellners und ging zügig zwischen den besetzten Tischen hindurch zum Hintereingang. Auf einer Ablage für die Bedienung standen Zuckertöpfchen, Serviettenstapel und Salzstreuer. Sie schnappte sich einen im Vorbeigehen und schraubte den Deckel ab, während sie das Gebäude betrat. Parker hatte ihr davon erzählt und sie musste sich darauf verlassen, dass es funktionierte.

Ein älterer Mann im Bademantel bog mit einem rothaarigen Mädchen im Arm aus der Hotelbar in Richtung der Aufzüge. Die beiden versperrten ihr die Sicht auf das andere Ende des Korridors. Im Vorbeigehen warf sie einen kurzen Blick in die Bar, konnte Flavien aber nicht entdecken. Sie murmelte etwas, das halb Fluch, halb Entschuldigung war, schob sich an dem ungleichen Paar vorbei und näherte sich den Lifttüren. Die eine schloss sich gerade.

Im letzten Moment schob sie ihren Fuß in den Spalt. Die beiden Hälften der Schiebetür ruckelten störrisch, dann glitten sie wieder auseinander. Flavien stand allein in der Kabine und sah sie mit erwartungsvollem Lächeln an.

»Neugierig geworden?«

Ash betrat die Kabine, eine Hand in der Tasche um den Salzstreuer geschlossen. »Ziemlich.«

Flavien drückte auf den Knopf für die sechste Etage. Hinter ihnen wollte sich auch der alte Mann mit seiner Begleiterin in den Aufzug drängen, aber Flavien warf dem Sukkubus einen warnenden Blick zu, woraufhin die Rothaarige den Mann mit einem aufgesetzten Kichern zurück auf den Gang zog. Der Alte protestierte, aber sie hatte sich so fest bei ihm eingehakt, dass er gar keine andere Wahl hatte, als mit ihr auf die nächste Kabine zu warten.

Die Lifttür glitt zu. Ash war allein mit Flavien. Sie hielt sich so weit wie möglich von ihm fern, stand mit dem Rücken an der Kabinenwand.

Der Inkubus lächelte geringschätzig. »Bei ihm kann ich verstehen, dass er's eilig hat.«

»Wie viele Jahre bleiben ihm noch?«

»Nachdem sie mit ihm fertig ist? Drei, vier, vielleicht.«

»Genauer kannst du's nicht sagen?«

Er neigte den Kopf ein wenig und sah sie eindringlich an. »Reden wir über ihn oder über dich?«

»Kannst du wirklich wittern, wie viel Zeit uns noch bleibt?«

Flavien lehnte sich gegen die Wand. Er lächelte noch immer und schwieg.

»Bleibt mir tatsächlich nur ein Tag?«, fragte sie.

Nun sah er sie fast ein wenig mitleidig an. »Das hab ich nicht gesagt.«

»Du hast es –«

»Was? Angedeutet?« Mit einem Ruck stieß er sich ab, schnellte zwei Schritte nach vorn und presste rechts und links von ihr die Hände gegen die Kabinenwand. Seine braunen Augen fixierten sie. Er berührte sie nicht, aber Ash war zwischen seinen Armen gefangen, sein Gesicht befand sich unmittelbar vor ihrem. Die Hand mit dem offenen Salzstreuer hatte sie schon halb aus der Tasche gezogen, aber noch zögerte sie.

»Warum bist du hergekommen?«, fragte er. »Was willst du wirklich? Doch keinen Sex.«

»Nein. Ich hatte gestern Abend schon ganz fantastischen.«

Seine Augen glühten auf wie die eines Raubtiers. »Erzähl mir davon.«

»Filmstarsex. Echten. Das, wovon all die Starfucker in diesem Hotel nur träumen.«

Seine Lippen näherten sich ihren. »Ich bin neidisch.«

Sie zog den Salzstreuer hervor, aber Flavien war schneller. Blitzschnell federte er einen halben Schritt zurück, holte aus und schlug mit ungeheurer Kraft gegen ihre rechte Hand. Das Gefäß entglitt ihren Fingern und krachte gegen die Aufzugtür. Beim Aufprall zerschmetterte das Glas und das Salz ergoss sich über den Boden.

Flavien blickte auf die weiße Schicht auf dem Teppich und zog angewidert die eine Seite der Oberlippe nach oben. Ein leises Grollen stieg aus seiner Kehle auf.

Ashs Arm schmerzte. Mit der Linken presste sie die Hand an ihren Oberkörper.

»Halt dich ja von mir fern!«, schnauzte sie ihn an.

»Der Sex gestern, war der mit deinem hübschen Freund? Der, mit dem du in die Hotelbar gekommen bist? Derselbe, der mit Elodie aufs Zimmer gegangen ist?«

Sie sah ihn wutentbrannt an und presste die Lippen aufeinander.

Erneut kam er auf sie zu. Durch die Gummisohlen seiner Schuhe zeigte das Salz keine Wirkung. Mit einer Hand packte er sie an der Kehle, stieß Ash gegen die Wand und bleckte seine Zähne. Sie waren sehr weiß und ebenmäßig. Hollywoodzähne. »Sag mir die Wahrheit! Hat dein Freund auch Salz dabei?«

Das Klingelsignal. Der Aufzug hatte den sechsten Stock erreicht.

»Leck mich«, krächzte Ash. Sie bekam kaum Luft und schlug nach ihm, aber als ihre geprellte Hand seine Brust traf, war ihr Schmerz ungleich größer als seiner.

Die Schiebetür glitt auf. Der Korridor war verlassen.

»Hat er Salz dabei?«, fragte Flavien noch einmal.

Ash konnte nicht antworten, selbst wenn sie gewollt hätte. Farbpunkte tanzten vor ihren Augen.

Flavien fluchte auf Französisch, schleuderte sie zu Boden und stürmte hinaus auf den Flur.

48.

Libatique mag diesen Ort am Ende der Landzunge.

Er mag das kleine Haus und die Bucht mit dem Bootssteg, mag die Seevögel, die mit geschwellter Brust über die Felsen stolzieren, und er mag das Gefühl von Abgeschiedenheit, obwohl die Küstenstraße nur einen Steinwurf entfernt ist.

Er lauscht den Schreien des blinden Mannes, horcht auf, wenn ein Ton ihn inspiriert, und er kann nicht anders, als eine Melodie zu komponieren, nur etwas Kleines zum Zeitvertreib. Die Muster an den Wänden und auf dem Boden folgen ihm, sein Schweif aus unvollkommener Kunst, der ihn auf Schritt und Tritt begleitet und daran erinnert, dass er vielleicht nie in der Lage sein wird, etwas ganz und gar Eigenes zu erschaffen. Wenn er zeichnet, entsteht sein Gesicht. Wenn er komponiert, klingt die Musik nach seiner Stimme. Und wenn er sich an Skulpturen versucht – besonders an jenen aus Fleisch –, dann werden sie zu Karikaturen seiner selbst.

Wie Guignol.

Wie Royden Cale.

Er beobachtet seinen neuen Diener, während der sich mit dem gefesselten Blinden beschäftigt. Heute Morgen hat Libatique Roydens Gesicht in einem Anflug ungestümer Kreativität verformt, die Nase verlängert, auch das Kinn, bis sein Profil einer offenen Kneifzange glich. Damit war er nicht zufrieden, er hat hier noch etwas weggenommen, da etwas hinzugefügt, die Stirn verkürzt, die Wangenknochen stärker hervorgehoben – und als er ihn am Ende betrachtete, da sah Royden fast aus wie Guignol und damit wie ein Zerrbild Libatiques.

Es ist zum Verzweifeln. Was er auch versucht, alles wird immer nur er selbst. Er braucht noch mehr Talente und noch mehr Zeit, und während ihm die Fähigkeiten des Jungen gleichgültig sind, so weiß er doch, dass dessen weltweiter Ruhm ihn über Jahre sättigen wird. Solange Parkers Berühmtheit andauert, könnte Libatique allein von ihm leben, so stark ist die Liebe des Publikums zu diesem dummen Schauspieler.

Libatique hält nicht viel von diesem Pakt, den er dem Jungen aufzwingen muss, aber ohne ihn wird er womöglich nie sein Ziel erreichen. Er ist müde von den vielen Jahrhunderten des Strebens nach Höherem. Ein wenig ausgebrannt, denkt er manchmal. Es ist nicht schön, sich das eingestehen zu müssen, aber er kann nicht umhin, der Wahrheit ins Auge zu blicken. Es ist eine Sucht, dieser Drang nach Perfektion, aber er hat es längst aufgegeben, dagegen anzukämpfen.

Der Blinde liegt auf dem Esstisch, Arme und Beine gespreizt und gefesselt, und Royden bearbeitet ihn. Libatique geht im Wohnzimmer auf und ab und beobachtet das Treiben mit Missfallen, weil er kein Freund ist von derart grobem Tun. Er hält es für unästhetisch. Und Royden übertreibt, er hat Spaß gefunden an dieser Form der Machtausübung. Er hatte schon immer ein Faible dafür, andere Menschen zu unterdrücken, und seit er selbst kein Mensch mehr ist, kennt er keine Grenzen.

Schon einige Male hat Libatique seit gestern Abend gedacht, dass es falsch war, Royden auferstehen zu lassen. Guignol war gehorsam und zielgerichtet. Royden hingegen ist unberechenbar und wütet wie ein Wahnsinniger. Libatique wird ihn nicht so lange an seiner Seite behalten können wie Guignol.

Doch im Augenblick ist er auf seinen Sklaven angewiesen, wenn er sich nicht selbst die Finger schmutzig machen will. Er versteht allmählich, weshalb dieser Mann sich von der Kunst verabschiedet hat und zum Wirtschaftsboss wurde, zum Medienzar, zum Herrscher eines weltweiten Reichs. Auch dort konnte er Gewalt ausüben, mit einem Anruf Tausende entlassen, konnte Gegner in den Ruin treiben und Regierungen ins Wanken bringen. All das hat er genossen und dafür seine Malerei aufgegeben. Jetzt aber, da Tod und Auferstehung sein Dasein auf animalische Triebe reduzieren, ist die Gewalt, die er mag, primitiverer Natur. Er ist derb und unbedacht, dabei jedoch sehr gründlich. Noch braucht Libatique ihn, aber das wird nicht ewig so sein. Wenn der Sohn erst ihm gehört, wird er auf den Vater verzichten können.

Immerhin eines hat Royden gut gemacht: Er hat sich an dieses Haus erinnert, das der Junge heimlich gekauft hat. Denn Royden Cale hat seine Ohren und Fühler überall. Er hat Parker in dem Glauben gelassen, nie von Le Mépris gehört zu haben, und das kommt ihnen nun zugute.

Es hat eine Weile gedauert, ehe Roydens Rückkehr von den Toten weit genug fortgeschritten war, dass er sich deutlich artikulieren konnte. In den ersten Stunden vermochte er nur einfache Aufgaben zu verrichten, auch das Autofahren fiel ihm schwer. Fast hätte er in einer Kurve die Kontrolle über den Rolls-Royce verloren, und Libatique hatte eingesehen, dass er sich noch eine Weile gedulden musste.

Während der Stunden bis zum Sonnenaufgang, auf dem menschenleeren Parkplatz eines Supermarkts, hat er die Zeit genutzt, um Roydens Gesicht neu zu formen. Danach waren Teile der Erinnerung seines Dieners zurückgekehrt, bald auch jene an Le Mépris. Seine Sprache war noch unvollkommen – sie ist es jetzt noch –, aber sein Wortschatz reichte aus, um Libatique seinen Verdacht mitzuteilen.

Und tatsächlich, Parker und das Mädchen sind hier gewesen. Nun gilt es herauszufinden, wohin sie am Morgen aufgebrochen sind. Noch schweigt der Blinde auf dem Esstisch, und wenn Royden so weitermacht, wird es schwierig werden, mehr aus ihm herauszubekommen.

Libatique verlässt die beiden Männer und schaut sich im Haus um. In seinem teuren schwarzen Anzug streift er barfuß durchs Untergeschoss. Auf einem Sessel liegt eine altmodische Polaroidkamera, daneben ein Blatt Papier mit Blindenschrift. Der Laptop und ein Spezialdrucker, mit dem das Schreiben erstellt wurde, befinden sich auf einem Schreibtisch am Fenster.

Libatique, der alle Sprachen der Welt versteht, fährt mit der Fingerspitze über die Erhebungen.

Lieber Godfrey,
vielleicht wird es wirklich Zeit, sich nicht länger zu verstecken. Ich möchte mich bedanken für das, was Sie gesagt haben. Es ist lange her, dass jemand mir uneigennützig einen Rat gegeben hat, und früher habe ich aus Prinzip meist das Gegenteil getan. Parker hat Recht mit allem, was er über Sie sagt: Sie sind ein ganz besonderer Mensch. Und beim nächsten Mal esse ich auch Ihren Fisch.
Alles Liebe,
Ash

Verwundert liest Libatique den Brief ein zweites Mal. Er wird diese menschlichen Sentimentalitäten niemals verstehen.

Der Laptop hat eine spezielle Tastatur und ist Godfreys Kontakt zur Außenwelt. Libatique ist alt, aber kein Fossil, und er versteht etwas von Technik. Innerhalb weniger Minuten findet er im Verlauf des Browsers die Website eines Hotels, ein wenig weiter die Küste hinauf.

Er kennt diesen Ort. Er weiß, von welchen Wesen es dort wimmelt. Und während er noch überlegt, was Parker dorthin führen könnte, fällt im Erdgeschoss der Name Nineangel.

Er hätte es ahnen müssen.

Parker sucht Beistand, wo einst schon Royden welchen fand. Beim Hohepriester Nineangel. Bei seiner Göttin Hekate.

In einem Anfall von Wut schleudert Libatique den Computer durch die Fensterscheibe auf die Terrasse. Splitter schießen ins Freie, Scherben stürzen wie Fallbeile. Der Laptop zerspringt auf den Fliesen und schlittert bis zur Bucht.

Nineangel. Libatique hat noch eine Rechnung mit ihm offen. Wüsste er, wo er sich verkrochen hat, hätte er ihm längst einen Besuch abgestattet. Er hat ihm nie verziehen, dass er ihm Royden so lange vorenthalten hat. Eine Strafe ist längst überfällig. Eine Strafe wäre ihm eine große Genugtuung.

Libatique eilt die Stufen hinauf und wendet sich seinem Gefangenen zu. Eine rote Blüte hat sich auf dem Tisch geöffnet. Royden steht daneben, bereit für neue Anweisungen.

»Warum dort?«, fragt Libatique, ohne sich dem Tisch zu nähern. »Warum in diesem Hotel?«

Der Blinde wendet ihm langsam den Kopf zu, als könne er ihn sehen. Und vielleicht vermag er das tatsächlich, denn Libatique ist in der Finsternis zu Hause.

Godfrey öffnet den Mund. Nicht viele Teile seines Leibes sind noch so beweglich.

Libatique bebt vor Ungeduld. »Wer ist dort, der Parker zu Nineangel führen soll? Oder hat er selbst sich dort verkrochen?«

Bei der Erwähnung des Jungen steigt ein Grollen aus Royden Cales trockener Kehle. Er gibt Parker die Schuld an dem, was ihm angetan wurde. Für seinen Tod und für sein Leben danach. Für das, was er fortan sein muss. Er hasst seinen Sohn mit einer Unerbittlichkeit, wie sie nur Toten zu eigen ist.

Die Gesichtszüge des Blinden zucken. Er will reden, er will es so sehr.

Aber, nein – er lacht. Er lacht seine Peiniger aus!

In der Schwärze tritt Libatique an seine Seite.

49.

Als sie wieder zu sich kam, waren nur Sekunden vergangen. Die Aufzugtür hatte sich geschlossen, die Kabine war auf dem Weg nach unten.

Ash lag am Boden vor der Rückwand, ihr Hals schmerzte, wo Flavien sie gepackt hatte, aber es gelang ihr, sich wieder aufzurappeln. Ihr Blick huschte zur Etagenanzeige. Vierter Stock. Hastig drückte sie auf die Drei. Augenblicke später hielt die Kabine und die Tür glitt auf. Ash taumelte hinaus auf den Flur, suchte nach dem Zugang zum Treppenhaus. Sie hatte keine Zeit, erst wieder ganz nach unten zu fahren, um dann mit dem Aufzug in die sechste Etage zurückzukehren. Sie musste schneller sein. So schnell wie Flavien auf dem Weg zu Parker.

Durch eine Glastür, dann die Stufen hinauf. Wieder der vierte Stock. Der fünfte. Schließlich der sechste. Atemlos stürmte sie hinaus auf den Flur. Niemand zu sehen. Sie wusste nicht, in welches Zimmer Parker mit Elodie gegangen war, aber sie erinnerte sich, dass Flavien vom Lift aus nach rechts gerannt war.

Sie lief in dieselbe Richtung, den rot tapezierten Gang hinunter, vorbei an Türen mit Knäufen und Zahlen aus Goldimitat. Es roch nach Parfüms und Reinigungsmitteln, aus Lautsprechern erklang klassische Musik. Ashs Fähigkeit, in Sekunden alle Details der Umgebung wahrzunehmen, meldete sich zurück. Sie sah Licht unter manchen Türen, unter anderen war es dunkel. Sie horchte auf Stimmen, hörte Flüstern und Seufzen und eingeschaltete Fernseher.

Und dann war da Flaviens Aufschrei, nicht panisch, nicht einmal laut. Er verriet keine Angst, keinen Schmerz. Nur Zorn.

Sie bog um eine Ecke. Die dritte Tür rechts war geöffnet. Auf dem Gang stand der Wagen eines Zimmermädchens, vollgepackt mit Handtüchern, Bettwäsche und Flaschen für die Minibar. Möglich, dass nur deshalb die Tür offen stand.

Einige Meter vor dem Zimmer wurde sie langsamer. Sie trug nichts bei sich, mit dem sie sich hätte wehren können. Ihr Schädel schmerzte, ihr Rücken war sicher grün und blau, und sie meinte Flaviens Hand noch immer an ihrem Hals zu spüren. Er hätte sie im Lift töten, zumindest aber so schwer verletzen können, dass sie ausgeschaltet gewesen wäre. Aber er hatte das nicht getan. Warum?

Vorsichtig näherte sie sich der offenen Tür. Der Geschirrwagen stand auf der anderen Seite des Korridors. Von dort kam kein Laut.

Am Licht, das aus dem Zimmer auf den Gang fiel, konnte sie sehen, dass sich jemand darin bewegte. Sie hörte ein Flüstern, das beinahe wie Schluchzen klang. Noch drei Schritte, dann konnte sie hineinsehen.

Auf dem Wagen stand eine Sprühflasche mit chemischem Reiniger. Kein K.-o.-Spray, aber besser als nichts. Um heranzukommen, musste sie erst an der offenen Tür vorbei.

Wer immer auch von drinnen hinaus auf den Gang sah, würde sie entdecken.

Unendlich behutsam machte sie den letzten Schritt bis zum Türrahmen, hielt die Luft an und blickte mit einem Auge um die Ecke.

Der kleine Flur, der an der Badezimmertür vorbei in den Schlafraum führte, war verlassen. Sie konnte von hier aus das Bett nicht sehen, aber sie hörte Kleiderrascheln und wieder das Flüstern in einer Sprache, die sie nicht verstand. Es klang heiser, nicht nach Parker. Überhaupt nicht wie ein Mensch. Auch nicht nach Flavien.

Falls Parker dort drinnen war, gab er keinen Laut von sich. Ashs Brustkorb zog sich zusammen. Ihr Magen schmerzte, als hätte sie Nägel geschluckt. Ihr Herz schlug so heftig, dass sie fürchtete, es müsste auch im Zimmer zu hören sein.

Die Tür zum Bad stand offen, im Inneren brannte Licht. Flavien hatte mit Sicherheit hineingesehen, bevor er tiefer ins Zimmer gegangen war. Dort also war Parker nicht. Vielleicht lag er leblos auf dem Bett.

Auf Zehenspitzen huschte sie am Eingang vorbei und ergriff die Sprühflasche. Sie dachte kaum nach über das, was sie tat. Die Sorge um ihn würgte jeden vernünftigen Gedanken ab. Vielleicht war es falsch, womöglich war das Risiko zu groß. Aber sie konnte nicht tatenlos dastehen oder gar umkehren.

Sie hielt die Sprühflasche in der Hand wie eine Waffe und betrat damit den kleinen Flur. Als sie die Badtür passierte, erschrak sie vor der Bewegung ihres Spiegelbilds.

Vor ihr öffnete sich der Blick ins Zimmer. Links hinter der

Ecke befand sich das Doppelbett. Flavien stand daneben und schaute zu ihr herüber.

»Sieh dir an, was er getan hat.«

Das Ding, das vor Flavien auf dem Bett lag, hatte Ähnlichkeit mit einer gigantischen Made, länger als Ashs Arm, ein Wurm aus weißen Segmenten, durch dessen Haut verästelte Adern schimmerten. Kein erkennbarer Kopf und keine Gliedmaßen. Das Wesen krümmte und rollte sich auf zerknüllten Kleidungsstücken hin und her, einem cremefarbenen Pullover und etwas Dunklem, vielleicht einem kurzen Rock. Dabei sonderte es Unmengen eines farblosen Schleims ab. Ein stumpfer Geruch hing in der Luft, der Ash an rohe Kartoffeln erinnerte.

Während sie das Ding noch anstarrte, öffnete sich am vorderen Ende – oben auf dem zerwühlten Kopfkissen – ein geschlitztes Organ wie ein senkrechter Mund. Heraus drangen Laute, die nichts mit menschlicher Sprache gemein hatten, halb Schmatzen, halb Pfeifen. Flavien schloss für einen Moment die Augen, als müsste er Tränen fortblinzeln, dann sah er wieder Ash an.

»Warum seid ihr hergekommen?«, fragte er. »Nur um uns das anzutun?«

»Scheiße«, flüsterte Ash. »Was zum Teufel seid ihr?«

Flaviens Gesicht verzog sich zu einer zornigen Grimasse. »Du musst ihr helfen! Komm her!«

Sie bewegte sich einen halben Schritt zurück, als er die Arme nach ihr ausstreckte. »Wo ist Parker?«, fragte sie.

»Du sollst herkommen!«

Kopfschüttelnd versuchte sie, einen Blick hinter das Bett zu werfen. »*Das* passiert mit euch, wenn ihr mit Salz in

Berührung kommt?«, fragte sie, um Zeit zu gewinnen. Dabei bewegte sie sich langsam einen weiteren Schritt nach hinten.

»Du musst es von ihr herunterwaschen!«, rief Flavien, sein Tonfall eine Mischung aus Verzweiflung und Wut. »Ich kann sie nicht anfassen, sonst passiert mit mir das Gleiche.«

»Kann sie sprechen?«

Das Madending wälzte sich auf dem glitschigen Untergrund einmal um sich selbst. Vermutlich schied es den Schleim aus, um das Salz von seinem Körper zu spülen, aber allzu hilfreich schien das nicht zu sein. Das Mundorgan öffnete und schloss sich in pulsierenden Schüben. Aus dem Pfeifen war ein Klicken und Klacken geworden. Der mehlige Geruch wurde stärker, die Schleimproduktion noch heftiger.

Flavien kam um das Bett herum auf Ash zu. »Hilf mir, sie unter die Dusche zu tragen!«

»Erst will ich wissen, was mit Parker ist. Frag sie, wenn du es nicht weißt!«

Flavien kam näher, während Ash zurückwich. Sie befand sich wieder auf Höhe des Badezimmers, als draußen die Tür des gegenüberliegenden Zimmers aufgerissen wurde. Ash hörte jemanden von hinten herankommen. Im nächsten Augenblick wurde sie gepackt und seitwärts ins Bad gestoßen. Es gelang ihr gerade noch, sich am Waschbecken abzustützen. Dann federte sie schon wieder hinaus auf den Flur.

Parker war an ihr vorbeigerannt und hielt Flavien mit einer Handvoll Salz in Schach. Weiße Kristalle rieselten zwischen seinen Fingern zu Boden. Das Ding auf dem Bett – der

Sukkubus in seiner wahren Gestalt – krümmte sich peitschend vor und zurück und brachte dabei Laute hervor, die auf eine Weise obszön klangen, dass selbst Ash eine Gänsehaut bekam.

Sie berührte Parker am Arm. »Alles in Ordnung?«

»Ja, alles gut. Geh lieber raus hier, ich mach das allein.«

»Kommt nicht in Frage.«

Flavien starrte sie hasserfüllt an. »Warum musstet ihr das tun? Elodie hat euch nichts getan!«

»Ein Inkubus und ein Sukkubus als Liebespaar?«, fragte Parker. »Ich hatte keine Ahnung, dass so was überhaupt möglich ist.«

Und was hat Chimena dir noch verheimlicht?, dachte Ash, sprach es aber nicht aus.

»Vielleicht sind wir einfach schon zu lange Menschen«, entgegnete Flavien. »Kommt, bitte, ihr müsst ihr das Salz herunterwaschen! Lange hält sie das nicht aus. Dann stirbt sie!«

Ash stand hinter Parker im Flur und hätte ihm gern ins Gesicht geschaut. Sie begann, die hilflose Wurmkreatur auf dem Bett zu bedauern, mochte der Anblick auch noch so abstoßend sein.

»Ich wollte nur eine Antwort von ihr«, sagte Parker. »Stattdessen hat sie angefangen herumzutoben.«

»Weil sie wusste, was das Salz aus ihr macht!«, brüllte Flavien ihn an.

Ash lief ins Bad und drehte den Wasserhahn auf. Ihre Finger rutschten ab, als sie versuchte, den Abfluss zu verschließen, aber dann begann die Wanne allmählich vollzulaufen.

»Was machst du da?«, rief Parker von draußen.

»Wonach sieht's denn aus?«

Sie ging zurück ins Zimmer, schob Parker beiseite und wollte zum Bett hinüber. Seine linke Hand schoss vor und hielt sie fest.

»Lass schon los«, sagte sie ruhig. »Du hast versucht, es auf deine Weise zu regeln. Jetzt mach ich es auf meine.«

»Aber –«

Sie kam zurück zu ihm, presste ihm einen Kuss auf die Lippen und löste sich wieder von ihm.

Flavien sah aus, als könnte er sich nicht entscheiden, ob er sich auf sie stürzen und sie als Geisel benutzen oder ob er ihr vertrauen sollte. Sie baute sich vor ihm auf und versetzte ihm eine schallende Ohrfeige.

»Die war für die blauen Flecken an meinem Hals. Und nun geh aus dem Weg!«

Flaviens Wangenmuskulatur zuckte, so hart biss er die Zähne zusammen, aber nach kurzem Zögern trat er beiseite. Ash schob sich die Ärmel hoch, beugte sich über das schlüpfrige Ding und versuchte, es mit beiden Händen zu fassen zu bekommen. Als Kind hatte sie im Park oft Regenwürmer von den asphaltierten Wegen aufgehoben und zur anderen Seite getragen, damit sie nicht vertrocknen mussten. Einige von den ganz besonders großen hatten sich wie wild gegen ihre Finger gewehrt, hatten sich geschlängelt und gewunden, weil sie partout nicht begreifen konnten, dass Ash sie retten wollte. Die Sukkubuskreatur fühlte sich ähnlich an, nur war sie so breit, dass Ash sie nicht mit beiden Händen umfassen konnte. Immer wieder rutschte sie aus ihrem Griff, und erst als Flavien auf Elodie einredete, beruhigte sie sich ein wenig und ließ zu, dass Ash sie wie ein Neugeborenes vom Bett hob. Die beiden Männer belauerten einander noch immer. Ash ignorierte sie und ging zur Badezimmertür.

»Irgendwas, auf das ich achten müsste?«, fragte sie. »Sie zerfällt in warmem Wasser nicht zu irgendeiner Matsche oder so was?«

»Nein, tut sie nicht«, sagte Flavien finster und folgte ihr, ohne Parker aus den Augen zu lassen. »Leg sie einfach hinein. Du musst ihr das Salz vom Körper reiben, wahrscheinlich hat es sich in ihre Schleimhäute gefressen. Sobald es stark genug verdünnt ist, kann es ihr nichts mehr anhaben.«

»Seife?«

»Besser nicht.«

Ash nickte, wich Parkers zweifelndem Blick aus und betrat mit der Kreatur das Bad. Das Wasser in der Wanne war noch nicht hoch und bedeckte gerade einmal ein Drittel des Wurmleibs. Die Mundöffnung formte etwas, das fast wie Worte klang, wenn auch zu undeutlich, als dass Ash sie hätte verstehen können. Dann pressten sich die lippenartigen Ränder aufeinander, damit kein Wasser eindringen konnte.

Ash ließ sich vor der Wanne auf die Knie sinken, beugte sich über den Rand und begann das glitschige Ding mit den Händen abzureiben. Zuerst löste sich die Schleimschicht und trieb als öliger Film auf dem Wasser. Darunter fühlte sich die Haut fast wie die eines Menschen an, wenn auch vollkommen haarlos. Unter Ashs Fingern schienen sich die Vertiefungen zwischen den Segmenten zu glätten und aufzuwölben, bis sie völlig verschwunden waren. Der Körper war jetzt glatt wie eine Blindschleiche.

Als Ash über die Schulter blickte, standen Flavien und Parker mit verbissenen Mienen in der Badezimmertür und sahen ihr zu. Parkers Rechte war noch immer zur Faust geballt, er hatte das restliche Salz nicht losgelassen, hielt die Hand aber weit genug von Flavien entfernt, damit sie ihn nicht berührte. Der wiederum war viel zu besorgt um Elodie, als dass ihn das gefährliche Salz hätte einschüchtern können.

»Und ihr quartiert euch ausgerechnet an der Küste ein?«, fragte Ash, während sie den Körper des Sukkubus abwusch. »Was ist mit Meerwasser?«

»Nicht genug Salz drin«, sagte Flavien. »Aber die meisten von uns gehen trotzdem nicht hinein.«

»Was ist mit Erdnüssen? Salzstangen? Laugenbrötchen?«

Parker räusperte sich. »Sie essen nicht. Die Energie, die sie uns Menschen stehlen, reicht zum Überleben.«

Flavien starrte ihn feindselig an. »Du bist Schauspieler, oder? Lebst du vielleicht nicht von dem, was die Leute dir geben? Von Applaus und ihrer ... was weiß ich, Liebe?«

»Immerhin sterben sie davon nicht früher«, entgegnete Parker. »Jedenfalls nicht dass ich wüsste.«

»Gott, könnt ihr mal aufhören?« Ash verzog das Gesicht, als sie unter Wasser den weichen Mund des Wesens abtupfte. »Was du vorhin gesagt hast ... dass du weißt, wann jemand stirbt ...«

»Das hast du mir in den Mund gelegt.«

»Aber du hast mich in dem Glauben gelassen!«

»Und ihr habt Elodie fast umgebracht!«

Die Kreatur begann unter Ashs Händen zu toben. Sie fuhr zurück, fiel nach hinten und wurde von Parker aufgefangen, bevor sie mit dem Kopf gegen das Waschbecken stoßen konnte.

»Ist das normal?«, fragte sie, während der Madenkörper immer heftiger das Wasser aufpeitschte.

Flavien nickte mit verkniffenem Gesicht. »Sie hat Schmerzen. Das macht die Verwandlung. Wie würde es sich für dich anfühlen, wenn plötzlich neue Knochen unter deiner Haut wachsen?«

Zum ersten Mal meinte Ash auch in Parkers Zügen einen Schatten von Schuldbewusstsein zu entdecken. Er ließ das Salz ins Waschbecken fallen und spülte sich den Rest mit Wasser von den Fingern.

Langsam richtete sie sich auf und blickte erneut über den Rand in die Badewanne.

Der Sukkubus bewegte sich nicht mehr. Aus dem Hahn rauschte noch immer ein breiter Strahl, die Wanne war zur Hälfte vollgelaufen. Der Ölfilm auf dem Wasser schimmerte in zahllosen Farbtönen, der Wurmkörper war darunter verschwunden. Irgendetwas geschah unter der Oberfläche. Die Farbschlieren wirbelten immer heftiger, die Lichtreflexe funkelten und blitzen. Dann wölbte sich ein menschliches Gesicht durch den Schleim, riss den Mund auf und schnappte panisch nach Luft. Hände griffen ins Leere und klatschten zurück ins Wasser. Elodie trat mit beiden Füßen gegen die gekachelte Wand; es sah aus, als wollte sie im Liegen daran hinauflaufen. Im einen Moment war ihr Kopf noch kahl, dann explodierte blondes Haar wie ein Stern um ihr Gesicht und breitete sich als goldener Fächer aus.

Flavien drängte Ash zur Seite und hob Elodies zierlichen Körper aus dem Wasser. Sie schlang ihre Arme um seinen

Hals und hielt sich fest wie ein Kind. Sie schluchzte herzzerreißend, als er sie an Ash vorbei aus dem Badezimmer trug. Er konnte sie wegen des verstreuten Salzes nicht aufs Bett legen und setzte sie vorsichtig in einen der Sessel. Weil sie ihn nicht loslassen wollte, ging er vor ihr in die Hocke und legte seine Hand zärtlich an ihren Hinterkopf, während sie das Gesicht an seiner Schulter vergrub.

Parker stand ein wenig hilflos da, dann nahm er eine Wolldecke aus dem Kleiderschrank und brachte sie zu den beiden hinüber. Flavien nahm sie und breitete sie über die nackte Elodie, schob die Ränder unter ihren Körper und packte sie bis zum Hals darin ein.

Ash schloss die Zimmertür von innen, trat neben Parker und schob einen Arm um seine Taille. Elodie weinte leise, Flavien redete flüsternd auf sie ein. Er hätte die Sprache der Sukkubi und Inkubi benutzen können, aber er redete Französisch.

Ash konnte Parker ansehen, dass er mit sich rang. »Tut mir leid«, sagte er schließlich. »Wirklich.«

Flavien flüsterte Elodie wieder etwas zu, sie antwortete leise, zog die Nase hoch und hob eine Hand, um sich Tränen aus den Augen zu wischen. Blinzelnd sah sie zu Parker und Ash herüber.

»Er lebt in ...«, begann sie, stockte, weil ihre Stimme so krächzte, und versuchte es noch einmal. »Er lebt auf Cap Ferrat ...«

Ash hatte keine Ahnung, ob das gleich um die Ecke oder in Französisch-Guayana lag, aber sie konnte spüren, wie sich Parkers Oberkörper spannte. Hoffentlich ein gutes Zeichen.

»Wir brauchen seinen Namen«, sagte er. »Nineangels wahren Namen ... oder den, den er heute benutzt.«

»Levi.« Elodies blondes Haar hing ihr nass und strähnig ins Gesicht, ihre Augen waren kaum zu sehen. »Kenneth Levi.«

Parker sah zu Ash herüber, als hätte ihr dieser Name irgendetwas sagen müssen. Dann blickte er zurück zu dem Sukkubus. »*Der* Kenneth Levi?«

»Haut jetzt ab«, sagte Flavien, ohne sich zu ihnen umzudrehen. Er rieb Elodies Rücken unter der Decke trocken und küsste ihr Gesicht. »Verschwindet einfach. Ihr habt doch, was ihr wolltet.«

Ash löste sich von Parker und nahm ihn bei der Hand. »Komm«, sagte sie leise.

Der Kleiderschrank stand noch immer offen. In den Fächern lagen Elodies Sachen, sorgfältig gebügelt und gefaltet. Ashs Batikbluse war durchnässt und mit der schleimigen Substanz besudelt. Noch einmal sah sie kurz zu dem Mädchen hinüber.

»Darf ich?«, fragte sie und deutete auf einen Stapel T-Shirts.

Elodie zuckte gleichgültig mit den Schultern. Ash zog sich die Bluse über den Kopf, nahm wahllos das oberste Stück vom Stapel und schlüpfte hinein. Es war ein enges schwarzes Top und passte wie angegossen. Ihre Bluse warf sie in den Papierkorb.

»Danke. Dafür und für den Namen.«

Auch Parker schien etwas sagen zu wollen, schwieg dann aber lieber. Ash verspürte eine tiefe Scham. Sie hatten Elodie in einem Augenblick erlebt, der mehr als nur intim gewesen war. Das Mädchen, der Sukkubus, war entblößter und nackter gewesen, als ein Mensch es je sein konnte.

»Gehen wir.« Sanft zog sie Parker zum Ausgang.

Auf dem Korridor schlossen sie die Tür hinter sich. Sie sprachen kein Wort, bis sie das Hotel verlassen hatten.

50.

Libatique sieht zu, wie Royden den Wagen in einem Felsspalt verschwinden lässt. Der weiße Rolls-Royce scheint zu stocken wie ein lebendes Wesen, das nicht begreifen kann, warum es derart würdelos entsorgt wird; dann aber rollt er über die Kante und donnert in die Tiefe. Eine Staubwolke erhebt sich hinter dem roten Gestein, danach herrscht Ruhe.

Royden kehrt zu Libatique zurück. Sein Haar ist schmutzig und verklebt. Er riecht schon wenige Stunden nach seinem Tod schlechter als Guignol nach mehreren Wochen. Die Macht, die ihn am Leben hält, verlangsamt den Verfall, aber sie erzieht ihn nicht zu Reinlichkeit. Libatique setzt darauf, dass sie den Jungen bald finden werden und er seinen Diener beseitigen kann. Bis dahin muss er mit der Gesellschaft dieses Wüstlings leben. An der nächsten Tankstelle wird er einige Duftspender besorgen, außerdem Erfrischungstücher, damit Royden sich die Überreste des Blinden vom Gesicht wischen kann.

Allerdings hat er auch seine guten Seiten. Immerhin hat er ihnen einen neuen, unauffälligeren Wagen besorgt – einen schwarzen Bentley, geräumig und schnell genug für ihre Zwecke. Er steht unten an der Küstenstraße auf einem Parkplatz, nur ein Stück den Weg hinunter. Die Leiche des Besitzers liegt im Kofferraum neben der Ladung, die Royden aus dem Rolls-Royce in das neue Fahrzeug hinü-

berschaffen musste. Sie werden den Toten bald loswerden, aber nicht hier. Zu viele Privathubschrauber an dieser Küste.

Der neue Wagen ist nötig geworden, weil die Limousine in der Nähe der Cale-Villa gesehen wurde. Eine Gruppe Kindergartenkinder mit ihrer Betreuerin hat den Rolls-Royce an einer Ampel bewundert. Vielleicht hätte Libatique dieses Dorf, Plan-de-la-Tour, ebenfalls dem Erdboden gleichmachen sollen. Aber er kann nicht die ganze Welt verwüsten, nur um seine Spuren zu verwischen. Das kostet Mühe und erregt Aufmerksamkeit. Und wenn Libatique auch vom Ruhm anderer zehrt, so muss er doch eigene Bekanntheit um jeden Preis verhindern.

Er geht zurück zum Parkplatz an der Straße. Royden ist einige Schritte hinter ihm und will immer wieder aufholen, aber dann hebt Libatique nur stumm seinen Gehstock und zeigt ihm, wo sein Platz ist: im Staub, den die Schritte seines Gebieters aufwirbeln. Steine stechen in Libatiques nackte Fußsohlen, aber er spürt keinen Schmerz. Nicht diese Art von Schmerz – nur die Qual der Unvollkommenheit. Er hasst sich selbst dafür, aber nicht einmal sein Selbsthass ist ihm Inspiration.

Eine Familie hat ihren Minivan neben dem Bentley geparkt. Zwei Kinder streiten sich um den Inhalt einer Kühltasche, die in der offenen Ladeklappe steht. Die Eltern streiten ebenfalls, aber sie tun es nicht lautstark, nur mit Blicken. Libatique könnte den Kleinen raten sich schon einmal Gedanken zu machen, ob sie die kommenden Jahre beim Vater oder bei der Mutter verbringen möchten. Aber dann gönnt er ihnen die Behaglichkeit ihrer nichtigen Balgerei um Saft und Süßigkeiten. Das Vergnügen, das ihm ihr Leid bereiten würde, ist zu profan, um wahre Befriedigung zu verschaffen.

Die Erwachsenen sind mit sich selbst beschäftigt und bemerken nicht, dass Royden aussieht, als hätte er gerade Kälber halbiert. Li-

batique ist erleichtert, als sein Diener endlich am Steuer sitzt. Er selbst nimmt auf der Rückbank Platz, legt sich den Stock über die Knie und hält ihn dort mit beiden Händen fest. Libatique sitzt stets mit aufgerichtetem Oberkörper, den Rücken durchgedrückt, und wenn er während der Fahrt nach rechts oder links blickt, dreht er immer den ganzen Kopf. Manchmal sind seine Augen einen Sekundenbruchteil schneller, als zögen sie die Drehung des Schädels hinter sich her. Libatique weiß, dass dies auf andere beunruhigend wirkt. Seine Bewegungen sind nicht menschlich, es sind nur Kleinigkeiten wie diese hier.

Als Royden durch ein Schlagloch fährt, poltert es im Kofferraum. Sollte der Besitzer des Wagens doch noch am Leben sein? Libatique wünscht es ihm nicht, denn dann würde er ertasten, was noch dort hinten im Dunkeln liegt.

Sie biegen vom Parkplatz auf die Küstenstraße, eine der schönsten Strecken Europas, so sagt man. Libatique weiß zu schätzen, dass seine Aufgabe ihn hierher geführt hat. Es wäre weit weniger erbaulich gewesen, den jungen Cale durch die Abgase Londons zu jagen. Das rote Felsgestein gefällt ihm, die leeren Hänge, die Brandung am Fuß der Klippen und das Meer, das um diese Uhrzeit dunkelblau ist mit einem leichten Stich Türkis. Es ist zweifellos angenehmer, die Sache hier zu beenden als in einer grauen Beton- und Asphaltwüste.

An der nächsten Tankstelle kauft Libatique Hygieneartikel für Royden und ein paar Duftspender, die er im Auto verteilt. Im Rückspiegel überwacht er, dass sein Diener sich gründlich das Gesicht und den Hals reinigt. Außerdem hat er eine Sonnenbrille und einen Strohhut besorgt; der Hut sieht lächerlich aus, aber ein besserer war nicht zu bekommen. Im Radio laufen nach wie vor Meldungen über das brennende Tal im Massif des Maures.

Wenig später erreichen sie das Hotel. Die Sonne bringt die fal-

schen Jugendstilgeländer und abgeschmackten Verzierungen der Fassade zum Glühen. Jemand in diesem Gebäude scheint zu wissen, was aus Frater Iblis Nineangel geworden ist. Libatique will diese Information so sehr wie den Pakt mit dem Jungen, und er empfindet es als wunderbare Fügung, dass beides so eng miteinander verflochten ist.

Das hier wird ihn nicht lange aufhalten. Er kann wittern, dass die beiden etwas zurückgelassen haben. Ein Kleidungsstück, auf das seine Sinne sofort reagieren. Es wird ihn zu jenen führen, die den Aufenthalt des Hohepriesters kennen. Sie werden reden. Es wird schnell gehen. Libatique ist zuversichtlich und nicht zum Scherzen aufgelegt.

Royden hält ihm die Wagentür auf. Libatique steigt aus.

Sie betreten das Hotel und folgen der Spur in den sechsten Stock.

51.

Es dämmerte, als sie in Nizza die Autobahn verließen und quer durch die Stadt ans Meer fuhren. Parker fluchte über den Verkehr, der um diese Uhrzeit die Straßen verstopfte, und Ash erinnerte ihn daran, dass Nineangel wahrscheinlich seit Jahrzehnten auf Cap Ferrat lebte und es auf ein paar Minuten mehr oder weniger kaum ankam.

Natürlich war ihr genauso bewusst wie ihm, dass Libatique in diesem Moment auf der Suche nach ihnen war, aber beide konnten sich beim besten Willen nicht vorstellen, wie er sie hier ausfindig machen sollte, in einer der größten Städte der Côte d'Azur.

Unweit eines Taxistands lenkte Parker den Wagen an den Straßenrand. Als er den Motor abstellte, sah Ash ihn fragend an. Einen Moment lang druckste er herum. »Hör mal«, begann er.

»Oh-oh.«

»Wenn er uns doch findet, wird Libatique versuchen, den Pakt mit mir zu schließen. Und solange er droht, dir etwas anzutun, hab ich keine andere Wahl, als mich darauf einzulassen. Ich würde niemals zulassen, dass dir etwas zustößt.«

»Du willst mich loswerden.«

»Um Wollen geht es doch gar nicht. Am liebsten würde ich mit dir irgendwohin, wo keiner uns kennt. *Das* will ich! Aber Libatique wird nicht einfach aufgeben, und er wird den Hebel immer wieder bei dir ansetzen.«

Sie sah nach vorn durch die Windschutzscheibe. »Okay.«

»Okay was?«

»Du hast mir die Chance gegeben, mich aus dem Staub zu machen. Ich bin bei dir geblieben. Damit wäre das geklärt.«

»Ash –«

»Können wir uns das nicht sparen? Das kann jetzt ewig so hin und her gehen, und am Ende bleibe ich doch sitzen, und wir müssen uns den Rest der Fahrt über anschweigen, weil keiner weiß, wie er das Eis brechen soll.«

»Setzt du irgendwann auch mal *nicht* deinen Kopf durch?«

»Manchmal schlafe ich.«

Parker lehnte sich gegen die Nackenstütze, ballte die Hände um das Steuer und schwieg. Erst nach einer Weile nickte er langsam, streckte den Arm nach ihr aus und ergriff ihre Hand. Seine Berührung elektrisierte sie und sie wünschte sich, dass sie endlich Zeit füreinander hätten. Es war absurd: Sie waren nun schon seit Tagen zu zweit unterwegs, hatten oft stundenlang keinen anderen Menschen gesehen, und doch hatte es sich nur zweimal so angefühlt, als würden sie um ihrer selbst willen Zeit miteinander verbringen. Erst auf dem Turm der Cale-Villa und dann gestern Abend in Le Mépris.

»Ich kann gar nicht fassen, dass das ausgerechnet von mir kommt«, sagte sie, »aber wir bringen das gemeinsam zu Ende. Keine Diskussionen mehr. Irgendwie schaffen wir das.

Auf mich hat noch nie irgendwer Rücksicht genommen, und du solltest erst gar nicht damit anfangen.«

Er beugte sich herüber und küsste sie.

Als sich ihre Lippen voneinander lösten, sagte sie: »Die Sache fängt an, mich zu interessieren.«

»Ach?«

»Unabhängig vom fabelhaften Sex mit Phoenix Hawthorne, meine ich.«

»Gut, denn sonst wär das hier eine Dreiecksbeziehung.« Er gab ihr noch einen Kuss, sah sie dann lange an, schüttelte lächelnd den Kopf und zog sich auf die Fahrerseite zurück.

Sie erwiderte sein Lächeln. »Was?«

»Schon gut.«

»Sag nur ja nichts Romantisches!«

»Keine Sorge.«

»Das hier ist kompliziert genug, ohne dass einer von uns den Mond anheult.«

»Seh ich genauso.« Er startete den Wagen und steuerte ihn zurück auf die Fahrbahn.

Nach einer Weile gelangten sie wieder auf die Küstenstraße, die östlich von Nizza in weiten Kurven einen steilen Berg hinaufführte. Hinter der Kleinstadt Villefranche-sur-Mer bogen sie in eine enge Seitenstraße und folgten ihr in abenteuerlichen Serpentinen abwärts ans Wasser.

Unterwegs erzählte Parker, was er über diesen Ort wusste. Cap Ferrat war eine grüne Halbinsel, die zwischen Villefranche und Beaulieu ins Mittelmeer ragte. Darauf befanden sich einige der teuersten Villen Frankreichs. Früher hatten sich Charlie Chaplin, Gregory Peck und Edith Piaf hier einquartiert; ihnen waren weitere Stars gefolgt. Die Anwesen erhoben sich inmitten von Ginster, Myrte und Stechapfelbäumen, zwischen Eukalyptushainen und Pinienwäldern. Zitronen und Orangen dufteten unter Fenstern, aus denen die Prominenz hinab auf ihre Segeljachten blickte. Wer die Großstadt vermisste, konnte ins nahe Nizza fahren oder, nur ein paar Meilen die Küste hinauf, nach Monte Carlo, in das berühmteste Fürstentum der Welt.

Hierher also hatte es den legendären Musikproduzenten Kenneth Levi verschlagen. Es hatte Parker nur einen einzigen Anruf gekostet, um herauszufinden, wo Levi auf Cap Ferrat lebte. Nicht seine Adresse war geheim, sondern sein einstiges Doppelleben, sein *nom de plume*, unter dem er in den Sechzigerjahren obskure Zauberbücher veröffentlicht hatte. Ash erkundigte sich, ob sie in Royden Cales erstem Verlag erschienen waren. Parker war nicht sicher, hielt es aber für möglich.

Die Halbinsel war von einem Netz enger Sträßchen überzogen, eingefasst von Bruchsteinmauern und Zäunen. Alles hier war penibel gepflegt, selbst die Mülltonnen standen in Reih und Glied. Auf den Glascontainern gab es keine Graffiti wie in London und aus den feinen Spalten im Asphalt wagte sich keine Unkraut hervor.

Levis Anwesen befand sich an der Avenue de la Corniche, einer Straße, die eine weit geschwungene Kurve oberhalb der Küste beschrieb. Wer hier lebte, hatte einen unverbaubaren Blick aufs Meer. Hohe Hecken hinter Gitterzäunen verwehrten die Sicht auf das Grundstück. Die Villa war von der Straße aus nicht zu sehen, sie musste ein Stück weiter unten im Hang liegen.

Es gab eine Hausnummer, aber kein Namensschild. Die

Sonne war untergegangen, von Osten her schob sich Dunkelheit über den Himmel. Noch hatte die Nacht Cap Ferrat nicht erreicht, aber die Straßenlaternen brannten bereits.

Die beiden stiegen aus und gingen zum offenen Tor hinüber. »Bist du sicher, dass er hier wohnt?«, fragte Ash.

»Ziemlich, ja.«

Die Pflastersteine der Zufahrt waren in verschlungenen Mustern verlegt. Der Weg wand sich in einem Bogen bergab und verschwand hinter säuberlich gestutzten Sträuchern und hohen Palmen. Bald blickten sie von schräg oben auf das terrakottafarbene Dach der Villa. Das Haus thronte über einem gepflegten Park, der sich über gestufte Terrassen den Hang hinab erstreckte. Der Fächer einer Bewässerungsanlage winkte ihnen zu wie eine mächtige Hand aus Wasser.

Das Haus war ein rechteckiger Bau mit weißen Fassaden und Bogenfenstern. Im ersten Stock gab es mehrere Balkone mit gusseisernen Geländern, im Erdgeschoss ein Vordach auf wuchtigen Säulen. Aus einem der offenen Fenster erklang Vogelgezwitscher.

Ash löste ihre Hand aus Parkers, als sie unter das Vordach traten. Die Haustür war groß genug, um mit einem Auto hindurchzufahren; sie sah aus, als wäre sie einmal Teil einer Kirche gewesen. Parker drückte auf den Klingelknopf und räusperte sich.

Niemand meldete sich.

Er klingelte noch einmal. Wieder vergingen ein, zwei Minuten, aber die Sprechanlage blieb stumm.

»Keiner zu Hause?«, schlug Ash vor, fand aber selbst, dass es halbherzig klang. »Warum lässt er dann das Tor offen?«

Parker trat ein paar Schritte zurück, bis er zu den Fenstern in der Fassade aufblicken konnte. Ash gesellte sich zu ihm. »Auch der Produzent der Beatles muss mal einkaufen«, sagte sie.

»Die Beatles fehlen ihm in der Sammlung. Er hat mit den Stones gearbeitet, den Beach Boys, sogar mit den Doors, glaube ich. Und mit ein paar Hundert anderen. Wahrscheinlich ist der Kasten mit goldenen Schallplatten tapeziert.«

»Wird dich das davon abhalten, ihm an die Gurgel zu gehen?«

»Ich will Antworten von ihm. Wenn ich ihn umbringe, kann er mir die nicht geben.« Er ging zur nächsten Ecke und sah sich um.

Unter den Bäumen war es bereits dunkel. Vom Meer stieß eine Windbö ins Laub und schien für einen Moment den Fächer des Rasensprengers in die andere Richtung drücken zu wollen.

Die Fenster im Erdgeschoss waren vergittert, in den Zimmern brannte kein Licht. An der Rückseite gelangten die beiden auf eine Terrasse mit Springbrunnen. Eine Glastür war weit geöffnet, dünne Vorhänge wehten im Luftzug nach draußen. Das Innere war ganz in Weiß gehalten, nur ein Flügel mitten im Raum leuchtete dunkelrot wie ein Blutfleck.

»Da drüben«, flüsterte Parker und deutete zu den Bäumen am Rand der Terrasse. Flackernder Lichtschein drang aus dem unteren Teil des Parks herauf.

»Sieht aus, als ob es brennt«, sagte Ash.

»Nicht hell genug.«

»Fackeln? Oder Kerzen?«

Sie setzten sich wieder in Bewegung, schlichen zur anderen Seite der Terrasse und gelangten unter den Bäumen an eine scharfe Kante. Von dort aus führte eine Treppe zu einer tieferen Ebene des Gartens hinab.

Etwa zehn Meter unter ihnen befand sich ein spektakulärer Swimmingpool aus weißem Marmor, eingefasst von hohen Pinien. Zum Meer hin begrenzte ihn ein wuchtiges Steingeländer, auf dem die Skulpturen nackter Nymphen saßen. Ein Weg aus weißen Fliesen umrahmte das rechteckige Becken, an dessen Rändern jemand Dutzende Kerzen aufgestellt hatte. Der Wind von der offenen See ließ die Flammen erzittern, war aber nicht stark genug, um sie auszublasen.

Im Pool befand sich kein Wasser. Stattdessen war mit dunkler Farbe ein rundes Symbol auf den Grund gemalt, mindestens zwei Meter im Durchmesser. Kein Pentagramm, wie Ash fast erwartet hatte, vielmehr ... ein *Smiley*?

Eine Gestalt in heller Seglerkleidung und mit schlohweißem Haar schritt weihevoll auf dem Fliesenweg um das Becken. Der Mann hielt ein halbkugelförmiges Kupferbecken in seinem linken Arm. Bei jedem zweiten Schritt tauchte er die rechte Hand hinein und schleuderte Spritzer einer Flüssigkeit hinab in den leeren Pool. Dabei rief er Worte, die Ash nicht verstand.

»Weißt du, was der da treibt?«, fragte sie leise, während sie mit Parker am oberen Treppenabsatz stand. Der Mann bemerkte sie nicht, er hatte nur Augen für das Smileygesicht auf den Fliesen seines Pools.

»Ich hab keine verdammte Ahnung«, entgegnete Parker.

»Sieht das nur für mich so aus, als würde er seinen Pool, ich weiß nicht ... *weihen*?«

»Ich werd das hier jetzt hinter mich bringen, egal wie durchgeknallt er ist.«

Nebeneinander nahmen sie die ersten Stufen, während der Mann seelenruhig um seinen leeren Pool wanderte und aus dem Kessel die ölige Flüssigkeit verspritzte.

»Mister Levi?«, rief Parker. »Kenneth Levi?«

Der Mann blieb stehen. Die Kerzen beschienen sein faltiges Gesicht von unten. Er kniff die Augen ein wenig zusammen, dann fingerte er mit der freien Hand nach einer Brille in seiner Brusttasche und schob sie sich ungeschickt auf die Nase.

Ash und Parker blieben auf halber Höhe stehen.

Levi seufzte und stellte den Kessel am Beckenrand ab.

»Parker Cale.« Er wischte sich die rechte Hand an der Hose ab. »Ich hab mich schon gefragt, wann du auftauchst.«

52.

»Das ist keine Weihe«, sagte Levi, als sie neben ihm standen und in das leere Becken blickten. »Das ist ein Exorzismus.«

»Sie exorzieren Ihren Swimmingpool?«, fragte Ash.

»Es spukt schon ziemlich lange darin. Der Geist von Keith Richards.«

»Keith Richards ist nicht tot«, wandte sie ein.

Levi sah sie rätselhaft an. »Bist du sicher? Ich hab ihn in seinen schlimmsten Zeiten erlebt. Keiner überlebt das, was Keith damals getrieben hat. Das, was da heute auf der Bühne steht, ist nicht der *echte* Keith Richards.«

Ash wechselte einen vielsagenden Blick mit Parker, aber keiner der beiden widersprach.

Sie deutete auf das Gesicht im Pool. »Soll er das sein?«

Levi blickte sie an, als hätte sie sich erkundigt, warum denn die Mona Lisa in seinem Schwimmbecken läge. »Sieht das für dich vielleicht aus wie Keith Richards? Das ist mein Totem. Mein Schutzgeist. Der Dämon Steve.«

»Der Dämon *Steve*?«

»Wir sind es, die ihnen ihre Namen geben. Nicht alle müssen Baphomet oder Abaddon oder Behemoth heißen.« Der alte Mann zuckte die Achseln. »Ergo – Steve.«

Parker verschränkte die Arme und sah Levi herausfordernd an. »Woher wussten Sie, dass ich herkommen würde?«

»Von Steve natürlich. Er hat mir verraten, dass ihr meine Hilfe braucht.«

Ash hätte schwören können, dass es mit einem Mal dunkler war als noch vor wenigen Minuten. Vielleicht hatte sie auch nur zu lange in die Kerzenflammen rund um den Pool geblickt.

Sie schätzte Levi auf siebzig oder älter. Körperlich hatte er sich gut gehalten, nur lag ein dichtes Netz aus Falten um seine Augen. Sie waren hellblau und zuckten flink von Ash zu Parker, seit er mit ihnen sprach. Er schien ihnen nicht übel zu nehmen, dass sie ungebeten sein Grundstück betreten hatten, und sie fragte sich, ob die Zufahrt offen gestanden hatte, weil Steve ihm dazu geraten hatte.

»Kommt mit, um diese Uhrzeit sehe ich normalerweise noch mal nach meinen Bienen. Keith kann ich auch später noch austreiben, Mitternacht ist ohnehin ein besserer Zeitpunkt dafür.«

Ash und Parker folgten ihm zur Treppe. Sein weißes Haar reichte bis über den Kragen seines hellen Hemdes. Kinn und Wangen sahen aus, als rasierte er sich nur einmal die Woche. Er machte den Eindruck, als bekäme er nicht oft Besuch.

»Hat dein Vater gewusst, wo er mich finden kann?«, fragte er, während er die Stufen hinaufstieg.

»Ich weiß es nicht von meinem Vater«, sagte Parker.

»Von wem dann?«

»Von einem Sukkubus.«

Levi schaute sich zu ihnen um und strahlte. »Von denen

sind immer welche aufgetaucht, wenn ich meine Zeremonien abgehalten habe, vor allem hier an der Küste. Drüben in Kalifornien wusste ich noch nichts von ihnen, mit Sicherheit gab es sie auch dort schon. Aber hier in Europa ... Du liebe Güte! Diese Mädchen waren einfach nicht zu bremsen. Ich glaubte damals, ich hätte backstage alles erlebt, was unsereiner eben erleben konnte, aber ich hatte ja keine Ahnung. Ich dachte mir, na gut, das hier ist Frankreich, das Land der Liebe, da sind die Frauen wohl so. Was sie wirklich waren, habe ich erst viel später rausgefunden.«

»Steve hat's Ihnen erzählt«, sagte Ash.

»Woher weißt du das?«

»Nur so 'ne Ahnung.« Sie blickte über die Schulter zurück zum Pool und auf das riesige Smileygesicht im Kerzenschein.

»Zum Glück hab ich mich selbst nicht mit vielen Sukkubi abgegeben«, sagte Levi, »sonst wäre ich kaum so alt geworden. Und heute habe ich mit alldem nichts mehr zu tun. Der Orden der Hekate existiert schon seit langer Zeit nicht mehr. Zwei, drei Jahre nachdem ich nach Frankreich gezogen war, hat auch Frater Iblis Nineangel aufgehört zu existieren. Er war ohnehin immer nur eine Maskerade – damals mochte ich so was. Nicht viele Leute wussten, dass Nineangel und Kenneth Levi ein und dieselbe Person waren. Ich hab mich dann erst aus der Szene und kurz danach aus dem Musikbusiness zurückgezogen. Ich hatte alles erlebt, alles ausprobiert, und ich wollte nur noch meine Ruhe. Und die habe ich ja nun, mittlerweile seit über dreißig Jahren. Heute kümmere ich mich um meinen Garten und um meine Bienen und Steve leistet mir Gesellschaft. Ich bin ein glücklicher, ausgeglichener Mensch, der mit niemandem Ärger haben will.«

Levis Fröhlichkeit schien sogar Parker zu entwaffnen. Auch Ash war überrascht. Sie hatten befürchtet, hier auf Libatique zu treffen. Stattdessen wanderten sie einträchtig durch den dunklen Park.

»Was ist damals zwischen Ihnen und meinem Vater abgelaufen?«, fragte Parker.

»Er kam Anfang '75 zu mir. Damals war ich von San Francisco nach Los Angeles umgesiedelt. Es wurde immer komplizierter, in den USA das Doppelleben als Levi und Nineangel aufrechtzuerhalten. Nineangel trat nur noch mit einer Maske auf – im Nachhinein wohl ziemlich theatralischer Blödsinn, fürchte ich –, und einmal die Woche hielt ich eine Art Audienz für meine Anhänger ab. Standesgemäß natürlich in einer Suite des Chateau-Marmont-Hotels in Hollywood. Es kamen viele Schauspieler, die hinter bestimmten Rollen her waren, Regisseure, Produzenten, Künstler ... das ganze Programm. Dein Vater war einer von ihnen, und da saß er nun vor mir, jammerte über seinen Pakt mit diesem ... wie war noch sein Name?«

»Libatique«, sagte Parker.

Er ist auf dem Weg hierher, wollte Ash hinzufügen, aber Parker hielt sie mit einer Berührung am Arm zurück.

Levi nickte. »Genau. Libatique. Von ihm hatte ich vorher noch nichts gehört, aber natürlich waren wir alle überzeugt, dass es um uns herum nur so wimmelte von Geistern und Teufeln ... Steve lacht mich heute oft aus, wenn ich ihm davon erzähle. Er meint, wahre Dämonen kommen nicht zu den Drogensüchtigen und Säufern, weil die genug mit ihren eigenen zu tun haben … Dein Dad saß also vor mir – er verdiente damals schon ganz gut – und ich kannte ihn, weil er zwei meiner Bücher verlegt hatte. Er bat mich um Hilfe gegen diesen Libatique. Und – ich schwör's bei Steve – ich dachte, er hat den Verstand verloren. Weil er mir weismachen wollte, es ginge bei diesem Pakt um solche Sachen wie Talent und Berühmtheit und künstlerische Fähigkeiten. Bei allen anderen drehte es sich letztlich immer nur um Geld und Sex – selbst wenn sie bestimmte Filme drehen wollten, am Ende lief es auf eines von beiden hinaus. Geld oder Sex. Und dieser Libatique sollte angeblich hinter *Kunst* und *Kreativität* her sein? Drauf geschissen! Aber das ging mich nichts an, dein Vater wollte ja nur meinen Rat.«

Sie befanden sich wieder auf derselben Gartenebene, auf der auch die Villa stand, und betraten einen Kreis aus akkurat geschnittenen Hecken. Auf der gegenüberliegenden Seite standen mehrere Bienenkästen.

Levi öffnete die Tür eines kleinen Schuppens. Im Inneren hing an einem Haken eine Imkerausrüstung, wuchtig gepolstert wie ein Astronautenanzug. Er nahm nur die Maske, stülpte sie sich über den Kopf und sagte: »Wartet einen Moment hier. Um diese Uhrzeit werden sie ruhiger, aber geht trotzdem nicht zu nah ran. Ich bin sofort wieder bei euch.«

Ash und Parker sahen zu, wie er den Heckenkreis durchquerte und die Kästen seiner Bienenvölker aus der Nähe untersuchte. Offenbar handelte es sich um seine übliche Abendroutine; er leerte keine Waben, sondern sah nur nach dem Rechten. Vielleicht wünschte er den Tieren eine gute Nacht.

»Was hältst du von ihm und Steve?«, flüsterte Parker.

»Wir wissen, dass Libatique existiert«, sagte Ash. »Warum fällt es uns dann so schwer, an Steve zu glauben?«

»Weil Steve ein Smiley ist?«

»Und Libatique ein alter Mann, der davon träumt, der größte Künstler der Welt zu sein. Klingt beides nicht besonders dämonisch, wenn du mich fragst.«

»Ich weiß nicht, was Libatique ist. Vielleicht weiß er es nicht mal selbst. Aber er hat gestern eine Menge Menschen ermordet, und das macht ihn für mich real genug.«

Levi kam zu ihnen zurück. »Alles in Ordnung. Sie kriechen gerade in ihre Betten.«

Er nahm die Maske ab und hängte sie an ihren Platz zurück. Danach führte er die beiden zurück in Richtung Haus. Über ihnen flüsterten die Pinien im Wind, der vom Mittelmeer über Cap Ferrat wehte. Raschelnd bogen sich die Zypressen, und einmal huschte eine weiß gefleckte Katze über den Weg und verschwand zwischen den Büschen.

»Dein Vater bat mich also um Rat. Ich habe ihm erklärt, dass ich selbst ihm nicht helfen könnte, wohl aber diejenige, der ich diente.«

»Hekate«, murmelte Ash.

»Meine Göttin des Mondes und der Nacht. Sie war mir wohlgesinnt damals. Nicht dass sie mir je persönlich erschienen wäre. Sie war nie so präsent wie ein paar der anderen, die mir damals in Trance begegnet sind. Aber sie war die Einzige, die wirklich Einfluss nehmen konnte. Sie hat die Macht besessen, Dinge in unserer Welt zu verändern. Ein Gebet an sie, eine Beschwörung –«

»Oder ein Opfer?«, fragte Ash.

»Oder ein Opfer, ja, all das konnte tatsächlich etwas bewirken. Es ist wichtig, dass ihr das versteht. All die anderen Erscheinungen, mit denen ich zu tun hatte, konnten nur große Worte schwingen oder boten bestenfalls amüsante Konversation. Aber Hekate ... Ich hab ihr gelegentlich ein Kaninchen geopfert oder eine Katze, und dafür hat sie mich vor den Geldeintreibern und der Polizei beschützt. Aber deinem Vater ging es ja nicht um Schutz vor so etwas Profanem wie der Polizei. Er hatte eine höllische Angst vor etwas, das älter und mächtiger und vor allem nicht menschlich war. Und in den Schriften hieß es, dass Hekate unter solchen Umständen ein ganz besonderes Opfer verlangt. Das Opfer eines Menschen, den man mehr liebt als irgendwen sonst auf der Welt.«

Parker blickte mit zusammengepressten Lippen geradeaus. Ash nahm wieder seine Hand, aber als sie schon glaubte, er würde nicht auf die Berührung reagieren, umfassten seine Finger die ihren ganz fest.

»Ich hatte von einigen alten Orten der Macht hier in Europa gehört und ich nannte ihm zwei oder drei, an denen es selbst einem Laien wie ihm gelingen sollte, zu Hekate in Verbindung zu treten. Der Berg im Massif des Maures war einer davon und er war leichter zu erreichen als die übrigen, die in Ländern wie Rumänien und dem ehemaligen Jugoslawien lagen. Damals gab es ja noch den Eisernen Vorhang. In meinen ersten Jahren hier in Frankreich habe ich selbst einige Beschwörungen in dem alten Haus auf dem Berg durchgeführt, und alles, was ich gehört hatte, erwies sich als wahr. Ich war zum letzten Mal dort, viele Jahre bevor unten im Tal eure Villa errichtet wurde, und als ich schließlich von den Bauarbeiten hörte, hatte ich mich längst von alldem losgesagt. Zehn, fünfzehn Jahre waren vergangen, seit dein Vater mich im Chateau Marmont besucht hatte, und ich hatte immer angenommen, dass seine Ängste und diese ganze Libatique-Geschichte sich mittlerweile in Wohlgefallen aufgelöst hätten. Nun, ganz offensichtlich hatten sie das nicht. Ich habe versucht, deinen Vater zu kontaktieren, aber man hat mich nicht mal zu ihm durchgestellt. Mittlerweile war er der mächtige Medienmogul und man konnte nicht mal eben bei ihm anrufen und ihn bitten, seinen Plan, der Mondgöttin einen Menschen zu opfern, noch mal zu überdenken.«

»Sie haben es tatsächlich versucht?«, fragte Parker.

»Ich hab ihm auch einen Brief geschrieben, nicht als Kenneth Levi natürlich. Das war zu der Zeit, als der Rohbau eurer Villa schon stand. Er tat ja nichts Ungesetzliches, aber ich ahnte, dass er nicht wegen der ruhigen Lage dorthin ziehen wollte. Der Bau des Anwesens ging ungeheuer schnell. Und ich kam einfach nicht an ihn heran. Irgendwann hab ich es aufgegeben, um nicht wie ein Irrer dazustehen und womöglich noch als der ehemalige Frater Iblis Nineangel enttarnt zu werden.«

In diesem Moment erklang ein schrilles Heulen, dann explodierte Feuerwerk hoch über ihren Köpfen. Vielfarbige Lichtkaskaden ergossen sich über den Himmel.

Levi verzog missbilligend das Gesicht. »So geht das hier ständig. Laufend muss irgendwas gefeiert werden. Kaum ein Abend, an dem man nicht das Gefühl hat, der Dritte Weltkrieg sei ausgebrochen.«

Während es über ihnen krachte und glitterte, erreichten sie das Haus. Auf der Terrasse mit dem Springbrunnen blieb

Levi stehen und wartete ab, bis der Lärm des Feuerwerks ein wenig abebbte.

»Ich bin der Überlebende einer vergangenen Ära«, sagte er. »Eine Menge andere haben es nicht geschafft. Viele meiner Freunde von damals haben nicht mal die Siebziger überstanden. Ich hab das Zeitalter des Wassermanns in vollen Zügen ausgekostet und bin nicht daran zu Grunde gegangen. Mag sein, dass ihr mich für irre haltet, aber das kümmert mich nicht mehr. Ich hatte hier draußen mehr als dreißig gute Jahre, ohne den ganzen Mummenschanz von damals. Nur Steve und ich ... und Keith, manchmal, wenn er mal wieder keine Ruhe gibt.« Als rote Feuerkugeln über Cap Ferrat aufstiegen, sah Ash, dass er lächelte. »Aber deswegen seid ihr nicht hergekommen. Ihr seid aus demselben Grund hier wie damals dein Vater, Parker. Ich kann's dir ansehen, sogar im Dunkeln. Ihr wollt, dass ich euch einen Rat gebe.«

»Wir wollen den Scheißkerl umbringen«, sagte Ash. »Ein für alle Mal.«

»Habt ihr mal versucht, ihm eine Kugel zwischen die Augen zu schießen?«

Ash und Parker sahen einander an. »Würde das denn –«

Levi unterbrach sie mit lautem Gelächter. »Entschuldigt, war nur ein Scherz. Eine Kugel kann ihn nicht töten. Nicht mal eine Bombe könnte das.« Er rieb sich das Kinn. »Wir könnten es mit einem sexualmagischen Ritual zu dritt versuchen, aber ich denke, das ist nicht ganz das, was ihr euch vorgestellt habt.«

Parkers Blick wurde eisig. »Vor allem sind wir nicht hergekommen, um uns von Ihnen verarschen zu lassen.«

»Sexualmagie ist eine mächtige Waffe, wenn sie richtig

eingesetzt wird. Und ein sehr starkes Lockmittel. Kreaturen wie Libatique sind immun gegen die meisten Dinge, die wir ihnen antun könnten, aber dagegen ... Nun, sagen wir, es wäre *ein* Weg.«

»Welche gibt es noch?«, fragte Ash.

»Meist tragen diese Wesen die Saat ihres Untergangs schon in sich.«

»Und das heißt?« Parker hatte sich ungeduldig ein paar Schritte von ihnen entfernt und war bis zum Rand der Terrasse gegangen. Durch die Bäume blickte er hinaus auf das dunkle Meer.

»Sie sind der Katalysator ihres eigenen Verderbens«, sagte Levi. »Stellt euch vor, ihr wärt Bienen. Ihr lebt nur dafür, Honig zu produzieren. Was aber wäre, wenn ausgerechnet Honig das schlimmste Gift für euch wäre? Ein winziger Tropfen könnte euch töten. Wie würdet ihr damit umgehen? Was würdet ihr tun?«

Ash wollte etwas darauf erwidern, aber jemand anders war schneller.

»Als Erstes«, sagte eine Stimme aus dem Dunkel zwischen Haus und Hang, »würde ich alle vernichten, die davon wissen und mein Geheimnis gegen mich verwenden könnten.«

Trotz seines Alters reagierte Levi flinker als Ash oder Parker. Es war, als hätte ihn jemand schon zwei Sekunden früher gewarnt. Er fuhr herum und rannte zwischen den wehenden Vorhängen der Terrassentür ins Haus. »Lauft weg!«, rief er noch, dann war er verschwunden.

Aus den Schatten löste sich eine Silhouette und wollte ihm folgen, aber ein strenger Ruf hielt sie zurück. »Nein! Um ihn kümmere ich mich persönlich!«

Die Gestalt änderte ihre Laufrichtung und kam auf Ash zu. Als wieder Feuerwerk den Himmel erleuchtete, sah sie das Gesicht. Auf den ersten Blick hätte es Guignol sein können – die gleiche gebogene Kaspernase, das vorgewölbte Kinn –, aber dann wurde ihr klar, dass der Körper ein anderer war. Diese Kreatur war kleiner als Guignol, breiter gebaut und er hatte das schulterlange graue Haar von Royden Cale. Sein Hemd und seine Hose waren fleckig, darüber trug er einen langen Mantel. Er stank nach einem Gemisch aus chemischen Duftstoffen und verfaulten Essensresten. Als er sich bewegte, wurde unter seinem Kragen ein waagerechter Schnitt sichtbar.

»Dad?«

Innerhalb von Sekunden war Cale heran, stieß Ash zur Seite und wollte sich auf seinen Sohn stürzen.

»Hau ab! Versteck dich!«, rief Parker, drehte sich um und rannte auf die Treppe zu, die auf die unteren Ebenen des Parks hinabführte.

Als Cale gegen Ash prallte, wurde sie gegen das steinerne Becken des Springbrunnens geschleudert. Die ganze Zeit über war sie davon ausgegangen, dass er in der Villa ums Leben gekommen war. Und vielleicht stimmte das sogar. Dieses entsetzliche Ding, das Parker jetzt von ihr fortlockte, war alles Mögliche, nur nicht der Royden Cale, der die Wände seines Ateliers mit Monden bemalt hatte.

Sie wollte den beiden die Treppe hinunterfolgen, aber da trat ihr jemand in den Weg.

Sie hatte Libatique erst ein einziges Mal gesehen, als er und Guignol auf dem Vorplatz der Cale-Villa aus dem Rolls-Royce gestiegen waren. Durch das Fernglas hatte sie sein Gesicht nicht erkennen können. Nun aber blickte sie ihm direkt in die Augen und hatte nicht den geringsten Zweifel, dass er es war.

Libatique trug einen dunklen Zweireiher und war barfuß. Seinen Gehstock hielt er mit einer verspielten Lässigkeit, die deutlich machte, dass er Drohgebärden nicht nötig hatte. Parker hatte ihn als unscheinbar beschrieben, aber das traf hier und heute nicht mehr zu. Sein Gesicht schien zu flackern, als gäbe er sich keine Mühe mehr, sein menschliches Erscheinungsbild aufrechtzuerhalten. Es war, als überschnitten sich in rasender Folge zwei Bilder: das Antlitz eines älteren blasshäutigen Mannes und etwas, das wie die Nacht war, die sich über Cap Ferrat und die Villa Levi gelegt hatte.

Ash rannte los. Zur Treppe konnte sie nicht, wollte es jetzt auch gar nicht mehr. Levi kannte Libatiques Schwachstelle. Sie musste im Haus nach ihm suchen.

Libatiques Flackern wurde heftiger, aber sie sah es nur aus dem Augenwinkel. Dann wehten ihr schon die Vorhänge ins Gesicht. Ash riss sie beiseite und stürmte ins Haus.

53.

Parker sprang die Stufen hinunter und erreichte den Pool. Einige Kerzen waren vom Wind gelöscht worden, aber die meisten brannten noch als Flammenkette am Rand des Beckens.

Sein Vater war ihm dicht auf den Fersen. Er bewegte sich nicht so flink wie Guignol, schien aber trotz seines verwahrlosten Zustands bei Kräften zu sein. Sein Mantel flatterte, während er Parker die Treppe herabfolgte, doch aus seinem Mund drang kein Laut. Er atmete nicht.

Parker wollte Ash Zeit verschaffen, damit sie verschwinden konnte, aber er war alles andere als sicher, ob sie diese Chance auch nutzen würde. Er lief auf die andere Seite des Pools und am Steingeländer entlang. Sein Vater war dicht hinter ihm. Bis vor ein paar Tagen war Royden Cale für sein Alter beneidenswert gut in Form gewesen, aber gegen Parker kam er jetzt nicht mehr an.

Bald hatte Parker das Schwimmbecken zwischen sich und seinen Vater gebracht. Er stand auf der Hangseite, Royden vor dem Steingeländer am Abgrund. Über den leeren Pool hinweg belauerten sie einander. Parker war sich bewusst, dass sie nicht ewig so stehen bleiben konnten. Er nutzte den

Augenblick, um seinen Vater zu mustern. Der Abstand zwischen ihnen war groß genug und die Kerzen warfen ausreichend Licht. Am Himmel explodierten die letzten Feuerwerksraketen, dann kehrte Ruhe ein. Nur die See rauschte tief unten am Ufer von Cap Ferrat.

Libatique hatte sich einen neuen Guignol erschaffen, wie er es vorher wahrscheinlich schon viele Male getan hatte. Einzig die Augen waren noch die von Royden, und selbst auf diese Distanz meinte Parker darin lodernden Hass zu erkennen.

»Du glaubst, dass ich dir das angetan habe?«, rief Parker ihm zu. »Dass das meine Schuld ist, weil ich dich bei ihm zurückgelassen habe? Niemand hat dich gezwungen, einen Pakt mit Libatique zu schließen. Und was du meiner Mutter angetan hast, war ganz allein deine Entscheidung!«

Cales Wut war nicht länger die eines Menschen. Wahrscheinlich hatte er in den letzten Augenblicken seines Lebens begriffen, dass Parkers Flucht aus dem Atelier ein Akt der Vergeltung gewesen war. Sein Sohn hatte ihn Libatique ausgeliefert.

»Du warst immer ein egoistischer Bastard!«, sagte Parker. »Du hast bekommen, was du verdienst hast, und noch viel Schlimmeres.«

Er hatte herausfinden wollen, was der Anblick seines Vaters bei ihm bewirkte, ob sich Mitgefühl regte oder auch nur Erinnerungen an bessere Zeiten. Aber er spürte nichts dergleichen.

Der Mann auf der anderen Seite des Beckens war nicht mehr der Vater, den er als Kind einmal gerngehabt hatte; das war er schon seit Jahren nicht mehr. Der Verfall in seinem

Inneren war nun auch äußerlich sichtbar geworden. Dies hier war der wahre Royden Cale, das Ungeheuer, das im Verborgenen darauf gewartet hatte, endlich ans Tageslicht zu kriechen.

54.

Ash ließ das weiße Wohnzimmer hinter sich und gelangte in eine Eingangshalle, die sich über zwei Etagen erstreckte. Eine Marmortreppe führte hinauf in den ersten Stock.

Mit jagendem Atem blieb sie stehen und hielt Ausschau nach Levi. Sie wusste nicht, ob Libatique ihr folgte, horchte auf seine Schritte, hörte stattdessen aber das Klirren eines Schlüsselbunds. Das Geräusch kam aus einem Gang, der seitlich aus der Halle führte.

»Mister Levi?«

Sie bog in den Korridor, als gerade das Licht ausging. Am anderen Ende fiel eine Tür zu. Die Wände schimmerten im schwachen Schein, der aus der Eingangshalle hereinfiel: Dutzende Rahmen mit Schallplatten. Viel Gold und sicher eine Menge Platin.

Sie ließ das Licht aus und rannte im Halbdunkel den Gang hinunter. Erst jetzt wurde ihr bewusst, dass es zu beiden Seiten keine Türen gab, nur die eine ganz am Ende. Falls sie verschlossen war, saß sie in der Falle.

»Ashley ...«

Libatiques Stimme, draußen in der Halle.

»Ashley, lauf nicht weg vor mir ...«

Er klang anders als auf der Terrasse, ganz sanft, fast säuselnd. Sie fragte sich, ob sein Flüstern nur in ihrem Kopf existierte.

»Mister Levi!«, rief sie. Libatique schien ohnehin zu wissen, wo sie war. Kein Grund mehr, leise zu sein.

Fast wäre sie gegen die Tür geprallt, so finster war es an diesem Ende des Korridors. Sie stieß die Türklinke nach unten und presste sich gegen das Holz. Aber Levi hatte tatsächlich abgeschlossen.

»Machen Sie die Scheißtür auf!«

»Ashley ...«

Sie fuhr herum und sah Libatique am Ende des Flurs, ein tiefschwarzer Umriss. Er hatte sich den Stock über die Schulter gelegt und bewegte sich seltsam leichtfüßig, fast vergnügt, wie einer der tanzenden Schornsteinfeger aus *Mary Poppins*.

Schlagartig wurde ihr todschlecht.

»Levi, verdammt!« Sie wandte sich wieder der Tür zu und hämmerte dagegen. »Lassen Sie mich rein!«

»Verrat ist so ein scheußlicher Zug an euch Menschen«, sagte Libatique und kam näher. »Wäre ich bei eurer Schöpfung beteiligt gewesen, ich hätte mich dafür eingesetzt, ihn durch Verlässlichkeit zu ersetzen.« Er legte sich den Stock hinterm Nacken über beide Schultern und hielt ihn dort fest, während er weiterging. »Aber man kann nicht überall zugleich sein, nicht wahr?«

»Levi!«

Auf der anderen Seite erklang das Klimpern der Schlüssel. Ein Schnappen im Schloss. Im nächsten Augenblick gab die Tür nach.

Ash schlüpfte durch den Spalt und konnte noch erahnen, wie Libatique hinter ihr heranhuschte, blitzschnell, als triebe ihn ein Sturmwind den Gang herab auf sie zu.

Levi schlug die Tür zu und drehte den Schlüssel. Die Innenseite war mit dicken Lederpolstern als Schallschutz bezogen.

»Wo ist dein Freund?«

»Noch draußen ... irgendwo.« Sie durfte jetzt nicht darüber nachdenken, sonst würde die Angst sie lähmen.

Hastig folgte sie Levi eine Treppe hinunter. Hier war das Licht eingeschaltet. An den Wänden hingen weitere Auszeichnungen und gerahmte Schallplattencover im bunten Design der Siebziger.

»Ashley ...«, erklang es wieder in ihrem Kopf.

Levi schien es auch zu hören. Er lief noch schneller. »Wir schließen uns in meinem Studio ein.«

»Gibt's da einen zweiten Ausgang?«

»Ein bisschen spät, um sich darüber Gedanken zu machen, oder?«

Levi bog um eine Ecke, Ash blieb hinter ihm. Sie durchquerten einen Aufenthaltsraum mit Sesseln und Sofas. Überall hingen Konzertplakate längst vergessener Tourneen, dazwischen Fotos, die einen faltenlosen Kenneth Levi an der Seite von Mick Jagger, Jimmy Page und einem sehr jungen Ozzy Osbourne zeigten.

Er deutete auf eine weitere Tür. »Dort hinein!«

Hinter ihnen erklang ein heftiges Scheppern, als im Erdgeschoss die Kellertür aufflog. Dass Libatique nicht einfach hindurchgehen konnte wie ein Geist, registrierte Ash zwar, aber es stimmte sie kaum hoffnungsvoller.

Sie kamen in einen kurzen Flur. Die Tür auf der rechten Seite stand offen, dahinter befand sich ein Raum mit gigantischen Mischpulten voller Regler und Knöpfe. Durch ein breites Glasfenster war das eigentliche Studio zu sehen.

Levi warft die Flurtür hinter ihnen zu, drehte den Schlüssel im Schloss und schob zwei armbreite Eisenriegel davor. Als er Ashs fragenden Blick bemerkte, sagte er: »Manchmal war es nötig, sturzbetrunkene Musiker davon abzuhalten, die Technik kurz und klein zu schlagen. Meist dann, wenn sie nicht mehr in der Lage waren, ihre Gitarren zu halten.«

Er zog sie den Flur hinunter in den Aufnahmeraum, ein holzverkleidetes Zimmer mit dickem Teppich, zahlreichen Mikrofonen und Kästen voller Anschlüsse für die Instrumente.

Levi verschloss auch diese Tür mit einem Schlüssel von seinem Bund. Riegel gab es keine.

»Ashley«, kroch Libatiques Stimme durch die Mauern und direkt in ihr Hirn. *»Lass mich herein! Ich will nur ihn. Du bist mir gleichgültig.«*

»Hören Sie das auch?«, fragte sie Levi, der hektisch in seinen Hosentaschen kramte.

»Ja.«

»Was sagt er zu Ihnen?«

»Dass ihr ihn zu mir geführt habt, aber er mir vergeben hat. Ich soll dich ausliefern.«

»So ein Wichser!«

»Was hast du erwartet?« Plötzlich hellte sich sein Gesicht auf. »Ah, hier ist es ja!« Aus einer der Taschen zog er einen kleinen schwarzen Klumpen hervor.

»Was ist das?«

»Ein verkohlter Fingerknochen. Von einem Kindermörder.«

»Hm.«

»Solltest du auch immer dabeihaben.« Er nickte ihr aufmunternd zu und ging hinüber zu der breiten Fensterscheibe, die den Aufnahmebereich von dem Raum mit den Mischpulten trennte.

»Woher haben Sie den?«

»Im Internet bestellt. Unverkohlt.«

»Ashley«, wisperte Libatique in ihren Gedanken. *»Der alte Mann hat schon vor langer Zeit den Verstand verloren. Du darfst ihm nicht trauen!«*

»Fick dich«, flüsterte sie.

Levi hob vor der Scheibe den Arm wie ein Lehrer, der etwas mit einem Stück Kreide an die Tafel schreiben will. Dann zeichnete er mit dem Stück Knochenkohle einen großen Kreis auf das Glas, einen Meter im Durchmesser. Anschließend zwei münzgroße Punkte als Augen und einen lachenden Mund. Die Kohle haftete nicht gut, aber sie hinterließ einen sichtbaren Schmierfilm.

Ash stöhnte auf. »Steve?«

»Er wird uns beschützen.«

»Niemand kann euch beschützen, Ashley!«

Ihr wurde bewusst, dass sie in dem schalldichten Raum nicht hören konnte, ob draußen gerade die Tür mit den Eisenriegeln aufgebrochen wurde.

Mit zwei schnellen Schritten war sie bei Levi und zog ihn an der Schulter herum. »Verraten Sie's mir!«

»Hm?«

»Was Sie vorhin gemeint haben. Als Sie gesagt haben, Wesen wie Libatique trügen ihren Untergang schon in sich. Wie können wir ihn vernichten?«

Levi streifte kopfschüttelnd ihre Hand ab und lief zur Tür hinüber. Auch dort zeichnete er mit dem verkohlten Finger ein Smiley auf das Holz. »Ich hab's euch doch erklärt.«

»Sie haben was von *Scheißhonig* gefaselt!«

»Hier wird es uns sowieso nicht retten. Das kann nur Steve.«

»Verdammt, nun sagen Sie's schon!«

Er beendete das Gesicht auf der Tür, dann schloss er die Augen, legte sich den winzigen Rest des Knochens auf die Zunge und schluckte ihn herunter. »Ahh«, macht er.

Ash packte ihn an den Schultern und stieß ihn gegen die Tür. Aber Levi sah sie nur an, als könnte er nicht verstehen, worüber sie sich so aufregte. »Steve wird uns helfen«, sagte er voller Überzeugung.

»Und wer hilft Parker?«

War da doch ein Laut draußen vor der Tür? Das Bersten der Eisenriegel? Wenn sie nur hätte sehen können, was im Flur vor sich ging.

»Das ist er, oder?«

»Steve wird –«

»Wie kann ich Libatique töten?«

»Der Honig –«

»Herrgott noch mal!«

»Der Honig«, begann er noch einmal, »ist in seinem Fall der Ruhm. Libatique ernährt sich von der Berühmtheit anderer, aber er selbst verträgt sie nicht. Sie bringt ihn um.«

Sie starrte ihn an. »Was?«

»Jedenfalls nehme ich das an. Man kann so was nicht

einfach irgendwo nachschlagen wie in einer Gebrauchsanweisung! So funktioniert das nicht. Aber es gibt eine ganze Menge Geschichten über Kreaturen wie ihn, denen genau das zum Verhängnis geworden ist.«

Schlagartig verließ Ash alle Kraft. Ihr Hände glitten an seinen Armen hinab und hingen wie nutzlos an ihrer Seite. Ihre ganze Hoffnung löste sich von einem Moment zum nächsten in Wohlgefallen auf. »Das ist Bullshit.«

»Steve sagt, dass es die Wahrheit ist.«

»Steve«, fuhr sie auf, »ist ein verficktes Smiley aus ... ich weiß nicht, Kohlenschmiere!«

Er löste sich von der Tür. Sein Rücken hatte Teile des Gesichts auf dem Holz verwischt. Steve lächelte jetzt ein wenig gequält.

»Was müsste ich tun?«, fragte sie. »Ich meine, was genau soll das heißen, er verträgt keine Berühmtheit?«

»Sie ist sein Lebenselixier, aber nur, wenn er sie anderen abzapfen kann. Wenn er selbst so berühmt wäre wie Parker Cale, dann würde ihn das ... womöglich ... vielleicht ... nun, vernichten.«

»Und wie soll ich das anstellen? Ihn vor eine Fernsehkamera zerren?«

Das dumpfe Geräusch von vorhin wiederholte sich. Der zweite Riegel an der Tür zum Aufenthaltsraum.

»Nicht diese Art von Ruhm! Die bekommt jeder Gameshowkandidat, wenn er sich Mühe gibt. Oder jeder Massenmörder. Nein, die Menschen müssen ihn *lieben*! Und ich meine *wirklich* lieben!«

Sie verzog das Gesicht. »Libatique?«

»Ich habe nicht gesagt, dass es möglich ist. Aber das ist die

Art von Ruhm, die ihn zerstören kann. Maßlose Liebe.« Er hob beide Hände, als bedrohte sie ihn mit einer Waffe. »Eventuell.«

Es war aussichtslos. Sie war mit diesem Irren hier im Keller gefangen und es gab kein Schlupfloch, durch das sie –

»Du hast nach einem zweiten Ausgang gefragt«, sagte er. »Nun, es gibt einen.«

»Das sagen Sie jetzt?«

»Ein Notausgang. Für den Fall, dass hier unten ein Feuer ausbricht. Glaubst du, ich wäre das Risiko eingegangen, dass die Stones oder die Jungs von Sabbath oder sonst wer in meinem Haus verbrennen?«

»Warum sind wir dann noch hier?«, platzte sie heraus.

»Weil –«

»Steve. Ich weiß. Wo ist dieser Notausgang?«

Levi eilte an ihr vorbei zur Rückseite des Raumes, gleich neben Teilen eines Schlagzeugs. Eines der breiten Holzpaneele, mit denen die Wände verkleidet waren, hatte einen Drehknauf. Levi betätigte ihn und stieß die Täfelung nach außen. Zu Ashs Überraschung ging der Kellerraum hinter der dicken Wand aus Holz und Dämmstoffen noch einige Meter weiter. Es war eine dunkle, muffige Kammer, grob verputzt, in der ein paar ausrangierte Musikinstrumente, Notenständer, Kabelrollen und anderes Gerümpel abgestellt waren. In der rückwärtigen Mauer befand sich eine Öffnung, durch die eine Schräge nach oben führte, vermutlich eine ehemalige Kohlenrutsche. Eisensprossen waren nachträglich darin verankert worden.

Ash wollte loslaufen, aber Levi hielt sie zurück. »Da draußen kann Steve dich nicht beschützen.«

Es hatte keinen Zweck. Noch einmal blickte sie vom Durchgang in den Aufnahmeraum zurück.

Libatique stand hinter der Glasscheibe und lächelte ihr zu.

Er sah wieder aus wie ein älterer Mann, grauhaarig und unscheinbar. Langsam hob er eine Hand und legte die gespreizten Finger an das Glas, genau zwischen die Augen des großen Smileys.

Levis Blick folgte Ashs. Seine Augen verengten sich ein wenig, als er Libatique entdeckte, aber er sagte kein Wort. Er wirkte weder erschrocken noch furchtsam.

»Kommen Sie mit!«, flehte Ash ihn an. »Bitte!«

»Steve und ich werden versuchen ihn aufzuhalten.« Levi schob sie Richtung Ausgang. »Lauf jetzt!«

»Ja, Ashley, lauf!«, sagte Libatique. *»Du wirst nicht weit kommen!«*

Levi gab ihr einen Stoß, der sie zwischen die abgestellten Instrumente beförderte. Er schenkte ihr ein knappes Lächeln, dann schloss er den Durchgang in der Zwischenwand.

Die Tür war kaum zu, als auf der anderen Seite ein dumpfes Scheppern ertönte. Nicht einmal die Schallisolierung konnte das Geräusch der berstenden Fensterscheibe vollständig schlucken.

Ash warf sich herum und rannte auf die Schräge zu.

55.

Es hatte eine Zeit in Parkers Leben gegeben, da war er Risiken eingegangen, ohne einen Gedanken an die Konsequenzen zu verschwenden. Er hatte zu Fuß dunkle Autobahnen überquert, den Kopf mit geschlossenen Augen aus dem Fenster der S-Bahn gestreckt, war mit Höchstgeschwindigkeit über vereiste Straßen gefahren und einmal von einer so hohen Brücke ins Wasser gesprungen, dass ihn der Aufschlag hätte töten können. Dabei war es ihm nicht um den Adrenalinkick gegangen, nicht um Mutproben oder die Anerkennung anderer; das hatte ihm nur sein Vater vorgeworfen. Der wahre Grund war immer nur er selbst gewesen, die Tatsache, dass es ihm egal gewesen war, ob dieser Parker Cale, den er im Spiegel ertragen musste, lebte oder starb.

Auch nachdem er endlich begonnen hatte, seine selbstzerstörerischen Anwandlungen in den Griff zu bekommen – mit Hilfe von Therapien, Medikamenten und einer ganzen Menge Willenskraft –, war dieses andere Ich nie völlig verschwunden.

Und nun zeigte das Guignolgesicht seines Vaters das gleiche überhebliche Grinsen wie Parkers böses Ebenbild im Spiegel. Der Kerzenschein vom Beckenrand vertiefte seine

Mundwinkel und die Schatten unter den Augen. Er war alles, was Parker je an sich gehasst hatte, alles, dem er je mit Rasierklingen zu Leibe gerückt war. Er war das, was ihn fast in den Selbstmord getrieben hatte, jene Seite von ihm, die niemand hatte sehen können außer ihm selbst.

Und Parker entschied, dass es hier enden würde. Er wollte nicht mehr davonlaufen, nicht vor sich selbst und nicht vor seinem Vater, ganz gleich wie viel von ihm noch in dem Ding da drüben steckte.

Wieder rannte er los, diesmal in dieselbe Richtung, in die sich auch Royden Cale bewegte. Sie liefen parallel zueinander am Rand des Pools entlang, bogen beide um die Ecke und trafen in der Mitte aufeinander.

Cale streckte ihm die Hände entgegen, aber Parker wich ihm aus. Dennoch bekam sein Vater ihn an der Schulter zu fassen und krallte die Finger tief ins Fleisch. Parker holte aus und schlug ihm mit aller Kraft ins Gesicht.

Doch sein Vater spürte keinen Schmerz mehr. Für endlose Augenblicke rangen sie am Rand des Pools miteinander. Kerzen wurden beiseitegetreten und verschwanden im Becken. Auf dieser Seite war es gut drei Meter tief und die meisten Lichter erloschen, bevor sie am Boden aufprallten. Einige aber fielen in das Öl, das Levi in den Pool gespritzt hatte, und ließen Flammen über die Fliesen tanzen.

Das Smiley auf dem Grund starrte zu ihnen herauf und lachte schief.

Am Himmel begann das Feuerwerk von neuem, abermals rasten Raketen in die Nacht hinauf und erblühten in kaleidoskopischen Fontänen.

Cale setzte seine Hände wie gebogene Harken ein, mit denen er Parker Haut und Fleisch herunterreißen wollte. Sie hatten sich einige Schritte vom Pool entfernt, aber jetzt tat Parker alles, um seinen Vater wieder dorthin zurückzulocken. Er blutete am Hals und am Bauch, doch keine der Verletzungen war stark genug, um ihn aufzuhalten. Mit zwei Sätzen war er zurück am Becken und ließ seinen Gegner erneut auf sich zukommen.

Der Hass auf Cales Gesicht war wie mit Messern eingekerbt. Dies mochte die letzte Emotion vor seinem Tod gewesen sein, und nun ließ sie ihn nicht mehr los. Aus seiner Kehle kam ein Laut, der nur wenig Ähnlichkeit mit einem menschlichen Schrei besaß, während er erneut die gekrümmten Finger ausstreckte.

Im letzten Moment machte Parker einen Schritt zur Seite. Sein Vater wollte sich noch ihm zuwenden, die Richtung ändern, aber es war zu spät. Seine Geschwindigkeit trug ihn über die Kante des Pools hinweg.

Im Sturz gelang es ihm, seinen Sohn am Unterarm zu packen. Parker geriet aus dem Gleichgewicht, wurde mitgerissen – und fing sich im letzten Augenblick, als die Hand seines Vaters abrutschte und die Fingernägel rote Furchen auf seinem Arm hinterließen.

Eine Sekunde später krachte Cale auf den Grund des Beckens.

Parker trat weitere Kerzen in die Tiefe, eine fiel auf Levis Zeichnung. Mit einem Fauchen entzündete sich die Umrandung des Mondgesichts. Über die verlaufenen Bahnen der Ölfarbe tanzten die Flammen auch ins Innere zu Mund und Augen. Bald brannte das riesige Smiley im Zentrum des Pools wie ein heidnisches Symbol.

Im Schein des Feuers richtete Cale sich auf und starrte zu seinem Sohn hoch. Falls er sich Knochen gebrochen hatte, hielt ihn das nicht auf. Er schien entschlossen, mit bloßen Händen an der Kachelwand emporzuklettern.

Als Parker und Ash eingetroffen waren, hatte Levi die Kupferschale am Rand des Beckens abgestellt. Jetzt erreichte Parker sie mit drei schnellen Schritten und hob sie vom Boden auf. Cale stand dort unten mit gebeugtem Rücken wie ein missgestalteter Menschenaffe; er sah aus, als wollte er die Distanz zu seinem Sohn mit einem Sprung überwinden.

Parker streckte die Schale mit ausgestreckten Armen über den Rand und goss das Öl auf seinen Vater hinab. Als er das Gefäß fallen ließ, prallte es scheppernd auf die Fliesen und kreiselte einige Male um sich selbst.

Royden Cale fuhr sich mit den Händen über das ölige Gesicht, um sich die Augen freizureiben. Als er wieder zu Parker heraufblickte, hielt der eine Kerze in der Hand.

Ihre Blicke trafen sich.

»Tut mir leid, Dad.« Er ließ die Kerze los.

Sein Vater schlug ungelenk danach, verfehlte sie jedoch. Die Flamme streifte ihn an der Schulter.

Unmittelbar vor Parkers Gesicht schoss eine Stichflamme aus dem Becken empor, meterhoch über den Rand hinaus. Die Hitzewelle traf ihn mit aller Kraft. Aber er blieb stehen, blinzelte in die Helligkeit und sah zu, wie die Feuersäule wieder in sich zusammensank.

Mantel und Haar seines Vaters standen in Flammen. Die krumme Nase und das spitze Kinn ragten aus einer gelbroten Feuermaske. Vom Kopf und den Schultern fraß sich die Glut an seinem Körper hinab, und auch der Boden um ihn herum brannte. Im Hintergrund loderte das Smiley und schien sie beide auszulachen.

Als der brennende Cale versuchte, an der glatten Wand hinaufzuklettern, zwang Parker sich, wieder hinzusehen. Er würde nicht fortgehen, ehe es keinen Zweifel mehr gab, dass die Flammen seinen Vater ein für alle Mal verzehrten.

Cales Muskulatur gab dem Feuersturm nach. Er taumelte noch einmal herum, doch nach wenigen Schritten knickten seine Beine ein. Seine Arme griffen ins Leere und fielen zurück an seine Seite. Zuletzt kniete er mit gesenktem Haupt vor dem Gesicht auf den Fliesen wie vor einem Götzenbild und beide brannten, Mann und Dämon, der eine stumm zusammengesunken, der andere lächelnd wie eine Sonne in einer Kinderzeichnung.

Parker stand noch einen Moment länger da, gelähmt von dem Anblick, bis er sich schließlich zwang, seine tränenden Augen abzuwenden. Langsam drehte er sich um, machte erst einen Schritt, dann noch einen, wurde bald schneller und rannte die Treppe hinauf. Unterwegs schaute er sich noch einmal um. Durch den fettigen Rauch aus dem Becken sah er das Feuerwerk, silbrige Kaskaden am nachtdunklen Himmel.

Er hatte den Gestank des brennenden Leichnams noch in der Nase, als er die Terrasse erreichte. Die Glastür zum Wohnzimmer stand offen. Benommen erinnerte er sich, dass Levi dort hineingelaufen war. Ash war nicht hier, vielleicht war sie dem alten Mann gefolgt oder ums Haus herum zur Einfahrt gerannt.

Parker wollte gerade die Villa betreten, als er hörte, wie Ash seinen Namen rief. Sie war draußen im Garten, und er fürchtete, dass sie hinunter zum Pool laufen könnte, ungewiss, wer dort im Becken verbrannte, Parkers Vater oder er selbst.

Als er zur Vorderseite rannte, kam sie ihm entgegen. Sie stieß einen erleichterten Ruf aus und fiel ihm um den Hals.

»Er ist im Keller!« Sie war völlig außer Atem, das Haar und die Kleidung von Staub und Spinnweben bedeckt. »Levi ist ihm ... er hat ihn ...«

Parker drückte sie fest an sich. »Schon gut«, sagte er. »Hauen wir hier ab!«

»Hinter mir ... Er kann jeden Moment auftauchen!«

Gemeinsam stürmten sie über den Vorplatz. Aus einer Öffnung am Fuß der Fassade ertönte Getöse. Libatique hatte irgendetwas dort unten umgestoßen. Er kam näher.

An der Auffahrt stand ein schwarzer Bentley. Ash wollte daran vorbeilaufen, aber Parker riss die Fahrertür auf und tastete nach dem Zündschloss. Im Inneren des Wagens stank es wie im Müllcontainer eines Steakhauses, vermischt mit dem süßlichen Duft von Aromabäumchen.

»Beeil dich!«, rief sie.

Der Schlüssel steckte. Parker zog ihn ab und schleuderte ihn, so weit er konnte, hinaus in den nächtlichen Garten.

Dann war es Ash, die Parker mit sich den Weg entlangzog, während er über die Schulter schaute und eine Gestalt erkannte, die auf allen vieren aus der Kelleröffnung krabbelte.

Als abermals Feuerwerk die Finsternis erhellte, sah er in Libatiques Augen. Aus ihnen dampfte die Nacht hervor wie der schwarze Rauch vom Grund des Pools.

Ihr Wagen parkte ein Stück vom Tor entfernt, hinter der nächsten Biegung. Weiter unten im Hang erklangen Schritte, zu schnell, zu kurz, zu viele. Aber als Parker erneut hinsah, war Libatique noch immer allein und glitt den gepflasterten Weg herauf wie ein Nebelschwaden.

Sie erreichten das offene Tor und bogen um die Ecke auf die Avenue de la Corniche. Unter ihren Füßen schien sich der Asphalt wie Kautschuk zu ziehen, aber dann erreichten sie das Auto, sprangen hinein und Parker betätigte die Zündung.

Im Rückspiegel explodierten rote Feuerwerkskaskaden. Zwei Glutpunke blieben in der Dunkelheit hängen und näherten sich.

Der Motor heulte auf, als Parker das Gaspedal bis zum Anschlag durchtrat.

»Er kommt!«, brüllte Ash. »Er ist direkt hinter uns!«

Der Wagen schoss vorwärts, geradewegs auf die nächste Kurve zu. Unmittelbar vor ihnen stiegen Raketen auf, vielleicht aus einem Nachbargarten, und Parker hielt wie hypnotisiert darauf zu, riss das Steuer dann doch noch herum und folgte der Straße.

Sein Außenspiegel musste zerbrochen sein, denn er sah nur ein schwarzes Oval. Aber auch im Rückspiegel war nur eine Wand aus Finsternis, keine Lichter mehr, keine Umrisse. Vielleicht der Qualm.

»Fahr schneller!«, brüllte Ash.

Der Wagen raste über einen Kreisverkehr und polterte über die Mittelinsel. Parker behielt das Steuer gerade noch unter Kontrolle.

Als er das nächste Mal in den Spiegel sah, waren dort wieder Straßenlaternen und erleuchtete Fenster, die Umrisse der Villen auf Cap Ferrat, die Feuerblüten am Himmel.

Ashs Augen waren weit aufgerissen und nach einem Moment wandte sie ihm das Gesicht zu.

»Haben wir ihn abgehängt?«

Er wusste darauf keine Antwort.

56.

Wenig später, gegen dreiundzwanzig Uhr, verließen sie Cap Ferrat und jagten auf der Küstenstraße ostwärts. Auf diesem Stück führte die Fahrbahn durch gelb beleuchtete Felstunnel und über schwindelerregende Brücken.

Ash berichtete ihm, was sie von Levi erfahren hatte. Als Parker ihr vom Ende seines Vaters erzählte, war sie nicht einmal schockiert. Der Bastard hatte bekommen, was er verdiente. Parker wirkte angeschlagen, aber keineswegs am Boden zerstört. Sie hätte ihn gern in den Arm genommen, aber bislang machte er keine Anstalten, den Wagen anzuhalten oder auch nur den Fuß vom Gas zu nehmen.

Er fuhr viel zu schnell auf dieser kurvigen Strecke, doch Libatique war gewiss längst hinter ihnen. Wenn nicht mit dem Bentley, dann mit einem Wagen aus Levis Garage. Jedes Scheinwerferpaar im Rückspiegel war verdächtig, erst recht, wenn es ihnen zu nahe kam. Darum beschleunigte Parker noch mehr und seine Überholmanöver in den engen Kurven überstanden sie ein ums andere Mal nur um Haaresbreite.

»Was ist mit deinen Verletzungen?«, fragte Ash. »Wenn die Polizei uns anhält und dich sieht –«

»Das sind nur Kratzer.«

»Es sind offene Wunden! Und so wie dein Vater aussah, kann er dich mit weiß Gott was infiziert haben. Wir müssen sie zumindest auswaschen. Außerdem brauchst du was Neues zum Anziehen.«

»Erst mal müssen wir irgendwo untertauchen. Wir waren die ganze Zeit über eine viel zu leichte Zielscheibe, weil wir immer allein unterwegs waren. Besser, wir mischen uns unter Leute.«

Zweifelnd blickte sie auf die Blutflecken auf seinem Shirt. »So?«

»Wir sind gleich in Monaco. Da leben auf ein, zwei Quadratmeilen über dreißigtausend Menschen. Libatique dürfte ernsthafte Probleme haben, uns dort zu finden.«

Sie schwieg eine Weile, dann sprach sie endlich aus, was ihr schon lange durch den Kopf ging. »Könnte es sein, dass dein Vater doch gewusst hat, wer Nineangel wirklich war? Und wo er all die Jahre gelebt hat?«

Zum ersten Mal, seit sie die engen Sträßchen der Halbinsel verlassen hatten, nahm Parker den Fuß vom Gas. »Oh, shit!«

»Denn wenn er es nicht wusste –«

»– ist er uns Schritt für Schritt gefolgt«, brachte er ihren Satz zu Ende. Er hieb so heftig mit der Faust aufs Steuer, dass der Wagen für einen Moment ins Schlenkern geriet. »Dann war er bei Elodie und Flavien. Und die beiden konnte er nur finden, wenn er vorher ...« Er ließ den Rest unausgesprochen, fuhr schweigend noch ein Stück weiter und bog dann auf den Parkplatz einer Tankstelle. Seine Hände zitterten, als er den Wagen hinter das Gebäude lenkte, damit er von der Straße aus nicht zu sehen war. Dort bremste er viel zu abrupt, schaltete in den Leerlauf und griff nach seinem Smartphone.

Nachdem er gewählt hatte, starrte er mit leerem Blick auf die Felswand, die nur wenige Schritte neben ihnen emporwuchs. Er ließ es klingeln, bis der Anruf automatisch abgebrochen wurde, dann versuchte er es erneut.

»Godfrey nimmt nicht ab«, flüsterte er schließlich.

»Vielleicht schläft er.«

»Er ist blind, nicht taub!«, fuhr er sie an, schüttelte über sich selbst den Kopf und sagte ruhiger: »Entschuldige.«

»Versuch's im Hotel.«

Seine Finger bebten noch immer, als er versuchte, die Telefonnummer herauszufinden. Ash sah ihm eine Minute lang zu, dann streckte sie die Hand aus. »Gib mal her.«

Er reichte ihr das Handy und ließ den Kopf gegen die Nackenstütze sinken. Sein Gesicht war in die andere Richtung gewandt, zu seinem Seitenfenster und dem dunklen Wall aus Fels.

Wenig später meldete sich die Rezeption. Ash verlangte Zimmer 612. Der Nachtportier hatte sich gut im Griff, aber er zögerte dennoch einen Augenblick zu lang. »Entschuldigen Sie«, hakte er nach, »sagten Sie Zimmer 612?«

»Ja.«

»Sechs – eins – zwei?«

»Genau.«

»Darf ich Sie um Ihren Namen bitten?«

»Lilly Libatique.«

»Mademoiselle, wenn Sie wohl noch einen Moment in der Leitung bleiben könnten –«

Ash drückte auf Beenden. »Scheiße.«

»Was ist?«

»Er hat sich zweimal nach dem Zimmer erkundigt und dann versucht mich hinzuhalten.«

»Das Schwein hat sie alle umgebracht!«

»Das wissen wir nicht.«

Seine Augen waren tief und schattig. »Godfrey geht nie aus, schon gar nicht so spät am Abend. Und er trägt das Telefon im Haus immer bei sich. Nachts liegt es neben seinem Bett. Und was Zimmer 612 angeht ...« Es war nicht nötig, dass er fortfuhr. Sie dachte ohnehin längst das Gleiche wie er.

Nachdenklich kaute sie auf ihrer Unterlippe und ihr wurde klar, dass der Kloß in ihrem Hals keine Sorge mehr war, sondern Trauer. Sie wusste, dass er Recht hatte. Libatique und Cale mussten Godfrey aufgestöbert haben. Anschließend Elodie, wahrscheinlich auch Flavien.

»Mich haben eine ganze Reihe Leute zusammen mit ihr gesehen«, sagte Parker nach einer Weile. Sie standen jetzt schon mehrere Minuten an der Rückseite der Tankstelle.

»Die haben jemanden gesehen, der Ähnlichkeit mit Parker Cale hatte. Davon gab es in dem Hotel mindestens drei oder vier. Abgesehen davon glaubst du doch nicht im Ernst, dass beim Tod eines Sukkubus die Polizei gerufen wird, oder?«

Er seufzte, rieb sich die Augen und legte beide Hände aufs Steuer. »Es reicht jetzt. Ich lasse nicht zu, dass er dir auch was antut. Die Sache in Levis Haus war knapp genug.«

»Ich steig hier nicht aus, wenn du das meinst.«

»Nein«, sagte er. »Das hab ich nicht gemeint.«

»Was willst du tun? Zurück nach Le Mépris?«

»Noch immer nach Monaco.«

»Und dann?«

»Welcher Tag ist heute? Mittwoch?«

Sie schaute auf die Uhr am Armaturenbrett. »Noch eine Dreiviertelstunde lang.«

Parker nickte verbissen, dann startete er den Motor. Langsam fuhr er hinter dem Gebäude hervor ins Licht der Laternen und Werbeschilder, stoppte noch einmal und blickte hinüber zur Straße. Es war noch immer eine Menge Autos unterwegs, wahrscheinlich brach der Verkehr so kurz vor Monte Carlo niemals ganz ab.

Ash beobachtete ihn, während er den Wagen zurück auf die Fahrbahn lenkte und rasch beschleunigte. Als sie in den nächsten Tunnel fuhren, flutete gelbes Licht das Innere des Wagens, aber sie hatte das Gefühl, ihn dennoch nicht deutlicher sehen zu können. Sie ahnte, wie sehr ihm das alles zu schaffen machte: die Sache mit seinem Vater; Godfreys Schicksal; das schlechte Gewissen, weil sie Libatique zu Elodie und Flavien geführt hatten.

Kurze Zeit später wurde die Straße breiter und führte bergab. Zu beiden Seiten wuchsen die Häuser immer höher empor. Sie passierten ein Schild, das sie im Fürstentum Monaco willkommen hieß.

Vor ihnen öffnete sich eine Bucht voller Hochhäuser, manche fünfzehn, zwanzig Stockwerke hoch. Es sah aus, als wären hier Stein und Beton aus dem ganzen Mittelmeer von einer Sturmflut übereinandergetürmt worden. Hinter den kantigen Kolossen erhoben sich die Umrisse kahler Bergrücken in den Sternenhimmel. Beleuchtete Stege ragten in die Bucht hinaus wie rechtwinklige Straßen. Daran lagen zahllose Jachten vor Anker, ein paar größere auch weiter draußen auf dem Meer.

Links von ihnen befand sich ein Berg, dessen Hänge mit alten Stadthäusern und Villen überzogen waren. Auf seinem Gipfel standen in goldenem Flutlicht eine Kathedrale und ein Palast wie aus einem Spielzeugkatalog, gekrönt mit Zinnen und Zuckerbäckertürmen. Dort oben mussten die Grimaldis leben, das alte Fürstengeschlecht, das Monaco und die Schlagzeilen der europäischen Illustrierten regierte.

Die Straße wurde vierspurig und tauchte immer häufiger durch breite Betontunnel unter den Häusern hindurch. Von Brücken aus konnten sie in erleuchtete Büros mit verlassenen Schreibtischen blicken. Reinigungspersonal schob Staubsauger durch leere Konferenzräume.

Eine verwirrende Vielzahl von Abfahrten und Gabelungen führte in Tiefgaragen und noch mehr Tunnel. Ash hatte geglaubt, der Londoner Finanzdistrikt sei überwältigend in seinem arroganten Größenwahn, aber hier kam eine Enge dazu, die unwirklich und erdrückend wirkte. Es war, als hätten die Architekten einen Ameisenbau aus Stahlbeton und Neon errichtet.

Dabei waren die Bürgersteige reinlich, die Fassaden blitzsauber. An keiner Wand entdeckte sie Graffiti, unter keinem Fußgängerüberweg lungerten Obdachlose herum. Vermutlich gab es auch in Monaco Prostituierte und Drogendealer, aber anders als in Tower Hamlets standen sie nicht an Straßenecken, sondern fuhren wohl in Ferraris und Stretchlimousinen vor.

Noch einmal blickte sie auf die Uhr. Zwanzig Minuten vor Mitternacht.

Sie fragte nicht nach, ging aber davon aus, dass die Cales in einem der nobleren Häuser eine Wohnung besaßen. Vielleicht ein Penthouse mit Blick über den Hafen. Parker redete noch immer kaum ein Wort und sie war nicht sicher, wie sie damit umgehen sollte. Tatsächlich kannte sie ihn einfach nicht gut genug. Ihre Annahme war – und da ging sie ganz von sich aus –, dass es das Beste wäre, ihn in Ruhe zu lassen und abzuwarten, bis er von selbst wieder zu sprechen begänne.

Irgendwo im Zentrum wurde er in einer Kurve langsamer und bog abrupt nach rechts in die Einfahrt einer Tiefgarage ab. Er hielt vor einer Schranke und tippte einen Code in vergoldete Tasten.

»Okay«, sagte Ash, nachdem sie die Schranke passiert hatten, »verrätst du mir, wo wir hier sind?«

»Du hast selbst gesagt, dass wir neue Klamotten brauchen. Schlafen wäre auch nicht schlecht.«

Wahrscheinlich würde es eher auf Grübelei und An-die-Decke-Starren hinauslaufen, aber der Vorschlag klang vernünftig. Letzte Nacht in Le Mépris hatten sie auch nur ein paar Stunden geschlafen und die Erschöpfung steckte ihr tief in den Knochen. Außerdem mussten sie sich in Ruhe überlegen, was sie tun wollten. Kurz hinter Monaco lag die italienische Grenze. Und wohin dann? Immer weiter nach Süden? Florenz, Rom, Neapel?

Parker fuhr bis ans Ende des breiten Mittelweges, der das voll besetzte Parkhaus in zwei Hälften teilte. Menschen waren nirgends zwischen den abgestellten Nobelkarossen zu sehen. Alles war taghell erleuchtet, und obwohl Ash im Auto nichts hören konnte, wäre sie jede Wette eingegangen, dass aus versteckten Lautsprechern klassische Musik ertönte.

»Es ist im zwölften Stock. Durch den Zahlencode ist oben schon eine Benachrichtigung angekommen.«

Noch ein Verwalter, der nur darauf wartete, dass Parker sich zu einem seiner sporadischen Besuche entschied? Die Cales bezahlten allerlei Leute für eine ganze Menge Freizeit.

Er hielt vor der Rückwand der Tiefgarage, unweit einer holzverkleideten Aufzugtür. »Da wären wir.«

»Willst du hier stehen bleiben?«

»Das Personal kommt gleich und parkt den Wagen ein.«

Sie öffnete die Tür, schob die Beine seitwärts über die Kante und streckte sich. Hinter den Betonsäulen erklang leise Violonenmusik. Es roch nach frischen Blumen.

Sie wandte sich zu Parker um. »Ist das –«

»Ein Duftstoff in der Klimaanlage.« Er hantierte am Zündschlüssel.

Kopfschüttelnd nahm sie ihren Rucksack, stieg aus und warf die Tür zu. Es roch wirklich gut, fast nach Frühling.

Hinter ihr klickte die Zentralverriegelung.

Als sie herumfuhr, lief der Motor noch immer und Parker ließ das Beifahrerfenster einen Spalt herunter. »Tut mir leid«, sagte er mit traurigem Blick. »Wirklich. Aber es geht nicht anders.«

Sie hämmerte mit der Faust gegen das Glas. »Hast du sie noch alle?«

»Zwölfter Stock, Apartment drei«, sagte er. »Ich rufe an und sag Bescheid, dass du kommst. Da oben bist du erst mal in Sicherheit.«

»Ich scheiß auf Sicherheit!«, brüllte sie. »Fuck, was hast du vor?«

»Ich muss das allein tun. Ich hab dich viel zu gern, um dich weiter in Gefahr zu bringen.« Er schlug die Augen nieder, sah dann aber wieder auf. »Libatique wird uns beide töten, wenn ich nicht –«

»Ich will dabei sein!«

Er schüttelte den Kopf. »Nicht heute Nacht. Wünsch mir Glück.«

Und damit schloss er das Fenster und gab Gas.

Ash starrte ihm wie betäubt hinterher. Der Blumenduft roch wie Gestecke in einer Leichenhalle.

»Fick dich, Parker Cale!«

Ich muss das allein tun.

»So eine Scheiße!«

Sie blickte den Rücklichtern nach, als der Wagen zur Ausfahrt raste. Reifen quietschten, als er hinaus auf die Straße schoss und davonjagte.

57.

Ihr erster Impuls war, zu Fuß von hier zu verschwinden. Sie war schon durch die halbe Tiefgarage gelaufen, als sie es sich anders überlegte und zum Aufzug zurückkehrte. Dort stand sie mehrere Minuten, ließ unentschlossen die Türen auf- und wieder zugehen, drückte schließlich noch einmal auf den Knopf und trat ein.

Sie wollte schreien vor Wut. Stattdessen trat sie kräftig gegen die Rückwand des Aufzugs. Das hohle Dröhnen musste in allen Etagen zu hören sein, aber das war ihr egal. Sie trat gleich noch mal zu und prellte sich dabei die Zehen.

Es gab keinen Knopf für den zwölften Stock, nur einen einzigen für das Erdgeschoss. Daneben einen Sensor, über den sich die Schlüssel der Wohnungsbesitzer einlesen ließen. Besucher mussten offenbar erst im Parterre aussteigen, um sich anzumelden. Genau danach war ihr gerade zu Mute.

Als die Schiebetür aufglitt, blickte Ash in ein Foyer mit wuchtigen Säulen und sehr viel falschem Gold. Gegenüber saß ein Portier in einer Operettenuniform. Er beendete ein Telefongespräch und erhob sich, als er Ash entdeckte. Freundlich begrüßte er sie erst auf Französisch, dann auf Englisch.

Während sie näher kam, trat ein Anflug von Misstrauen in seine Augen. Sie war noch immer völlig verdreckt.

»Guten Abend«, sagte sie. »Ich möchte in die zwölfte Etage, Apartment drei.«

Er nickte. »Geht es Ihnen gut, Mademoiselle? Kann ich behilflich sein?«

»Ich würde nur gern nach oben, danke.«

»Natürlich. Miss Jones hat gerade angerufen. Sie erwartet Sie schon.«

Er hielt ihr eine Plastikkarte entgegen, vermutlich einen Besucherausweis.

Ash starrte seine ausgestreckte Hand an, dann wieder ihn. »Miss Jones? ... *Epiphany* Jones?«

Sofort zog er die Karte zurück. »Verzeihen Sie, ich nahm an, Sie wären der angekündigte Besuch. Sie sagten doch, zwölfte Etage, Apartment –«

»Ja ... Ja, das stimmt.« Sie hielt ihm ihre offene Hand entgegen. »Ich war nur ... Ist schon in Ordnung.«

Aber jetzt war sein Argwohn geweckt. Er balancierte haarscharf an der Grenze zur Unhöflichkeit und gab sich alle Mühe, nicht auf die falsche Seite zu geraten. »Ich bräuchte bitte noch Ihren Namen für die Besucherliste.«

»Ash.«

Er räusperte sich und schrieb etwas auf einen linierten Papierbogen.

»Ihr Nachname, nehme ich an?«

Sie funkelte ihn an, als wäre das die einfältigste Frage der Welt.

»Miss Ash ... Gut.« Mit einem unterdrückten Seufzen überwand er sich und reichte ihr erneut die Karte. »Führen Sie die einfach im Aufzug an dem Sensorfeld vorbei, dann fahren Sie automatisch rauf in die Zwölf.«

Sie dankte ihm und ging zurück zum Lift.

»Nicht den, bitte!«, rief er ihr hinterher. »Den anderen, dort drüben.«

Sie blieb stehen, presste die Lippen aufeinander und wandte sich einem zweiten Aufzug zu, der sich näher an der Rezeption befand und sehr viel prunkvoller aussah als der kleinere zur Tiefgarage. Die Kabine öffnete sich und Ash trat ein.

Als sie sich umdrehte, stand der Portier noch immer hinter seinem Pult und blickte ihr nach. Sein Lächeln wirkte gezwungen und sie vermutete, dass er sofort zum Telefon greifen würde, um sich zu vergewissern, dass diese Person, die er nach oben geschickt hatte, wirklich die richtige war.

Aus den Lautsprechern des Fahrstuhls drang leise Musik. Die Rückwand war verspiegelt. Während der Autofahrt hatte sie versucht, sich Staub und Spinnweben abzuklopfen, aber allzu erfolgreich war sie damit nicht gewesen. Sie sah aus wie jemand, der einen Dachboden entrümpelt hatte. Außerdem hatte Parkers Hand einen blutigen Abdruck auf ihrer Jeans hinterlassen. Wahrscheinlich konnte sie noch dankbar sein, dass der Nachtportier nicht gleich die Polizei gerufen hatte.

Epiphany Jones. Das Mädchen mit den Elfenohren. Hollywoodstar hin oder her, Ash hatte nicht die geringste Lust, Parkers hübscher Verflossener zu begegnen – und sie vielleicht noch darum bitten zu müssen, dass sie ihre Dusche benutzen durfte.

Aber viel drängender war die Frage, was er vorhatte. Dass

er einen Plan hatte, wahrscheinlich schon seit ihrem Stopp an der Tankstelle, stand außer Zweifel. Deswegen also war er die ganze Zeit so schweigsam gewesen. Sie wünschte nur, er hätte sie einbezogen. Sie hatte Angst um ihn. Und war fuchsteufelswild.

Der Lift hielt an. Sie betrat einen Flur, der mehr Ähnlichkeit mit den Gängen der Londoner Luxushotels hatte als mit einem Apartmenthaus. Es roch dezent nach Chlor, ein Schild wies nach links zum Swimmingpool.

Apartment drei war nicht weit entfernt, ein Stück nach rechts den Gang hinunter. Neben dem Eingang stand ein Kübel mit irgendeinem exotischen Grünzeug.

Die Tür war einen Spaltbreit geöffnet. Ash blieb davor stehen, nahm ihren Rucksack von der Schulter und klopfte.

»Hallo?«

Vielleicht war es das Beste, wieder abzuhauen. Sie konnte eine Nachricht beim Portier hinterlassen. Oder auch nicht. Je länger sie darüber nachdachte, desto übler nahm sie es Parker, dass er sie ausgerechnet hier aus dem Wagen geworfen hatte.

»Hallo?«, sagte sie noch einmal, jetzt lauter.

Sie klopfte erneut, und diesmal schwang die Tür ein wenig nach innen. Marmorfußboden. Weiß gestrichene Wände.

»Epiphany?« Hieß sie wirklich so? Egal. Sie würden keine besten Freundinnen werden.

Sie hatte die Wahl, weiterhin wie eine Zeugin Jehovas vor der Tür herumzustehen oder einzutreten.

Langsam machte sie einen Schritt in die Wohnung. »Ich komme rein, ist das okay?«

Mehrere verlassene Zimmer zu beiden Seiten des Flurs. Überall brannte das Licht.

Sie drückte die Wohnungstür hinter sich zu. Das Schnappen des Schlosses kam ihr ungewöhnlich laut vor. Von weit her erklang gedämpfter Verkehrslärm, die Geräuschkulisse einer nächtlichen Stadt. Irgendwo musste ein Fenster offen stehen.

»Mein Name ist Ash. Ich glaube, Parker hat Bescheid gesagt, dass ich komme.«

Nichts.

Der Portier hatte vor nicht einmal drei Minuten mit Epiphany telefoniert. Sie musste da sein.

Vorsichtig ging Ash den Flur hinunter und blickte in alle Räume. Ein Ankleidezimmer mit offenen Schränken und vielen verstreuten Sachen am Boden, so als hätte sich jemand nicht für die Abendgarderobe entscheiden können. Daneben ein kleinerer Raum nur für Schuhe, ganze Wände voll davon; auch hier ein ziemliches Chaos. Ein luxuriöses Bad mit eingeschalteter Festbeleuchtung und einem dieser Schminkspiegel mit Lampen rundum.

Am Ende des Flurs befand sich das riesige Wohnzimmer mit über Eck liegenden Fensterwänden, die auf die Stadt und das Meer hinausblickten. Weißer Marmor, Ledersessel, zu viel Glas und Metall für Ashs Geschmack. Eine eiserne Wendeltreppe führte nach oben auf eine zweite Ebene.

»Epiphany?«

Zögernd trat sie ins Zimmer. Hinter einem breiten Tresen links von ihr lag eine offene Küche, für die manch einer getötet hätte. Ein Kühlschrank vom Boden bis zur Decke, auf der Arbeitsplatte allerlei technischer Schnickschnack. Ein futuristischer Backofen, dazu eine Mikrowelle, groß genug, um Pudel zu trocknen.

Ein Windstoß erfasste sie, viel zu heftig für gewöhnliche Zugluft.

Eines der Fenster war zerbrochen. An den unteren Glaszacken hatte sich etwas verfangen, das aussah wie dunkle Algenfäden an einem Flussufer. Mehr davon klebte auf dem Boden.

Ash blieb stehen.

Hinter dem Küchentresen erklang ein Flüstern.

58.

Der Wagen parkte in einer Seitenstraße der Avenue Princesse Alice, nicht weit entfernt vom Kasino und der Oper. Unten am Hafen, wo der Strom der Touristen niemals abriss, hatte Parker bei einem Nepphändler zwei schwarze T-Shirts, ein Basecap, eine billige Sonnenbrille und eine Flasche Wasser gekauft. Mit einem der Shirts und dem Wasser hatte er sich das getrocknete Blut von den Armen und vom Hals gewaschen, das andere hatte er übergezogen. Über seiner Brust spannte sich ein grenzwertiges Porträt von Grace Kelly.

In seinem neuen Outfit saß er hinter dem Steuer und hielt sich das Handy ans Ohr. Am anderen Ende stieß jemand einen Jubelruf aus.

»*Parker?* Hey, Mann!«

»Hey, Lucien.«

»Gott sei Dank!« Sein französischer Akzent klang viel stärker durch, wenn er aufgeregt war. »Wo steckst du? Alle Welt sucht nach dir. Das Feuer ... die Nachrichten sind noch immer voll davon. Viele glauben, dass du im Haus warst ... Geht's dir gut?«

»Nicht besonders. Aber wir leben noch, jedenfalls Ash und ich.«

Die Schwäche, die er zuletzt durch die Aufmerksamkeit der Paparazzi vor der Villa überwunden hatte, war schon seit einer Weile wieder da. Er musste dringend in die Öffentlichkeit, hasste sich dafür und konnte doch nicht anders. Er hatte es bei der Flucht von Cap Ferrat gespürt, aber während der Fahrt für sich behalten. Es gab auch so schon genug, über das Ash sich den Kopf zerbrach. Er wollte nicht, dass es ihr noch schlechter ging.

»Ist sie in Ordnung?«, fragte Lucien.

»Ich hab sie gerade bei Epiphany abgesetzt.«

»Ihr seid hier in Monaco?« Kurzes Schweigen am anderen Ende der Leitung, während im Hintergrund der Lärm zahlloser Stimmen tobte. »Epiphany sollte eigentlich längst bei uns im Kino sein. Alle sind tierisch nervös, der Typ vom Verleih liegt sich schon mit ihrer neuen Agentin in den Haaren. Die wilden Horden da draußen drehen fast durch!«

»Piph kommt immer zu spät. Du kennst sie doch.«

»Mann, ich kann nicht fassen, dass du hier bist!« Lucien hielt inne. »Warte mal – du hast Ash zu *ihr* gebracht?«

»Ich hab sie in der Tiefgarage abgesetzt und Piph auf dem Handy angerufen. Sie wollte gerade runter zur Limousine, um loszufahren. Ich hab sie überredet, noch zwei Minuten zu warten und Ash in ihre Wohnung zu lassen.«

Lucien klang verblüfft. »Und das hat sie getan?«

»Ich hab ihr versprechen müssen, mich nachher mit ihr fotografieren zu lassen. Ein bisschen Öl für die PR-Maschine. Sie sagt, sie braucht mal wieder eine Schlagzeile. Und weil gerade alle denken, ich sei tot, hielt sie es für eine tolle Idee, wenn ausgerechnet sie mit mir zusammen auftaucht.«

Lucien lachte. »Klingt hundertprozentig nach ihr!«

»Hör zu«, sagte Parker, »kannst du mir einen Gefallen tun?«

»Sicher. Ich steh eh nur hier rum und drück mich davor, Autogramme zu geben.«

»Kannst du dich vor die Kamera des größten Senders drängeln, den Leuten erzählen, dass du gerade mit mir telefoniert hast und dass ich gesagt hätte, ich würde heute als Überraschungsgast bei der Premiere erscheinen?«

»Ist das Teil deines Deals mit Epiphany?«

»Nicht direkt. Bitte, Lucien, kannst du das für mich tun?«

»Klar.«

»Ich werd noch ein paar Minuten brauchen. Bei dem Trubel kann ich nicht direkt mit dem Auto ranfahren. Aber es ist wirklich wichtig, dass möglichst viel Wirbel um meine Ankunft veranstaltet wird.«

»Viel Wirbel?« Lucien stieß ein amüsiertes Schnauben aus. »Sag mal, hast du eine Ahnung, was hier abgeht, sobald du auch nur deine Nase zeigst? Die Leute werden völlig ausrasten! Die sind jetzt schon total drauf, und noch denken sie, dass bloß Piph und ich da sein werden.«

»Heiz die Stimmung ruhig noch an. Ich will, dass alle darauf warten, dass ich endlich auftauche. Sie sollen es am besten jetzt schon im Fernsehen und im Radio bringen. Sag ihnen ... Sag ihnen, ich wolle allen erzählen, was in der Villa passiert ist. Irgend'nen Scheiß, den sie hören wollen.«

»Geht's dir wirklich gut?«

»Gut genug. Leg einfach los, ja? Trommel, so laut du kannst. Du hast dann wirklich was gut bei mir.«

»Ich hab schon eine Menge gut bei dir.«

»Ich weiß.«

»Wirst du mir irgendwann alles erzählen? Von diesem Kerl in Lyon und dem Feuer? Die Wahrheit, meine ich.«

»Versprochen.«

»Ich bin echt froh, Mann. Wirklich froh.«

»Dann sag das allen.« Er lachte leise. »Ich will eine Menge Tränen sehen.«

»Die wirst du bekommen. Bin schon unterwegs zum Eingang.« Im Hintergrund wurde das Getöse der Menge ohrenbetäubend. »So – kann losgehen!«

»Danke, Lucien!«

»Bis gleich!«

»Bin sofort da.«

Parker beendete das Gespräch und steckte das Handy ein. Epiphany musste mittlerweile unterwegs sein. Wahrscheinlich würden sie etwa gleichzeitig am Kino ankommen.

Er schaltete das Radio ein und klickte sich durch die Sender. Auf *The Glamour* war wie immer Verlass: Gleich drei lokale Stationen berichteten live von der Mitternachtspremiere. Am Ende waren auch Milliardärstöchter nur Teenager mit Postern über dem Bett.

Eine Radioreporterin interviewte eine heulende Zuschauerin am roten Teppich. Mitten im Satz brach das Mädchen ab und begann zu kreischen. Die Reporterin meldete, dass Lucien Daudet ins Freie zurückgekehrt sei und gerade durch wildes Winken alle Journalisten und Fans auf sich aufmerksam mache.

Parker lächelte und schaltete das Radio ab. Die wenigen Minuten bis zum Kino würden mühsam werden. Aber er konnte es schaffen. Und wenn er das letzte Stück auf allen vieren kroch.

59.

Ash näherte sich dem Küchentresen. In der rechten Hand hielt sie ihren Rucksack an beiden Riemen, um notfalls damit zuzuschlagen. Es zog noch immer heftig durch das zerbrochene Fenster, aber erst jetzt fiel ihr auf, dass im ganzen Zimmer dennoch ein erbärmlicher Gestank herrschte.

Das Flüstern erklang erneut. Diesmal verstand sie die Worte: *»Hau ab! Schnell!«*

»Epiphany? Bist du das?«

Mit einem letzten Schritt trat sie an die Theke. Die Ablagefläche war zu breit, um sich darüber hinwegzubeugen. Sie konnte einen Teil des weiß gefliesten Küchenbodens sehen, aber nicht das Stück unmittelbar hinter dem Tresen.

Mit einem unterdrückten Fluch bewegte sie sich seitwärts an der Theke entlang, einem klobigen Wall zwischen Wohn- und Küchenbereich. Am Ende stand ein Barhocker aus Metall. Eine halb aufgerauchte Zigarette war auf den Boden gefallen und ausgegangen.

Ash legte den Rucksack ab und ergriff den Hocker. An den Metallbeinen hob sie ihn vor ihre Brust, bereit, auf alles einzuschlagen, das sie angreifen mochte. Mit einem tiefen Luftholen machte sie den letzten Schritt um den Tresen.

Epiphany Jones kauerte am Boden, eng an die Rückseite der Theke gepresst, und starrte sie aus aufgerissenen Augen an. Sie trug ein nachtblaues geschlitztes Abendkleid, unter dem ihre nackten Beine hervorschauten. Strähnen ihres hellblonden Haars hingen ihr ins Gesicht. Sie hatte den Zeigefinger der linken Hand an die Lippen gelegt und schüttelte den Kopf, um Ash zu signalisieren, dass sie nur ja keinen weiteren Ton von sich geben sollte. In der Rechten hielt sie ein gewaltiges Fleischermesser von der Sorte, die man nur in Filmen sieht, aber nie in einer echten Küche.

Das dunkle Zeug vom Fenster klebte auch an ihrem Kleid, ihrem Gesicht und der Klinge. Sie hatte mit etwas gekämpft. Mit etwas, das noch irgendwo in der Wohnung sein musste.

»Was zum –«

»Nicht!«, flüsterte Epiphany fast lautlos. »Es ist blind, aber es kann dich hören!«

Ash wirbelte herum, den Hocker erhoben – und sah, wie etwas über den Wohnzimmerboden auf sie zugeschnellt kam. Es hinterließ eine Spur aus abgestorbenen Fetzen auf den Marmorfliesen und stank zum Himmel.

Sie holte aus und schlug den Hocker mit aller Gewalt auf den Angreifer, gerade als er einen Arm nach ihrem Knöchel ausstreckte. Aber sie hatte die Geschwindigkeit des Wesens unterschätzt. Der Hocker traf den hinteren, zerfransten Teil, hieb dabei weitere Fleischstücke ab, hielt es aber nicht auf. Schon klammerte es sich an Ashs Bein, riss sie zu Boden und stürzte sich mit schmatzenden Lauten auf sie. Es war so groß wie ein Schäferhund, schien aber nur aus Armen, Kopf und Torso zu bestehen, ein missgestalteter menschlicher Oberkörper wie aus grauschwarzer Knetmasse.

Dann lag es auf Ash und presste seine angewinkelten Ellbogen auf ihre Oberarme. Seine Fratze schwebte kaum eine Handbreit über ihrem. Der Gestank raubte ihr fast das Bewusstsein.

Es hatte keine Augen mehr. Das vordere Ende der Nase fehlte, aber die Krümmung war noch zu erahnen. Ebenso das vorgeschobene Kinn. Viel mehr war von Guignols Gesicht nicht übrig geblieben.

»Du!«, entfuhr es ihr, und bei allem Ekel fiel doch ein Teil ihrer Furcht von ihr ab. Libatique und Cale mussten seine Reste aus den Zwingern geholt und wieder zusammengesetzt haben – zumindest jene Teile, die noch zu erkennen gewesen waren. Nicht die Beine. Nicht die Augen.

Libatique hatte das untote Ding offenbar die ganze Zeit über dabeigehabt, vielleicht im Kofferraum. Wahrscheinlich hatte er Guignol bei Epiphany abgeliefert, um in Erfahrung zu bringen, ob Ash und Parker hier Unterschlupf suchten. Er musste sie überholt haben, als sie hinter der Tankstelle gestanden hatten, und war schon vor ihnen in Monaco angekommen. Und weil er Guignols Sinne benutzte, wusste er nun, dass Ash allein aufgetaucht war. Ihm aber ging es vor allem um Parker. Mit Sicherheit suchte er ihn gerade draußen in der Stadt.

Als sie versuchte, Guignol abzuschütteln, presste er sie mit erstaunlicher Kraft auf den Boden. Sie bekam ihre Arme nicht frei, seine Ellbogen bohrten sich tief in ihre Muskulatur, und der Schmerz war kaum auszuhalten. Jetzt öffnete er seinen Mund über ihrem Gesicht, viel weiter, als anatomisch möglich war. Licht fiel durch seine zerrissenen Wangen. Die Hunde hatten seine Zunge herausgefressen.

Ash drehte den Kopf zur Seite, in dem hilflosen Versuch, ihm auszuweichen, wenn er im nächsten Augenblick zubeißen würde. Da sah sie, dass Epiphany nicht mehr am Boden hockte. Ihre nackten Beine waren unmittelbar neben Ash, und als diese daran hinaufblickte, erkannte sie, dass Epiphany sich den Hocker geschnappt hatte und gerade damit ausholte.

Mit einem Aufschrei hämmerte sie ihn von der Seite gegen Guignols Schädel.

Sein Kopf verformte sich unter dem Aufprall wie eine Crashtest-Puppe in einem Zeitlupenfilm. Der Druck auf Ashs Oberarme verschwand, im nächsten Augenblick war sie frei.

Guignol – seine obere Hälfte – wurde ein Stück von ihr fortgeschleudert und klatschte mit einem Geräusch auf die Fliesen, als würde ein Eimer Unrat ausgekippt. Sofort fuhr er auf dem Bauch herum, um sich mit Schlängelbewegungen erneut auf die Mädchen zuzubewegen. Epiphany sprang wortlos über Ash hinweg, landete neben ihm und rammte die vier Beine des Hockers von oben tief in seinen Rücken. Vergeblich versuchte er, sie mit seinen wirbelnden Armen zu erreichen, aber sie warf sich über den Hocker und hielt ihn damit am Boden fest.

Ash sprang auf, noch ganz taub in den Oberarmen. Ihr Blick kreuzte den von Epiphany. Im Gehen hob Ash das Messer vom Boden auf und trat mit einem festen Schritt auf Guignols linken Arm. Jetzt hatte er nur noch den rechten frei, um sich zu wehren.

»Zeig's dem Bastard«, keuchte Epiphany, während sie ihn mit dem Hocker auf die Fliesen drückte. Sie sah noch immer hübsch aus, selbst schmutzig und derangiert, aber ohne die spitzen Ohren wirkte sie viel tougher als auf den *Glamour*-Plakaten.

Ash beugte sich vor und setzte die Messerschneide auf Guignols dürren Nacken. Er wand und schüttelte sich, versuchte nach ihr zu greifen, aber sie schlug seinen Arm einfach fort und presste die Klinge hart nach unten.

Das war nicht das Ende, aber es machte den Rest sehr viel leichter. Die Arme und der Torso bewegten sich noch immer unter dem Stuhl, ziellos wie ein geköpfter Hahn.

Ash hob ihre Trophäe vom Boden auf. Die Kiefer schnappten nach ihr, konnten sie aber nicht erreichten.

Nach kurzem Zögern ließ Epiphany den Hocker los. Er wanderte auf dem Torso durchs Zimmer und stieß polternd gegen den Tresen.

»Und nun?«, fragte sie.

Ash nickte zur Küchenzeile.

Epiphany lächelte grimmig und öffnete die Mikrowelle.

60.

Libatique erfährt vom Ende seines Dieners, während er den Bentley durch die erleuchteten Straßen Monte Carlos steuert. Er ist kein guter Autofahrer, darum nimmt er für gewöhnlich die Dienste eines Chauffeurs in Anspruch. Er ist ungeduldig, fährt zu nah auf und verabscheut rote Ampeln. Aber weder Autos noch Ampeln sind für einen wie ihn gemacht. Beide stellen seine Menschlichkeit auf die Probe. An beiden scheitert er.

Er ist müde und ausgelaugt. Nineangels Tod hat ihm tiefe Genugtuung bereitet, aber die Ereignisse auf Cap Ferrat haben ihn geschwächt. Außerdem hat er in dieser Nacht seinen Diener verloren, und es gibt niemanden in der Nähe, der ihn ersetzen könnte. Er kann nur jene Menschen wiederbeleben, die einen Pakt mit ihm geschlossen haben, und davon gibt es nicht mehr viele.

Nun muss er sich beeilen, den Jungen zu finden. Er spürt, wie ihn die Energie verlässt. Libatique ist erschöpft und er fragt sich, wann aus Nachlässigkeiten fundamentale Fehler geworden sind.

Nun also auch Guignol. Eben erst hat Libatique die Überreste seines Dieners am Fuß des Hochhauses aus dem Kofferraum befreit. Dort hinten im Dunkeln hatten sie sich aus eigener Kraft zusammengefügt, so gut es ihnen möglich war; nicht alles, was Royden aus den Zwingern geholt hatte, war noch zu retten gewesen.

Libatique hatte Guignol den Kopf getätschelt wie einem treuen Hund, bevor er ihm den Befehl gab, an der Fassade des Hauses hinaufzuklettern. Durch ein Fenster sollte er beobachten, ob Parker und Ashley sich im zwölften Stock aufhielten. Aber Guignol war in diesem Zustand unberechenbar und sein Hass unersättlich geworden. Womöglich hätte Libatique voraussehen müssen, dass er die Scheibe zerbrechen und Jagd auf die Lebenden machen würde. Doch immerhin weiß er nun, dass der Junge nicht dort oben im Haus ist.

Libatique hat das Radio eingeschaltet. Guignol und er teilten eine tiefe Wertschätzung klassischer Musik, manchmal fuhren sie stundenlang und lauschten dabei den dunklen Kantaten Bachs und Wagners gewaltigen Ouvertüren. Libatique bedient das Radio ungern, weil es ihm schwerfällt, dabei auf den Verkehr zu achten. Einmal fährt er fast auf einen Kleintransporter, da der Suchlauf nur Lokalsender erkennt und Libatique die manuelle Einstellung nicht findet.

Während er erwägt, den Fahrer des Transporters mit den eigenen Eingeweiden zu erdrosseln, hört er etwas, das ihn aufhorchen lässt. Eine Reporterin, deren flüchtiger Ruhm ihn – das schmeckt er gleich an ihrer Stimme – keinen Tag lang satt machen würde. Doch was sie sagt, bereitet ihm Vergnügen, denn nun weiß er, wo er Parker Cale finden wird.

Der Junge ist wahrscheinlich so geschwächt wie er selbst. Von seinem Vater hat er die Sucht nach Ruhm geerbt. Nur in einem kleinen Maß und nicht vergleichbar mit den Auswirkungen eines eigenen Pakts mit Libatique; aber ein wenig davon ist bei seiner Geburt auf ihn übergegangen. Es war nur eine Frage der Zeit, ehe er wieder auftauchen würde. Parker braucht die lächerliche Liebe seiner Anhänger. Welche bessere Gelegenheit gäbe es dafür als die Mitternachts-

premiere seines neuen Films? Erst recht nach all dem Aufsehen, das sein Verschwinden verursacht hat.

Libatique verabscheut die Massen. Aber ihre Aufmerksamkeit allein ist für ihn nicht gefährlich. Er könnte die Hälfte dieser Menschen vor laufenden Kameras zerfetzen – und vielleicht wird das nötig sein –, aber die Blicke der Welt könnten ihm dabei nichts anhaben. Solange er sich nicht ihr Ansehen verdient, ihren Respekt und ihre Bewunderung, ja, ihre Liebe, kann ihm Berühmtheit nicht schaden. Sie wäre lästig, würde einen Wechsel seiner Identität erforderlich machen, aber das könnte er hinnehmen. Wenn er nur neue Stärke aus der Unterwerfung des jungen Cale schöpfen kann. Parkers Ruhm wird Libatique jahrelang sättigen.

Die Erregung schenkt ihm Kraft. Er wird demonstrieren, wozu er in der Lage ist. Wenn sie erst zwischen den Leichen seiner Bewunderer stehen, wird der Junge ihn anflehen, einen Pakt mit ihm zu schließen.

Libatique hält an einer Ampel und blickt zufrieden in das lockende Rot.

61.

Die Menge verschluckte Parker und schwemmte ihn in einem Chaos kreischender Mädchenstimmen vorwärts. Es gab einen abgesperrten Bereich vor dem Haupteingang des Kinos für die Limousinen, aber um dorthin zu gelangen, musste er durch die Massen. Es dauerte keine drei Sekunden, ehe man ihn erkannte, und dann raubte ihm der Ansturm den Atem. Hände rissen ihm das Basecap und die Sonnenbrille herunter; beides verschwand auf Nimmerwiedersehen. Einige zogen auch an seinem Shirt, aber dann wurde die Enge so unerträglich, dass alle, die in seiner Nähe standen, damit beschäftigt waren, nicht niedergetrampelt zu werden. Für einen Augenblick vergaßen sie, wem die ganze Hysterie eigentlich galt und dass sie gerade Körperkontakt mit ihm hatten.

Es war, als hätten sich all diese Menschen zu einer Demonstration versammelt. Sie trugen Plakate und Banner, skandierten Sprechchöre und schwenkten ihre *Glamour*-Bücher wie politische Manifeste. Hätte Parker sie zum Sturz des Hauses Grimaldi aufgefordert, hätten sie ihn vermutlich auf Händen zum Fürstenpalast getragen. So aber war er froh, dass er einigermaßen unbeschadet die Absperrung erreichte, wo ihm die Security zu Hilfe kam. Die Riesen in den schwarzen Anzügen trieben die Fans weit genug auseinander, so dass er einigermaßen in Würde über das Band steigen und den roten Teppich betreten konnte. Dort erwarteten ihn nicht nur mehrere Kamerateams und der Schwarm der Fotografen, sondern auch ein grinsender Lucien, der ihn umarmte, als hätten sie einander seit Jahrzehnten nicht gesehen.

Wenig später wurde er gemeinsam mit Lucien ins Foyer geschleust und ließ das Blitzlichtgewitter hinter sich. Er fühlte sich gestärkt, aber nicht so euphorisiert wie sonst, wenn er nach einem Schwächeanfall durch ein Bad in der Menge neue Kraft getankt hatte. Die Pressefrau des Verleihs hieß ihn willkommen und bot ihm merklich irritiert an, neue Kleidung zu besorgen, aber er bat sie nur, so schnell wie möglich den Einlass zu öffnen.

Lucien trug einen teuren silbergrauen Anzug und hatte sein blondes Haar zu einem Pferdeschwanz gebunden. Mit seinem gestärkten Hemd und der Krawatte sah er aus, als wollte er sich bei der Crédit Lyonnais bewerben. Lucien liebte es, sich für solche Auftritte in einem anderen Stil zu kleiden. Jeder ging mit diesem Trubel auf seine Weise um, und Lucien versteckte sich hinter einem Chic, für den ihn seine Hausbesetzerfreunde in den Traboules mit Teebeuteln beworfen hätten.

Im Zuschauerraum hielten sich erst wenige Menschen auf, Mitarbeiter des Verleihs und des Kinos, Sponsoren und ihre Familien, dazu ein paar ausgewählte Journalisten. Es war immer das gleiche Spiel. Parker und Cale wurden durch den Hauptgang zur Bühne geführt, einige Stufen hinauf und dann durch eine Seitentür in einen Raum hinter der Leinwand. Dort waren ein Buffet und einige Sessel aufgebaut worden, der Backstagebereich für die Stargäste.

Besorgt sah Parker sich um. »Wo ist Piph?«, fragte er, als Lucien auf den Rotwein zusteuerte.

»Immer noch nicht da. Ihre Agentin hat vorhin ein ziemliches Spektakel veranstaltet, als einem der Leute vom Verleih der Kragen geplatzt ist.« Er grinste Parker schief an. »Cooles T-Shirt, übrigens. Wusste gar nicht, dass du Grace-Kelly-Fan bist.«

Die Angst um Ash – und ein bisschen auch um Epiphany – packte Parker. Er tastete nach seinem Smartphone. Es war fort. Jemand musste es ihm draußen in der Menge aus der Hosentasche gezogen haben.

Er verstellte Lucien den Weg zum Wein. »Die haben mein Handy geklaut. Kann ich mal deins haben?«

Luciens Miene verdüsterte sich, während er Parker seines reichte. »Sag mir, was los ist.« Er senkte die Stimme, obwohl sie allein im Raum waren. »Ist es wieder dieser Typ aus Lyon? Ich hab ihm das halbe Gesicht weggeschossen. Wie –«

Parker tippte aus dem Kopf Epiphanys Nummer. »Ich erklär dir später alles.« Er wandte sich ab und zählte die Freizeichen.

Nach dem dritten Klingeln ging sie ran. »Hallo?« Ihre Stimme schwankte. Er kannte diesen Tonfall. Irgendetwas stimmte nicht. Epiphany Jones hatte zwei Tonlagen – Kritiker behaupteten: überhaupt nur zwei Gesichtsausdrücke –, die sie benutzte, wenn es ihr schlecht ging. Die eine bekam man zu hören, wenn ihr Lieblingsgetränk nicht am Set bereitstand, ihre Stylistin einen schlechten Tag hatte oder ein Beleuchter bei laufender Kamera in ihr Blickfeld geriet. Und dann gab es noch *diesen*. Parker hatte ihn nur ein einziges Mal gehört, als ihre Schwester nach einem Autounfall ins Koma gefallen und drei Tage später gestorben war.

»Piph, ich bin's. Was ist los?«

»Was zum Teufel hast du mir da auf den Hals gehetzt?«

»Ash?«

»Nicht *sie*! Dieses ... Ding. Ohne Beine.«

Mittlerweile strömten die ersten Zuschauer in den Kinosaal. Innerhalb von Sekunden schwoll der Lärmpegel auf das Hundertfache an.

»Ist Ash bei dir?«

»Wir sind unterwegs zum Kino. Sie ist bei mir im Wagen und will mir nicht sagen, worum es hier eigentlich geht.«

»Dreht sofort um!«

»Wie bitte?«

»Kommt nicht her!«

»Damit du die ganze Aufmerksamkeit für dich allein hast? Vergiss es. Und falls es dich beruhigt: Ash will es sogar noch viel mehr als ich.«

Er fluchte. »Gib sie mir mal.«

Epiphany war noch nicht fertig: »Es hatte auch keine Augen, Parker! Es ist an der Scheißfassade hochgeklettert und hat das Fenster eingeschlagen. Außerdem kaufst du mir eine neue Mikrowelle! *Und* einen neuen Backofen!«

Kurzes Geraschel, dann Ashs Stimme. »Parker?«

»Geht's dir gut?«

»Libatique ist schon hier in Monaco. Er dürfte gerade auf der Suche nach dir sein.«

»Was war bei euch los?«

»Guignol. Libatique muss ihn vorm Haus abgeladen haben, oder das, was von ihm übrig war, als Spürhund oder weiß der Teufel.«

Das Getöse im Kinosaal wurde ohrenbetäubend, als wieder die Sprechchöre begannen. Sie rezitierten den Zauberspruch, mit dem Phoenix Hawthorne den goldenen Schlüssel aktivierte. Lucien hatte sich Wein eingeschenkt, trank aber nicht und sah Parker mit besorgter Miene beim Telefonieren zu.

»Ash, bleibt, wo ihr seid!« Er musste fast brüllen, um sich verständlich zu machen.

Auch sie sprach jetzt lauter: »Ich versteh kein Wort!«

»Kommt nicht zum Kino!«

»Was hast du vor?«

»Libatique wird hier auftauchen!«

»Natürlich wird er das! Deshalb will ich ja bei dir sein.«

Er hätte sie umarmen und küssen mögen dafür, aber seine Angst um sie überwog in diesem Moment alles andere. »Zu gefährlich! Dreht einfach um!«

»Parker? Ich hör dich nicht mehr ...«

Gehetzt sah er Lucien an. »Kann man hier irgendwo in Ruhe telefonieren?«

In diesem Moment trat die Pressebetreuerin mit dem Moderator ein, einem Mann im Smoking, der zu alt war für seine hippe Phoenix-Frisur. »Wir würden dann so schnell wie möglich loslegen. Die Agentin von Miss Jones sagt zwar –«

Lucien schnitt ihr das Wort ab. »Jetzt nicht! Wir brauchen noch ein paar Minuten.« Und damit schob er die beiden wieder hinaus.

Parker nickte ihm dankbar zu, folgte aber der Frau und dem Moderator bis zum Durchgang und blickte hinaus in den Saal. Die Tür befand sich seitlich neben der Leinwand, von hier aus konnte er nur einen Teil der Sitzreihen ausmachen. Fast alle Plätze waren besetzt, hier und da drängten noch einzelne Besucher zu den letzten freien Sesseln. Einige Mädchen in der ersten Reihe entdeckten ihn und brachen in hysterischen Jubel aus, der sofort alle anderen ansteckte.

»Parker?«, rief Ash durchs Telefon. »Der Fahrer sagt, wir sind gleich da.«

Er zog sich wieder in den Backstagebereich hinter der Leinwand zurück, wo Lucien von einem Fuß auf den anderen trat.

Die Pressefrau und der Moderator folgten Parker erneut. »Wir sollten vielleicht vorher noch kurz abklären –«

Parker brachte sie mit einer barschen Handbewegung zum Schweigen. Der Jubel draußen im Saal hatte einen Pegel erreicht, der ohnehin jede Unterhaltung sinnlos machte.

»Ash!«, rief er noch einmal ins Handy. »Ihr dürft nicht herkommen!«

Der Moderator und seine Begleiterin tauschten verwunderte Blicke. Lucien trank in einem Zug das Glas leer.

Parker begriff, dass nun ein Teil des Lärms auch aus dem Telefon kam. Ash und Epiphany mussten vor dem Kino ausgestiegen sein, wo Hunderte Fans und Schaulustige ohne Tickets ihre eigene Phoenix-Hawthorne-Party feierten.

Er musste etwas tun. Das Ganze nach Möglichkeit beschleunigen. Aber das konnte er nicht allein. Einer fehlte noch.

Er warf das Handy Lucien zu, der es geschickt mit einer Hand auffing, ignorierte den Moderator und die Frau vom Verleih und trat an den beiden vorbei auf die Bühne hinaus.

Die Zuschauer sprangen von ihren Plätzen, klatschten und schrien, und schon flogen die ersten Teddys, selbst genähte Phoenix-Puppen und Liebesbriefe an goldenen Schlüsseln aufs Podium.

Parker eilte zielstrebig in die Mitte der Bühne und beschirmte seine Augen mit der Hand gegen das grelle Scheinwerferlicht.

Libatique war hier, Parker war ganz sicher. Irgendwo dort unten, zwischen all den Mädchen und Frauen und wenigen Männern, die den Filmpalast gestürmt hatten.

Aber so sehr er auch suchte, er sah nur eine brodelnde Masse aus Menschen. Erhobene Hände, die über den Köpfen klatschten. Aufgerissene Münder, die den verdammten Zauberspruch skandierten. Kamerateams, die in den Seitengängen das tobende Publikum filmten. Dazwischen noch mehr Zuschauer, denen es egal war, dass sie sich den Film zweieinhalb Stunden lang im Stehen ansehen mussten. Direkt vor der Bühne blitzten die Kameras der Fotografen, zehn oder zwanzig, und alle brüllten durcheinander, damit er in ihre Richtung schaute.

Parker grüßte nicht und lächelte nicht. Er stand nur da und blickte über dieses Meer aus Gesichtern auf der Suche nach dem einen, das irgendwo dort unten sein musste.

Dann entdeckte er es.

Nicht zwischen den Sitzreihen, auch nicht auf den Gängen. Libatiques Züge schienen zwischen den Blitzen zu schweben, waren da und wieder fort, ein fahles Flackern inmitten eines Infernos aus Licht. Nur Einbildung?

Lucien betrat die Bühne, gefolgt vom Moderator, der gute Miene zum bösen Spiel machte, während die beiden Stars sein Konzept über den Haufen warfen. Luciens Erscheinen ließ den Jubel abermals aufbrausen, die Fans des Engels Thanael kreischten sich die Stimmbänder wund. Er hob die Hände und winkte den Leuten zu, um von Parkers eigenwilligem Auftritt abzulenken.

Der Moderator spulte seine Begrüßung ab, während das Publikum frenetisch klatschte und gar nicht mehr zu schreien aufhörte. Erst als Lucien eine Hand hob und seinerseits begann, zu den Zuschauern zu sprechen, legte sich der Lärm allmählich, weil niemand verpassen wollte, was er der Welt zu verkünden hatte.

Parker hörte die beiden reden, aber er war ganz auf seine Suche nach Libatique konzentriert. Die Fotografen hatten natürlich längst bemerkt, dass etwas mit ihm nicht stimmte. Sie schossen ein Bild nach dem anderen, vielleicht in der Hoffnung, dass er durchdrehte oder zusammenbrach. Er sah sie miteinander tuscheln: Was war nur los mit diesem Parker Cale? Der Bruch mit seinem Vater. Dann das Feuer in der Villa. Um ihn herum geschahen seltsame Dinge.

Wenn ihr wüsstet.

Lucien bestritt das Gespräch mit dem Moderator allein und tat sein Bestes, um die Menschen von Parkers ernster Miene abzulenken. Er machte Witze – vor allem auf Kosten der verspäteten Epiphany –, wechselte ohne Übergang zu Anekdoten von den Dreharbeiten und flirtete mit ein paar jungen Frauen in der ersten Reihe, was Parker weiteren Aufschub verschaffte.

»Mister Cale?«, flüsterte der Moderator, während Lucien seine One-Man-Show abzog. »Alles in Ordnung mit Ihnen?«

Parker gab keine Antwort. Er war sicher, dass er Libatique

dort unten gesehen hatte, aber jetzt fand er ihn nicht mehr. Bei den Fotografen war er nicht, auch nicht in den vorderen Reihen. Die Gänge zwischen den Sitzblöcken waren voller Menschen, dort wurde noch immer gedrängt und geschoben, aber Parker konnte sich nicht vorstellen, dass Libatique den Rückzug nach hinten angetreten hatte.

»Mister Cale?«, versuchte es der Moderator noch einmal.

Die Saaltür am Ende des linken Seitengangs wurde geöffnet. Die Scheinwerfer blendeten Parker, aber noch waren im Zuschauerraum die Lichter nicht gedimmt worden. Im Türspalt erkannte er langes hellblondes Haar, dann einen dunklen Bob. Die Gesichter der beiden waren über die Distanz kaum auszumachen. Es hätten Zuschauerinnen wie alle anderen sein können, aber Parker wusste es besser.

»Mister Cale!«

62.

»Dieser Bastard!« Epiphany drängte sich in den Saal, gerade als Lucien einen Seitenhieb gegen sie vom Stapel ließ. Wahrscheinlich nicht den ersten.

»Hast du echt keine anderen Sorgen?« Ash blickte durch den Zuschauersaal zu Parker. Er sah schlecht aus, müde und ziemlich abgerissen. Und als wäre das nicht genug, trug er ein furchtbares T-Shirt mit silbernem Grace-Kelly-Aufdruck.

»Andere Sorgen?«, fragte Epiphany. »Ja, die hatte ich vorhin, als wir dieses Ding ohne Kopf im Backofen eingesperrt haben. Jetzt ist *das hier* mein Problem!«

Im ersten Moment verstand Ash nicht, was sie meinte. Den verstopften Weg zur Bühne? Luciens Witzeleien über ihr Zeitmanagement? Aber dann begriff sie. Epiphany war endlich angekommen – und kaum jemand beachtete sie. Die Menschen hatten ihr den Rücken zugewandt und nur Augen für die beiden Männer im Scheinwerferlicht. Epiphany Jones hingegen musste sich durch die Massen drängen wie ein gewöhnlicher Fan.

Ash fürchtete schon, ihre Begleiterin könnte jeden Moment einen hysterischen Anfall bekommen. Aber da tauchten zwei Sicherheitsleute auf, pflügten von hinten an ihnen vorbei und begannen, eine Gasse für Epiphany zu bahnen. Ash blieb so nah wie möglich bei ihr. Endlich kamen sie vorwärts.

Ash trug ein eng sitzendes weißes Top und eine Jeans aus Epiphanys Kleiderschrank, in die sie leidlich hineinpasste; ihre Beine waren nicht so lang wie die der Schauspielerin. Die Kanten und Spitzen der Symbole um ihren Hals zeichneten sich unter dem Stoff zwischen ihren Brüsten ab. Sie hatte es nicht über sich gebracht, die Anhänger ausgerechnet jetzt abzulegen.

Epiphany war auf die Schnelle in ein neues Abendkleid geschlüpft, diesmal ein schwarzes, und sie hatte das Kunststück vollbracht, drei Minuten nach ihrem Kampf mit Guignol so unverschämt gut auszusehen wie auf all den Fotos, die von ihr im Umlauf waren.

Nun nahmen auch die Zuschauer wahr, dass sich im hinteren Teil des Kinos etwas tat. Epiphanys Miene hellte sich auf, als immer mehr Blicke in ihre Richtung schwenkten. Getuschel hob an, dann erster Applaus.

Auch Lucien wurde auf sie aufmerksam. Ob er sich darüber freute, dass er Unterstützung bekam, oder sich nur einen Spaß daraus machte, Epiphany zu ärgern – jedenfalls brach er mitten im Satz ab und deutete den Seitengang hinauf.

»Und da ist sie schon, unsere bezaubernde Miss Epiphany Jones!«

Es war, als wäre rund um sie ein Vakuum entstanden, das auf der Stelle sämtliche Blicke ansaugte. Ein Raunen rollte über die Ränge hinweg, dann brandete Jubel auf. Ash hörte auch ein paar Pfiffe und Buhrufe – in den Augen mancher

Mädchen mochte Epiphany eine Konkurrentin um Parkers Aufmerksamkeit sein –, doch der stürmische Beifall überwog bei weitem. Epiphany setzte ein bezauberndes Lächeln auf und winkte den Menschen zu, während sie zwischen den Bodyguards weiter Richtung Bühne eilte. Autogrammsammler bestürmten sie und einige Zuschauer am Gang sprangen auf, um die Hände nach ihr auszustrecken. Die Sicherheitsleute wehrten die meisten ab, aber manchen gelang es dennoch, Epiphanys Elfenhaar oder ihre nackten Arme zu berühren.

Während alle das blonde Mädchen begafften, schaute Ash hinauf zur Bühne. Parker sah genau in ihre Richtung. Als sich ihre Blicke trafen, hellte sich seine sorgenvolle Miene für einen Moment auf.

Er hob die Hand, gestikulierte – und erstarrte.

Ash versuchte, seinem Blick zu folgen, konnte aber nichts sehen. Da waren zu viele Köpfe im Weg, zu viele ausgestreckte Arme. Etwas, jemand, musste sich genau vor ihnen befinden, ein Stück den Gang hinunter.

Selbst wenn sie gewollt hätte, wäre es unmöglich gewesen, jetzt noch anzuhalten. Die Menge rückte von hinten nach. Eine Woge aus Menschen schob Epiphany und sie unaufhaltsam vorwärts.

63.

Parker sah Libatique inmitten des Aufruhrs stehen, dort, wo der Seitengang in den unbestuhlten Streifen vor der Bühne mündete. Gerade eben noch hatten sich die Fotografen ungehindert bewegen können; jetzt drängten sich dort Dutzende Zuschauerinnen, die von ihren Plätzen im Auditorium aufgesprungen waren und auf Epiphany zustürmten.

Libatique ragte aus einem Pulk junger Mädchen hervor, keines älter als fünfzehn, die völlig außer sich waren, weil einer der Stars genau auf sie zukam. Sie würden nur die Hände ausstrecken müssen, um Epiphany zu berühren, und während die eine Hälfte ungehemmt kreischte, wedelte die andere mit *Glamour*-Exemplaren und Eintrittskarten in der Hoffnung auf ein Autogramm.

In seinem schwarzen Anzug wirkte Libatique wie der Geist eines Bestatters. Die Flut aus Körpern schien ihm nichts anhaben zu können, er stand vollkommen still, während die Mädchen um ihn vor und zurück wogten, den Gewalten des Andrangs von allen Seiten ausgesetzt.

Noch fünf oder sechs Meter, dann würde erst Epiphany und gleich danach Ash auf einer Höhe mit ihm sein. Sie mussten unausweichlich an Libatique vorbei. Parker war ganz sicher, dass Ash ihn noch nicht gesehen hatte. All die Menschen um sie herum blockierten ihre Sicht.

Libatique blickte zur Bühne herüber und lächelte. Er sah zufrieden aus. Siegessicher.

Als sich ihre Blicke trafen, zerstob für Sekundenbruchteile die Wirklichkeit vor Parkers Augen. Libatique stand noch immer an derselben Stelle, aber um ihn schien eine Bombe detoniert zu sein. Er war von einem Wall aus jungen, leblosen Leibern umgeben, unter- und übereinandergehäuft, in grotesken Umarmungen zu einer roten, glitzernden Masse verwoben. Und er lächelte noch immer. Lächelte und streckte Parker eine blutige Hand entgegen, um endlich ihren Pakt zu besiegeln.

64.

Ash wollte stehen bleiben, als sie sah, was mit Parkers Gesicht geschah. Seine Züge, eben noch versteinert, gerieten in Bewegung und für einen Augenblick trat blanke Panik zum Vorschein.

Die Menge drängte sie weiter, und es war unmöglich, auch nur für eine Sekunde innezuhalten. Wenn sie nicht zerquetscht oder niedergetrampelt werden wollte, musste sie ihren Weg fortsetzen.

Sie bekam kaum Luft. Ihre Arme wurden an ihren Brustkorb gepresst, ihre Füße berührten den Boden nicht mehr. Zugleich fragte sie sich, ob das allgegenwärtige Kreischen nicht längst in Hilfeschreie umgeschlagen war und nur niemand es wahrnahm oder sich darum kümmerte.

Die überforderten Bodyguards sprachen hektisch in ihre Headsets, während sie vergeblich versuchten, um Epiphany einen Freiraum zu schaffen. Die Schauspielerin aber lachte nur verzückt, wenn nach ihr gegriffen und getatscht wurde, schüttelte Hände, wo sie welche zu fassen bekam, berührte *Glamour*-Bücher, wie um sie zu segnen, und lachte noch lauter, glockenhell und bezaubernd, weil sie die Einzige war, die all das in vollen Zügen genoss. Für Ash sah es aus, als strahlte Epiphanys Haar noch heller, ihre Lippen leuchteten röter und sie wuchs inmitten der Menge, als schritte sie über Körper am Boden hinweg, zertrampelt zu Ehren ihrer Schönheit.

Und dann stand da Libatique.

Er musste die ganze Zeit über dort gewesen sein, verdeckt von all den erregten Grimassen, aber jetzt war es, als fielen die fremden Gesichter wie Masken von ihm ab. Ash erinnerte sich daran, wie sie einmal einen schwarzen wimmelnden Ball am Boden entdeckt hatte, und als sie einen Schritt darauf zugemacht hatte, waren Dutzende Fliegen aufgestoben und hatten das verfaulte Stück Fleisch darunter zum Vorschein gebracht. Genauso kam es ihr vor, als Libatique abrupt vor ihnen stand, näher noch an Epiphany als an ihr.

Aber er sah nicht sie beide an, sondern hatte das Gesicht in Richtung Bühne gewandt und einen Arm dorthin ausgestreckt, über die Köpfe kreischender Mädchen hinweg, die ihn nicht wahrnahmen. Aus einem Schnitt in seiner Hand tropfte Blut und versickerte in der Menschenmenge.

Als Ash seinem Blick folgte, befand sich Parker nicht mehr dort oben. Erst jetzt wurde ihr bewusst, dass der Moderator ununterbrochen in sein Mikrofon sprach und versuchte, die Lage zu beruhigen, aber seine Worte gingen im Stimmengetöse unter. Auch Lucien gestikulierte, um weitere Ordner herbeizurufen.

Wo zum Teufel steckte Parker?

Und dann verstand sie, warum er nicht mehr bei den anderen war. Ganz kurz sah sie ihn am Rand des Getümmels unterhalb der Bühne, sah, wie er in den Menschenstrom tauchte und sich einen Weg durch die Massen bahnte.

Er kam herüber zu ihr.

Nein, nicht zu ihr. Zu Libatique.

Er kam, um die ausgestreckte Hand zu ergreifen.

65.

Als die Ersten erkannten, dass auch Parker von der Bühne herabstieg und sich unter das Publikum mischte, gab es kein Halten mehr. Überall im Saal sprangen weitere Zuschauerinnen von ihren Plätzen, drängten durch die Reihen und strömten zu den hoffnungslos überfüllten Gängen zwischen den Blöcken. Bei vielen war Euphorie längst nicht mehr von Angst zu unterscheiden, mancherorts brach in der Enge Panik aus. Tränenüberströmte Gesichter wogten vor und zurück. Auf die verzweifelte Stimme des Moderators achtete längst keiner mehr. Alle Lichter an der Decke wurden eingeschaltet und die Notausgänge geöffnet, aber auch das interessierte niemanden.

Parker hatte Libatique fast erreicht. In der linken Hand hielt er ein Mikrofon fest an seine Brust gepresst; die rechte streckte er ihm entgegen. Immer wieder griffen andere danach, wollten ihn anfassen, seine Haut an ihrer spüren, redeten auf ihn ein, aber Parker drängte weiter.

Nur noch wenige Meter. Schon war er in den Pulk der jungen Mädchen vorgestoßen, aus dessen Mitte Libatique sich wie eine finstere Statue erhob. Von allen Seiten drängten weitere Menschen heran. Immer wieder überlagerte Libatiques Drohbild die Wirklichkeit, vermischte sich das lebende, schreiende Publikum mit dem Leichenberg, über dem Libatique wie der König aller Massenmörder thronte.

Aus dem Augenwinkel konnte Parker Ash und Epiphany sehen. Er wünschte sich so sehr, sie wären nicht in der Nähe, aber er konnte es jetzt nicht mehr ändern. Seit Cap Ferrat hatte er das hier geplant, und ihm war klar, dass er keine zweite Chance bekommen würde.

Libatiques siegessicheres Lächeln wurde breiter. Aus seinen Augen stieg dunkler Rauch empor, zwei kräuselnde Bänder, die unter der Saaldecke in eine wabernde Schicht aus Schatten mündeten. Seit wann hing diese Wolke dort oben? Konnte nur Parker sie sehen, so wie die Vision von all den Toten? Er musste an Godfrey und Kenneth Levi denken, an Elodie und Flavien und Chimena.

Keine drei Meter mehr von Libatique und dessen blutender Hand entfernt stieg er entschlossen über eine Armlehne hinweg auf einen Sessel und hob das Mikrofon an den Mund.

»Ich bin Parker Cale«, sagte er, so laut er konnte, und die Lautsprecher schleuderten die Worte wie Geschosse hinaus in den Saal. »Ihr kennt mich als Phoenix Hawthorne, aber ich bin nicht derjenige, dem ihr ihn zu verdanken habt.«

Die schwarzen Bänder aus Libatiques Augen rissen ab. Glühende Pupillen loderten auf wie Flammen an einer Lunte.

»Nicht ich habe Phoenix in die Welt gebracht«, sagte Parker unbeirrt. »Und wie ihr alle wisst, war es auch nicht dieses Mädchen in den Staaten, das mein Vater euch als Schöpferin von Phoenix' Welt verkauft hat.«

Geschrei und Jubel und Dankbarkeit, dass er überhaupt

das Wort an sie richtete. Aber er spürte auch ihre Erwartung, Neugier und Irritation.

Libatique pflügte durch die Menge auf Ash und Epiphany zu.

»Zuletzt war es kein Geheimnis mehr, dass es einen anderen gab, der diese Bücher geschrieben hat«, rief Parker ins Mikrofon, während sich ihm unzählige Hände entgegenstreckten, so als wären sie es, die einen Pakt mit ihm eingehen wollten. »In Wahrheit war es ein Mann, der Phoenix erfunden und seine Geschichte auf Papier gebracht hat! Heute tritt er zum ersten Mal aus dem Schatten ins Scheinwerferlicht!«

Epiphanie schrie, als Libatique sie an den Haaren packte. Ash war hinter ihr und versuchte noch, ihr zu Hilfe zu kommen, doch die beiden Sicherheitsmänner waren schneller. Als sie Libatique berührten, leerten sich ihre Mienen und sie versanken im Gedränge, verschwanden einfach, als hätte sich der Boden unter ihnen aufgetan.

»Ich habe die Ehre, ihn euch allen vorzustellen!« Parker streckte die Hand aus und zeigte auf Libatique, der in seinem schwarzen Anzug und neben Epiphany aus der Menge hervorstach: jemand, der ganz und gar nicht in diese Welt gehörte.

»Zeigt ihm, wie sehr ihr ihn und seine Geschichten verehrt!«, rief Parker. »Ich bitte um Applaus für –«

66.

Ash sah die beiden Männer von der Security wie Puppen verschwinden, die schlagartig hinter eine Bühne gezogen wurden, so schnell, dass sie im einen Augenblick da und im nächsten schon fort waren.

»Ich bitte um –«

Sie hatte gerade nach Libatiques Arm greifen wollen, der Epiphany gepackt hielt und drohte, ihren Kopf so weit herumzudrehen, dass ihr das Genick brach. Im letzten Moment zog Ash ihre Hand zurück.

»– Applaus für –«

Die Menschenmenge schien kollektiv den Atem anzuhalten, ein Augenblick gespannter Stille, der unwirklicher erschien als alles, was heute hier vorgefallen war. Mit einem Mal lag Schweigen über dem Saal, von der Bühne bis zu den oberen Rängen, als Parker den wahren Star dieses Abends enthüllte.

67.

Fauchend zieht sich die Dunkelheit zurück. Libatiques Hand öffnet sich wie von selbst, so groß ist der Schock, als er begreift, was mit ihm geschieht.

Schweigen um ihn herum, die Stille im Herzen des Sturms, der gerade über sie alle hinwegrast, und gleich wird er wieder aufbrausen und heulen, viel schlimmer als zuvor.

»– Applaus für Monsieur Libatique!«, beendet der junge Cale seinen Satz.

Es ist grotesk. Monsieur Libatique. Nur ein paar Worte, eine Lüge zudem. Aber vielleicht hätte er bedenken müssen, dass Parker Cale Lügen wahr machen kann. Ein Schauspieler, dem die Menschen glauben. Der Blendwerk erschafft. Einer, von dem niemand die Wahrheit hören will. Der den Menschen nicht nur gibt, was sie wollen, sondern das, was sie brauchen. Sie selbst wissen nicht, was das ist. Doch Parker weiß es genau. Es sind die Unwahrheiten einer erfundenen Welt, die ihnen mehr bedeutet als ihre eigene.

Seine Lügen haben Macht.

Und keine ist mächtiger als diese eine.

»Applaus für Monsieur Libatique!«, ruft der Junge erneut, und diesmal muss Libatique beinahe lächeln. Über die Absurdität. Die Theatralik. Den Bombast und das Pathos.

Wie einfach es am Ende ist.

Libatique steht ganz still, als alle ihn ansehen.

Dann brechen sie in Jubel aus und ihre Liebe trifft ihn wie ein Blitzschlag.

68.

Parker blickte von seinem erhöhten Platz auf Libatique hinab und fragte sich, ob er mehr sah als alle Übrigen. Nein, nicht mehr. Nur etwas anderes.

Epiphany war freigekommen. Ash zog sie an sich und barg das Gesicht des blonden Mädchens an ihrer Schulter, schützte sie vor der Enge, die zugleich eine Flucht unmöglich machte. Auf eine Weise, die Parker nicht in Worte fassen konnte, berührte ihn dieser Anblick. Er erfüllte ihn mit Mitgefühl für Epiphany, aber noch mehr mit tiefer Zuneigung für Ash.

All die Aufmerksamkeit, die gerade noch ihm gegolten hatte, richtete sich auf Libatique. Es war eine dieser Wogen, die an diesem Abend schon mehrfach durch das Gedränge gerast waren. Die Gefühle aller konzentrierten sich wie durch ein Brennglas auf einen einzigen Punkt.

Libatique legte den Kopf in den Nacken und versteifte sich. Das Glühen in seinen Augen war bereits erloschen und für einen Moment schien sich etwas wie Frieden über seine Züge zu breiten. Wer es nicht besser wusste, hätte meinen können, Libatique genieße den aufbrandenden Jubel wie jemand, der zu lange darauf hat warten müssen.

Die Menge bewegte sich von überall her auf ihn zu. Gleich neben ihm klammerte sich Epiphany an Ash, die ihr Bestes tat, um dem Ansturm standzuhalten. Parker hatte Angst um Ash und rief ihren Namen.

Zugleich ging mit Libatique eine Veränderung vor, die womöglich nur Parker sah, ein Nachglühen der Vision von vorhin, ein Blick durch eine Tür, die einmal aufgestoßen worden war und sich nun langsam wieder schloss. Wie durch einen Spalt erhaschte er einen Blick auf das, was jenseits der Wirklichkeit vorging, dort, wo der wahre Libatique zu Hause war.

Der dunkle Rauch verließ Libatique in einem druckvollen Schub, presste sich durch seine Augen, seinen Mund, durch die Nasenlöcher und die Ohren, unter seinen Fingernägeln hervor und dann durch alle Poren. Sekundenlang sah er aus wie ein Baum mit verästelten schwarzen Zweigen: Stränge aus Finsternis brachen verdreht und gezwirbelt aus ihm hervor und stoben davon, das eine Ende noch in ihm, das andere schon anderswo, drüben, jenseits der Tür. Niemand reagierte darauf, nur Parker sah die Erscheinung atemlos an und spürte zugleich, wie etwas auch aus ihm herausgerissen wurde, jenes Erbe seines Vaters, das ihn süchtig nach Ruhm gemacht hatte, eine Faser Libatiques, die auf ihn übergegangen war und nun mit ihrem Ursprung verging.

Übrig blieb nur die leere Hülle, ein älterer, unscheinbarer Mann im Anzug, der mit einem Lächeln die Ehrenbekundungen seines Publikums zu genießen schien. Dann lösten sich die Nähte und Fugen dieses Trugbilds und Libatiques Körper faltete sich auseinander wie ein Origami-Kunstwerk, das in seinen zweidimensionalen Urzustand zurückgeführt wird. Er wurde zu einem Gebilde aus vielfachen Ecken und Falzen, die ein ums andere Mal auseinanderklappten, bis am Ende eine feine Schicht aus Dunst entstand, die über der Menge zur Decke aufstieg und in Mauerwerk und Beton verschwand.

Das Publikum nahm nichts von alldem wahr. Noch immer drängten alle auf die Stelle zu, an der Libatique gestanden hatte, der vermeintliche Ghostwriter, der jahrelang unsichtbar gewesen war und sich jetzt erneut in Luft aufgelöst hatte. Nur jene in seiner unmittelbaren Nähe sahen ihn im einen Moment dastehen und im nächsten nicht mehr, während alle Übrigen noch nichts von seinem Verschwinden ahnten.

Parker stieg vom Sessel hinab in den Tumult und bahnte sich einen Weg zu Ash. Sie ließ Epiphany los, wandte sich ihm zu und rief seinen Namen. Sie umarmten und küssten sich, fest aneinandergepresst von den drängelnden, quetschenden Körpern. Sie waren eingepfercht, gefangen, und doch fühlte Parker sich zum ersten Mal seit langem völlig frei.

Von irgendwoher erklangen Sirenen, draußen vor den Notausgängen. Die ersten Menschen strömten hinaus und Lucien rief erneut von der Bühne, es werde keine Vorführung mehr geben und alle sollten nach Hause gehen.

Parker und Ash blieben in enger Umarmung inmitten des Hexenkessels stehen, während Epiphany versuchte die Bühne zu erreichen. Sie standen noch da, als auch die letzten Zuschauer den Saal verließen, manche stolpernd und entkräftet, alle erschöpft, aber neugierig genug, um den beiden verstohlene Blicke zuzuwerfen.

Parker sah noch einmal zur Decke hinauf. Gestirne aus Flutlichtern blendeten ihn. Kein Platz für Dunkelheit dort oben. Keine Spur von Libatique.

Der Türspalt hatte sich geschlossen.

69.

Drei Tage später standen sie am äußeren Steg von Port Hercule, Monacos Hafen, mit Sonnenbrillen und hochgeschlagenen Kapuzen. Es war ein schöner Nachmittag am Mittelmeer, der Himmel leuchtend, das Licht ein Traum, die See so dunkelblau wie ein Tintenfass.

Eine Jacht unter italienischer Flagge lag zwischen vielen anderen, nicht die größte, nicht die kleinste, fast unscheinbar inmitten von so viel Prunk, doch für sich genommen keineswegs bescheiden.

Der Besitzer war ein junger Mann aus Rom, dessen Namen Ash bereits vergessen hatte. Benedetto oder Bernardo vielleicht. Er hatte mit Hedgefonds und Schattenbanken ein Vermögen gemacht. Benedetto-Bernardo war Epiphanys aktueller Verehrer, sah natürlich blendend aus und war gehorsam herbeigeeilt, als sie nach ihm gerufen hatte.

Derzeit bereitete er auf der Brücke das Auslaufen vor und wandte ihnen seinen gegelten schwarzen Hinterkopf zu. Epiphany stand bei Ash und Parker an der Mole und kümmerte sich zum ersten Mal seit Tagen nicht um die Fotografen, die sie mit ihren Teleobjektiven von der fernen Uferpromenade aus im Auge behielten. Ihr blondes Haar war mit einem Gummi im Nacken zusammengebunden, sie trug enge Jeans, Plateauschuhe und ein Top mit Designerlogo aus Strass. Für ihre Verhältnisse entschieden underdressed.

»Sie muss gleich hier sein«, sagte sie. »Dann brechen wir auf.«

Parker sah sich um, als wollte er sich noch einmal absichern, dass niemand sie belauschte. »Danke«, sagte er dann.

»Wofür?«

»Du hättest allen die Wahrheit sagen können.« Während die Polizei Parker nach dem Feuer befragt hatte, hatte Epiphany Interviews gegeben, eines nach dem anderen. Drei Tage lang. Alle hatten mehr über den mysteriösen Ghostwriter wissen wollen, der wieder untergetaucht war. Und darüber, wie sie die Massenpanik im Kino empfunden hatte.

»Damit sie mich für eine arme Irre halten? Oder einen Junkie? So jemand bekommt keine Rolle in *Spider-Man*. Abgesehen davon: Kein Mensch interessiert sich in unserer Branche für die Wahrheit.«

»Trotzdem.« Parker hielt Ashs Hand. Sie konnte spüren, wie kalt seine Finger waren. »Du hättest das nicht tun müssen. Das war anständig von dir.«

Epiphanys Unverständnis war nicht schlecht gespielt, aber ihre Augen blitzten amüsiert. Sie senkte die Stimme: »Lass das ja nicht Brunello hören. Er hat den weiten Weg hierher nicht gemacht, damit ich anständig bin.«

Ash warf dem Italiener auf der Brücke einen Blick zu. »Ich dachte, er kennt dich?«

»Ich bin Schauspielerin!« Epiphany tat entrüstet, lächelte nun aber ganz offen. Sie schien noch etwas hinzufügen zu wollen, als sie an den beiden vorbei zum Ufer blickte und jemanden entdeckte. »Da ist sie! Dann können wir endlich von hier verschwinden.«

Sie eilte der Frau entgegen, die gerade aus einem Taxi stieg und sofort von den Paparazzi mit Fragen bestürmt wurde. Auf diese Entfernung konnte Ash sie nicht verstehen.

Die Frau trug helle Sommerkleidung, dazu einen weißen Sonnenhut. Sie zog einen großen Rollkoffer hinter sich her, als sie den Wall der Fotografen durchbrach und die Security passierte. Dass sie sich so mit dem Koffer abmühte, hatte einen unbeholfenen Charme, erst recht in Anbetracht ihres makellosen Äußeren. Erst als sie die Männer hinter sich gelassen hatte, festigten sich ihre Schritte, und sie schien sich ein wenig aufzurichten, wurde größer und imposanter. Epiphany ging ihr mit schnellen Schritten entgegen.

Ash wandte sich an Parker. »Alles, was sie tut, ist gespielt.«

»Piph?«

Sie nickte. »Nichts an ihr ist echt. Sie schaltet im Sekundentakt vom naiven Mädchen über den netten Kumpel zur abgebrühten Hexe um. Du hättest sie vor der Mikrowelle sehen sollen. Sie hat nicht mal mit der Wimper gezuckt.«

»Sie hat ihre Momente. Vergiss Sie einfach. In ein paar Minuten ist sie mit ihrem Gigolo auf und davon.« Er zog Ash an sich und küsste sie. Sie hatte sich längst mit der Tatsache abgefunden, dass sie nicht mehr genug davon bekam.

Zu schaffen machte ihr lediglich, dass die halbe Welt dabei zusah. Sie löste ihre Lippen von seinen und warf einen Blick zu den Fotografen am Ufer. Die Teleobjektive starrten zurück, im Sonnenschein funkelnd.

Epiphany hatte ihrer Agentin den Koffer abgenommen und zog ihn neben sich her, während sie mit der Frau näher kam. Als die beiden Ash und Parker erreichten, eilte Brunello unter viel Hallo herbei und küsste die Agentin auf die Wangen. Er zog den Koffer an Bord, so als gäbe es für ihn keine größere Freude, als mit den beiden Frauen in See zu stechen. Ash überraschte das kein bisschen: Gewiss hatte es Epiphany nur ein Lächeln gekostet, ihren Willen durchzusetzen.

Die Agentin war eine dieser alterslosen Frauen, die man durch die Schaufenster von Designerläden beim Handtaschenkauf beobachten konnte. Schön genug, um selbst eine Schauspielerin zu sein, dabei vermutlich so gerissen wie Royden Cale zu seinen besten Zeiten. Aber ihre Schönheit ließ sich nicht greifen. Für sich genommen waren ihre Augen durchschnittlich, ebenso ihr Mund und ihr blondes Haar. Weniger auffällig zurechtgemacht würde sie mit jeder Menschenmenge verschmelzen, ohne dass sich irgendwer nach ihr umdrehte.

»Kennt ihr euch?«, fragte Epiphany und ließ Ash außen vor.

Parker und die Agentin sahen einander an. »Nein«, sagte er und sie fügte hinzu: »Wir hatten noch nicht das Vergnügen.«

Ash hatte mit einem Mal das Gefühl, sie müsste ihn auf der Stelle von hier fortzerren.

Epiphany stellte die beiden einander vor, aber Parker ignorierte die Hand, die ihm die Frau entgegenstreckte.

»Mein Beileid«, sagte sie.

Er nickte stumm.

»Verzeihen Sie, falls das der falsche Augenblick ist«, fuhr sie fort, »aber das Boot legt gleich ab, darum ... Epiphany hat erwähnt, dass bislang Ihr Vater alles Geschäftliche für Sie geregelt hat. Falls Sie in Zukunft einen Agenten benötigen, würde es mich freuen, wenn wir uns mal unterhalten könnten.«

Das Phoenix-Hawthorne-Lächeln erschien auf seinem Gesicht. »Ich kann mir nicht vorstellen, dass wir uns über die Konditionen einig würden.«

Epiphany berührte ihre Agentin fast zärtlich an der Hand und sagte zu Parker: »Ich kenne niemanden, der einem so verlässlich Erfolg verschafft wie sie.«

Er lächelte noch immer. »Das glaube ich gern.«

Die Augen der Agentin blitzten. »Überlegen Sie es sich. Ganz bestimmt laufen wir uns bald wieder über den Weg.«

Damit ergriff sie die Hand ihres Schützlings und ging an Bord. An der Reling drehte Epiphany sich noch einmal um, sah aber nicht Parker an, sondern Ash. Ihr Gesichtsausdruck wurde für einen Moment ganz weich, fast kindlich. »Wir beide haben das ziemlich gut hinbekommen, oder?«

»Ja«, sagte Ash, »ich glaube schon.«

Kurz darauf legte die Jacht ab. Epiphany winkte.

Parker nickte ihr zu, während Ash den Blick nicht von Epiphanys Hand lösen konnte. Eine dünne Narbe führte vom Daumen bis zum Gelenk.

Die Agentin lächelte noch einmal. Als sie sich umwandte, dem Bug und der offenen See entgegen, hatte Ash ihr Gesicht bereits vergessen.

Abspann

Lucien hatte sie nach Lyon eingeladen; sie sollten bleiben, solange sie mochten. Auf dem Weg dorthin nahmen sie nicht die Autobahn, sondern erneut die gewundene Straße am Meer entlang.

Auf der Corniche de l'Esterel passierten sie die Ruine von Le Mépris. Parkers Haus auf der Landzunge war ausgebrannt, der Dachstuhl ein Gerippe aus verkohlten Balken. Das Tor zur Einfahrt stand offen, die Feuerwehr musste es aufgebrochen haben. Noch in Monaco hatte Parker herausgefunden, dass es bislang nicht gelungen war, ihn als Besitzer des Gebäudes zu identifizieren. Offenbar waren bei den Löscharbeiten keine menschlichen Überreste entdeckt worden; der Polizeibericht besagte, das Haus sei verlassen gewesen. Wahrscheinlich hatten Libatique und Cale Godfreys Leiche ins Meer geworfen, wo sie von ablandigen Strömungen fortgetragen worden war. Alle übrigen Spuren waren vom Feuer zerstört worden.

Ash und Parker fuhren weiter auf der Küstenstraße nach Südwesten, denselben Weg zurück, auf dem sie einige Tage zuvor gekommen waren. In Saint-Tropez nahmen sie die D558 und fuhren hinauf in die Berge des Massif des Maures.

Unterwegs hörten sie in den Nachrichten, dass Kenneth Levi tot in seinem verwüsteten Studio aufgefunden worden war. Angeblich waren Einbrecher in seine Villa auf Cap Ferrat eingedrungen, hatten blindwütig randaliert und den alten Mann getötet. Auf welche Weise, behielt die Polizei für sich. Man verdächtigte Mitglieder einer Bande, die seit Monaten in der südlichen Provence und an der Küste ihr Unwesen trieb. Sie brachen in Luxusvillen ein, stahlen nie etwas, richteten nur Zerstörungen an und misshandelten die Besitzer. Levi war das erste Opfer, das den Angriff nicht überlebt hatte.

In Monte Carlo hatte Parker eine Pistole gekauft. Ash fragte nicht, woher er wusste, wie man das anstellte. Sie hatte schon Probleme, einen Laden mit Tampons zu finden, wenn es darauf ankam.

Als sie bei La Garde-Freinet nach Osten abbogen, zeigten sich die ersten Spuren der Waldbrände. Bald war alles mit einem grauen Schleier überzogen. Das Laub hatte die Farbe des Asphalts angenommen, die Bäume sahen aus wie Geister ihrer selbst. Die Feuer waren gelöscht worden, aber der Gestank von verkohltem Holz hing schwer und bedrückend über den Bergen. Parker sagte, es könne noch Monate dauern, ehe der Landstrich nicht mehr wie ein Scheiterhaufen rieche.

Nach wenigen Meilen ging der Wald in eine unwirkliche Mondlandschaft über, ein Auf und Ab nackter Bergflanken, übersät von verkohlten Baumstämmen ohne Astwerk, schwarz wie die Stacheln eines Seeigels. Nie und nimmer hätte Ash das Tal wiedererkannt, durch das sie vor nicht mal einer Woche zur Villa der Cales gelaufen war. Stinkender

Dunst hing zwischen den Bergen wie Nebel. Alle Feuernester mochten erloschen sein, aber der Staub schien die Rückkehr zum Boden zu scheuen und bildete eine dichte Schicht, unter der die Trümmer der Villa nur zu erahnen waren.

Vor der Abfahrt zum Anwesen hatte jemand eine rotweiße Blockade beiseitegeschoben. Aber sie hatten gar nicht vor, die Ruine zu besuchen. Stattdessen fuhren sie ein Stück weiter und hinterließen tiefe Reifenspuren in der Asche auf dem Asphalt. Niemand kam ihnen entgegen, keiner war hinter ihnen.

Der Pfad den Berg hinauf war kaum zu erkennen, zu beiden Seiten waren die Korkeichen zu Stümpfen heruntergebrannt. Sie ließen den Wagen am Straßenrand stehen und machten sich an den Aufstieg. Die Rinne aus Lehm hatte sich mit zähem grauem Schlamm gefüllt, einer zementartigen Masse aus Erdreich und Löschwasser, die sich einen Weg den Berg herab gesucht hatte. Unterwegs war sie erstarrt, aber noch nicht vollkommen ausgehärtet. Die Oberfläche war glatt, niemand war vor ihnen diesen Weg gegangen.

Der Anblick der tristen Landschaft legte sich auf Ashs Gemüt. Nach den ersten Schritten brach sie das Schweigen.

»Kein Mensch verliebt sich ernsthaft in einen Filmstar«, sagte sie, während sie durch die Einöde stapften. »Man schwärmt für ihn. Man hängt sich Poster auf. Man denkt mal unter der Dusche an ihn. Aber Liebe? Das mit uns dürfte niemals funktionieren.«

Er lächelte. »Hilft es, wenn wir wieder zusammen duschen?«

»Diese Geschichte zwischen uns müsste enden, wie sie begonnen hat. In der Realität. So sieht's aus.«

»Bist du jetzt fertig?«

»Nein. Weil du wissen sollst, dass ich mich der Realität einfach verweigere. Das hier ist wie eine Rakete, die einmal gestartet ist und jetzt die Atmosphäre verlässt. Die Wirklichkeit verlangt, dass sie irgendwann wieder am Boden aufsetzt und alles so ist wie zuvor. Aber ich will immer weiter fliegen, höher hinauf zu den Sternen, so schnell und so weit es nur geht.«

»Das will ich auch. Und wir fliegen ja längst. Wenn du dich umdrehst, kannst du die Erde nicht mehr sehen.«

Da blieb sie stehen, schmiegte sich an seine Brust und küsste ihn. Er schmeckte nach Asche, genau wie sie.

Wenig später erreichten sie die Bergkuppe. Auch hier hatten rundum die Bäume gebrannt. Eichen und Kakteen hatten sich zu schwarzen Knochenhänden verkrümmt. Das Buschwerk auf dem Plateau war verschwunden, Felsbuckel erhoben sich über Verwehungen aus Staub.

Das Mondhaus stand unversehrt im Zentrum des Plateaus und blickte über das verwüstete Tal. Inmitten dieser unirdischen Szenerie gewann sein Name eine doppeldeutige Wahrheit. Die Bruchsteinmauern und Efeuranken waren grau, aber das Gebäude hatte nicht gebrannt. Vor dem diesigen Himmel erschien es wie eine Sepiafotografie jenes Ortes, den Ash noch vor Tagen in Farbe betreten hatte.

Wolken aus Rußpartikeln rieselten herab, als sie sich einen Weg durch die Ranken vor der Haustür bahnten. Das vertrocknete Laub, das den Boden im Erdgeschoss schon vor einer Woche bedeckt hatte, war jetzt mit Staub vermischt, der ihre Schritte dämpfte. Ash war bei ihrem ersten Besuch nur oben im ersten Stock gewesen, aber nun blickte sie mit

Parker auch in die Zimmer im Parterre. Er hatte das Haus noch einmal von innen sehen wollen, den Ort, an dem alles begonnen hatte.

Der Kokon aus Kletterpflanzen war auch zu den unteren Fenstern hereingewachsen. Verholzte Ranken hatten sich über die Böden und Wände geschoben und bildeten verflochtene Kuppeln unter der Decke.

Der größte Raum befand sich im hinteren Teil des Hauses, seine Fenster wiesen zum Tal hinaus. Auch hier war alles wie gepudert. Die Ranken an den Wänden bildeten bizarre Muster, an einigen Stellen klafften weite Löcher in den Verästelungen. Als Parker fest mit dem Fuß auftrat, fielen Staubvorhänge von den Mauern und entblößten verschlungene Symbole, die jemand mit groben Pinselstrichen an die Wände gezeichnet hatte. Sie waren schwarz wie die Mondsicheln an der Fassade.

Aus dem ersten Stock erklang ein Scharren.

Gemeinsam gingen sie zurück auf den Flur und blickten die steinerne Treppe hinauf. Da waren verwischte Fußspuren im Ascheteppich auf den Stufen. Die beiden sahen einander an und setzten sich in Bewegung.

Die vorderen Räume im Obergeschoss waren leer. Fündig wurden sie erst im letzten.

Parker war nicht der Einzige, den es zurück ins Mondhaus gezogen hatte. Jemand stand am Fenster, eine viel zu dürre Silhouette vor dem Tageslicht, und blickte stumm zu den rauchenden Ruinen im Tal. Sein fleckiger Mantel lag zerknüllt am Boden. Was darunter zum Vorschein gekommen war, sah aus wie eine Stockpuppe aus verkohlten Ästen, borkig und verbrannt. Nichts, das hätte leben dürfen.

Als die beiden eintraten, drehte die Gestalt sich um und streckte mit einem Ruck die Arme nach ihnen aus.

Ash ergriff Parkers linke Hand.

Mit der Rechten zog er die Pistole und feuerte seinem Vater in die Stirn.